KB157680

# 김승옥 소설의 근대주체연구

# 김승옥 소설의 근대주체연구

노희준

국학자료원

## ·: 머리말

지금까지 김승옥 연구는 주로 초기소설의 문학사적 의의를 중심으로 진행되었다. 동시에, 육십 년대 후반 및 칠십 년대의 작품은 연구대상에서 제외하거나 대중적인 소설로 폄훼하는 경향이 있어 왔다. 이러한 점을 문제 삼아 후기 작품에 주목한 경우에도 초·중기 소설의 그것과는 다른 연구방법을 사용하는 경우가 흔하다. 어느 쪽이건 육십 년대 후반을 기준으로 김승옥의 작품세계에서 단절을 읽어내고 그 원인을 기독교에의 귀의 같은 텍스트 외적 사건에서 찾으려는 의도에서 자유롭지 않아 보인다. 작품세계의 분열 이전에 그것을 바라보는 관점의 분열이 존재해온 셈이다.

본서는 보다 창작심리적인 관점에서 김승옥 중후기 소설의 변화가 초기소설의 구조에 이미 내재돼 있었던 것임을 분석하고, "신의 손"의 발견은 변화의 원인이 아니라 억압된 외상의 논리적 귀결임을 증명하고자 했다. 김승옥 소설의 주체는 이미 분열되어 있는 물신화 주체로서, 이러한 근본적 분열이 하나의 근대기획으로 수렴되는 역사적인 지점에서 종교적 페티시즘이 발생한 것으로 파악하였다.

하나의 보편적인 근대(Modern)가 아닌 특수하고 개별적인 근대들(Moderns)의 공존이라는 입장에서, 부성부재의 전통이 아닌 어머니은폐의 서사와, 상징계 입사(initiation)에 대한 거부가 아닌 순수한 상상계의 사후적 창조를 읽어내고자 했다. 이러한 경향은 "만들어진 세대의식"의 형태로 반복되어 근대에 대한 거부가 고향의 물신주의와 내면공간의 물신주의로 전이되는 과정으로 진행됨을 밝혀내고자 했다.

하나의 근대라는 문학사적인 관점으로 한 시대의 작가들을 분석하는 작업은 일관성과 총체성을 확보하는데 유리할지는 모르나 개별텍스트의 다양한 문맥으로부터 분석자의 기획만을 읽어내는 자기 반영에 쉽게 빠질 수 있다. 보다 귀납적인 방법으로 텍스트의 구조를 통해 드러나는 개인의 무의식적인 정신현상을 통해 총체적인 근대의식의 전모를 재구하여야 하는 이유가 여기에 있다.

육십 년대는 근대기획에 이미 뛰어들었으나 아직 근대화하지 않은 공간으로, 근대적 초자아에 대한 탐색이 왕성하게 모색되었던 시대이다. 김승옥의 화자들은 이러한 시대를 분열된 주체의 상태 그대로 받아들임으로써, 한국사회가 세계체제(World-system)에 통합되어가는 징후를 오히려 더 날카롭게 포착한 역사적인 근대화 주체들이다. 이러한 주체들의 지속적인 연구 하나하나가 한국의 근대적 특수성을 밝혀내는 초석이 될 것임을 믿어 의심치 않는다.

2012년 봄, 회기동 작업실에서

## 목 차

# Ⅰ. 서론

김승옥은 <60년대 작가>이다. 실제로 그의 대표작들은 60년대 초반에서 중반까지 발표된 것들이다. 70년대에 들어서면서 그의 창작력은 급속도로 소진되는 경향을 보인다. 80년 광주를 맞으면서 그는 절필을 선언하기에 이른다. 때문에 그는 60년대라는 환경을 떠나서는 설명될 수 없는 작가하고도 할 수 있다. 하지만 그의 작품이 60년대의 지배적 경향이라고 할 수는 없다. 당대의 많은 평자들은 그의 독창성과 참신함을 강조하고 있다. 그는 60년대의 특수한 작가 중 한 사람이다.

김승옥은 4·19세대다. 하지만 그는 4·19를 직접적으로 다루지는 않았다. 4·19가 문면에 드러난 작품은 엽편 「4월의 마음」과 짧은 단편 「그와 나」 정도이다. 60년대 작가로 분류된 다른 작가들도 사정은 같다. 4·19세대의 문학은 있지만 4·19문학(현장문학)은 없는 셈[1]이다. <4·19세대>, <60년대 작가>라는 분류 자체가 문제적이라는 지적도 적지 않다. 4·19세대의 문학을 다룬 글들은 많지만 그들의 공통분모와 세대의

1) 김윤식, 「60년대 문학의 특질－김승옥론」, 『운명과 형식』, 솔, 1992, 170쪽 참조.

식을 학문적으로 탐구한 경우는 거의 없다. 4·19세대라는 용어는 확고하지만 그 정의는 분명하지 않다. 김승옥의 개별 작품을 4·19와 연관시켜 분석한 경우도 많지 않다.

면밀한 탐구의 부족은 동어반복의 논리를 낳을 수 있다. 사회과학적으로 4·19세대는 4·19를 직간접적으로 경험한 모든 시민을 뜻한다. 문단 내 기준은 보다 좁다. 4·19 이후 60년대에 등단한 작가에 고착된 경향이 있다. 이는 60년대 작가의 근거가 4·19세대의 경험에 있고, 4·19세대의 조건은 60년대의 신인작가라는 순환논증이 될 수 있다. 그러나 4·19세대 문인이라 해도 작가 간의 뚜렷한 연관관계를 찾기란 쉽지 않다.[2] 전 시대나 이후 시대에 비해 유독 60년대는 뚜렷한 경향을 갖고 있지 않으며 문학사적으로 특수한 위치에 놓여 있다는 인식[3]이 오히려 설득력 있게 들린다. 역사적 사건은 어떤 식으로든 문학에 영향을 미치게 마련이라는 식의 형식적인 태도는 다소 공허하다. 문학사회학적 연구라면 텍스트 자체의 분석을 통해 60년대 사회와의 상동성(Analogy)을 밝혀내는 구조적 연구가 필수적이다.

김승옥에 대해서는 <감수성의 혁명>이란 말이 잘 알려져 있다. 문체의 미학이니 모국어의 혁신이니 하는 언급이 모두 이와 동궤에 놓인다. "사소한 것의 사소하지 않음"이란 표현에서 잘 알 수 있듯, 감수성과 문체에 대한 지적은 주로 50년대 작가들과의 변별점을 중심으로 논의되었다.

---

2) 김치수는 60년대 작가들을 다루고 있는 논문에서 다음과 같이 말한다. '이상에서 살펴본 몇 작가의 작품들은 작자가 거의 동시대이지만 그들의 관심은 전혀 다른 길을 걷고 있는 것을 보여준다.'(김치수, 「60년대 작가에 대한 발견」, 『한국소설의 공간』, 열화당, 1979, 71쪽).

3) 김승옥은 최인훈과의 대담에서 "50, 60년대의 문학은 의식이나 심화된 관념의 문학이었는데 이상하게도 30년대의 풍속문학과 70년대의 풍속문화 사이에 끼어 잠깐 나타났다가 사라진 것이 50년대, 60년대 문학이 되어갑니다. 그러니까 한국소설문학의 대종에서 50년대, 60년대 문학은 이상하고 기이한 현상으로 기록될 것 같습니다."라고 말한다(최인훈·김승옥 대담, 「소설은 어디로 가는가」, 『한국문학』, 1978.11).

전 세대 작가들이 역사적 사건, 주제 및 정보의 전달, 탄탄한 서사 등에 주력했다면 김승옥에게서는 자아의 문제, 감정과 심리의 제시, 독특한 문체 등이 도드라진다는 것이다. 현대적 자아의 발견이라는 호평의 맞은편에서는 천재적인 능력에도 불구하고 사회 역사에 대한 관심부족은 심각한 문제점[4]이라는 지적이 평행선을 그려왔다. 그의 후기작 몇 편을 삼류 포르노 소설로 혹평하면서 그 원인을 정치적 무관심[5]에서 찾고 있기도 하다.

양쪽은 상반된 것 같지만 동일한 이분법을 상정하고 있다. <사회/개인> <외부적 사건/내면적 심리> <이성/감성> 등등의 이분법이다. 이러한 선험적 기준은 <심리적 사건>과 <역사적 사건>을 별개의 것으로 취급하는 미학적 전제에 뿌리를 두고 있다. 이는 분석기준의 설정에 따라 미학적 평가 또한 달라질 수 있음을 의미한다. 심리적 사건과 역사적 사건은 하나의 미학적 구조 속에 융합되면서 작품을 형성한다. 이 때, 개별적인 인물의 내면심리는 외부적 사건의 특수한 반영을 통해 자신을 조건짓고 있는 사회·역사의 보편법칙을 보여준다. 따라서 심리적 사건과 역사적 사건은 별개의 것이 아니다. 둘 사이에는 구조적인 상동성이 존재한다. 예를 들어 소설 속 인물의 의식·무의식 구조는 사회·역사적으로 조건지워진 것이다. 외부적 사건이 화자의 심리에 의해 왜곡·변형되기도 한다. 문체의 구조가 사회의 구조를 반영하고 있을 수도 있다. 이것이 <문학적 사건>과 <사회적 사건>을 변증법적으로 독해해야 하는 이유

---

4) 유종호는 "작가의 뛰어난 언어구사"(427)을 칭찬함과 동시에 "모국어의 한 형용사에 대해서는 섬세한 반응을 보일 수 있으면서도 가령 사회구조의 모순에는 전혀 태연할 수 있는 감성이 올바른 감성일 수 있을까."(430)라는 문제제기를 하고 있다(유종호, 「감수성의 혁명」, 『비순수의 선언』(유종호 전집1), 민음사, 1995).

5) '화냥기 있는 여자들을 다룬 문학'은 오직 유한마담의 동물적 암컷으로 성적 쾌락만을 추구하고 있는데 김승옥의 강변부인이 바로 그런 소설이다. (…) 강변부인은 한 편의 소설이라기보다는 '난잡하고 음란한 성희에 가득한 지옥영혼들'이 벌이는 섹스파티에 지나지 않는다(조진기, 「불안한 감수성과 퇴폐적 일상」, 『작가연구』 6, 새미, 1998, 78~79쪽).

다. 작품 자체에 내재하고 있는 이데올로기를 통해 작품을 규정하되, 그것이 당대의 역사적 현실과 어떠한 관련을 맺고 있는가가 텍스트사회학적으로 모색되어야 한다.

이러한 문제는 <한글 제 1세대>라는 규정에까지 확장된다. '한국어로 교육받고 한국어로 사고하고 한국어로 글을 쓸 수 있었던 세대'라는 지적은 명쾌하지만 덕분에 그의 작품에 대한 꼼꼼한 분석은 도외시되어온 감이 있다. 교육받은 언어가 일본어였느냐 한국어였느냐의 여부는 중요하다. 하지만 그것이 모든 것을 결정지을 수 있는 조건은 아니다. 일본어 혹은 한국어로 '어떤 내용'을 교육받았는가가 빠져 있기 때문이다.

50년대의 교육은 식민지 시대의 그것으로부터 완전히 벗어난 것이 아니었다. 오히려 일본제국주의의 잔재로부터 자유롭지 못했다고 보아야 한다. 김승옥이 서울대 불문학과를 다니고 있었던 1960년대는 번역문학이 활성화되기 시작한 시기이기도 하다. 번역이 근대화의 수입에 결정적인 역할을 담당한다는 사실은 잘 알려져 있다. 4・19세대는 외국고전은 물론 일본소설도 폭넓게 읽고 있었다. 김윤식이 4・19세대의 문학은 1960년대 서울대학교 인문학과의 분위기를 감안하지 않고는 설명할 수 없다[6]고 지적하듯이, 그들의 문학적 상상력이 서구와 일본의 문학에서 배태되었다고 해도 과언은 아니다. 한글 제 1세대는 '한국어'로 일본식・미국식 교육을 받고, '한국어'로 다양한 외국문학의 영향을 받은 세대다. '한국어'를 사용했다고 해서 그들의 세계관이 반드시 '한국적'이었다고 보기는 어렵다.

그렇다고 해서 외국문학의 영향만으로 60년대 문학을 해명할 수는 없다. 4・19혁명을 프랑스 혁명으로 설명할 수 없는 것과 같다. 서구와 일본의 영향은 김승옥의 소설을 배태한 조건 및 변수 중 하나다. 정확히 말해 그들이 처해 있었던 복잡다단한 역사적・정치적・사회적・문화적・경제적 환경의 일부다. 하지만 이러한 요소 모두가 근대의 문제에 포괄된

6) 김윤식, 위의 글, 165쪽 참조.

다고 할 수 있다.

근대의 기점을 어디로 잡든지 간에 해방 후 한국사회는 이른바 '근대화'를 고려하지 않고는 논할 수 없다. 다만 근대화 과정은 일목요연한 하나의 흐름으로 요약될 수 없다. 그곳에는 수많은 변화와 굴절이 존재한다. 시대를 규정하는 근대의 성격은 서로 다르다. 원조경제와 이승만 정권 하의 1950년대와 차관경제 및 군부 독재 하의 1960년대의 '근대'는 연속선상에 있으면서도 서로 성격을 달리한다고 할 수 있다. 따라서 근대의 기점에서부터 현재까지 직선적으로 진행된 하나의 <보편적 근대>가 아니라, 시대를 거치며 지그재그로, 때로는 복선적으로 흘러온 다수의 <역사적 근대들>에 주목할 필요가 있다. 예를 들어 해방 후 한국사회를 <국가독점자본주의>다, 혹은 <식민지독점자본주의>다, 라는 식으로 뭉뚱그려 파악하는 것보다는 다양한 동인과 변수를 가지고 있되 특정시기에는 <국가자본주의>가, 또 다른 시기에는 <식민지자본주의>가 주된 영향을 끼쳤다는 식으로 유연성을 가지는 것이 온당할 듯싶다. 1960년대를 근대화 과정의 한 시기로 보되 다른 시기와는 구별되는 60년대의 특수한 근대성을 파악할 필요가 있다는 뜻이다.

이는 문학텍스트의 연구에 있어서도 마찬가지다. 근대인식에 있어 시대를 뛰어넘는 공통된 요소가 있는가 하면 그 시대의 고유한 특성도 있게 마련이다. 같은 시대에 속해 있더라도 작가마다 상당한 차이를 갖고 있을 수 있다. 따라서 근대라는 테두리 안에서 문학작품을 분석하더라도 시대별・작가별로, 구체적인 것에 대한 구체적인 연구가 선행되어야 하며, 그 이후에야 해방 후 한국문학에 있어서의 보편적인 근대의식을 논할 수 있을 것이다. 서구에서 수입된 근대에 관한 이론, 혹은 탈식민주의 담론을 한국사회의 특정한 시기에 대한 구체적인 분석 없이 곧바로 한국소설에 적용하는 무매개적인 연구방식은 지양되어야 한다. 한국의 근대화는 서구와 같은 방식으로 이루어지지 않았으며, 식민지 체험을 가진 제3세계

국가의 근대화와도 같지 않다. 특정논자의 <근대성>이나 <탈근대성>에 대한 인문학적 정리를 선험적 기준으로 설정하고 그 기준에 맞추어 개별텍스트의 근대성과 탈근대성을 고찰하는 식의 분석은 관념적인 편의주의, 이론적인 추수주의라는 비판에서 자유로울 수 없다.

반면 순진한 반영론의 입장에서 소설작품 속에서 일어난 <문학적 사건>을 실제로 일어난 <사회적 사건>과 무차별적으로 동일시하는 경향도 위험하다. 설사 실화를 바탕으로 씌어진 작품이라 해도 소설의 본질이 허구에 있다는 사실이 망각되어서는 안 된다. 소설은 고백의 양식이다. 문학적 사건과 사회적 사건의 간극에서 글쓰기 주체의 의식·무의식이 드러난다. 소설이 역사적 기록보다 더욱 진실될 수 있는 것은 거짓말 뒤에 숨어 있는 근본적인 거짓말의 존재를 일깨우기 때문이다. 소설은 거짓말의 구조를 통해 소설 속에 반영된 사회의 은폐된 거짓말을 드러내 보여준다. 거짓말의 메커니즘은 작가에 의해 의도되기도 하지만, 작가가 인식하지 못하는 사이에 작동하기도 한다. 이런 점에서 실존하는 인물로서의 작가와 텍스트 내부의 글쓰기 주체는 구별되어야 한다. 글쓰기 주체는 소설 속 화자나 등장인물과도 구별된다.

작가가 의도하지 않은 고백의 메커니즘을 잘 보여주는 작품 중 하나로 염상섭의 「만세전」을 들 수 있다. 「만세전」은 1919년 3·1 운동 이전을 시간적 배경으로 하여 일본유학생 '나'가 부인이 위급하다는 전보를 받고 시모노세키, 부산항을 거쳐 서울에 왔다가 조선의 현실을 발견한 다음 다시 동경으로 돌아간다는 귀환구조의 소설이다. 간추리자면 내지(일본)에서는 그다지 조선인임에 대한 차별을 느끼지 못하다가 조국에 와서야 '구더기가 끓는 무덤' 같은 조선의 현실을 목도한다는 내용인데 이 소설은 근대적 지식인의 탄생, 혹은 근대적 자아의 발견을 보여준다는 평가를 받아왔다. 그런데 문제는 당대의 다른 지식인의 진술과 대조해보면 이러한 '나'의 진술이 신빙성을 잃고 흔들리게 된다는 것이다. 일례로 무정부주의

자였던 김산은 비슷한 시기에 일본에서 단지 조선인이라는 이유만으로 차별받았으며, 일부 부르주아 유학생들마저 가난한 고학생들을 따돌리고 저들끼리 파티를 열었다고 기록하고 있다. 가난한 유학생들은 그들을 "다마(달걀)"라고 불렀다.

여기서 간과되고 있는 것은 계급의 문제이다. 「만세전」에 드러난 문학적 사건을 현실적 사건과 동일시하면 부르주아 지식인 '나'를 당대 지식인의 대표격에 놓는 오류를 범할 수 있다. 당시 문인들의 대부분이 부르주아였음을 상기해볼 때 오류의 가능성은 더 커진다. 당시 무정부주의나 사회주의에 참여했던 상당수 지식인들은 문학작품을 남기지 않았다. 그들은 혁명에 몰두하느라 자신들의 이야기를 글로 남길 수 없었다. 이러한 상황에서 근대성 연구를 시나 소설의 문학텍스트에 한정하게 되면 다른 방식으로 자신의 이야기를 남긴 여타 프롤레타리아 지식인의 목소리는 삭제될 수밖에 없다.

화자 '나'가 고백을 통해 자신의 무의식을 은폐하고 있을 가능성도 염두에 두어야 한다. '나'가 서울에서 발견한 것은 조선의 현실이 아니라 자신의 정치적 무관심에 대한 죄책감인지도 모른다. '나'는 조선의 현실을 객관적으로 보여준다는 세태소설의 전략을 택함으로써, 일본인처럼 행동하고, 일본인처럼 보이고 싶어 하는 자신의 사적인 욕망을 감추고 있는 것이다. 이때의 '나'는 작가도 화자도 아닌 내포작가에 해당한다. 소설은 작가와 내포작가,7) 내포독자8)와 독자 사이에서 발생하는 이중의 거짓말

---

7) 채트먼에 의하면 내포작가란 문학작품 속의 발화자로 작가와 구별되는 "「작가」"(작가인 것처럼 여겨지는 발화자)이거나 "「작가」－화자"를 말한다. 그는 서사물 속에서 독자에 의해 재구축되는 발화자로 단순한 화자와 구별된다. 내포작가는 웨인 부드의 <믿을 수 없는 화자>를 통해 잘 증명되며, 실제작가가 단 한 사람이 아닌 경우에도 언제나 하나의 내포작가는 있다(Chatman, Seymour, 한용환 역, 『이야기와 담론』, 고려원, 174~177쪽 참조).

8) 내포독자란 내포작가의 상대개념으로 "책을 읽으며 거실에 앉아 있는 실체로서의 나"가 아닌 "서사물 그 자체에 의해 전제되는 수용자"다. 그는 "상상적인 혹은 「가

이다. 여기에는 사회적인 이데올로기가 항상 개입되어 있다. 따라서 '근대주체'의 심리구조를 정확히 밝혀내기 위해서는 그것을 내포작가의 발화로 분석하되, 문학－내적－텍스트와 문학－외적－텍스트의 비교검토를 통해 소설텍스트의 이중구조를 파악해야 한다. 물론 여기서 문학－외적－텍스트는 작품의 내재적 의미를 훼손시키지 않는 한도 내에서 제한적으로 사용되어야 한다. 문학연구는 역사학이나 사회학을 증명하기 위한 수단이 아니기 때문이다.

본서의 목적은 1960년대의 근대성을 중심으로 김승옥 텍스트의 의미를 연관구조를 분석・해석하는 데 있다. 이를 위해 김승옥 텍스트의 구조연구와 글쓰기주체의 정신분석학적 연구가 진행될 것이며 이를 토대로 1960년대의 근대성 및 근대주체의 성격을 해석한 다음 다시 이를 피드백하여 김승옥 텍스트에 나타난 근대주체의 특수성을 규명할 것이다.

1960년대를 설명하는 데 있어 근대화를 제외할 수 없듯이 1960년대 문학을 해명하는 데 있어 근대성을 배제하기 어렵다. 앞서도 밝혔지만 근대화(modernization)는 1960년대의 환경을 조건 짓고 있는 변수 중 하나이면서 동시에 수많은 다른 조건들과 결부되어 있는 유기체의 일부다. 마찬가지로 1960년대 문학의 모든 것이 근대성(Modernity)으로 설명될 수는 없지만 근대성으로부터 완전히 분리될 수 있는 문학도 없다고 보아야 한다. 현재까지 김승옥 소설의 근대성 연구는 많지 않다. 하지만 위와 같은 관

---

상화된」" 수용의 주체이다. 화자가 내포작가와 관계를 맺을 수도 있고, 맺지 않을 수도 있는 것과 마찬가지로 실제독자에 의해 제공되는 내포독자도 수화자와 관계를 맺을 수도, 맺지 않을 수도 있다(위의 책, 177~179쪽).

채트먼은 이러한 관계를 다음과 같이 도시한다.

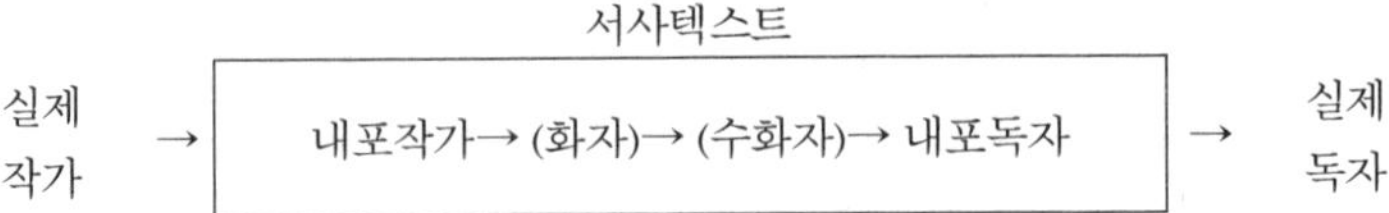

점에서 보자면, 선행연구 모두는 근대성 탐구의 좋은 자료가 된다.

지금까지의 김승옥 소설 연구는 크게 세 개의 시기로 구분할 수 있다. 첫 번째는 60년대에 주로 행해진 4·19세대 비평가들의 평론이다. 이는 <4·19세대론>과 <문체론>으로 크게 나뉜다. 김승옥 소설의 특징과 4·19세대의 분위기를 날카롭게 포착하고 있으나 주관적이고 인상주의적이라는 단점이 있다. 두 번째는 70년대 중반부터 80년대에 이르는 시기로 문학사회학적 관점에서 김승옥 소설을 바라본 경우다. 기존의 논의를 발전시켜 4·19세대와 문학의 관련성을 논하거나 60년대 세대의 문학을 문학사적으로 해명하려는 시도이다. 4·19세대론과 문체론을 거시적이고 역사적인 시각으로 확장시킨 것들, 근대화 및 도시체험의 주제를 다룬 것들이 많다. 보편적이고 객관적으로 김승옥 소설의 의의를 정리한 것은 좋으나 기존의 논의를 무비판적으로 수용하거나 구체적인 분석을 결하여 과학성·체계성이 떨어진다는 아쉬움이 있다. 세 번째 시기인 90년대 이후로는 비교적 미시적인 관점에서 정신분석학, 입사의식, 실존주의, 비판이론, 모더니티 등의 다양한 방법론을 사용하여 김승옥 소설을 해부하는 구체적인 연구가 많다. 그러나 미시적인 분석에만 치중한 나머지 이론의 뼈대만 남고 정작 작품의 총체적 분석은 실종된 듯한 느낌이 있다.

시기와 상관없이 주제별로 분류하자면 <4·19세대론>, <문체론>, <시민문학론>, <근대화> 및 <도시체험>을 다룬 것, 기타 다양한 방법론을 사용한 분석의 다섯 가지 범주로 압축할 수 있을 것 같다. 주제별 분류는 시대적 구분과 정확히 일치하지 않는다. 예를 들어 세대론이나 문체론은 시기와 상관없이 지속적으로 연구되고 있다. 관점과 방법이 달라지고 있을 뿐이다.

<4·19세대론>은 김현의 것이 대표적이다. 김현은 "세 세대는 도시화의 부정적 측면을 느끼기 시작했다는 점에서 그 이전 세대와 갈라지며, 그것의 긍정적 측면을 이해하고 있다는 점에서 그 이후 세대와 갈라졌다.

그것이 사일구 세대의 독특한 정황이었다."[9]라고 하여 4·19세대와 다른 세대의 차이점을 분명히 한다. 그러나 다른 평론에서는 "다시 한 번 한국문학의 기조를 이루고 있는 비개성적인 허무주의가 오십오 년을 앞뒤로 하여 나온 작가들에게서부터 최근의 김승옥에 이르기까지 광범위하게 침투되어 있는 것을 확인할 수 있었다"[10]라고 하여 논점을 흐리는가 하면, 4·19혁명의 경험을 곧바로 김승옥의 문학적 특질과 연결시키거나 김승옥의 문학적 성과를 화려한 미사여구로 치장하고 있다는 느낌을 준다. "60년대로서 개괄한 세 세대의 성격은 사물의 존재를 일단 긍정한다는 점이며, 이 조그마한 차이가 사실에 있어서는 근본적인 다름"[11]이라거나 "김승옥의 문학이 반영하는 획기적인 점은 첫째 50년대 문학이 예외없이 간직하고 있던 바 강력한 이슈에의 집착 내지 교훈주의에의 집착에서 완전히 벗어나 있다",[12] "6·25세대는 당대의 사건을 경악과 비명으로 받아들이며 현실에 대한 저주와 비탄의 신음을 내며 패배주의와 운명의 굴욕감에 젖어 관념으로 피신하거나 안이한 허무주의로 발산한다. 그러나 4·19세대는 의지와 절규로 자신이 만들고 있는 역사의 순간을 고양시키며 현실의 가능성과 미래에 대한 소망의 함성을 올리며 주체적으로 창조할 수 있다는 신념 위에서 사회와 시대의 기초단위가 되고 있는 인간의 탐구에 용기를 갖는다"[13] 등의 진술은 하나 같이 이전 문학에 대한 60년대 문학의 우월성을 강조하고 있다.

세대론의 문제점은 이미 충분히 지적되었다. 하정일은, "50년대 후반

---

9) 김현, 「60년대 문학의 배경과 성과」, 『분석과 해석/ 보이는 심연과 안 보이는 역사 전망』, 문학과 지성사, 1992, 243쪽.

10) 김현, 「허무주의와 그 극복」, 『사상계』, 1968.2.

11) 김주연, 「계승의 문학적 인식: 소시민 의식 파악이 갖는 방법론적 의미」, 『상황과 인간』, 박우사, 1969, 267쪽.

12) 천이두, 「피해의식으로서의 불안」, 『한국현대소설론』, 형설출판사, 1974, 62쪽.

13) 김병익, 「60년대 문학의 가능성」, 『현대 한국 문학의 이론』, 민음사, 1978, 261쪽.

과 60년대는 연속선상에 놓여 있다. 따라서 둘은 나누는 것보다는 50년대 후반부터 나타나기 시작한 문제의식이 4・19를 계기로 보다 증폭되고 예각화된 것으로 해석하는 것이 보다 온당하다"[14]고 말한다. 장영우에 의하면 "김현의 세대 구분 기준은 매우 자의적"[15]이다. <한글세대> <60년대 작가> 등의 범주는 문단에서의 편의적인 기준일 뿐 학문적인 분류체계로서의 설득력은 떨어진다[16]는 사실을 알 수 있다.

유종호의 <감수성의 혁명>도 세대론과 동일한 태도를 견지하고 있다. 그는 "작가의 뛰어난 언어구사"나 "모국어에 새로운 활기와 가능성에의 신뢰"[17]를 지적하면서 김승옥의 소설은 "이른바 <관념적> <사변적> 요소가 이제까지 얼마만큼 오해와 착란 속에 공전하여 왔는가 하는 문제에 상도하면서 모국어의 가능성에 대한 새로운 신뢰를 품게"[18] 한다고 말한다. 이러한 김승옥 문체에 대한 날카로운 묘파는 타의 추종을 불허하는 것이지만 구체적인 분석이나 객관적인 근거는 부족하다. 숨겨진 전제라면 초등학교 때부터 모국어로 사고하고 글을 쓴 세대라는 김현의 <한글세대> 규정이다. 덕분에 유종호의 <감수성의 혁명>은 김승옥을 대변하는 꼬리표처럼 작용하면서 이후 평론에 수도 없이 반복되기에 이

---

14) 하정일, 민족문학사연구소 엮음, 「주체성의 복원과 성찰의 서사」, 『1960년대 문학연구』, 깊은샘, 1998, 14쪽.

15) 장영우, 「4・19세대의 문체의식」, 『작가연구』 6, 새미, 1998, 36쪽.

16) 김현이 한글로 글을 쓰는 것이 더 편한 세대로 분류한 이들 가운데 염상섭(1897)과 백철(1908)은 일제에게 국권을 빼앗기기 전에 태어나 일본에 유학한 세대이며, 안수길(1911) 김동리(1913) 서정주 황순원(1915) 등은 일제 시대에 태어나 식민지 교육을 받고 1930년대 중후반부터 글을 쓰기 시작한 작가들이다. 일본어를 얼마나 능숙하게 구사할 수 있는가를 문제삼는다면, 이들이 사용하는 일본어가 후배 세대의 그것에 비해 훨씬 자연스러운 것일 수도 있다. (…) 따라서 그가 언제 등단했으며 어떤 언어로 교육을 받았는가를 세대 구분의 준거로 삼기에는 보강해야 할 논리적 허술함이 너무도 많다(장영우, 위의 글, 36쪽).

17) 유종호, 위의 글, 427쪽.

18) 유종호, 「사회, 역사, 현실:1964년의 소설」, 『사상계』, 1964.12, 304쪽.

른다. 김승옥 문체의 비밀스러움을 지칭하는 기표 역할을 충분히 해낸 것이다. 수십 년이 지나도록 이에 대한 문제제기가 별반 없었던 것은 <감수성의 혁명>이라는 말이 형성한 아우라가 워낙 강해서였을 것이다. 김승옥의 문체를 감수성이라는 한 마디로 표현하는 이러한 즉물적인 수사는 90년대까지도 이어져 "내적인 관계에서 보면, 대학생들이 성공시킨 4·19라는 혁명과 대학생이었던 김승옥이 성취한 감수성이라는 혁명은 어김없이 동렬에 놓이는 것"19)이라는 식의 위험한 사고를 낳게까지 한다. 전제를 생략한 해석이 스스로 전제의 자리를 차지하여 끊임없이 잘못된 전제의 오류를 되풀이하고 있는 형국이다.

김민정은 "김승옥의 문학을 근대화의 도정에 있던 당시 60년대 한국사회의 직접적인 반영으로 보는 관점"과 "<감수성의 혁명>이라는 많은 연구자들의 공통된 지적에서 잘 드러나듯이, 김승옥이 탁월한 언어적 감성으로써 화려한 문체를 형성해 내었다고 하여 그의 미학적 측면을 부각시키고자 하는 관점"은 둘 다 위험하다고 지적한다. "한 작가의 문학적 개성을 밝혀내지 못할 뿐 아니라 문학적 평가가 안고 있는 보다 특수한 측면을 몰각"하게 되며, 후자는 "작품에서 확인되는 화려한 문체, 신비스런 분위기 등에 매혹되어 정작 그 <무언가 새로운 것>에 대한 구체적인 분석을 결여"하기 때문20)이다.

기존의 세대론과 문체론에는 번역체=서구적·이성적 사고, 모국어=한국적·감성적 사고, 라는 이분법이 숨어 있다. 그러나 "그들 세대는 선배들이 일본 콤플렉스에 시달렸던 것보다 훨씬 심각한 서구 콤플렉스를 앓았던 세대"21)이며, "4·19세대 문학의 시작이 서구 문화에 대한 거의 무조건적인 추종과 모방에서 연유되었다는 혐의"22)를 벗기 어렵다. 전통

19) 유양선, 「김승옥의 소설세계 또는 '서울, 1964년 겨울'에 유폐된 영혼」, 『작가연구』 6, 새미, 1998, 16쪽.

20) 김민정, 「김승옥론」, 『외국문학』, 1996 가을, 209쪽.

21) 장영우, 위의 글, 41쪽.

에 대한 환상은 잘못된 전제의 도미노 효과를 일으킬 수 있다. 차미령에 의하면 "예컨대, 고향과 도시의 이분법, 여성과 남성의 이분법, 개인과 사회의 이분법, 환상과 현실의 이분법, 감성과 이성의 이분법 등등"[23]을 낳는 것이다.

백낙청의 <시민문학론>은 기존의 세대론보다 한층 진전된 논의를 보여준다. 그는 60년대 세대의 문학을 <소시민의식>과 <시민의식>의 긴장관계로 파악한다. 4·19세대는 서구적인 시민의식의 가능성을 경험했으나 혁명의 실패로 현실적으로는 소시민으로써 살아가기를 강요당했다는 것이다. 김승옥의 소설은 이러한 사회적 토대 위에서 "소시민의식이 팽배해 있는 60년대 한국에서 하나의 정직한 문학적 기록으로, 그러니까 소시민의식의 한계를 한계로서 제시하는 데 어느 정도 성공한 문학으로 받아들일 수 있"[24]다고 한다. 60년대가 "시민문학이 완성될 기반이 없는 시대요 소시민의식과 소시민적 현실이 엄연히 지배하는 시대"[25]이며 <시민>의 개념정의는 "<촌민> <신민> <소시민> <노예>"[26] 등등의 다양한 계층을 파악한 후에야 가능하다고 말한 것은 관념적이고 직선적인 문학사회학에서 어느 정도 벗어난 결과라 하겠다. 그러나 백낙청의 시민문학론은 60년대 한국의 사회구성체에 대해서는 말하지 않는다. 시민의식과 소시민의식의 대립이 구체적인 작품에서 어떻게 반영되었는가에 대해서도 그는 정확히 논하지 않는다.

순수/참여논쟁의 일환으로 전개된 논쟁적 개념이다 보니 개념정의에 있어서도 정확성이 떨어진다. "우리가 할 수 있고 마땅히 해야만 하는 것

---

22) 위의 글, 42쪽.

23) 차미령, 「분열에 대하여—청년 김승옥과 무진으로 떠나기 이전의 그의 소설들」, 『작가세계』, 2005 여름, 84쪽.

24) 백낙청, 「시민문학론」, 『창작과 비평』, 1969 여름, 501쪽.

25) 백낙청, 위의 글, 505쪽.

26) 위의 글, 509쪽.

은, 넓게는 인간의 전역사와 좁게는 각개인의 자아를 깊이 더듬어 우리가 추구할 수 있고 추구해야만 하는 시민의 길을 찾아가는 작업"[27]이라는 표현에서도 알 수 있듯 그에게 있어 시민사회의 건설은 프랑스 혁명의 이념인 자유, 평등, 박애의 완성이다. 시민사회의 개념이 곧 억압적인 현실의 대안이자 식민지적 전통에 대한 해방담론으로 여겨지고 있는 것이다. 시민사회란 그람시의 개념으로 정부와 함께 두 개의 주된 상부구조 중 하나로, "특정 사회구성체에서 "국가를 뺀 모든 것"이며 전통적으로 우리가 '사회'라고 불러온 것"[28]으로 정의된다. 따라서 시민사회를 국가에 대한 저항적인 기능을 하는 체제로만 파악할 수는 없다. 거꾸로 시민사회는 공적영역에 진입하지 못한 민중들을 억압하는 기제로도 작용한다.

김윤식은 "독재에 대한 항거, 자유와 민주주의의 회복, 민권의 쟁취 등을 책으로만 공부한 지식인들"[29]의 "시민계층이 없는 마당에서 시민의식만을 드러내고자 한 지적인 방황"[30]을 지적한다. "시민사회는 짐짓 놀란 척했다. 그러나 그 놀람은 한갓 장난이다. 뻔뻔스런 시민사회의 양심을 가끔 일깨워주는 몫을 이 저주받은 부분들이 하고 있을 뿐이다. 그러므로 그것은 시민사회 쪽에서 보면 시민사회를 보다 견고히 유지하기 위한 소중한 존재가 아닐 것인가."[31]라는 진술은 시민사회의 역작용적 기제를 명쾌하게 설명해준다.

화자의 도시체험, 근대화체험에 관한 글들은 매우 많다. 한국의 자본주의화가 막 시작된 1960년대 상황에서 이른바 "도시로 상경한 촌놈"의 이야기로 당대의 소설을 설명하는 방식이다.

김윤식은 「무진기행」에서 "출세한 촌놈의 부끄러움"과 "죄책감"을 날

---

27) 위의 글, 465쪽.

28) 손호철, 『현대 한국정치:이론과 역사 1945~2003』, 사회평론, 2003, 43쪽.

29) 김윤식, 위의 글, 170쪽.

30) 위의 글, 173쪽.

31) 위의 글, 172쪽.

카롭게 읽어낸다.[32] 최혜실은 무진이 "실재하는 공간이라기보다는 관념의 공간"[33]임에 착안하여 무진에 대한 윤희중의 요나 콤플렉스를 분석해내고 있다. 따라서 「무진기행」은 현실공간으로서의 고향을 다룬 작품이 아니라 "퇴행심리의 중요한 애인 귀향의 모티프를 꿈꾸기의 형식으로 나타낸 작품"[34]이다. 채호석은 무진을 "분절화된 시간에 지배되고 있는 서울을 부정하는 공간"[35]으로 보고 작가의 "발전에 대한 환상"을 파헤치고 있다.

류보선은 한국의 근현대사를 "근대적인 민족경제를 자생적으로 형성하지 못한 채 식민지 반봉건사회, 한국전쟁, 식식민지국가독점자본주의라는 파행적인 구조로 점철"[36]되어 있음을 밝히고, "<농촌－도시－외국자본주의>로의 부의 이동"을 언급하면서 농촌을 파괴한 장본인이 바로 촌놈임을 분명히 한다.[37] 하정일은 한국의 근대를 "자본주의적 근대"로 보고 김승옥이 "근대화와의 연관 속에서 소시민성의 문제를 고찰"[38]했음에 주목하여 김승옥의 작품을 근대에 대한 반발과 자본주의를 향한 지향 사이의 분열로 분석한다.

하지만 많은 글들은 도시와 농촌의 공간을 지나치게 대립적, 도식적으로 파악하는 경향을 보인다. 이러한 글들에서 도시와 농촌의 이분법은 서구 중심주의적이고 남성 중심주의적인 이분법의 연쇄로 확장되는 경향이 있다. "지금껏 김승옥 소설을 재단해 왔던 그 수많은 이분법들, 또는 이분

---

32) 김윤식, 「시인·좀비족· 한글 제 1세대」, 『현대 소설과의 대화』, 1992.

33) 최혜실, 「무진기행에 나타난 귀향과 귀경의 구조」, 『한국현대소설의이론』, 국학자료원, 1994, 255쪽.

34) 위의 글, 265쪽.

35) 채호석, 「무진기행과 소설적 가능성」, 『작가연구』 6, 새미, 1998, 122쪽.

36) 류보선, 권영민 편, 「<김승옥론>－개인과 사회의 대립적 인식과 그 의미」, 『한국현대작가연구－황순원에서 임철우까지』, 문학사상사, 1991, 152쪽.

37) 위의 글, 155쪽.

38) 하정일, 위의 글, 29쪽.

법이라는 이 편리한 독법이 각각의 대립항을 나열시켜 만들어내는, 고향=여성=순수, 도시=남성=타락이라는 다소 확장된 도식들"[39]을 은폐하게 되는 것이다.

당연한 얘기지만 이를 바탕으로 근대화 및 근대성을 논한 많은 글들도 사정은 마찬가지다. 개념이 무전제적으로 사용되는 것도 문제지만, 번역서의 개념정의를 여과 없이 텍스트 분석에 사용하는 태도도 논의를 풍부하게 발전시키지 못하는 요인이 된다. 근대화나 근대성을 논하려면 그것을 바라보는 주체의 성격과 위치가 필수적으로 설명되어야 한다. 물론 거의가 평론이고, 평론이라는 글의 성격 자체가 과학적인 분석과는 거리가 있는 것이지만, 예를 들자면 <파행적 근대화> <압축적 근대화> 등의 진부한 반복은 다소 안타깝다.

세 번째 경향은 주로 90년대 이후 진행된 것으로써 일정한 하나의 방법론으로 김승옥의 작품들을 미시적으로 분석한 것들이다. 여기에는 학위논문 및 소논문이 많다. 90년대부터 활성화된 미시담론의 영향을 받아, 김승옥에 대한 본격적인 학술연구가 시작되었음을 알 수 있다.

방법론은 다양하다. 정신분석학,[40] 인물 및 주체,[41] 입사의식(initiation),[42]

---

39) 차미령, 위의 글, 84쪽.

40) 이정석, 『김승옥 소설의 욕망 구조 연구』, 숭실대학교 석사학위논문, 1996.
강운석, 「60년대 소설 연구(1)－김승옥론」, 『숭실어문』 제14집, 숭실어문학회, 1998.
김명석, 「김승옥의 <생명연습>의 심리비평적 연구」, 『개신어문연구』 15호, 1998.12.
성수미, 『김승옥 소설 연구－ 라깡의 정신분석학을 중심으로』, 시립대학교 석사학위논문.
정영훈, 『김승옥 소설에 나타난 욕망의 발현 양상 연구』, 서울대학교 석사학위논문, 1999.

41) 하정일, 위의 글, 1998.
이호규, 「소통회복지향의 일상적 주체」, 『작가연구』 6, 새미, 1998.
이은애, 『김승옥 소설의 인물 연구』, 중앙대학교 석사학위논문.
이호규, 『1960년대 소설의 주체 생산 연구－이호철, 최인훈, 김승옥을 중심으로』, 연세대학교 박사학위논문, 1999.

문체론,[43] 서사구조,[44] 희생기제,[45] 비교문학,[46] 문화기호학[47] 등에 관한 연구들이 있다. 비교적 정확한 이론으로 체계적이고 꼼꼼한 연구가 이루어졌다는 것은 큰 성과지만, 논의의 단편성으로 인해 김승옥 소설세계

---

정학재, 『김승옥 소설 연구 ; 인물의 세계 인식과 대응 양상을 중심으로』, 한양대학교 석사학위논문.

42) 조남현, 「미적 세계관에의 입사식－김승옥론」, 『문학과 정신사적 자취』, 이우출판사, 1984.

현영종, 『이니시에이션 소설 연구』, 고려대학교 대학원 석사학위 논문, 1989.

이동하, 「'서울의 달빛 0장'－성인의 환멸」, 『김승옥 문학상 수상 작품집』, 훈민정음, 1995.

권오현, 「김승옥 소설연구－단편소설에 나타난 통과제의를 중심으로」, 『어문학』 60호, 한국어문학회, 1997.2.

김명석, 「유년체험과 이니시에이션」, 『현대문학의 연구』 12집, 한국문학연구회, 1999.2.

오형엽, 「김승옥 초기 소설 연구－입사적 성격과 그 이율배반성을 중심으로」, 『국어국문학』 제130집, 국어국문학회, 2002.

43) 류승렬, 「김승옥과 황석영의 문체 연구」, 『용마』 제5집, 동명전문대학, 1984.

배성희, 『김승옥 소설의 문체론적 연구』, 경북대학교 석사학위논문, 1992.

김혜연, 「<서울, 1964년 겨울>의 문체론적 분석－담론양상을 중심으로」, 『동악어문논집』 제30집, 동악어문학회, 1995.12.

장영우, 「4·19세대의 문체의식」, 『작가연구』 6, 새미, 1998.

최인자, 「김승옥 소설문체의 사회시학적 연구」, 『현대소설연구』 10, 한국현대소설학회, 1999.6.

황호덕, 「60년대식 자기세계와 그 문체－김승옥의 <무진기행>에 대한 문체 비평적 해명」, 『문학사상』, 1999.7.

44) 이동재, 『김승옥 소설의 시간구조 연구』, 고려대학교 석사학위논문, 1989.

이정란, 『김승옥 소설의 서술구조 연구』, 이화여자대학교 석사학위논문, 1996.

45) 구순영, 『김승옥 소설에 나타난 희생기제 연구』, 숭실대학교 석사학위논문.

46) 홍성광, 「토마스 만의 『마의 산』과 김승옥의 『무진기행』 비교연구－알레고리적인 구조를 중심으로」, 『비교문학』 제26집, 한국비교문학회, 2001.

최성은, 「마렉 흐와스코의 『구름 속의 첫 걸음』과 김승옥의 『서울, 1964년 겨울』 비교연구」, 『동서비교문학저널』 제10호, 한국동서비교문학학회, 2004 봄·여름.

47) 안혜련, 『김승옥 소설의 문화기호학적 연구』, 전남대학교 박사학위논문, 1999.

의 총체적인 해석에까지는 이르지 못하고 있다는 인상을 준다. 이론적 주제에 집착하여 주제와 상관있는 부분들만을 취사선택함으로써 소설작품의 유기성을 훼손하는 경우도 종종 눈에 띈다. 미시적인 분석과 거시적인 해석이 공존하는 연구방법론의 모색이 요청된다.

본서의 과제 중 하나인 <근대성>에 관한 본격적인 연구는 상대적으로 많지 않다. 상술했듯이 근대성을 보편담론의 그것으로만 이해하거나 한국 근대화 과정의 한 속성으로만 파악하여 개념이 모호해진 경우가 적지 않다. 사회역사적인 분석을 삭제하고 몇 가지 서구이론의 개념을 텍스트에 직접 적용하여 도시에서의 모더니즘 체험을 논한다거나, 문학적 사건을 사회적 사건과 동일시하여 작가의 창작행위를 근대화 과정의 증언 내지 기록으로 축소시키고 있는 경우는 이 범주에서 제외한다. 그러한 태도는 이론의 추수주의, 분석의 편의주의로 근대성 이해에 다가서기는커녕 오히려 오해를 가중시키고 있는 듯 보인다.

김성기[48]는 "근대성 혹은 현대성 개념은 모더니티의 철학적 담론으로 국한되기보다는 역사적으로 독특한 사회 문화적 현상의 복합체로 간주되어야 한다."고 적절하게 문제제기하고 있으나 실제 분석에서는 텍스트와 철학개념 사이의 간극을 메워줄만한 "역사적으로 독특한(…) 복합체"의 실체가 불분명하다. 이는 <모더니티>라는 상부구조적인 개념이 역사성을 가지려면 한 사회의 하부구조에 대한 언급이 선행되어야 함을 생각해 볼 때 필연적인 결과이다.

공종구[49]는 "1960년대의 한국사회를 1950년대의 그것과 근본적으로 갈라서게 만드는 시대적 표지는 <근대성(modernity)>의 경험"이라고 하면서 "1970년대 자본주의적 근대화와 산업화 과정에서의 모순구조를 배태하는 시기가 바로 1960년대"라고 하여 1960년대의 근대화가 이전, 이후

---

48) 김성기 외, 「세기말의 모더니티」, 『모더니티란 무엇인가』, 민음사, 1994.

49) 공종구, 「김승옥 소설의 근대성」, 『현대소설연구』 9호, 한국현대소설학회, 1998.12.

시대와 어떻게 구별되는가를 분명히 밝히고 있다. 그러나 1950년대와 60년대는 근대성이라는 인문학적 개념으로, 1960년대와 70년대는 '자본주의적 근대화'라는 사회학적 개념으로 구분하는 것은 이중기준이다. 텍스트 분석에 있어서는 후기구조주의의 기표와 기의를 분석의 근거로 삼고 있는데 기표/기의와 근대성이 어떤 관련을 갖고 있는지에 대한 설명이 부족하다. 자본주의와 근대성을 연결함에 있어서도 자본주의의 경험은 곧 근대성의 경험이라는 식의 전제가 깔려 있다. 거꾸로 하면 근대성의 경험은 자본주의 이후이고, 그것이 한국에서는 1960년대에 시작되었다는 것인데, 1950년대는 차지하고서라도 그렇다면 식민지 사회였던 1910~1945년 동안에는 근대성 체험이 과연 없었는가, 자본주의 이후의 근대성 체험은 모두 같은 것인가를 묻지 않을 수 없다.

이에 대해 <근대화>의 하위범주로 <자본주의적 근대화>라는 개념을 도입하고 있는 하정일의 논문[50]은 주목을 요한다. 그는 50년대의 문학을 'not yet'으로, 60년대의 문학을 'no longer'의 그것으로 규정한 다음, <자본주의>와 <근대화>의 양면성 사이에서 4・19세대, 60년대 세대가 겪을 수밖에 없었던 모순을 설득력 있게 포착하고 있다. 김승옥의 소설을 <사적영역>이 아니라 <공적영역>에서 다룰 수 있었던 것, 또한 김승옥의 소설세계에서 자본주의를 지향하는 작가의 무의식을 읽어낼 수 있었던 것 등은 적확하고 효율적인 개념운용의 성과이다.

박사학위논문으로는 김정남의 것[51]이 있다. 이 논문은 M. 칼리니쿠스의 논의를 끌어와 <근대성>을 <역사적 근대성>과 <미적 근대성>으로 분류, 김승옥의 소설을 분석하고 있다. 그러나 <역사적 근대성>의 하위범주로 선택된 <전쟁체험>과 <근대적 일상성의 체험>은 기존연구의 논의를 그대로 빌려온 것인데다, 그 내용도 역사 전기적 비평수준에

---

50) 하정일, 위의 글, 깊은샘, 1998.

51) 김정남, 『김승옥 소설의 근대성 담론 연구』, 한양대학교 박사학위논문, 2002.

머무르고 있어 <근대성> 개념이 무색해질 지경이다. <통사구조> <이미져리구조> <시공간구조> <화자의 특성> 역시 <미적근대성>이라기보다는 형식주의 비평과 인상주의 비평의 작위적인 조합으로 보인다. 상위개념과 하위범주의 연계성은 차치하고라도, 역사적 근대성과 미적 근대성을 따로 논하는 방법론 자체가 모순이다. 이 논문은 텍스트에 대한 꼼꼼한 분석을 행하고 있다는 장점에도 불구하고 <근대성 담론> 이전에 <근대성>을 밝히는 작업에도 미치지 못하고 있다.

서구 인문학의 개념을 무매개적으로 텍스트에 끌어들이는 방법론은 근본적인 결함을 가진다. 한국의 사회현실에 대한 구체적인 분석이 없는 한, 근대성이나 자본주의 등의 항들이 다양한 수준에서 뒤섞일 수밖에 없기 때문이다. <근대성> 및 <일상성>이라는 제목을 달고 있는 글들에서 지속적으로 반복되고 있는 이러한 혼란은 서구의 근대성 체험과 한국의 그것이 어떻게 다른지, 같은 한국 내에서라도 1960년대와 2000년대의 근대성 체험이 왜 달라지는지에 대해 설명해주지 못한다.

근대성 연구는 아니지만 김명석의 논문[52]은 다양한 이론적 분석틀과 총체적 평가 사이에 적절한 균형을 유지하고 있다. 특히 정신분석학의 <오이디푸스 콤플렉스>를 「생명연습」에 적용하여 4·19세대의 외상이 어떠한 방식으로 형성되었는가를 밝히고 있는 대목은 이 논문의 정치함을 잘 보여주고 있다. 기존의 다양한 논의들을 하나의 흐름 속에 충분히 녹여내고 있다는 점도 장점이다. 반면 뚜렷한 방법론의 부재는 약점이다. 감수성, 자아정체성, 일상성 등의 범주는 기존의 논의를 통합하는 데는 유리할지 모르지만 논문의 독창성을 보장해주기에는 역부족이다. "김승옥의 감수성은 언어의 자각과 실험정신을 기반으로 하여(…) 1960년대 서울에서의 일상성의 경험을 형상화하고 자본주의적 일상성의 본질을 탐구함으로써 현대소설의 새로운 주제를 제시"(140)하였다는 결론은 구심

---

52) 김명석, 『김승옥소설연구』, 연세대학교 박사학위논문, 2000.

력을 상실한 느낌을 준다.

본서는 1960년대가 자본주의적 근대화가 최초로 시작된 시기라는 전제 하에서, 김승옥의 소설텍스트를 분석하여, 이른바 4·19세대의 근대성 양상을 추적하고자 한다. 여기서 근대성은 하나의 보편담론이자 시대적·역사적 이데올로기의 양상이다. 이데올로기는 그 이데올로기를 지탱하고 있는 하부구조와 그 이데올로기를 말하는 발화주체 없이는 작동할 수 없다. 본서는 필연적으로 김승옥 텍스트의 의미구조를 지지하고 있는 특수한 발화주체의 분석을 통해 당대 지식인의 보편적인 근대체험 및 당대의 근대성에 접근해 보고자 한다. 주체는 텍스트 내부의 화자, 인물, 내포작가 등을 포괄하는 개념으로 1960년대의 근대 주체에 관련된 범위에 한정되어 분석될 것이다. 본서는 근대성과 자본주의, 근대성과 주체 등의 범주를 매개하기 위해 최근의 사회과학적 성과를 일부 빌려올 것이나, 이것은 어디까지나 문학논문의 성격을 벗어나지 않는 범위로 제한한다.

본서의 제목은 『김승옥 소설의 근대주체 연구』이다. 따라서 연구대상이 되는 기본 자료는 김승옥이 발표한 모든 소설텍스트이다. 이에는 1962년 발표된 단편 「생명연습」에서부터 1980년에 연재 중단된 장편 『먼지의 방』까지의 단편 15편, 중편 4편, 장편 5편을 포괄된다. 그러나 이 중 미완성작인 중편 『빛의 무덤 속』과 『먼지의 방』은 작품의 총체적인 분석을 기대할 수 없어 연구대상에서 제외한다. 나머지 중 1970년대에 발표된 작품은 「그와 나」, 「서울의 달빛 0장」, 「우리들의 낮은 울타리」의 세 편에 불과하고, 「그와 나」의 경우는 4·19를 회고하는 내용이므로, 두 편을 제외한 나머지 모두는 1960년대에 발표되었거나, 1960년대를 다루고 있는 작품이 된다. 본서의 연구방법은 1960년대의 근대성과 김승옥 소설의 주체가 가진 구조적 상동성을 밝히는 데 있으므로, 이른바 대중소설이라 일컬어지는 김승옥의 작품 중 1970년 이후에 발표된 것들은 1960년대에 발표된 작품들을 보조하는 방식으로만 분석될 것이다.

현재까지 출판된 김승옥의 책들은 상당히 많다. 출판사도 창우사, 삼성출판사, 샘터사, 서음출판사, 한진출판사, 범우사, 민음사, 삼중당, 청아출판사 등 9개가 넘는다. 이 중에는 겹쳐지는 작품도 꽤 많지만 내용이 바뀐 것은 없다. 어미, 맞춤법 표기의 변화는 있지만 그것은 세월이 흐르면서 문법 및 맞춤법 규정이 바뀌었기 때문이지 작가 본인이 수정한 것은 아니다. 따라서 자료가 되는 텍스트는 비교적 최근에 출간되었고 소설에서 꽁트까지 꼼꼼하게 수록된 『김승옥 소설 전집』 권1~5(문학동네, 1995)로 정한다. 단, 수필이나 일기 등의 비문학 텍스트는 시기를 분명히 할 필요에서 초판본을 사용[53]한다.

수필이나 일기는 연구의 직접적인 대상은 아니지만, 소설텍스트를 해석하기 위한 보조적 수단으로 사용한다. 그러나 이 경우에도 분석방법은 소설텍스트의 그것을 그대로 따른다. 다시 말해 허구적 텍스트와 동등하게 취급하여 텍스트의 내용을 객관적인 사실과 구별하고, 텍스트 속의 '나' 역시 김승옥이 아닌 근대주체의 일인으로서의 화자로 가정한다. 이는 자칫 비문학텍스트가 소설텍스트를 분석하는데 확고부동한 사실처럼 개입되거나, 소설 속의 화자와 내포작가, 작가 등의 범주가 뒤섞일 위험성을 방지하기 위해서이다. 본서는 수필이나 일기의 경우도 텍스트에 있어 순전히 객관적인 사실은 없다는 입장에서, 그것을 일종의 고백체 서사로 간주할 것이다. 이런 경우 비문학 텍스트 역시 인문학적인 연구대상이 될 수 있다.

김승옥은 생존작가이나 80년 광주혁명에 충격을 받아 절필한 이후 약 26년 동안 단 한 편의 작품도 남기지 않았으므로 1980년을 기점으로 사실상 작품세계가 종결된 것으로 파악한다. 만약 김승옥이 생전에 작품을

53) 이에는 김승옥, 『뜬 세상에 살기에』(지식산업사, 1977); 『젊은 작가의 일기–오늘의 작가 11인의 일기』(문예출판사, 1978); 『싫을 때는 싫다고 하라』(자유문학사, 1986); 『내가 만난 하나님』(작가, 2004)가 있다.

남기게 된다면 그것은 이전의 작품과는 하나의 체계로 묶일 수 없으며 별개의 방법으로 연구되어야 할 것이다.

김승옥의 과작의 작가이며, 그의 대표작이 거의 모두 1960년대 전반기에 몰려 있는 관계로 김승옥 작품세계를 엄밀하게 시기구분하기란 어렵다. 그러나 그의 작품이 1965년을 기준으로 하여 주인공이 대학생에서 사회인으로 변화한다는 점, 그에 맞물려 본서의 연구대상인 근대주체의 양상이 결정적으로 변화한다는 점에 주목하여 그의 소설세계를 전기와 후기로 나눈다. 1965년은 사회사적으로 남한의 근대화가 본격적으로 가동되는 시기이며, 1966년은 김승옥이 「무진기행」 시나리오 집필을 계기로 영화계와 관련을 맺게 되는 개인사적인 변화가 일어난 해이기도 하다. 물론 이러한 구분은 편의상의 것에 불과하며 엄격한 시기구분론이라고는 할 수 없다. 김승옥 소설의 결정적인 특징들은 전작에 걸쳐 널리 퍼져서 나타나며 한 시기에 편중되거나 시기별로 분명히 구획되어 나타나지 않는다. 따라서 본서의 분석도 최대한 순서를 따르되 발표 시기보다는 주제적인 특성을 위주로 진행할 것이다.

김승옥의 60년대 후반 작품들은 대중소설로 분류되어 혹평되거나, 학위논문에서조차 아예 분석되지 않는 경향을 보인다. 플롯의 긴장성이 떨어지고, 신문연재소설이라는 속성 상 지나치게 말초적인 흥미에 영합하여 미학적으로 높이 평가할 수 없는 것이 사실이다. 하지만 이 작품들은 김승옥 소설 주체의 반근대적 성향이 어떠한 방식으로 근대 주체에 무의식적인 방식으로 통합되는지를 잘 해명해주는 텍스트이다. 본서는 이 작품들을 중점적으로 다루지는 않겠지만 작품 간에 공통적으로 드러나는 특징만을 검토하여 김승옥의 소설적 생명이 왜 소진될 수밖에 없었는지를 해명해보고자 한다.

따라서 본서는 미완성작을 제외한 모든 소설작품을 연구의 중심범위로 삼되 1965년 전후까지의 작품들을 보다 중점적으로 다루고 대중소설은 내포작가의 무의식적 차원을 해명하기 위한 수준까지만 검토할 것이다. 부수적인 범위로는 김승옥이 현재까지 남긴 모든 텍스트가 포함된다.

# II. 예비적 고찰

## 1. 1960년대의 근대성과 세계체제론

근대성에 대해 규정하기란 대단히 어렵다. 근대 사회 전반의 보편적 속성을 뜻하는 단어이기 때문이다. 따라서, 누가, 어떤 위치에서 말했느냐에 따라 근대성의 개념은 달라지게 마련이다.

서구에 있어 근대(Modern)는 중세 이후 사회의 모든 시공간을 함축하면서, 동시에 과거를 추월한 현대(Modern)라는 보다 지엽적인 의미로도 사용된다. 중세 이후의 모든 사회는 근대사회이지만, 전시대의 근대는 뒤따르는 근대에 의해 끊임없이 쇄신된다. 중세 이후의 모든 인간은 현대인이었던 셈이다. 그들은 언제나 가장 발전된 시대에 살고 있었다.

근대성은 계속해서 재규정되어 왔다. 그러는 사이 근대의 시간은 계속 증가하고 있으며, 근대성이 포괄해야 할 역사적 사건들도 늘어나고 있다. 발전된 공간이 있다면, 낙후된 공간도 있게 마련이다. 수많은 이질적인 공간을 하나의 보편으로 정의내리기란 점점 더 어려워진다. 이제는 탈근대(Post－Modern)를 말할 시대라든가, 서구의 근대가 아닌 제 3세계의 근대들(Moderns)을 논해야 한다고 말하는 이유가 여기에 있다. 근대성은 그것을 규정하는 하부구조와 그것을 말하는 발화주체에 의해서 그 개념을 달리할 수밖에 없다. 근대성 혹은 현대성 개념은 모더니티의 철학적 담론으로 국한되기보다는 역사적으로 독특한 사회 문화적 현상의 복합체로 간주되어야 한다.[1)]

본서에서는 근대를 자본주의적 근대의 의미로, 근대성의 경우도 어느 시대에나 동일한 것이 아니라 1960년대의 특수한 근대성으로 파악한다. 이는 1950년대 한국이 미국의 원조에 의해 제로섬(zero－sum) 축적을 한 것과는 달리, 1960년대 한국경제는 차관에 바탕한 포지티브 축적을 통해 서서히 세계경제에 통합되는 전초전이었다는 사회과학적 연구에 바탕한 것이다. 1965년은 군부독재의 수출 드라이브가 본격적으로 가동된 시기이며, 1970년대는 중화학 공업을 선두로 하여 한국이 세계체제에 진입하는데 성공한 시기로 여겨진다. 60년대는 50년대의 원조국가를 70년대의 개발도상국으로 변화시키는 과도기로서, 그 자체로서 독특한 사회문화적 배경을 가졌다고 보겠다. 김승옥의 근대의식이 이러한 역사적으로 특수한 상황에서 배태된 것임은 말할 것도 없다. 따라서 60년대의 근대성을 논하기 위해서는 60년대 한국의 사회구성체와 자본주의적 근대의 과정에서 주목할 만한 특징들을 먼저 살펴볼 필요가 있다.

사회체제론으로 해방 이후 남한의 국가체제를 규정하는 시각에는 크게 두 가지가 있다. 하나는 분단체제론이며, 또 하나는 세계체제론이다. 전자는 백낙청에 의해 주창된 것이며, 후자는 손호철이 대표적이다.

백낙청의 분단체제론은 국가체제론적인 입장에서 한국 자본주의를 분단체제에서 비롯된 특수한 형태로 파악한다. 짧은 기간 내에 압축적 근대화를 이룩했으면서도 여전히 전근대적 모습에서 벗어나지 못하는 등 여

---

1) 김성기 외, 「세기말의 모더니티」, 『모더니티란 무엇인가』, 민음사, 1994, 21쪽.

타 제3세계 국가와 다른 한국의 모습은 분단이라는 특수한 상황에서 파생된 현실이라는 설명이 이로써 가능해진다. 백낙청은 한국이 세계체제(World－System)에 속해 있음을 인정하여 균형 잡힌 시각을 확보하고 있지만, 한국자본주의가 가진 보편성은 세계체제에, 한국사회가 가진 특수성은 분단체제에 떠맡기는 경향이 있다. 특히 북한은 세계체제의 내부인가, 외부인가라는 질문이 필연적으로 제기될 수밖에 없다.

손호철은 "분단체제를(…) 자기 완결성과 재생산을 가지는 것으로 보는 것은(…) 이 기제로부터 외세는 배제되는 결과를 가져올 가능성이 크다"[2] 고 지적하면서 "과연 극소량의 경제 교역을 이유로 북한이 줄곧 자본주의 세계체제의 일부였다고 주장할 수 있을지는 극히 회의적"[3]이라고 비판한다. 그는 백낙청의 주장대로라면 북한, 통일 전 독일, 베트남에서도 분단모순이 주 모순인가, 하는 질문을 던진다. 그러나 세계 체제적 입장에서도 한국은 여전히 예외적인 국가이다. 손호철도 곳곳에서 분명히 하고 있듯이 기존의 보편적인 이론체계만으로는 해방 이후 한국사회를 설명하기 어렵다.[4]

사회구성체의 관점에서 해방 후 남한(이후 한국)을 보는 관점에는 식민지반봉건사회(식반론), 주변부자본주의, 종속자본주의, 관료자본주의, 신식민지 내지 종속적 독점자본주의(신식독자) 등이 있다. 이에 대해 손호철은 전 세계체제론적인 식반론이나 주변부자본주의론에 대한 신식독자의

---

2) 손호철은 여기서 <세계국가체제(interstate－system)>와 <자본주의세계경제>를 구분한다. 북한은 <세계국가체제>에는 속해 있지만 <자본주의세계경제>의 내부에 있었다고 보기는 어렵다는 것이 그의 주장이다(손호철, 『해방 50년의 한국정치』, 새길, 1995, 297쪽).

3) 위의 책, 298쪽.

4) 여기서 한가지 지적할 점은 1950년대 말 한국자본주의의 (…) 구체적 성격은, 현 단계에서는 당시 한국자본주의의 성격에 대한 이론적 합의의 부재로 단정적으로 이야기하기 어렵다는 사실이다(손호철, 『현대한국정치:이론과 역사 1945~2003』, 사회평론, 2003, 227쪽).

우위성을 인정하면서도 신식독자가 이론적으로 너무 포괄적이고 한국자본주의에 과연 독점자본주의가 지배적 부문을 갖고 있었는가를 의문점으로 제기하면서 그 절충안으로 종속적 중위자본주의를 주장하고 있다.[5) ] 1950~60년대의 사회구성체 모델의 적합성을 검토하는 것이 본서의 목적은 아니지만 1960년대 한국자본주의 상황이 대단히 특수하다는 사실만은 강조되어야 한다. 세계체제 하에서 대부분의 국가는 <독점자본주의>와 <종속자본주의>로 대별되며, 전자는 제 1세계에, 후자는 제3세계에 대응되는 경향이 있다. <독점자본주의>는 다시 <국가독점자본주의>와 <식민지독점자본주의>로 분류되는 것이 통상적이다. 문제는 1960년대의 한국자본주의가 국가독점자본주의와 식민지 독점자본주의의 성격을 골고루 갖고 있다는 데 있다. 다시 말해 제1세계나 제3세계, 혹은 라틴 아메리카의 자본주의 분석모델이 한국적 상황에는 들어맞지 않는다.

이는 국가발전모델에 있어서도 마찬가지다. 개발도상국의 경우 국가발전모델은 크게 <대외지향적 공업화>나 <수입대체공업화>를 따르게 마련이다. 문제는, 당시 후진국의 개발전략으로서 수입대체공업화가 일반화되어 있던 상황에서 한국이 어떻게 대외지향적인 공업화전략을 추구하게 되었는가[6)]이다. 재미있는 것은 일반적으로 알려진 것과 달리 첫째, 박정희의 경제개발계획은 원래 수입대체공업화 전략[7)]이었으며, 둘째, 대외지향적공업화가 미국에 의해 주도된 것도 아니라는 사실이다.[8)]

---

5) 손호철, 「5・16군사쿠데타의 재조명」, 위의 책, 225~245쪽.

6) 김낙년, 「1960년대 한국의 공업화와 그 특징」, 『1960년대 한국의 공업화와 경제구조』, 한국정신문화연구원 편 권8, 백산서당, 1999, 12쪽.

7) 최초의 경제개발계획안의 목표는 "조속한 자립경제의 구축과 민생고의 해소"를 목적으로 하고 있었다. "계획기간인 1962년부터 1966년까지 5년동안 연평균 7.1%의 경제성장을 이룩하며 동 기간동안 총 3조 2145억 환을 투자하는 것을 골자로 한 동 계획안은 특히 농업 등 1차산업에 대한 투자액을 대폭 늘린 것이 특징 중의 하나였다."(유호열, 한배호 편, 「군사정부의 경제정책」, 『한국현대정치론2』, 오름, 1996, 86쪽).

다시 말해서 1960년대 한국의 경제개발정책은 <수입대체/ 대외지향>의 이분법으로도 해명되지 않는다.[9)]

박정희의 화폐개혁[10)]은 한국이 국내독점자본을 형성하여 자립경제를 추진하려 했음을 알게 해준다. 그러나 화폐개혁의 실패와 미국의 압력으로 한국은 박희범식 내포적 공업화[11)]를 포기하기에 이른다. 차관의 이율을 이용해 자본을 축적하는 기상천외한 금융정책[12)]이 시행되고, 이는 한

---

8) 미국정부는 경제개발전략으로서의 수출지향적 공업화 정책을 정책적 대안으로 미리 제시하지는 않았다. (…) 따라서 수출지향적 공업화를 도입하는 과정에 미국의 압력이 개재되었다는 증거는 없다(이완범, 한국정신문화연구원 편, 「제 1차 경제개발5개년계획의 입안과 미국의 역할」, 『1960년대의 정치사회변동』, 백산서당, 1999, 114쪽).

9) 1960년대 초를 기준으로 한국의 산업화과정이나 전략을 수입대체 또는 수출지향이라고 구분하는 것은 이러한 교과서적 정의에도 부합되지 않을 뿐만 아니라 그러한 이론적 배경이 되는 남미나 인도와 같은 다른 개발도상국의 경험과도 상당한 유형적 차이를 보이고 있다(장하원, 한국정신문화연구원 편, 「1960년대 한국의 개발전략과 산업정책의 형성」, 『1960년대 한국의 공업화와 경제구조』, 백산서당, 1999, 101쪽).

10) 산업화를 위한 재원확보와 금융재원의 증가를 위한 수단을 고려하는 가운데 정부는 1962년 6월 화폐개혁을 단행했다. 당시 정부는 경제 전체적으로 상당한 규모의 잉여자금이 퇴장되어 있다고 판단하고, 이를 흡수할 목적으로 화폐개혁과 함께 은행예금을 강제하여 최소한의 생활비를 제외하고 예금인출을 전면금지했다. 그러나 대규모의 잉여자금은 존재하지 않는 것으로 판명되고 거액의 통화잔고는 이미 기업의 생산활동에 활용되고 있었기 때문에 예금인출 금지조치는 즉각적인 기업활동의 중단을 초래했다(Cole・박영철, 『한국의 금융발전: 1945~80』(서울: KDI, 1984), 71쪽(위의 글, 86쪽에서 재인용)).

11) 경제개발 5개년 계획의 "이론적 근거는 최고회의 의장 자문위원이었던 민간 경제학자 박희범 서울상대 교수가 제공했다. 그의 이론은 '내포적 공업화전략'이었는데 보다 구체적으로는 '자립경제를 지향하는 자주적 공업화전략'이었다(이완범, 위의 글, 68쪽).

12) 65년 당시 차관이율은 은행이율보다 낮았다. 진중권에 의하면 "65년의 금리 현실화 조치가 대출금리를 16%에서 26%로 대폭 인상하고 예금금리를 15%에서 30%로 대출금리보다 높게 한 것은 모순이었다. 대출을 받아 예금을 하는 것만으로도

국이 국가독점을 이룩하기 위해 해외의존도를 심화시키는 방향으로 나갈 수밖에 없었음을 시사한다. 한국정부는 수출지향과 수입대체를 동시에 지향하게 된 것이다.[13]

한편, 브루스 커밍스는 한국을 미국의 금융 감독으로부터 교묘하게 벗어난 국가로 묘사한다. 통상 두 개의 화폐가 통용되는 다른 국가와 달리, 50~60년대 한국에는 네 가지의 화폐가 통용되었다.[14] 한국에서는 금리 역시 서너 가지 된다.[15] 한국은 "효과적인 부패"[16]의 나라이며, 아이러니 중의 아이러니는 86%의 해외의존도를 지닌 남한이 아무튼 세계경제의 아가리에서 산업적 자립을 쟁취해냈다는 것이다.[17]

60년대 한국의 사회구성체와 근대화 과정에서 주목되는 것은, 그것이 서구의 근대화 모델을 그대로 수입한 결과가 아니었다는 사실이다. 미국의 의지에 의해 주도된 것이라고 보기는 더욱 어렵다. 한국의 사회구성체는 시대마다 그 성격을 달리 하고 있으며, 이러한 경우는 동시대의 여타 후발국가에서는 찾아보기 힘든 것이다. 그럼에도 한국은 그 어느 나라보

---

4%의 이자수익이 생기니, 기업활동을 하는 것보다 예금을 하는 편이 높은 수익을 얻을 수 있다는 모순된 결과를 빚어낸 것이다"(강준만, 『한국현대사 산책: 1960년대편』 권3, 인물과 사상사, 2004, 16쪽).

13) 김낙년, 위의 글, 67쪽.

14) 한국에서는, 동대문 시장의 노파가 나보다 훨씬 잘 알고 있겠지만 네 가지 화폐가 통용되었다. 공식적인 환율의 미국 달러, 동대문 시장 환율의 미국 달러, PX에서 유용한 달러를 완곡하게 일컫는 '군표', 이 세 가지 통화와 더불어 수시로 환율이 변동하는 한국의 불환(不換)화폐 원이 나란히 존재했다(Cumings. Bruce, 김동노·이교선·이진준·한기욱 역, 『한국현대사』, 창비, 2001, 442~443쪽).

15) 공식적으로 정해지고 국가에서 인정하는 중앙은행금리, 여성들이 매달 공동출자하고 제비뽑기로 모인 판돈을 가져갈 사람의 순번을 정하는 오랜 제도인 계의 금리, 환전상들 무리가 부과하는 금리로서, 이를 통해 정말로 상상할 수 없을 규모의 돈이 돌아다니는 '사채금리'가 있다(위의 책, 443쪽).

16) 위의 책, 447쪽.

17) 위의 책, 459쪽.

다도 빨리 세계체제에 동화되고, 친미 · 친일정책에 입각하여 급속도로 미국식 · 일본식 자본주의를 받아들이는 길을 걸어왔다.

요약해서 말하자면 한국의 근대화는 어느 한쪽의 의지가 아니라 세계체제적, 분단 체제적, 정치적, 사회적, 문화적 변수들의 충돌과 힘들의 벡터(Vector)가 집적되어 중층결정(over－determination)된 것이라 할 수 있다. 특히 60년대의 그것은 앞에서 간략하게 살펴보았듯 쉽게 설명하기 힘든 복잡다단한 양상을 보인다. 이러한 60년대의 한국적 상황 속에 김승옥의 독특한 문학이 가로놓여 있다. 김승옥이 60년대에 거의 대부분의 작품을 생산한 것은, 그가 그 시대를 너무 깊숙이 꿰뚫어보았기 때문일지도 모른다. 이미 70년대 한국의 사회구성체는 60년대의 그것보다는 훨씬 보편적인 모습을 보이는 것이다.

근대의식은 세계 경제적이고 현실 정치적인 요인에 의해서만 결정되는 것은 아니다. 그것은 담론에 의해서도 영향 받는다. 서구 지식의 전파가 정신적인 지배의 도구가 될 수 있음은 물론이다. 이와 관련하여 1960년대의 문인들이 전 세대 문인들에 비해 훨씬 더 서구 인문학 전통에 깊이 침윤되어 있었음은 재론의 여지가 없을 듯싶다.[18] 김승옥 소설에 있어서도 서구문화에 대한 추종과 그것에 대한 혐오는 곳곳에서 찾아볼 수 있다. 김승옥의 상상력 자체가 서구의 그것을 뛰어넘거나, 그것에서 벗어나고 싶어 하는 욕망에서 비롯되었다고 해도 과언은 아닐 것이다. 그렇지만 김승옥의 소설세계에서 곧바로 반(anti)근대나 탈(post)근대를 읽어내는 것은 성급한 시도로 여겨진다. 김승옥의 소설의 화자 및 인물이 단편적으로 서구문화나 근대화에 반발하는 면모를 보이는 것은 사실이지만, 소설은 화자의 사상을 직접적으로 주장하는 장르가 아니라는 점을 감안할 때 이러한 판단은 직접적인 발화보다는 그러한 발화를 가능케 하는 구조에서 추출되어야 할 것 같다. 더구나 마치 박정희 식 근대화가 미국식의 개발

---

18) 이에 대해서는 이미 연구사 검토에서 장영우의 글을 인용한 바 있다.

모델을 거부했음에도 불구하고, 결국에는 친미적인 경제개발계획을 추진해나갈 수밖에 없었듯이, 서구문화나 근대화에 대한 반발 역시 근대의식이 수립되는 과정으로 볼 수 있다. 김승옥의 소설이 미학적으로 훌륭하다 하여 저항문학으로서의 가치도 높다는 식으로 독해하는 것은, 자칫 소설 텍스트의 다의성을 만능화하는 경향으로 흐를 위험성이 크다고 본다.

한국에서 탈근대성은 90년대 이후 근대에 대한 저항담론으로 자주 이야기되고 있다. 한국 근대소설의 연구에 있어서도 탈근대성을 분석의 방법론으로 삼은 경우가 적지 않다. 탈근대성은 70년대에 프랑스를 중심으로 일어난 후기구조주의 계획이다. 미쉘 푸코의 담론의 정치학, 데리다의 해체, 부르디외의 상징권력, 보드리야르의 시뮬라시옹, 프레데릭 제임슨이나 리오타르의 저작 등등이 모두 이에 속한다. 광의의 개념으로 보자면 훗설이나 하이데거의 현상학, 사르트르의 실존주의도 서구합리주의의 전통을 재정초하려는 기획이었다는 점에서 탈근대적 계획이었다고 볼 수 있다. 포괄적으로 말해서 그것은 현대의 지배체제를 언어의 그것으로 파악하고, 주로 담론의 영역에서 어떻게 근대성의 억압으로부터 빠져나올 것인가를 말하고자 한다. 본서와 관련해서 문제가 되는 것은 과연 한국의 근대소설에 과잉 성장한 제 1세계의 담론을 적용할 수 있는가에 있다.[19)]

좀 더 조심스러운 용어인 <탈근대적> 혹은 <탈근대적 지향>도 사용되고 있다. '적'이나 '지향'은 그것의 대상이 선행할 것을 전제하는 말들이다. 예를 들어 1930년대에 탈근대성이 존재하지 않는데도 불구하고 1930

---

19) 이에는 다음과 같은 논문들이 있으나 본서는 한국문학에 대한 탈근대적인 논의 자체를 문제삼는 것이지 논문 자체의 정합성을 문제삼는 것은 아니다.

이상민, 『장용학 소설에 나타난 탈근대적 주체의 형성 양상에 관한 연구』, 카톨릭대학교 대학원, 2003.

엄성원, 『한국 모더니즘 시의 근대성과 비유 연구: 김기림 이상 김수영 조향의 시를 중심으로』, 서강대학교 대학원 박사학위논문, 2001.

차승기, 『1930년대 후반 전통론 연구: 시간 공간 의식을 중심으로』, 연세대학교 대학원 박사학위논문, 2003. '전통'과 '탈근대'의 주체구성방식.

년대 문학이 탈근대적이거나, 탈근대적 지향을 할 수는 없다고 본다. 더구나 이러한 독법은 근대성의 공식으로 설명되지 않는 모든 것들을 탈근대적인 것으로 파악할 가능성이 높다. 근대성의 바깥에 있는 것이라면 모두 근대에 대한 저항성을 가진다는 식의 논리는 탈근대성에 대한 분석가의 지향을 보여줄 뿐이다. 이러한 태도는 모든 것을 보편화하고 체계화하는 근대성의 공식만큼이나 위험해 보인다.

물론 현대의 시각에서, 혹은 새로운 관점에 의한 분석의 도구로 탈근대적 담론이나 이론이 사용될 수는 있다. 따라서 본서는 탈근대 혹은 후기구조주의의 이론을 폭넓게 사용하되 <탈근대>나 <탈근대성>이라는 개념보다는 <근대에 대한 반발> 내지는 <반근대성>이라는 용어를 사용하고자 한다. <반근대성>은 <탈근대성>과 달리 특정한 지향점을 가지지 않는다는 점에서 보다 편하게 쓸 수 있는 용어가 아닌가 한다.

탈근대와 함께 탈식민(post-colonial)도 자주 이야기되고 있다. 물론 한국은 한때 일본의 식민지였으며, 신식민주의적인 관점에서 보자면 현재에도 식민지적인 면모를 갖고 있다는 주장이 얼마든지 있을 수 있다. 그러나 현재의 탈식민주의는 한국과는 전혀 다른 사회적·역사적 배경을 가진 나라들에서 시작된 학문이다. 탈식민주의의 주창자라 할 수 있는 프란츠 파농은 주로 영국사회 내부의 흑인들에 대해서, 혹은 영국 식민지의 흑인들에 대해서 말하고 있다. 스피박이나 호미 바바는 제3세계의 탈식민성을 다룬 제1세계의 저작을 보여준다. 특히 스피박은 제3세계인으로서 제1세계의 상징계(학계)에 진입한 자신의 특수한 주체적 위치에서 발화함으로써 제3세계 자체의 재현불가능성을 구조적으로 보여준다. 그러나 탈식민주의(post-colonialism) 이론가들은 한국을 연구대상으로 삼지 않는다. 그들의 이론은 원론적으로는 보편타당한 것이지만 한국적 상황에는 잘 들어맞지 않는 것 같다.

한국은 인도네시아와 함께 아시아 민족에 의해서 식민통치를 받은 국가이다. 해방 이후에 있어서도 한국은 식민체제보다는 냉전체제에 의해서 더 큰 영향을 받았다고 보아야 한다. 6·25 전쟁은 식민지 국가에 공통적으로 나타나는 내전(Civil－War) 개념만으로는 설명하기 어렵다. 탈식민주의에서 말하는 제1세계에 의한 제3세계 국가의 민족 전유 역시 한국에는 적용되기 어렵다. 한국은 영토의 변화에도 불구하고 재론의 여지없는 단일민족 국가이기 때문이다. 한국에 있어서 민족해방담론은 탈식민주의적인 시각보다는 탈세계체제적이고 탈분단체제적인 입장에서 서술되어야 한다는 것이 필자의 기본적인 입장이다. 탈식민주의 이론은 하나의 분석방법으로는 실효성이 있을지 모르지만 1960년대 한국사회 전체를 탈식민주의에서 말하는 식민자의 위치에서 파악하는 데에는 무리가 따른다.

이와 함께 서구 인문학을 손쉽게 개별텍스트에 적용하는 이론만능주의도 재고를 요한다. 개별텍스트의 일부분을 유목주의(Nomadism), 탈주, 혼종성(Hybridities), 하위주체(subaltern) 등으로 쉽게 개념화하여 텍스트의 의도나 함의와는 동떨어진 저항담론을 양산하는 것은 또 다른 의미에서의 이론폭압주의가 될 수 있음을 경계해야 한다. 본서는 탈근대, 탈식민 이론의 개념을 폭넓게 사용하되 탈세계체제적인 관점에서 김승옥 근대주체의 의식체계를 탐구해보고자 한다. 이는 김승옥 소설이 반근대적 시각을 종종 보여주지만 탈근대나 탈식민의 입장에 서 있지는 않다는 것이며 그가 보여주는 주체의 반근대성은 근본적인 층위에 있어서는 근대적 주체의 한 양상이 될 수도 있다는 사실에 주목하려는 것이다. 앞으로 자세히 살펴보겠지만 김승옥의 텍스트는 무의식적으로 제국주의적이고 식민주의적인 세계관을 노출하기도 하는 것이다. 한 마디로 김승옥 소설의 주체는 <근대/반근대>의 이분법만으로는 설명되지 않는다.

이와 관련하여 4·19세대와 5·16쿠데타 세력을 <저항/억압> 내지는 <좌파/우파>의 식으로 손쉽게 이원화하는 경향도 재고할 필요가 있다. 4・19세대가 반민중적이었다는 것은 아니지만 그들의 한계는 민주주의와 경제발전을 동일시 내지는 양립가능한 것으로 보았다는 점에 있다. 실제로 당시의 후발국가 중 민주주의와 경제성장의 두 마리 토끼를 동시에 거머쥔 경우는 없다. 강한 국가(독재국가)는 당시 상황에서 보자면 고속성장의 필수조건이었다고 할 수 있다. 시간이 지날수록 지식인은 비겁했다는 지적이나, 당시 학생들 중 상당수는 5・16군사쿠데타에 대해서 옹호적이었다는 사실에도 주목할 필요가 있다.[20] 4・19세대는 이승만의 동상은 철거하면서도 맥아더 동상에는 화환을 걸어놓을 정도로 친미적이기까지 했다.[21] 해방 후 한국의 이데올로기 지형도가 우경반쪽지형이었다는 분석[22]은 받아들이면 4・19세대가 좌파는커녕 중도파 내지 중도우파였음을 알게 해준다. 이념의 좌우가 저항의 성격을 가늠할 수 있는 절대적인 척도는 아니지만 대학생이 일자리로 수용할 수 있는 인원의 18배였다는 주장[23]은 학생들의 4・19 참여가 민주화가 가져올 경제적 효과에 대한 기대에서 추동되었을 가능성 또한 무시할 수 없게 만든다. 여기에 4・19에 참여한 인원이 학생들뿐만이 아니었다는 사실까지 감안하면 그것의 성격규정은 훨씬 더 복잡해진다. 어쨌거나 4・19세대라 일

---

20) 강준만은 "신형기는 4・19 정신을 만든 메커니즘으로부터 국가주의가 작동한 흔적을 읽는 것은 어려운 일이 아니며, 바로 이런 국가주의 정신을 구현할 역사주체의 등장은 필연적이었다는 점에서, 5・16 쿠데타의 성공은 가능했다고 말한다." (신형기, 정희진 외 편, 「용해와 귀속의 역사를 돌아보며: '자기' 없는 '우리들'의 연대는 가능한가」, 『'탈영자들'의 기념비』, 생각의 나무, 2003, 62~65쪽)고 인용・정리하면서 "이 관점을 받아들이면 왜 수많은 4・19 주체들이 5・16 쿠데타를 지지한 것인지 그 이유도 쉽게 규명할 수 있을 것"이라고 지적하고 있다(강준만, 위의 책 권1, 51~52쪽).

21) 이종오 외, 「4월혁명의 심화발전과 학생운동의 전개」, 『1950년대 한국 사회와 4・19혁명』, 태암, 1991, 212쪽 참조.

22) 이에 대해서는 손호철, 위의 책, 132~133쪽 참조.

23) 강준만, 위의 책, 42쪽.

컬어지는 당시의 학생계층은 특정 정권의 부정부패에는 반대했지만 의식적이든 무의식적이든 자본주의적 근대화에 대해서는 상당히 옹호적이었다고 보여진다. 따라서 4·19세대의 이데올로기는 조직적인 집단의 확고한 신념이었다기보다는 다양한 계층과 신분을 가진 사람들의 중층적이고 미결정적인 어떤 것으로 파악되어야 한다. 4·19세대의식은 이렇듯 중간자적이고 유동적인 것으로 상정하는 것은 김승옥의 소설에 나타나는 주체가 반근대와 근대를 동시에 추구하거나, 근대에 대한 반발에서 점차 근대성에 통합되는 과정을 이해하는데 보다 효율적인 시각을 제공해줄 것이다.

이상에서 밝힌 바와 같이 본서는 1960년대를 한국사회가 세계체제에 편입되어가는 시기로 보고, 근대성을 1960년대 한국자본주의의 특수성으로 정의한다. 세계체제론과 관련하여 <도시/농촌>의 이분법 대신 <중심부/주변부>의 개념을 사용할 것이나, 이때의 중심부·주변부는 1960년대의 과도기적 성격을 고려하여 현실적 공간이라기보다는 잠재적 공간으로, 근대주체의 일상적 공간 인식에 끊임없이 영향을 미치는 환상적 공간의 형태로 제시될 것이다. 이는 김승옥 소설에 나타나는 공간을 근대에 대한 주체의 보편적인 관념과 60년대 한국의 현실적인 상황이 충돌한 결과로 나타난 독특한 미학적 공간으로 파악하고자 함을 의미한다.

세계체제론은 1960년대 한국사회를 규정하기 위한 관점의 토대가 될 수는 있으나 구체적인 텍스트 연구방법론이 될 수는 없다. 본서의 연구목적은 1960년대 한국 자본주의의 양상이 아니라 근대주체의 근대성 인식과 발화양식을 탐구하는데 있으므로 텍스트에 대해서는 후기 구조주의의 입장에서, 발화주체에 대해서는 정신분석학적 방법을 사용하여 분석할 것이다. 각 시기의 근대성을 공시적으로 연구하여 한국 근대주체의 보편적 양상을 밝히는 작업은 이후의 과제로 남겨둔다.

## 2. 근대주체의 인식체계와 실재(The real)의 관계

근대주체란 근대성에 대한 인식을 통해 자신의 존재를 발견한 주체를 말한다. 근대성을 통해 자신의 정체성을 갖게 되는 것이다. 주체는 이 정체성에 기반해서 대상을 바라보게 마련인데, 이 때 근대성은 대상 이전에 존재하는 선험적 관념으로 작용하게 된다. 가라타니 고진은 이를 <풍경의 발견>이라고 말한다. 풍경이란 하나의 인식틀이며, 일단 풍경이 생기면 곧 그 기원은 은폐된다.[24] 은폐는 전도된 의식을 낳는다. 주체는 대상에서 자신의 관념을 보고 있지만, 언제나 자신이 대상 그 자체를 보고 있다고 생각한다. 즉, <풍경> 이전의 풍경에 대해 말할 때 이미 <풍경>에 근거해서 보고 있다는 자가당착[25]을 낳는다.

여기서 근대성이 만약 서구의 그것에 기반해서 만들어진 것이라면, 근대주체는 서구적 관념에 의해 정체성을 규정당하고 모든 사물을 인식하게 되는 셈이다. 고모리 요이치는 이러한 동양의 근대화 과정을 라캉의 거울단계(mirror－stage)로 설명한다. "동양이라는 타자를 둘러싼 치밀한 분석과 기술을 가능하게 하는 담론 체계를 창출함으로써, 타자로서의 동양의 문화적 이질성을 거울로 삼아 서양이라는 유럽 사람들의 자기상이 구성되어 왔"[26]듯이, 동양은 유럽인들의 자기상을 이상적 자아로 삼아 "과도하게 흉내・모방"하는 일을 반복해 왔다는 것이다. 특히 일본은 문명국(영국)의 만국공법을 내면화하여 주변의 타자(아시아 국가)들을 <야만>으로 규정함으로써 <반개>라는 자신의 정체성을 얻어낸다.[27] 이 논의를 그대로 따르자면 한국의 식민지적 근대성은 <이중의 거울상>에 의

---

24) 柄谷行人, 박유하 역, 「풍경의 발견」, 『일본 근대문학의 기원』, 민음사, 1996, 32쪽.

25) 위의 책, 29쪽.

26) 小森陽一, 송태욱 역, 『포스트 콜로니얼』, 삼인, 2002, 12쪽.

27) 이에 대해서는 小森陽一, 「문명, 반개, 야만의 삼극구조」, 위의 책, 33~36쪽 참조.

해 형성된 것이다. 일본에 의해 <야만>으로서의 자신의 타자성을 발견하고 그들의 모방한 근대성을 또 다시 모방하도록 강요당한 셈이다. 재미있는 것은 이러한 과정을 통해 서구라는 거울상은 계속 왜곡된다는 사실이다. 은폐되는 것은 서구적 관념이라는 풍경뿐만이 아니다. 근대주체가 풍경 이전의 풍경을 인식하는 순간, 그는 자신의 근대성이 서구의 그것과 동일하지 않다는 사실을 은폐하게 된다. 고진의 논리를 확장시키자면, 주체는 자신이 서구의 관념으로 대상을 파악하고 있다고 생각하지만, 사실은 서구와 동양 사이에서 분열된 타자로서의 자기 자신을 볼 뿐이다.

서양이 동양과의 차이를 통해 자신의 정체성을 얻고, 자신에 의해 왜곡되고 신비화된 동양을 거꾸로 식민자에게 주입했다는 것은 에드워드 사이드의 주장이다. 오리엔탈리즘(Orientalism)은 "'동양'과 (대체로) '서양'이라고 하는 것 사이에서 만들어지는 존재론적이자 인식론적인 구별(ontological and epistemological distinction)에 근거한 하나의 사고방식"[28]이다. 오리엔탈리스트의 동양은 있는 그대로의 동양이 아니라 동양화된 동양이다.[29] 문제는 동양인의 자아정체성이 바로 이 서구의 오리엔탈리즘에 의해 규정되고 속박된다는 데 있다. 어떤 한 사람의 동양인이 (일반적인 범주에 따라) 주위에 펼쳐진 울타리를 넘어 그곳에서 어느 정도 멀리까지 도망갈 수 있었다고 하여도, 그는 무엇보다도 먼저 동양인이고, 그 다음에 한 사람의 인간이나 결국 마지막에는 다시 동양인으로 돌아온다.[30] 다시 말해『오리엔탈리즘』에 의하자면 동양이 서양의 담론적 속박으로부터 벗어나올 방법은 불행하게도 없다.[31] 동양과 동양인이 아무리 변한다 해도, 동양은

28) Said, Edward W, 박홍규 역,『오리엔탈리즘』, 교보문고, 1991, 17쪽.

29) 위의 책, 197쪽.

30) 위의 책, 193쪽.

31) 이에 대해 바트 무어 길버트는「오리엔탈리즘에 대한 저항의 (불)가능성」이라는 장에서 다음과 같이 지적한다. "사이드는 18세기 후반의 오리엔탈리즘이 이전의 패러다임을 대체하게 된 경위는 어느 정도 설명하지만, 특정 오리엔탈리즘이 어떠

불변이라고 확신하고 있는 오리엔탈리스트의 입장에서 보게 되면, 새로운 사태란 단순히 잘못 생각한 새로운 '탈－동양인 dis－Orientals'이 속여서 그렇게 보이고 있는 구사태에 불과하다. 그리고 제3의 수정적인 선택으로서는 오리엔탈리즘을 전면적으로 폐지하는 것이나, 그것은 지극히 소수에 의해서만 생각될 수 있는 것이다.[32]

반면 샤오메이 천은 사이드가 불가능하다고 못 박았던[33] 옥시덴탈리즘(Occidentalism)을 제창한다. 중국적 동양은 서양에 의해 구성된 중국과 중국에 의해 구성된 서양이라는 두 구성 요소의 독특한 조합으로 대변되는 새로운 담론을 창조[34]해냈다는 것이다. 그는 사이드의 말을 뒤집어, ""가장 은밀하고 가장 지속적으로 다시 등장하는 타자의 이미지"로서의 서양(Occident)의 중국적 재현"을 말한다. 중국지식인들은 서구 자체를 받아들인 것이 아니라, 자신들의 정치적 해방을 위해 다양한 방식으로 서양을 날조, 조작, 이용했다. 서양예술은 일방적으로 전파되지 않고, 중국과 서양 사이에서 상호 오염되는 문화충돌에 의해 흡수되었다. 그는 수많은 사례분석을 통해 문화권 사이의 <창조적 오독>이야말로 예술을 발전시키는 원동력이었음을 강조한다.

옥시덴탈리즘은 오리엔탈리즘에 대한 적절한 저항담론일지는 몰라도, 제국주의 담론을 무의식적으로 받아들이는 근대주체의 역설을 반복하고

---

한 투쟁을 거쳐 부상하게 되었는지, 동양에 대한 다른 시각들을 어떻게 진압할 수 있었는지를 설명하지 못한다. 그 결과 안타깝게도 오리엔탈리즘은 서구가 비서구 세계를 인식하는 영구적이고 불가피하며 '자연스러운' 방식으로 굳어지고 말았다."(Gilbert. Bart－Moore, 이경원 역,『탈식민주의! 저항에서 유희로』, 한길사, 2001, 138~139쪽 참조).

32) Said, Edward W, 위의 책, 198쪽.

33) 에드워드 사이드는 "누구든지 간에 오리엔탈리즘과 대칭적인 위치에 옥시덴탈리즘(Occidentalism)이라는 분야를 상상할 수는 없으리라"라고 하여 사실상 옥시덴탈리즘의 가능성 자체를 부정하고 있다(Said, Edward W, 위의 책, 100쪽).

34) Xiamei Chen, 정진배 · 김정아 역,『옥시덴탈리즘』, 강, 2001, 12쪽.

있는 듯하다. 일례로 샤오메이는 서양만이 제국주의 국가를 가지고 타민족을 침략했다는 동양의 윤리적 우월주의를 공격하면서도, 중국제국의 영향력을 은근히 강조함으로써 은연중에 중화주의는 물론 중국 제국주의의 환상을 드러내고 있다. 본인도 인정하듯이, 중국의 옥시덴탈리즘은, 비록 그것이 주로 또는 특히 중국 자체를 목표로 삼고 있다 할지라도, 역설적으로 서양 오리엔탈리즘의 산물이다.[35] 서구와의 동일시, 혹은 서구에 의한 타자화는 실제적으로 같음이나 다름을 의미하지 않는다. 문제는 세계 전체가 동일자와 타자로 구성되었다는 근대 인식체계의 환상에 있다. 옥시덴탈리즘은 인종적인 차이를 과장하여 동양인의 정신을 과대평가하는 오리엔탈리스트나, 이와 다를 바 없는, 실제로는 수평적인 차이에 불과한데도 서양인의 의식을 이상적인 것으로 차별화하는 제3세계 지식인의 이데올로기적 환상 앞에서는 무력해 보인다. 아마도 서구의 문화를 창조적으로 오독한 중국인들의 상당수는 자신이 서구의 그것을 근사치에 가깝게 이해하거나 재현했다고 믿었을 것이다.

1960년대의 근대주체 역시 이러한 방식으로 서구담론을 받아들였다고 볼 수 있다. 그러나 이 때의 근대주체는 보편주체도 아닐뿐더러 근대화된 집단의 평균치로 환산될 수 없다. 따라서 특수한 주체의 인식체계 분석을 통해 보편적인 이데올로기 체계를 재구(再構)하는 변증법적 모델이 필요하다.

김승옥 소설의 근대주체가 1960년대 근대주체를 직접적으로 대표한다고 보기는 어렵다. 그의 인물들은 동시대의 다른 작품에서는 찾아보기 힘든 인격을 보여주고 있기 때문이다. 그러나 전형적이건 개성적이건 주체의 발화는 그 시대의 랑그(langue)체계 바깥에 존재할 수는 없다. 빠롤(Parole)은 랑그를 위반하게 마련이지만 그럼에도 랑그는 빠롤을 규정하는 지속적인 힘으로 작용한다. 따라서 김승옥 소설을 통해 근대주체의 인식

35) 위의 책, 17쪽.

체계를 밝혀내려면 독특한 발화의 제약조건으로 작용하는 심층적인 구조를 분석해야만 한다.

이는 인식주체 자체가 아닌 텍스트의 발화주체들을 중심으로 근대주체의 특수성을 분석해야 함을 의미한다. 미하일 바흐친에 의하면 소설텍스트는 하나의 이데올로기적 사물[36]이다. 이데올로기적 사물은 상부구조와 하부구조의 결합이며, 당시의 정치적・사회적・경제적・문화적 배경과 외따로 존재하는 것이 아니다. 소설텍스트는 그 자체로 당대의 역사적인 이데올로기의 장(field)을 보여준다. 근대주체는 역사적인 이데올로기의 장 속에서만 발화하며, 근대성 담론은 특정한 발화주체에 의해서만 구체적으로 작동할 수 있다. 텍스트 속의 발화주체는 시점의 화자(말하는 화자), 초점화자(보는 화자), 등장인물을 의미하며 이들의 대화가 변증법적인 논쟁형식[37]을 거쳐 최종적으로 가리키는 텍스트 이면의 내포작가를 포괄한다. 그렇다면 이러한 특수한 발화주체와 근대주체의 보편성을 매개하는 분석방법론이 요구된다.

근대주체의 이데올로기를 재구하는 보조적인 방법론으로 그레마스의 <기호사각형>을 들 수 있다. 그는 기호학적 제약의 구조를 심층구조, 표층구조, 발현구조로 나누고 이 중 "개인이나 사회의 근본적인 존재방식과 그것을 통해 기호학적 대상들의 존재 조건들을 규정하는 심층구조"[38]와

---

36) 바흐찐은 문학작품을 이데올로기적 사물로 규정하고 이데올로기적 소재를 1) 물리적인 자연 일반의 물체 2) 생산용구 3) 소비재로 구분한 다음 이데올로기적 사물 1), 2), 3)의 차이를 반드시 구별할 필요성을 강조하고 있다. 이에 대해서는 Bakhtin. Mikhail M, 이득재 역, 『문예학의 형식적 방법』, 문예출판사, 19~23쪽 참조.

37) 바흐찐은 소설을 이질적인 언어들 간의 변증법적인 논쟁형식에 의해 화자가 전달하고자 하는 의미가 타인의 발화를 통해 간접적으로만 전달되는 양식으로 본다. "소설 속에 통합된 언어적 다양성은(그 통합의 형식이 어떠한 것이건간에) 굴절에 의해서만 작가의 의도를 표현하는, 타인의 언어에 의한 타인의 발언이다."(Bakhtin. Mikkail M, 전승희・서경희・박유미 역, 『장편소설과 민중언어』, 창작과 비평사, 1988, 140쪽).

관련하여 모든 기호체계는 연접과 이접, 상반항과 모순항의 관계에 의해 네 개의 의미소로 분절된다고 본다. 이러한 방식으로 텍스트의 의미소를 분석하면, 그 텍스트가 생산된 사회의 이데올로기적 의미망을 재구할 수 있다. 실례로 그레마스는 기호사각형을 기반으로 신화와 민담의 심층구조를 읽어낸다. "러시아 민담을 기술하면서 위반과 소외가 상관관계를 맺고 있음"을 발견하고 "그것은 기술되는 의미세계 속에서 가치들의 향유가 사회적이며 개인적인 체계들의 양립 가능성에 의해서 정의되기 때문"[39]임을 분석하며, 전통적인 프랑스 사회에서의 성 관념을 추출해내기도 한다.[40] 이를 따르자면 발화주체가 무의식적으로 상반항 및 모순항으로 인식하는 단어쌍들을 찾아내어 근대주체 이데올로기 좌표의 단면을 얻을 수 있다. 이에 대해서는 본문에서 자세히 분석할 것이다.

근대주체의 인식체계를 분석하는 주된 방법론은 정신분석학이다. 정신분석학은 주체의 정신현상을 통해 사회적인 이데올로기를 엿볼 수 있게 한다는 점에서 근대주체 연구에 적합한 분석방법론이다. 특히 소설작품은 당대 사회의 소통구조 속에서 완결되는 것이므로 동시대의 담론을 향해 열려 있는 텍스트라고 할 수 있다.

연구사 검토에서 밝혔듯이 90년대 이후 김승옥 소설에 대한 정신분석학적 연구는 활발하게 이루어지고 있는 편이다. 다만 전통적인 <도시/고향>의 이분법을 라캉의 삼원계를 이용하여 체계화하려는 시도는 용어만 바뀌었다 뿐이지 기존의 문학사에서 크게 벗어나지 않는 것일 뿐만 아니라 이론 적용의 정합성에도 어긋나는 것이어서 세심한 주의가 요망된다. 이를테면, 텍스트에 나타난 도시와 남성을 상징계로, 고향이나 여성을 상상계로 보는 입장인데 이러한 도식적 적용은 60년대의 구체적 현실은 물

38) Greimas. Algeirdas Julien, 김성도 역편, 『의미에 관하여』, 인간사랑, 1997, 180쪽.

39) 위의 책, 198쪽.

40) 위의 책, 190쪽.

론 라캉의 이론체계에도 들어맞지 않는다. 상징계와 상상계가 상호 대립적인 개념일 수 없는데다가, 삼원계 자체가 독립적으로는 존재할 수 없는 공간이기 때문이다.

삼원계란 상징계(The Symbolic), 상상계(The Imaginary), 실재계(The Real)를 말한다. 이들은 인간의 정신영역을 총괄하는 세 개의 계(order)이다.

상징계는 쉽게 말하자면 언어의 영역이다. "일반적으로 말해서 상징계는 사물 사이의 관계 속에서 중개자로 역할한다. 즉, 사람과 사람, 자아와 타자의 관계는 상징에 의해 중개된다. 사물의 관계는 즉각적이고 직접적인 것이 아니라 반드시 중개된다."[41]

그러나 라깡은 상징계를 언어와 단순히 동등화시키는 것은 아니다. 언어는 상징적 영역과 더불어 상상적 영역과 실재적 영역을 포함한다. 언어의 상징적 영역은 능기의 영역이다. 상징적 영역에서 구성요소들은 어떤 실제적 존재를 지니는 것이 아니라 단순히 서로의 차이에 의해 구성된다.[42] 즉 어떤 단어가 실제로 의미하는 것과, 그 단어가 말 그대로 기능하게 될 경우 갖게 될 의미 사이에는 언제나 간극이 존재하는 것이다.[43]

상징계는 통상 사회질서, 지배 메커니즘과 동일시되는 경향이 있다. "상징계는 인간의 의식적, 무의식적 활동을 규율하는 포괄적이며, 자율적인 영역으로서 언어, 법, 규율의 세계를 지칭한다. 라캉은 물론 현대 철학자들의 견해에 따르면, 인간을 동물과 구분되는 인간주체로 만드는 것이 상징이다."[44]

상징계는 입사(innitiation)와 상관있다. 어린아이는 거울단계(Mirror－stage)[45]

---

41) Lemaire. Anika, 이미선 역, 『자크 라캉』, 문예출판사, 1994, 33쪽.

42) Evans. Dylan, 김종주 외 역, 『라깡 정신분석 사전』, 인간사랑, 1998, 179쪽.

43) Zizek. Slavoj, 오영숙 외 역, 『진짜 눈물의 공포』, 울력, 2004, 108쪽.

44) 한국문학평론가협회 편, 『문학용어비평사전 하』, 국학자료원, 2006, 147쪽.

45) 거울단계란 어린아이가 상상계에서 상징계로 진입하기 이전 생후 6~18개월 사이에 나타나는 단계로, 이 시기 어린아이가 거울에 비친 자신의 모습을 보고 환호하

를 통과함으로써 고착적이고 상상적인 단계에서 질서 잡힌 상징적인 체계로 진입한다. 이는 오이디푸스 콤플렉스를 극복하고 상징적 아버지의 법을 수용하게 됨을 의미한다. “오이디푸스 현상에서 어린아이는 가족이라는 상징적 체계에 진입하게 됨으로써 직접적이고 거리감 없는 어머니와의 관계로부터 중개된 관계로 옮겨가게 된다. (…) 아버지는 가족의 삼각형 구조를 확립하는 상징적 법으로서 작용한다. 오이디푸스 현상에서 중요한 결점이 생기면 아이는 직접적인 관계에 고착되어 버린다. 그렇게 되었을 경우 그는 주체성을 박탈당하고 언어에 내재해 있는 상징적 대체를 수행할 수 없게 된다.”46)

상징계가 권력과 동일시되는 것은 주체와 대상의 의미를 전유하는 힘 때문이다. 상징계는 모든 사물을 규정하여 상징적 체계 속에 받아들이려 한다. 체계화된 언어의 우주로서의 상징계 그물망은 모든 사물을 의미화하려는 계획을 갖게 되는 것이다. 이러한 대상을 전유하는 힘을 포획(captation)이라 한다. 그러나 상징계가 그야말로 모든 것을 포획할 수는 없는데 그것은 언어와 언어 사이에 틈(gap)이 존재하기 때문이다. 어떠한 대상이 포획에서 벗어나는 순간 상징계 장막은 찢어지게 된다. 이는 주체에게 외상의 자리, 혹은 욕망의 틈으로 작용한다.

이러한 인간과 자연 사이의 근본적인 균열, 즉 틈을 메우는 것이 상상계의 역할이다. 상상계는 “주체의 분리를 덮으려 하고 통일체와 온전함이라는 상상적인 느낌을 제시”47)한다. 따라서 포획은 “거울이미지의 상상

---

게 된다. 이는 영장류, 즉 침팬지가 거울을 보고 무관심하게 반응하거나 혹은 적으로 여겨 공격하는 것과는 대조적인 모습이다. 아이는 거울에 비친 자신의 모습을 직립하는 인간의 그것으로서 이상적 자아로 삼으며 아직 걷지 못하는 자신의 모습은 현실적 자아로 삼아 끊임없이 자신을 쇄신하려는 욕망의 연쇄과정에 참여하게 된다고 한다.

46) Lemaire. Anika, 위의 책, 33쪽.

47) Evans. Dylan, 위의 책, 407쪽.

적 효과"[48]이다. 상상계와 상징계는 서로 대립하는 모순관계가 아니다. 상상계는 상징계의 불가능성과 이 때문에 생겨나는 주체의 심각한 분열을 잠정적으로 은폐하는 완충제의 역할을 한다. 따라서 상상계의 일부는 이미 상징적이다. 이러한 상징계의 영역은 상징화된 상상계라고 칭할 수 있다.

한편 상상계는 언어에 의해 중개되지 않은 인간과 인간, 인간과 대상 사이의 직접적인 관계의 영역을 뜻하기도 한다. 예를 들어 갓난아이는 어머니가 타자가 아닌 자아의 일부라고 여긴다. 갓난아기는 상상적 세계에 살고 있는 셈이다. 하지만 어른이 된 이후에도 상상계는 계속해서 인간주체의 나약한 면을 보호하는 은신처의 역할을 한다. "상상계는 매우 유연성 있는 개념적 범주이다. 상상계는 환상 속에 있는 모든 것을 망라한다. 환상이란 형식화되어 굳어지기 전의 거세 콤플렉스에 관련된 산 경험을 나타내는 이미지나 재현이다. (…) 산 경험은 중복되고 축적되어 넘쳐흘러서 끝없이 연속적으로 감각적, 정서적, 개념적 속임수를 만들어낸다."[49]

요약하면 상상계는 인간의 마음속에 있는 모든 것과 그것을 반사하는 생활을 의미한다. 마음속에 있는 것을 반사하는 생활은 상징에 의해서 고정되기 전에는 유동적인 상태로 존재한다. 적어도 이 고정에 의해서 여러 변형을 통한 존재와 욕망의 끝없는 미끄러짐이 약간은 완화된다.[50]

라캉의 실재(The real)는 칸트의 물 자체(Things itself: 獨 Das ding)에 해당하는 개념이다. 물 자체란 인간의 오성이 닿지 않는 내연, 즉 대상 내부의 영역을 의미한다. 칸트에 의하면 인간만이 사물에 관심가질 뿐 대상은 근본적으로 인간에 대해서 무관심(uninterested)하다. 인간은 그것의 존재만을 알뿐 그것이 무엇인지는 알 수 없다. 바로 이러한 대상 내부의 불가지(不可

48) 위의 책, 413쪽.

49) Lemaire. Anika, 위의 책, 105쪽.

50) 위의 책, 106쪽.

知)한 영역이 바로 물 자체이다.

칸트의 물 자체가 대상 자체의 속성에 밀착된 것이라면, 라캉의 실재는 상징계의 작용과 보다 밀접한 관련이 있다. 상징계가 대상에 포획에 실패하면 그 순간 대상은 실재화된다. 이러한 현상을 실재의 현현(epiphany)이라고 한다. 즉 실재란 언어로서는 파악할 수 없는 대상이라고 할 수 있는데, 이는 대상의 속성보다는 상징계의 불완전성 때문에 야기된다는 점에서 물 자체와 다르다.

실재는 기본적으로는 상징계와 대립된다. 실재계에는 부재가 없다. 상징계와 달리 실재계에는 틈도 없다. "실재엔 아무 것도 결여된 것이 없다. 다시 말해 결여란 오직 상징화에 의해 도입된 것이다. 그것은 실재에 구멍, 부재를 끌어들이는 기표이다. 그러나 그와 동시에 실재는 상징적 질서 한가운데에 뚫린 구멍, 간극이다."[51] "실재계는 '상징화 밖에 존재하는 그것이 무엇이든 그의 영역(Ec, 388)'이다." (…)

실재는 라캉의 왜상(Anarmorphosis)에 대한 에세이[52]를 통해서도 설명할 수 있다. 극사실주의로 그려진 한스 홀바인의 『대사들』의 하단에는 길쭉한 얼룩, 즉 왜상이 존재한다. 관찰자가 그림을 막 떠나 우측 상단에서 비스듬하게 바라보는 순간 왜상의 정체는 해골임이 밝혀진다. 이 때 주체가 얼룩이라는 기표를 떠나 해골이라는 기표로 옮겨가기 직전까지 겪는 실어증의 상태가 곧 실재가 출현하는 순간이다. 해골은 실재가 아니다. 그것은 주체가 실재의 출현을 억압한 결과다. 그리고 얼룩은 언제나 이미 출현하고 있는 실재의 흔적(trace)이다.

재미있는 것은 실재(The Real)는 있어도 실재적인 것(The Realistic)은 없다는 사실이다. "실재계는 '불가능한 것'이다(S11, 167). 왜냐하면 그것은 상

51) Zizek. Slavoj, 이수련 역, 「실재의 주체는 어떤 주체인가?」, 『이데올로기라는 숭고한 대상』, 인간사랑, 2002, 287~288쪽.

52) Laccan. Jacques, 민승기 · 이미선 · 권택영 역, 「왜곡된 형상」, 『욕망이론』, 문예출판사, 1996, 203~218쪽 참조.

상할 수 없고, 상징계에 통합될 수 없으며, 어떤 방법으로도 얻을 수 없기 때문이다."[53] 실재, 혹은 실재계는 상상될 수도 인식될 수도 없으므로 영속적으로 존재할 수 없다. 실재는 벌어진 상징계의 틈을 통해 발견되는 불가능한 대상이다. 다시 말해 그것은 상징계 자체의 불가능성을 열어 밝히는 우연한 어떤 대상의 물 자체성이다. 영어로 <realitic>은 통상 <현실적인> 혹은 <실제적인>의 의미로 번역된다. 따라서 <실제적인>은 <실재>의 형용사형이 아니다. 본서에서도 <실제적인>은 다만 일상적으로 존재한다는 의미로 사용될 것이다.

실재는 상징적인 인식체계의 한계를 드러내 보여준다는 점에서 중요하다. 이데올로기 체계는 모든 것을 말하려 하지만, 자기 자신을 말하지는 못한다는 허점을 갖고 있다. 이것은 라캉 식으로 하면 시선의 맹점이며, 지젝이 말하는 <메타 언어는 없다>의 의미이다. 실재는 또한 상징계의 틈을 열어 밝힌다는 점에서 외상의 자리를 일깨우는 역할을 한다. "실재계는 본질적으로 외상적인 성질을 갖는다."[54] 따라서 주체가 어떠한 상황에서 어떠한 대상을 실재처럼 발견했는가를 분석하면, 그가 가진 인식체계의 한계와 외상의 지점을 동시에 포착할 수 있다.

슬라보예 지젝에 의하면 실재란 유령 같은 것이다. 그것은 이데올로기 자체의 불가능성에서 비롯되는 것이므로 실재의 나타남은 곧 이데올로기의 유령성(spectrality)을 반영하는 것이다. 특정한 이데올로기는 특정한 대상과 자신을 동일시하는 경향이 있다.[55] 이것이 이데올로기의 물신주의

---

53) Evans. Dylan, 위의 책, 217~218쪽.

54) 위의 책, 218쪽.

55) 교환가치는 그 자체로서는 눈에 보이지 않는 순수한 가치의 체계이지만, 특정한 사물(화폐)과 자신을 동일시함으로써 물신주의(fetishism)를 가동시킨다. 화폐가 순수 가치로 기능하려면 화폐의 사물성이 은폐되어야 한다. 일례로 화폐의 사물로서의 교환가치는 화폐가치를 넘어설 수 없다(100원짜리 동전의 재료값은 100원을 넘지 말아야 한다). 만약 교환 불가능한 대상에 둘러싸이면 화폐는 가치척도로서의 기능을 잃게 되고 자신의 사물성을 드러낼 것이다(무인도에 갇힌 사람은 추위를 이기기

(fetishism)이다. 그런데 우발적인 사건이 포획 불가능한 대상으로 나타나면 그 순간 상징계는 자신의 근본적인 불가능성을 드러내고 그 불가능성의 틈으로 사물은 마치 실재처럼 출현하게 되는 것이다.

실재를 비롯하여, 상징계에 포획되지 않는 영역은 제국주의의 지배로부터 벗어날 수 있는 대안적 영역으로 제시되는 경향이 있다. 그것의 자신의 존재 자체를 내보임으로써 지배담론의 한계를 폭로한다.

스피박은 마하스웨타 데비의 「드라우파디」에서 정부군에게 붙잡힌 27세의 여 게릴라 돕디의 행위를 통해 식민지적 저항의 가능성을 발견하고자 한다. 남성들은 돕디의 옷을 벗기고 그녀를 윤간하는 데는 쉽게 성공하지만 돕디의 저항 때문에 그녀에게 옷을 입히지는 못한다. 프로스페로 콤플렉스[56]의 소유자라고 할 수 있는 세나나약은 그녀의 나체 앞에서 공포감을 느끼게 된다. 근대적 주체로서의 세나나약의 인식체계는 상처나고 찢긴 채 발가벗겨져 있는 돕디의 몸을 규정하는데 실패하는 것이다.[57] 세나나약의 입장에서 이는 두려운 낯설음[58]의 경험이며, 실재처럼 나타난 여성의 몸에 대한 공포라고 할 수 있다.

호미 바바는 미결정성의 영역이 가진 저항성에 주목한다. 그는 제국주

---

위해 지폐를 태울 것이다).

만물에 대한 자본의 확장은 유령성의 과잉으로 나타나고 이는 자본 자체를 유령 같은 물의 모습으로 변화하게 한다. 교환가치 자체가 물신화되는 것이다. 지젝에 의하면 "오늘날 전자화폐의 출현과 함께 두 가지 차원이 붕괴되는 것 같다. 즉 돈 그 자체는 오로지 그것의 효과로만 알아볼 수 있는 눈에 보이지 않는 유령 같은 물의 모습을 점차 얻게 된다."(201) 대상－자본－물신－유령의 관계에 대해서는 Zizek. Slavoj, 「물신의 유령화」, 『환상의 돌림병』(김종주 역, 인간사랑, 2002), 199~203쪽 참조.

56) 피식민자가 식민자에게 느끼는 콤플렉스를 지칭하는 것으로, 식민자의 관점에서 자국민을 바라보는 태도를 말한다. 이에 대해서는 Fanon. Frantz, 이석호 역, 『검은 피부, 하얀 가면』, 인간사랑, 1998 참조.

57) Spivak. Gayatri, 태혜숙 역, 『다른 세상에서』, 여이연, 2003, 372쪽 참조.

58) 두려운 낯설음(uncanny)에 대해서는 Freud, Sigmund, 정장진 역, 『창조적 작가와 몽상』, 열린 책들, 1996, 97~150쪽 참조.

의로부터 배제된, 다시 말해서 탈역사화된 사건을 역사화하는 여릿한 서사(Slenderness of narrative)가 상징계와 탈주체화된 기호의 분절 사이의 가변적인 긴장 속에서 출현한다고 본다. 그는 차파티(인도의 전통빵)이 유입된 인도인으로 구성된 영국정규군 내에서 연쇄적으로 폭동이 일어난 사례의 분석을 통해 이질적이고 혼성적인 기호가 제국주의 담론을 어떠한 방식으로 교란시키는가를 보여주고자 한다.[59] 여기서 영국군은 차파티가 가진 상징적 의미를 파악하지 못함으로써 폭동의 진압은 물론 원인을 찾아내는데 실패한다. 바바의 혼종성(Hybridities)은 엄연히 상징계와 기호계[60] 사이의 공간을 지시하고 있어서 실재를 겨냥하고 있다고는 할 수 없지만 단 하나의 상징계로 포획할 수 없는 수많은 기호들의 영역을 발굴하고 있다는 점에서 주목된다.

들뢰즈・가타리에게 그곳은 변주의 공간이다. 사회적 장은 갈등과 모순이 아니라 그 장을 가로지르는 도주선에 의해 정의된다.[61] 도주선은 변주의 선에 의해서 정의되는데, 변주의 선은 잠재적이다. 다시 말해 현재

---

59) Bhabha. Homi K, 나병철 역, 『문화의 위치』, 소명출판, 2002, 379~401쪽 참조.

60) 기호계(Semiotique)는 쥴리아 크리스테바의 용어로 상징계와 상상계 사이에 있는 미결정적 영역을 뜻한다. 크리스테바가 이러한 범주를 설정한 까닭은 언어로서는 표현불가능한 상상적 영역의 억압된 권리를 복권시키기 위한 의도로 보인다. 프로이트의 언어 속에서는 충동적인 성적 특질(상상계)을 분리시키고 이상화와 승화(상징계)로 변모시키는 것이 문제였을 것이지만 "의미소 분해적인 semanalytique 해석에서는 사랑의 혹은 전이의 담론을 위해서 상징계(지시대상의 기호들을 문장으로 구성하여 표현하는 것에 속하는)와 기호계Semiotique(성적으로 억압된 것들과 리비도를 나타내는 행위들이 본질적으로 지니고 있는 전이적이고 압축적인 능력은 무형체들의 혼합작용과 투입작용에 의존하고 있다. 또한 이 구조는 구순기의 특성, 모음발성, 두운법, 운율학 등을 특히 이롭게 한다) 사이의 영원한 안정과 불안정이 문제가 될 수 있다."(Kristeva. Julia, 김영 역, 『사랑의 역사』, 민음사, 1995, 33쪽). 기호계는 쉽게 말해서 "비언어의 은유적 세계"(위의 책, 388쪽)로 아직 언어화되지는 않았지만 언어의 구조를 갖고 있는 어떤 본질적인 내면세계를 말한다고 할 수 있다.

61) Deleuze. Gilles & Guattari. Felix, 김재인 역, 『천개의 고원』, 새물결, 2001, 175쪽.

적이지 않으면서 실재적이다.[62)]

이상에서 보듯, 탈근대 내지 탈식민주의 이론들은 단순한 저항을 넘어서서 제국주의 혹은 상징계에 포획되지 않는 영역이나 자본주의 네트워크를 자유롭게 탈주하는 선분을 목적삼고 있다. 본서는 이러한 논의들에 충분히 관심을 기울이면서 라캉과 지젝의 정신분석학을 중심으로 하여 근대주체의 의식체계를 해명해보고자 한다. 다만 실재성의 고찰을 반드시 저항적이거나 탈근대적인 것으로 상정하지는 않을 것이다. 앞에서도 설명했지만 실재는 유령 같은 형상으로 나타나는데, 유령은 현실과 환상 사이의 간극을 봉합[63)]하기도 한다. 유령은 주체에게 실재의 가능성을 일깨우면서 동시에 실재를 베일처럼 가린다. 지젝에게 있어서 실재계는 전자적인 현대 자본주의의 보이지 않는 교환체계를 암시하기도 한다.[64)]

실재성은 문화의 충돌과 상관있다. 제국주의자의 입장에서 합리주의적 이성으로서는 파악 불가능한 식민지의 문화는 어떠한 대상을 실재처럼 발견하도록 할 것이다. 오리엔탈리스트는 동양에 대한 자신의 관념에 어긋나는 사건을 비록 그것이 지극히 동양적인 것이라고 할 경우에도 탈동양적인 것으로 사후적으로 규정할 것이다. 거꾸로 식민자의 입장에서 이질적인 서구의 문화는 신비화되거나 과대평가되는 경우가 종종 있다. 그것은 실재처럼 나타나 식민지의 외상을 형성한다. 일본 근대주체의 씻을 수 없는 외상이자 이상적 자아가 된 것은 제국주의 군대로서는 일본

---

62) 위의 책, 183쪽.

63) 그는 영화분석을 통해 이러한 논리를 보여주면서 <봉합－유령>이라는 용어를 사용한다. 이에 대해서는 Zizek. Slavoj, 「다시 봉합으로」, 『진짜 눈물의 공포』, 59~98쪽 참조.

64) 지젝은 현대 자본주의에서는 실재계 또한 자본주의의 논리일 수 있음을 경고한다. 그는 이를 통해 자본 자체가 실재화되어가고 있음을 말하려는 것 같다. 그에 의하면 "실재계는 사회적 현실 속에서 일어나고 있는 것을 결정하는 자본의 무자비하고 '추상적'인 유령논리이다."(Zizek. Slavoj, 김재영 역, 「자본의 유령」, 『무너지기 쉬운 절대성』, 인간사랑, 2004, 32쪽).

땅에 처음 상륙한 페리 제독이었다는 분석은 이러한 논의를 뒷받침해주는 것[65]이다. 이러한 과정은 때때로 우스꽝스럽고 비합리적인 방식으로 이루어진다. 들뢰즈에게 있어 그것은 우발성의 틈입일 뿐 그 자체로서는 아무런 의미도 전달하지 않는다. 따라서 사건의 저변에 있는 심층적인 구조를 보아야 한다.

김승옥 소설에 나타나는 실재성은 위에 열거한 다각적인 관점에서 검토될 필요가 있다. 그것은 표면적으로는 동일한 형태로, 다시 말해 "유령" "괴물" "귀신" 등 몇 가지 가면을 쓰고 나타나지만, 주체가 처한 상황은 같지 않다. 이 경우 실재의 출현은 크게 두 가지로 분류가능하다. 1) 파악불가능한 외부적 사건 2) 표현 불가능한 내면세계, 가 그것이다. 그것은 대상이 원래 있었던 것인가, 아니면 서구화에 의해 생겨난 것인가, 또한 주체가 어느 정도 근대화되었는가에 따라 다양한 변이체들을 낳는다. 김승옥 소설의 근대주체는 공포(fear)의 대상 앞에서 혼란이나 일시적인 실어증 상태를 경험하고, 혹은 내면의 믿음을 투사할 대상을 찾지 못해 정신적인 방황을 겪는다. 또한 식민자의 관점에서 서구적인 문화(이를테면 기독교)를 기괴한 것(uncanny)[66]으로 목격하거나, 근대성에 편입되는 과정에서 근대화에서 소외된 영역을 자신의 근본적인 불안(anxiety)으로 발견하기도 한다. 본문에서 자세히 살펴보겠지만 이는 우발성의 요인을 고찰하면 실재의 출현양상이 근대주체의 근대성을 판가름하는 지표가 될 수 있음을 의미한다.

몇 가지 세부적인 면을 덧붙이자면 여기서 실재 그 자체는 보이지 않는다는 점에 유의할 필요가 있다. 정신분석학에서 실재는 유령의 형태로 나타나지만 그 자체가 실재인 것은 아니다. 실재는 파악되는 그 순간 실재성(reality)으로 즉각적으로 환원된다. 따라서 텍스트에 등장하는 특정한 기

---

65) 小森陽一, 위의 책.

66) 프로이트의 <두려운 낯설음>을 말한다.

표를 실재와 동일시하는 분석방법은 잘못된 것이다.

이와 관련하여 삼원계의 분석에 있어서도 상징계=도시=서구, 상상계=고향=전통 등의 도식은 지양되어야 한다. 이는 현실적인 공간을 관념으로 전유하는 제국주의 담론의 답습일 뿐 아니라 정신분석학 이론의 정합성에도 어긋나는 것이기 때문이다.

서구라는 단 하나의 자본주의(혹은 생산양식)가 존재한다는 생각이 백인우월주의의 허구라면, 서구가 침입하기 이전의 동양은 상상계적인 공동체를 유지하고 있었다는 믿음은 오리엔탈리즘에 종속된 식민자의 환상이다. 당연한 얘기지만 조선 역시 하나의 제국[67]이며, 억압과 착취에 기반한 국가체계를 유지하고 있었다고 보아야 한다. 전 세계의 서구화는 수많은 상징계들의 충돌에 의해 형성된 것이지 하나의 상징계가 수많은 상상계들을 파괴한 결과로서 나타난 것은 아니다. 위에서도 설명했지만 상상계적인 동양이라는 관념은 서구적인 근대로의 통합과정에서 사후적으로 형성된 것으로서, 근대주체의 심각한 분열을 메우고 자본주의 포획장치가 매끄럽게 작동할 수 있도록 돕는 "거울이미지의 상상적 효과"에 해당한다. 라캉의 보로메우스 매듭(Borromean knot)은 삼원계가 불가분의 관계에 있음을, 단 하나만 결락되어도 정신세계 전체가 붕괴한다는 사실을 보여주고 있다.[68] 단 하나의 계로 환원될 수 있는 사회는 존재하지 않는다. 상징적인 서구와 상상적인 동양이 있다면 상징적인 동양과 상상적인 서

---

67) 하트와 네그리는 <제국>이라는 용어의 모호한 사용이 기존의 제국과 현대 자본주의 제국의 차이를 볼 수 없게 한다고 지적하고 <제국>과 <제국적인 것>을 구별한다. 그에 의하면 현대 자본주의 체제는 기존 제국들의 특성을 망라하는 <제국적인 것>으로서 연구되어야 한다. "우리는 여기서 <제국>을 로마, 중국, 남북 아메리카 등의 제국들과 오늘날의 세계 질서 사이의 유사성을 보여줄 필요가 있는 은유로서가 아니라, 일차적으로 이론적 접근을 요구하는 개념으로서 사용한다는 것을 강조해야겠다."(Hardt. Michael & Negri. Antonio, 윤수종 역, 『제국』, 이학사, 2001, 19쪽).

68) 이에 대해서는 Evans. Dylan, 위의 책, 149~151쪽 참조.

구도 존재하게 마련이다. 중심부와 주변부의 분리는 상징계와 상상계의 분열이 아닌 상상적인 상징계와 상징적인 상상계의 야합을 보여준다.

이는 가족 삼각형의 분석에 있어서도 동일하다. 아버지는 상징계적이고 어머니는 상상계적인 것이 아니라 상징적 아버지(The Symbolic father), 상상적 아버지(The imaginary father), 실제적 아버지(The real father)가 모두 존재하며 어머니의 경우도 같다.[69] 따라서 문학작품에 나타난 개별적인 아버지(어머니)를 분석하려면 삼원계가 아버지상을 중심으로 어떻게 조직되어 있는지를 구조적으로 분석해야 한다. 이는 한국문학사의 정형화된 부성부재 모델을 재해석하는 데에도 도움을 줄 것이다.

분열된 주체[70]도 조심스럽게 접근해야 할 개념이다. 분열된 주체는 라캉이 빗금친 주체 "$"로 상징화한 것으로서 "반드시 그 자신으로부터 분리되고 분열되고 소외되는 존재"[71]로서의 주체를 말한다. 사르트르는 인간은 자기 자신을 대타로 삼는 특성 때문에 본질적 자아와 현실적 자아 사이에서 언제나 이미 찢겨져 있는 존재임을 강조[72]한다. 라캉은 언어를

69) 이에 대해서는 위의 책, <아버지> 225~229쪽. <어머니> 234~235쪽 참조.

70) 언어학적으로 분열은 언술의 주체와 언표의 주체 사이의 분열을 의미한다. 예를 들어, '나는 거짓말쟁이다'라는 문장이 있을 때 언술의 주체 '나'는 언표의 주체 '나'와 동일시될 수 없다. 발화내용이 진실이라면 언술의 주체 또한 거짓말쟁이고 그렇다면 발화내용이 거짓이 되어 언표의 주체 '나'는 거짓말쟁이가 아닌 게 된다. 마찬가지로 발화내용이 거짓이어서 언표의 주체가 거짓말쟁이가 아니게 되면 언술의 주체는 거짓말을 한 셈이 된다. 이를 크레타인의 역설(Cretan's Paradox)이라고 한다(어느 크레타인이 말했다. "모든 크레타인은 거짓말쟁이다").
분열은 인식학적으로 인식하는 나와 인식되는 나 사이의 분열이고, 시각적으로는 바라보는 나와 보여지는 나의 분열을 의미한다. 그것은 결핍과 충족 사이의 분열이고, 욕망과 요구 사이의 분열이기도 하다. 어떤 경우에도 주체는 근본적으로 분열되어 있으며 분열된 주체가 통합될 가능성은 전혀 없다.

71) Evans. Dylan, 위의 책, 165쪽.

72) 사르트르는 인간의 본질을 성실에서 찾고 있는 하이데거와는 달리 인간은 본질적으로 자기 자신에게 불성실한 양태로 존재하는 것으로 본다. 인간은 언제나 자기 자신에게 타자로서 존재한다. 그의 표현으로 하자면 "'자기가—있는—것으로—아

분열의 원인으로 보아, “주체는 발화하는 「나」와, 현존과 부재가 교차되는 발화에 의해 재현되는 심리적 실재 사이에서 분열”[73]된다고 한다. 중요한 것은 분열된 주체가 현존하는 주체가 아니라는 사실에 있다. 분열된 주체는 무엇과 무엇 사이에서만 분열한다. 근본적으로 분열되었다는 것은 근본적으로 은폐되었다는 의미이다.

따라서 텍스트에 개별적인 인물의 형태로 등장하는 주체는 그 자체로서 분열된 주체가 될 수 없다. 분열된 주체는 발화의 주체와 발화된 주체 사이에만 있다. 그것은 발화의 주체 (나)와 발화된 주체 「나」 사이의 통합 불가능한 지점에 머물러 있다. “(나)와 「나」의 결합이 불가능하기 때문에 담론의 온갖 유혹과 속임수가 분열의 경로에 나타난다. 그러므로 모든 발화는 문자 그대로 받아들여져선 안 된다. 그것은 주체[74]가 숨겨져 있는 수수께끼로 받아들여져야 된다.”[75]

텍스트 상에서 분열된 주체는 하나의 인격(individuality)이 아닌 비(非)주체의 모습으로 존속하고 있음을 알게 해 준다. 이는 분열된 주체가 발화의도와 발화내용 사이의 행간에서만 끊임없이 출몰하고 있음을 뜻하며, 분열된 주체를 추출하려면 먼저 발화형식 속의 결핍된 구조를 찾아낼 것을 요구한다. 본서는 텍스트 내부의 모든 주체의 발화를 근본적인 허구의 형식, 즉 고백의 장치로 보아 그 속에서 개별인물들과는 구별되는 분열적 주체를 찾아내고자 한다. 1960년대의 근대주체는 근대성과 반근대성, 중

---

니－있음’을 구실로, 자기가 있지 않은 것으로 있는 방식으로, 내가 그것으로 있지 않은 즉자를 피하면서 자기가 불성실이라는 것을 부인하는 불성실은 ‘자기가 있지 않는 것으로 있지 않는’ 방식으로 내가 있지 않는 즉자를 목표로 하고 있다.”(Sartre. Jean Paul, 손우성 역, 『존재와 무』, 삼성출판사, 1990, 180쪽). 다시 말해 주체는 자신의 연장성에 대해서도 사유해야 하는데, 사유하는 방식으로 존재하는 것은 불가능하므로, 언제나 실제로 자신이 있는 것과는 다른 방식으로 있게 된다는 것이다.

73) Lemaire. Anika, 위의 책, 117～118쪽.

74) 바로 이 (나)와 「나」 사이에 숨겨져 있는 주체가 분열된 주체에 해당할 것이다.

75) Lemaire. Anika, 위의 책, 119쪽.

심부와 주변부, 남성과 여성, 서구의 보편화하는 근대와 특수한 역사적 근대 사이에서 분열된 주체이며, 그의 결핍은 이러한 이원적인 항들의 통합불가능성을 지시한다. 따라서 내포작가의 분열된 주체로의 지향은 통합되지 않는 반근대성에 대한 욕망을, 거꾸로 분열된 주체의 지양은 보편적인 서구적 근대로의 욕망을 보여주는 것으로 이해될 수 있다. 본서는 주체가 자신의 분열을 고백하는가, 은폐하는가, 또는 고백하면서 은폐하는가[76]에 따라서 역사적인 근대주체의 보편적인 근대주체로의 통합정도를 판단하고자 한다. 분열된 주체 분석은 이러한 주체의 근대화 정도를 엿볼 수 있는 중요한 지표가 될 것이다.

본서는 위에 열거된 논의를 바탕으로 하여 김승옥 텍스트에 등장하는 근대주체(들)이 어떠한 방식으로 근대성에 대한 반발을 보이고 보편적 근대와 역사적 근대 사이에서 분열된 주체로 존속하는가, 그리고 분열된 주체는 어떠한 과정을 거쳐 보편적인 의미의 근대성에 통합되는가를 고찰하고자 한다. 여기서 근대 주체는 김승옥 소설에 나타난 근대주체의 보편적 특수[77]를 밝히기 위한 것으로, 동시대 작가들의 근대주체를 개별적으로 연구하여 1960년대 역사적인 근대주체의 다양한 양상을 재구하는 작업은 이후의 과제로 남긴다.

---

76) 고백의 메커니즘에 대해서는 柄谷行人, 「고백이라는 제도」, 위의 책, 103~129쪽 참조.

77) <보편적 특수>는 헤겔의 주체관을 말해주는 용어라고 할 수 있다. 헤겔은 주체의 발화가 일반자와 특수자, 개별자로서의 자아를 모두 통합하는 것이라고 보았다. 그는 구체적인 현상의 평균적 파악으로는 진실에 접근할 수 없으며, 오히려 특수한 현상 속에 모든 것을 아우를 수 있는 보편이 존재한다고 보았다. 개별적인 역사적 사건의 특수성에 대한 분석을 통해 시대적인 보편성(총체성)을 얻을 수 있다는 것이 헤겔의 생각이다. 이러한 생각은 그의 언어관에서부터 잘 나타나 있다. "즉 내가 「바로 여기」, 「바로 지금」 혹은 그 어떤 개인이라고 말할 때 이미 나는 모든 이것, 모든 여기, 지금, 개인 등 모든 것을 통틀어 말한 것이 된다."(Hegel. G W Friedrich, 임석진 역, 『정신현상학』, 지식산업사, 1988, 166쪽).

# Ⅲ. 근대에 대한 반발과 서사의 저항

## 1. 실재의 발견과 근대

### 1) 괴물의 실재성과 어머니 은폐의 서사

김승옥 소설에는 "괴물" "유령" "귀신" 등의 단어가 자주 출몰한다. 초기 단편소설에서 자주 발견되는 이러한 단어들은 일종의 초자연적 실체로서, 일차적으로는 화자나 등장인물이 외부세계의 이질적인 사물로부터 받게 되는 공포(fear)나 두려움(terror)을 표현하는 것으로 보인다. 우선 이들(이후 <괴물>로 통일)은 잘 보이지 않는 곳에 존재하는 어떤 것이다.

> 1) 그날 밤, 맹군은 이불 속에 누워서 **어둠 속을 올려다보며** 잠을 이루지 못하고 벼라별 귀신이 그 어둠 속에서 날갯짓을 하고 있는 것을 보고 있었다.
>
> —「들놀이」, 237쪽[1](강조는 필자)

---

1) 여기에 사용된 원본텍스트는 김승옥, 『김승옥소설전집』 1~5권(문학동네, 1995)으

2) 사람들이 너무 많아서 **아무것도 보이지가 않는 형편**이었다. 동대문 건물 속의 음산한 마루에만, 거기에 귀신이 숨어 있는 것 같은 느낌이 자꾸 들어서(…)

—「염소는 힘이 세다」, 257쪽(강조는 필자)

화자들은 정체성의 혼란 상태이거나, 존재의 위기상황이다.「들놀이」의 맹군은 다니고 있는 직장에서 개최한 들놀이에서 본인만 초대받지 못하여 혹시 직장에서 밀려나는 것이 아닌가, 하는 불안을 느끼는 상태이며,「염소는 힘이 세다」의 어린 화자 '나'는 가난한 집안형편에, 염소 고깃국 장사도 하지 못하게 된데다, 누나까지 단골손님에게 강간당하는 등, 한 마디로 사면초가의 상황에 처해 있다.

<괴물>과의 대면은 환경의 변화, 혹은 일상에서 불현듯 느끼게 되는 낯설음을 동반하기도 한다. 얼마 전 창신동 빈민가에서 이층의 깨끗한 양옥으로 이사 온「역사」의 '나'는 어느 날 아침 일어나 낯선 환경을 접한다. 그곳에는 "창신동에 사는 사람들은 모두 개새끼들이외다."라는 낙서가 없다. 그곳은 "지나치게 깨끗했다. 그러자 나는 내가 누워 있는 방 전체를 보고 싶어져서 천천히—내가 몸을 돌렸을 때 나는 방 가운데서 무서운 **괴물**이라도 보지 않을 수 없다는 듯이 천천히 몸을 반대편으로 돌렸다."(「역사」, 69)(강조는 필자)

위에 등장하는 <괴물>은 그것에 대응할만한 명확한 대상을 갖고 있지 않다. 수사학적으로 말하자면 뚜렷한 원관념을 갖고 있지 않다. 더구나「들놀이」와「염소는 힘이 세다」의 주인공들은 도시생활에 적응하지 못하거나, 도시의 근대화 과정에서 소외되어 있는 인물들이다. 여러 가지 상황을 종합해 보았을 때 <괴물>을 4·19의 모순 및 60년대의 파행적

---

로 이후 작품인용은 제목과 페이지만 표시한다. 작품명을 본문 중에 이미 밝힌 경우에는 페이지만 명시한다. 또한 같은 페이지에서 연달아서 인용될 경우에는 맨 뒷문장에만 페이지를 다는 것으로 한다.

근대화 과정과 연관시키는 것은 무리가 없다.2)

하지만 다음의 인용문을 보면 사정이 달라진다. <괴물>이 뚜렷한 원관념을 갖고 있을 뿐만 아니라 화자가 위치한 시공간 역시 4・19 이후 1960년대 서울이 아닌 1950년대의 시골이다.

> 3) 이윽고 현관문이 밖으로 빛을 쏟아내면서 열리고 애란인인 선교사가 비척비척 걸어나온다. 깡마르고 키가 크다. 불빛 아래서는 번쩍이는 안경을 쓰고 있다. **유령**처럼 그는 이쪽으로 천천히 걸어온다.
>
> —「생명연습」, 39쪽(강조는 필자)

> 4) 엉뚱하게도 나는 거기에서야 비로소 무시무시한 의지를 보는 듯 싶었다. 적갈색과 자주색이 엉켜서 꺼끌꺼끌한 촉감의 피부를 가진 **괴물**이(…)
>
> —「건」, 54쪽(강조는 필자)

「생명연습」의 화자는 누이와 함께 그곳을 잘라버렸다는 선교사를 보러 갔다가 엉뚱하게도 선교사의 자위광경을 목격하게 된다. 인용문 3)은 그 광경을 목격하기 전 화자가 선교사에 대해서 묘사하고 있는 대목이다. 시대적 배경은 1950년대로 "내게도 성령이 찾아오는 어느 순간이 있어 나 스스로의 목이라도 잘라버려야 할 경우가 있을는지도 모를 일"(22)이라는 진술로 미루어볼 때 화자는 교회로 표상되는 기독교에 대해 모종의 공포를 느끼고 있는 인물이다.

4)는 김승옥 작품 중 특이하게 6・25 전쟁의 기억을 다루고 있는 「건」의 한 장면이다. 역시 화자는 어린아이로 동네 누나로부터 소문을 전해 듣고 어젯밤 총에 맞아죽었다는 빨치산의 시체를 보러 간다. 시체는 어린

---

2) 김현은 김승옥 소설의 <괴물>을 <파행적 근대화>와 연결시키고 있다(김현, 「60년대 문학의 배경과 성과」, 『분석과 해석/보이는 심연과 안 보이는 역사전망』, 문학과 지성사, 1992, 239쪽 참조).

아이가 기존에 알고 있던 빨치산의 관념을 깨는 것이었다. 그것은 "마치 탱크를 닮은 괴물도 아니고 그리고 그때 시체 주위에 둘러선 어른들이 어쩌면 자조까지 섞어서 속삭이던 돌덩이처럼 꽁꽁 뭉친 그런 신념덩어리도 아니"(53~54)었다. 그것은 "영락없이 만취되어 길가에 쓰러진 한 거지의 꼬락서니"(53)다.

1), 2)와 3), 4)의 중대한 차이는 전자의 <괴물>이 그 실체성을 결여하고 있는데 반하여 후자는 "선교사" 나 "빨치산" 같은 구체적인 대상을 갖고 있다는 것이다. 쉽게 설명해서 전자의 <괴물>은 상징이고, 후자의 <괴물>은 보조관념이다. 단순하게 생각하자면 1), 2)의 경우는 공포의 원인이 화자의 내면에 있고, 3), 4)의 경우는 외부에 있다고도 말할 수 있을 것이다.

1), 2)와 3), 4)의 대비는 동시대 작가인 이청준의 중편소설『병신과 머저리』를 연상시킨다.[3)]『병신과 머저리』에서 전쟁을 체험한 '형'과 전쟁을 체험하지 못한 '나'의 정신적 차이를 파헤치고 있는 대목은 유명하다. 고통을 느끼고 있다는 점은 두 사람이 같으나, 체험세대인 '형'은 그 원인을 알고 있는 반면, 미체험세대인 '나'는 아픔만을 느끼고 그 아픔의 연원은 알지 못한다는 것이다. 다시 말해 '형'의 고통은 그에 상응하는 실제적인 사건을 소유하고 있으나 '나'의 경우는 그것을 해명할만한 구체적인 실체성을 상실하고 있다. 화가인 '나'는 사랑했던 여인을 되찾기는커녕 그녀의 얼굴조차, 아니 그 어떤 얼굴도 화폭에 그려 넣지 못하는, 일종의 실어증에 걸려 있다.

3) 김승옥의 작품과 이청준의 작품을 함께 분석하고 있는 예로는 유인숙의「<무진기행>과 <병신과 머저리>의 대비적 분석」(『성균어문연구』 제32집, 성균관대학교 국어국문학회, 1997)가 대표적인데 이는 공간성/ 시간성, 심미적/ 인식적, 은유적 인물/ 환유적 인물, 초역사성/ 역사성 등의 범주로 두 작품 사이의 표층적인 차이만을 다루고 있을 뿐 그보다 훨씬 더 중요하다고 할 수 있는 세대인식의 공통점은 간과하고 있다.

『병신과 머저리』는 66년 작이다. 소설의 화자 '나'는 최소 20살이다. 최대한 늦게 잡아도 1947년에 출생했고, 4살부터 6살 되는 나이에 전쟁을 체험했을 세대이다. 화가의 꿈을 키우고 있으며, 옛 여자친구가 결혼한다는 것까지 감안하면, 아무래도 '나'는 20대 중반쯤의 나이로, 10살 전후에 전쟁을 경험했을 것이다. 10살 정도면 유아 기억 상실증기를 벗어난 시기다. 그렇다면 화자가 과연 전쟁을 전혀 기억하지 못하는 것이 가능한가를 생각해볼 필요가 있다. 전쟁체험뿐만이 아니라 화자에게는 전후 성장기에 대한 기억조차 삭제되어 있는 것이다.

『병신과 머저리』의 화자는 기억하고 있지만 그 기억을 지워버리고 싶어하는 주체의 모습을 보여준다. 사실은 1950년대 세대들과 상당부분 체험을 공유하고 있지만, 그 체험을 삭제함으로써 전 세대와의 차이점을 생산하고, 그럼으로써 선배들의 이분법적 관념으로부터 벗어나고 싶어 하는 어떤 화자가 『병신과 머저리』의 발화주체라는 가정해볼 수 있는 것이다. 그렇다면 '나'는 체험세대의 관념에 무지한 미체험세대를 연기함으로써 '나'의 고통의 연원이 '형'의 그것과 같을지도 모른다는 의혹을 애써 덮어버리고 있다고 볼 수 있다.

이는 김승옥이 노출시키고 있는 몇몇 모순적인 태도와 흡사하다. 그는 "1948년 순천남 초등학교 입학. 여순반란사건으로 어제의 이웃이 오늘의 원수가 되어 죽이고 죽는 꼴을 많이 보고 세상이 무서운 겁쟁이가 되어 버렸음."[4]이라고 하여 전쟁으로부터 받은 강한 충격을 뚜렷이 기록했음에도 불구하고, 이후 전쟁은 물론 "아버지에 대한 기억은 별로 없다"고 발언하고 있다. "원수를 사랑했다는 말인가? 그는 그런 식으로 주제를 벗어나가고는 한다."[5]

---

4) 김승옥, 「무진기행」(범우소설문고 27) 약력 참조.

5) 주인석, 「김승옥과의 만남 – 그를 만나게 되다니」, 『김승옥 소설전집』 4, 문학동네, 1995, 396쪽.

그가 40~50년대를 정확히 기억하고 있다는 증거는 곳곳에서 찾을 수 있다. 1948년, 여순반란사건으로 "우익이다 좌익이다 해서 수많은 사람들이 총살되었다. 삼십대 초반이던 내 아버지도 그 사건 속에서 돌아가셨다. 수많은 사람들이 죽어가던 시대"(16)였다. "여순 사건으로 인한 동족상잔의 경험은 참으로 충격적인 것이었다. 나도 어른이 되면 좌익이나 우익 어느 한편에 가담해야 되고, 그래서 다른 사람을 총으로 쏘아 죽여야 하고 나도 총에 맞아 죽어야 한다고 생각하니 정말이지 어른이 되고 싶지 않았다"(133)

그는 2001년 창비 좌담에서 "우리 세대의 문학은 어떤 의미에서는 6・25문학"이며, "4・19세대의 문학이라고들 하지만 사실은 우리 세대가 어린 시절에 겪은 6・25 이후의 체험담들이 결국은 우리 60년대 문학의 기본적인 배경이 된다"고 말한다. 50년대 문학과 60년대 문학의 차이가 무엇이냐, 는 질문에 대해 그는 "50년대 작가들은(…) 보고서를 쓰듯이 사실나열에 그쳤지만, 우리가 6・25의 의미를 나름대로 해석했다."[6]고 답한다.

4・19세대 전체라면 몰라도 김승옥 자신은 여수반란 사건은 물론 6・25전쟁에 대해 거의 쓰지 않았다. 「건」 「재룡이」 등의 작품도 전쟁의 외상을 우회적으로 다루거나, 참전용사의 전쟁후유증을 다루고 있을 뿐이다. 전쟁에 대한 "해석"이라는 단어에 부딪치면 더욱 난감하다. 말뜻을 느슨하게 이해하더라도 「재룡이」를 제외한 그의 작품에서 6・25전쟁에 대한 일상적인 의미에서의 "해석"을 알아보기란 쉽지 않다. 위에서도 밝혔지만 4・19에 대해서도 사정은 다르지 않다.

정리하자면 6・25전쟁에 대해 큰 충격을 받았고, 그것이 문학의 기본적인 배경이 되었으며, 그것에 대해 나름대로 해석해왔으나, 실제로 6・

---

6) 좌담: 최원식・임규찬 엮음, 「4월혁명과 60년대를 다시 생각한다」, 『4월혁명과 한국문학』, 창작과 비평사, 2002, 32쪽.

25에 대해 다룬 작품은 거의 없다는 것이 된다. 역사적인 사건을 직접적으로 반영하는 것만이 문학의 소임이 아니라는 일반론에 동의하더라도 김승옥의 6・25에 대한 태도는 상당히 추상적이고 모호하다. 그의 한국전쟁은 그의 소설에 자주 등장하는 <괴물>처럼 실체가 없다.

해결책 중 하나는 그가 자신을 역사의 주변인으로 생각했다는 사실에 주목하는 것이다. "내가 자란 호남지방에서는 「6・25」란 조수 같은 것에 지나지 않았다. 바닷가에 밀물이 들어왔다가 때가 되어 썰물로 나가듯 그런 것이었다. (…) 물론 썰물에 휩쓸려 나가는 모래나 자갈이 있듯이 사람들이 죽고 집들이 폭격당하고 했지만 주민 대부분의 생활방식 자체에는 큰 변화가 없었다." 이는 "비교적 변화 없이 6・25를 치르는 나에게 기묘한 콤플렉스를 형성"하고, "역사의 현장인이 아니라는" "열등의식"[7]을 낳게까지 한다. 하지만 50년대 작가들 역시 대부분 역사의 주변인이었다는 사실을 간과해서는 안 된다. 그들은 다수 군 회피자이거나, 부산 피난민으로서, 작품에서도 본격적인 전쟁체험문학은 많지 않다. 따라서 전쟁을 어떻게 체험했는가의 여부는 50년대 문학과 김승옥의 차이를 엄밀하게 설명해주지 못한다. 거꾸로, 4・19가 김승옥 문학의 원체험, 즉 정신적 외상(trauma)이 되었다고 보기에는 곳곳에 나타나는 전쟁체험의 상흔이 너무 뿌리 깊다는 점도 지적되어야 한다.

물론 어른의 체험과 유아의 체험은 다르다. 그것은 아직 사회적 관념이나 이념이 확고하게 자리 잡기 이전의 경험이기 때문이다. 어린아이는 어른들에 비해 사회적 통념에서 비교적 자유로운 상황에서 사건을 선입관 없이 받아들일 수 있다. 어린아이라는 위치는 이데올로기적 검열을 우회하여 어른들의 이념에 반하거나 그것을 거부할 수 있다. 그러나 '아이'라는 화자의 위치에서 좌우 대립이나 이분법적 이데올로기를 재검토하는 방식은 50년대, 70년대 소설에서도 얼마든지 찾아볼 수 있다. 유아를 화

---

7) 김승옥, 「신입생 환영회에서」, 『뜬세상에 살기에』, 지식산업사, 1977, 213~214쪽.

자로 내세우고 있더라도 그것을 가능케 하는 이면의 화자는 성인이다.

모든 경험은 인식주관에 따라 달리 구성되는 지향적 체험(intended-experience)이이다. 서술된 체험은 다시 그것을 서술한 주체의 의도(intention)에 의해 변형된다. 기술된 아이의 체험은 원체험이 아니다. 원체험인 것처럼 재구성된 것이다. 아이의 원체험은 그것을 회상하는 어른의 의도에 의해 변형된다. 변형의 과정에서 외상에 해당되는 것은 우회적으로 표현되거나 감춰진다. 따라서 변형의 의도를 알면 은폐의 메카니즘을 발견할 수 있다.

단편 「건」은 전선의 후방에서 풍문처럼 한국전쟁을 겪고 있는 한 소년의 이야기다. 아버지에게 빨치산의 습격으로 시가 파괴된 것은 흥분할만한 일이다. '나'는 "그동안 못 느끼고 있었는데 갑자기 가을이 이 분지도시에 찾아와서 모든 것을 퇴색시켜놓았다는 느낌뿐"(49)이다. 형은 모처럼 세운 남해안으로의 무전여행이 무산될 것 같아 불평이다. 그들은 52년의 남한에 있음에도 불구하고 전쟁과는 멀리 떨어진 시공간에 살고 있다.

이 작품은 세 개의 축으로 구성되어 있다. 1) 6·25 이전 미영이와 뛰어놀던 빈 저택의 기억, 2) 빨치산의 습격사건, 3) 윤희 누나의 윤간사건이다. 순서상으로 보자면 1)은 과거, 2)는 현재, 그리고 3)은 미래다. 소설 속에서 3)은 가까운 미래(오늘밤)에 일어날 것이 거의 확실시되지만 아직은 벌어지지 않은 가능태의 사건으로 제시되어 있다.

기존의 논의는 대부분 1)을 화자의 내면공간으로 상정하고, 느닷없이 찾아온 2)가 1)을 무참히 파괴한 것으로 본다. 1)은 화자의 원체험이며, 2)는 외상이다. 그렇다면 '나'는 왜 윤희누나를 집단으로 강간하겠다는 형들의 계획에 조력하는가. 이것은 입사로 설명된다. 불합리하고 잔인한 세계에서 살아남는 유일한 방법은 그러한 세상의 법칙을 받아들임으로써 자신을 위악화하는 것임을 화자가 깨닫는 과정이 3)이다.

스토리를 나열하면 이렇다.

1) 6·25 이전에 '나'는 "옛날 어느 굉장한 부호가 살던 저택"에서 미영

이와 "가슴 뛰는 놀이들을 하였"다. "아무도 살고 있는 사람이 없어 썩어 가는 빈집"이었던 그곳은 그러나 6·25가 터지자 방위대 본부가 된다. 방위대본부는 전날 저녁 빨치산들의 습격을 받았고 그 결과로 지금 불에 타오르고 있다. 6·25가 끝나면 다시 그곳에 가 미영이와 함께 그린 벽화들을 마주보리라 마음먹었던 나는 절망을 느낀다.

2) 나는 길에서 윤희 누나와 우연히 마주치게 되고, 누나에게서 빨치산의 시체가 뒷산에 누워 있다는 사실을 알게 된다. 방과 후 아이들과 빨치산 시체를 구경하러 간 나는 시체의 기괴한 모습에서 큰 충격을 받고 자신이 속한 세계는 미영이와의 아름답고 따뜻한 순수의 공간이 아니라 폭력과 살인으로 가득 찬 위악의 공간임을 깨닫는다. 형과 함께 사람의 시체를 돈받고 매장하러 가는 아버지의 모습을 보며 어른들에 대한 '나'의 혐오는 더욱 증폭된다. '나'는 관에 돌맹이를 던지는 등 빨치산 매장에 방해공작을 펴지만 아버지에 의해 무기력하게 제지당하고 "시체도 그리고 그것을 묻고 있는 사람들도" 모두 미워하게 된다.

3) 그러나 소설의 말미, 형들의 강간계획을 알게 된 '나'는 밤늦게 '빈집'으로 나오라는 형의 편지를 윤희 누나에게 전달하는 일에 적극 동참함으로써 어른들의 질서를 받아들이기로 한다.

3)이 실제로 일어났는지, 일어나지 않았는지는 중요치 않다. 외부의 폭력이 화자의 내면에 흡수되는 과정이 중요하기 때문이다. 삼원계로 보자면 1)은 상상계, 2)는 실재계, 3)은 상징계에 각각 대응된다.

그러나 다음의 대목을 보면 사정이 훨씬 복잡하다는 것을 알게 된다.

> (…) 내처 애들의 화제는 주로 아침에 본 빨치산의 시체에 대한 것이었다. 그러나 나는 거기에 대해서 아무 말도 하지 않았다. 무엇을 얘기할 것인가? 내가 보았던 그 어설프고도 허망한 주황색 구도를 얘기할 것인가? 하지만 애들은 그걸 이해해줄 것인가? 그 빨치산의 옷차림이 마치 거지 같았다고? 그러나 빨치산이란 다 그런 거라고 애들은 툭

쏘아버릴 것이다. 그러면, **나는 그 시체가 갖고 싶었다**는 얘기를 할 것인가? 그러나 그건 안된다. 내가 그런 얘기를 입 밖에 내면 그런 생각은 눈곱만큼도 해보지 않은 애들까지 덩달아서, 나도 갖고 싶었다, 나도 나도, 할 터이니까.

— 55쪽(강조는 필자)

'나'는 빨치산의 시체가 갖고 싶었다고 말한다. 이를 따르자면 빨치산의 시체를 목격한 것은 외상의 원인이 될 수 없다. 외상의 원인은 회피하고 싶은 것이지, '갖고 싶은' 게 아니기 때문이다. 나는 시체를 대상으로 행복한 환상을, "어딘가 마음 한 구석이 따뜻해오는 그런 환상"(57)을 꿈꾸고, "시체는 이제 괴로운 표정을 씻고 입가에 웃음을 싣고 있었다. 시체다. 시체가 우리의 차지가 된다. 우리의 손이 닿으면 시체는 웃음을 띤 채 살아날 것이다"(58)라고까지 말하고 있다.

빨치산의 시체는 그냥 시체가 아니다. 기존의 관념으로는 설명할 수 없는 어떤 것이다. 설명할 수 없는 것은 소통할 수 없는 것이고, 소통할 수 없는 것은 그것이 온전히 자기 자신만의 것일 수 있음을 의미한다. 위에서 '나'는 시체를 갖고 싶다는 심정을 다른 아이들과 공유하지 않기를 바란다. 빨치산의 시체는 자신만의 세계를 꿈꾸는 화자의 내면적 욕망을 대변해주는 대상이다.

이러한 대상은 시체뿐만이 아니다. <미영이>와 <빈집> 역시 같은 역할을 담당하고 있다. '나'는 "미영이라는 계집애를 잊을 수가 없다" 유년의 아름다운 시간이 사라진 것처럼 "두 볼이 유난히 빨갛던 미영이도 지금은 없다." 지금 미영이를 대신해줄 수 있는 유일한 공간은 빈집이다.

일반적으로 이러한 상황은 이러한 귀중한 유년의 공간을 방위대 본부가 차지했기 때문에 화자가 실의에 빠진 것으로 해석하고 있다. 하지만 정확히 말해서 화자가 절망하는 것은 빨치산의 습격으로 빈집의 <벽화>가 불탔기 때문이다. "어느 날엔가 방위대도 물러가면 그때는 기어코 다시 그 지하실의 벽화들 앞에 마주 서보리라 마음먹고 있었는데 그날 아침 나는 절망 같은 걸 느끼지 않을 수 없었던 것"(48)이다. 재미있는 것은 내가 그린 "벽화들"이라면 몰라도 미영이와 관련된 가장 중요한 "벽화"는 불타지 않았더라도 볼 수 없는 상태였다는 것이다.

> 이상스럽게도 둘만 그 지하실에 남아 되었을 때 나는 자신도 알지 못하는 사이에 불쑥 미영이를 꽉 껴안아버렸었다. 그러자 미영이는 깜짝 놀라서 울음을 왁 터뜨리더니 그만 무안해진 내가 손을 풀자 느닷없이 자기가 쥐고 있던 **하얀색 크레용을―분명히 하얀색이었다**― 내게 내밀며, 이쁜 꽃 그려봐, 하는 것이어서, **하얀색의 벽에 하얀색의 크레용으로 무슨 그림을 그리라는 말인지**, 이번에는 내가 어리둥절해 버린 적이 있었다
>
> ―「건」, 48쪽(강조는 필자)

화자는 위에서 "하얀색"이라는 말을 네 번이나 강조하고 있다. 미영이가 요구한 그림은 그려졌다고 하더라도 볼 수 없는 그림이다. 그러므로 그것은 '나'의 기억 속에만 존재한다. "하얀색의 벽에 하얀색의 그림"이란 타인에게는 아무것도 아니지만 나에게는 무엇이든지 될 수 있는 그림이다. 더구나 그것은 '나'의 상상 속에서는 얼마든지 다시 그려질 수도 있는 그림인 것이다. 이 때 하얀색 벽화가 그려진 하얀색 벽은 <텅 빈 공간>, 즉 <근본적인 결핍의 공간>이라고 할 수 있다.

이와 관련하여 주목되는 것은 「건」에 어머니가 등장하지 않는다는 사실이다. 이 사실은 현재까지 한 번도 지적되지 않았는데, 그것은 첫째 소설 속에 묘사된 집안의 분위기가 마치 어머니가 있는 것 같은 느낌을 자아내기 때문일 것이다. 또한 유독 부성부재를 문제 삼는 비평적 전통 역시 무의식적으로 영향을 끼친 결과일 것이다.[8] 세 부자가 별다른 불편 없

8) 예를 들어 황도경은 "「건」에서는 남자뿐인 '나'의 가족과 여자뿐인 윤희 누나 가족이

이 식사를 하고 있고, 분위기상 어머니가 있는 집으로 여겨지는데도 문면에는 어머니의 존재가 전혀 제시되지 않고 있다. 위의 인용문에 잇달아 나오는 다음의 대목은 화자의 이러한 심리에 대한 실마리를 제공한다.

> 두 볼이 유난히 빨갛던 미영이도 지금은 없다. 재작년 6·25때 피난을 아주 멀찌감치 일본으로 가버리고 아직도 돌아오지 않는 것이었다. 미영이네 집은 우리 집과 아주 가까운 곳에 있는데 지금은 그 집 대문에 '매가(賣家)'라는 글이 쓰인 더러운 종이조각이 붙어 있는 빈집이 되어 있었다.
>
> —「건」, 48쪽

화자는 "미영이는 지금 없다"라고 하지 않고, 느닷없이 "미영이도 지금은 없다"라고 말한다. 상식적으로 보자면 "~~도 지금은 없고(…)"에 해당하는 문장이 앞에 나와야 하는데 소설의 첫 문장까지 거슬러 올라가 보아도 그런 문장은 없다. 물론 문맥상 "벽화도 타버리고 없고"가 생략되었다고 볼 수 있지만, 논리적으로 이 문장이 결락되어야 할 이유가 전혀 없어 보인다. 따라서 이 대목은 화자의 무의식적인 생략에 의한 것이라고 볼 수 있으며, 생략된 "벽화도 타버리고 없고"는 우회적으로 "어머니도 없고"를 지시하고 있다고 봐야 한다. 화자는 말하지 않음으로써 무언가를 말하고 싶다는 욕망을 강하게 표출하고 있는 셈이다. 여기서 생략된 부분은 S에 대한 $̸S의 관계를 보여주는 것으로 어머니의 부재표시다.

어머니의 부재를 대신 차지하고 있는 것은 미영이의 기억이다. 미영이

---

대조적으로 등장하고 있다."고 지적하면서도 "'나'의 집에는 현실에 투항한 무력한 아버지와 그를 닮아가는 형이 있을 뿐 생명력 있는 진정한 남자/어른이 없고, 형들에게 강간당하게 되는 윤희 누나 집에는 남성이 원천적으로 부재한다."고 분석하여 유독 아버지의 존재/부재만을 문제삼는 태도를 여실히 보여주고 있다(황도경, 「김승옥 소설에 나타난 남-성의 부재」, 『이화어문연구』 제17집, 이화어문학회, 1999, 141쪽).

는 어머니의 존재뿐 아니라 어머니의 부재까지 대체하고 있다. "미영이"가 <어머니>를 감추는 게 아니라 "미영이가 없다"가 "어머니가 없다"를 은폐하는 것이다.

기표의 부재는 기표 자체의 결핍과 연관된다. '나'에게는 <빨갱이 시체>를 뭐라고 표현할 만한 단어가 존재하지 않는다. 그것은 "탱크를 닮은 괴물도 아니"고 "어른들이 어쩌면 자조까지 섞어서 속삭이던 돌덩이처럼 꽁꽁 뭉친 그런 신념덩어리"도 아니다. 빨갱이 시체는 나에게 "설명할 수 없는 감정"을 던져준다.

주목할 부분은 "탱크를 닮은 괴물도 아니"라는 화자의 진술이다. 그것은 탱크로 상징되는 전쟁이 화자에게 <괴물>처럼 여겨진다는 것이며, 빨치산 시체를 보고 우선 <괴물>을 떠올렸다는 것이다. 그러나 <빨치산 시체=괴물>이라는 생각은 곧 철회되며, 두어 발자국 저편에 쌓여 있는 "벽돌"이 "적갈색과 자주색이 엉켜서 꺼끌꺼끌한 촉감의 피부를 가진 괴물"로서 재등장한다. 벽돌이 괴물처럼 보이는 이유는 그것이 지난밤 화자가 보지 못한 빨치산 대원의 죽음을 지켜본 유일한 목격자이기 때문이다. 빨치산 시체는 화자가 알 수 없는 어떤 것을 품고 있다. 벽돌은 화자가 모르는 그 어떤 것을 알고 있다. 아니, 화자에 의해 알고 있다고 믿어진다. 이것은 전이의 메커니즘이다. 화자는 자신의 외상을 응시하는 실재와 직면하여 자신의 결핍을 알고 있다고 가정되는 주체를 즉각적으로 만들어냄으로써 인식체계에 뚫린 구멍을 가까스로 메우는 것이다.

여기에는 일련의 기표연쇄가 있다. 실재는 빨치산 시체의 모습으로 나타났다가 즉각 억압되며, 곧 꺼끌꺼끌한 촉감의 피부를 가진 괴물의 모습으로 다시 나타났다가 벽돌의 객관화된 시선으로 대체된다. 실재는 결코 닿을 수 없는 기의인 양 자신의 부재표시만을 내보이며, 이는 화자의 <어머니>가 아무것도 그려지지 않은 벽화나 미영이에 대한 기억에 의해 은폐되는 과정과 겹쳐진다. "빨갱이 시체는 괴물이 아니다"라는 문장은 "괴물은 실재가 아니다"라는 진실을 대체하고 있다. <괴물>은 실재가 아니다. 그것은 실재를 억압한 결과이자 실재의 흔적이다. 실재는 대상의 내부에서 찰나적으로 출현했다 사라진다. <괴물>은 실재의 현현을 사후적으로 알려주는 부재의 흔적이다. <어머니>는 실재가 출현하는 순간에 의식의 표면으로 떠오르며 <괴물>이라는 기표에 의해서 다시 은폐된다. <괴물>은 공포의 진짜 원인이 아니다. 오히려 그것은 주체를 존재의 심연으로부터 보호해주는 방패이다.

하이데거에 따르면 공포는 대상에 의해 촉발되지만 공포의 진짜 원인은 주체의 근본불안에 있다. 프로이트의 공포증 환자는 거세불안에서 벗어나지 못한 자로, 언제나 자신의 외상에 삼켜질 위기에 처해 있다. 공포증은 죽음을 피하기 위한 질병으로의 도피이다. 외부 대상에 자신의 불안을 투사함으로써 자신이 두려워하는 것은 거세가 아니라 <늑대>라고 믿어버리는 것이다. <늑대>는 근본불안의 대체물이다. 그것은 공포의 진짜 원인이 아니기 때문에 억압하면 또 다른 대상으로 전이된다. 데리다의 <기표의 미끄러짐>은 프로이트 식으로 말하면 반복강박충동(repetition compulsion)이 되는 것이다.

「건」의 화자 '나'는 이미 근본불안의 존재를 알고 있다. 어머니의 부재를 말하지 않는 것이 그 증거다. 이 경우 주체가 불안에서 벗어나는 방법은 외상을 대체할 대상이나 사건을 찾아내어 내면의 공포를 투사(project)하는 것이다. 나의 내면 속에 내가 알지 못하는 것이 있다면, 그것은 내가 경험하는 외부세계에도 엄연히 존재해야만 한다. 그렇지 않다면 <내 안의 타자>를 <내 밖의 타자>로 치부해버릴 방법이 없어진다. 이것이 화자가 빨갱이의 시체를 갖고 싶어 하는 이유이다. 그것이 있어야만 내가 불안한 것은 극복할 수 없는 외상 때문이 아니라 단지 어떤 외부적인 대상 때문이라고 말할 수 있다. 그러나 어른들은 빨갱이의 시체를 관 속에 묻어버린다. 나는 관에 돌멩이를 던지며 어른들의 애도행위를 방해하지만 곧 제지당한다. 나는 다른 방법을 찾아 나설 수밖에 없는데 그것이 내가 윤희누나의 윤간사건에 동참하는 이유이다.

윤희누나는 언젠가 나에게 기막히게 심이 굵은 4B연필을 사주었다. 나는 그것을 도둑맞았기 때문에 그녀를 볼 때마다 뭔가 죄를 지은 기분이다. 윤희 누나는 자기 집에선 제법 어른 행세를 한다. 길에서 만났을 때 윤희누나는 하필 여고 교복을 입지 않고 한복차림이었다. "그날 아침, 내가 그 누나 앞에서 쭈뼛쭈뼛했던 것은 죄의식 때문이 아니라 쓸쓸하도록 갑자기 찾아온 가을 속에서 윤희누나가 그 한복차림 때문에 물이 증발하듯이 어디론가 스르르 날아가 버릴 것만 같은 느낌이 자꾸 들어서였다."(50)

윤희 누나가 증발할 것처럼, 날아가 버릴 것처럼 보이는 것은 한복 차림의 그녀가 어머니의 존재를 일깨우기 때문이다. 윤희 누나는 '나'의 내면을 두 번이나 뒤흔들어놓는다. '나'에게 어머니의 부재를 일깨우는 것도 그녀이며, 마을에 빨치산이 죽어 있다는 사실을 알려주는 것도 그녀이다. '나'는 형들의 음모에 적극적으로 가담함으로써 그녀가 가진 순수한 처녀성을 파괴하고, 그녀가 환기시키는 모성성을 지워 없앤다고 할 수 있다. 불안의 가짜 원인이 되어줄 충격적인 사건을 스스로 만들어냄으로써 외상과 맞대면할 위기로부터 벗어나고자 하는 것이다. 윤희 누나는 어머니처럼 여겨지지만, '나'의 마음속에서 어머니의 자리를 완전히 차지하기 전에 제거되어야만 한다. 화자가 윤희 누나에게 죄책감을 느끼는 것은 잃어버린 4B연필 때문이라기보다는, 누나를 어머니처럼 생각하고 싶은 마음에서 비롯된 어머니에 대한 무의식적인 죄책감이 정반대로 표현된 결과이다.

이러한 구도는 <상상적 어머니>와 <실제적 어머니> 사이의 갈등[9)]

---

9) 이러한 갈등이 보다 극명하게 드러나는 작품은 황순원의 「별」이다. 이 작품의 어린 화자 '나'에게는 어머니가 없는데, '나'는 완벽한 <상상적 어머니>를 꿈꾸다가 이웃 할머니로부터 못생긴 누이가 어머니를 닮았다는 이야기를 듣고 누이를 미워하는 것은 물론 죽이려고 시도하기까지 한다. 여기서 누이는 상상적 어머니를 공격하는 실

을 보여준다. 이유는 알 수 없지만, 화자는 상상적 어머니를 보존하기 위해 실제적 어머니[10]를 거부하고 있다.

여기서 두 가지 추론이 가능하다. 첫 번째는 화자에게 실제로 어머니가 없다고 보는 것이다. 이 경우 화자는 어머니의 결핍을 앓고 있는 상황이 되며 이러한 결핍을 채우기 위해 완벽한 상상적 어머니를 만들어냈다고 할 수 있다. 상상적 어머니는 미영이, 윤희 누나의 이미지를 차용하여 생성된 것이지만 고정된 기의－기표 관계를 벗어남으로써 자신만의 이미지를 보존한다. 만약 <윤희 누나=상상적 어머니>가 성립하면 곧 윤희 누나가 어머니가 될 수 없다는 것은 물론 완벽한 여성이 아니라는 사실이 인식될 것이다. 이는 상상적 어머니를 파괴하는 결과를 가져올 것이므로, 주체는 끊임없이 의미를 지연시키기 위해 계속해서 새로운 기표(새로운 여성의 이미지)를 추구할 수밖에 없다. 이것이 이 작품에 어머니－미영이－윤희 누나의 기표연쇄가 나타나는 이유이다.

두 번째는 화자에게 어머니가 있다고 보는 방법이다. 이 경우 화자가 진정으로 두려워하는 것은 <결핍>이 아니라 <결핍의 결핍>[11]이다. 이는 어린 화자의 시각이라기보다는 유년시절을 회상하고 있는 어른의 시선, 즉 내포작가의 심리가 반영된 것이라고 할 수 있다. 위에서도 밝혔지만 역사의 주변인이라는 작가의 인식은 자신에게 선배 세대들만큼의 뚜렷한 결핍이 없다는 데서 생겨난 콤플렉스다. 이는 「병신과 머저리」의 화

---

제적 어머니의 이미지를 잘 보여준다.

10) 실재적 어머니(Real mother)는 실재(Real)가 그러하듯이 실제로는 존재하지 않는다. 따라서 여기서는 현실 속에 존재하는 어머니라는 의미에서 <실제적 어머니>라는 용어를 사용하였다.

11) 어머니와의 분리체험이 아이의 불안을 형성한다고 본 프로이트와 달리 라캉은 아이가 진정으로 두려워하는 것은 <결핍의 결핍>이라고 보았다. 왜냐하면 결핍은 곧 욕망의 추동력인데 결핍이 사라지면 욕망도 사라지고 그 결과는 유기체의 모든 활동의 정지이기 때문이다. 따라서 인간은 자신의 생명을 연장하기 위해 계속해서 새로운 결핍을 만들어내야만 한다.

자가 형에게서 느끼는 열등감과 일치하며, 따라서 내포작가의 불안을 형성하는데 중대한 영향을 끼쳤다고 이해된다.

이런 경우 '나'의 상상적 공간을 파괴하고 있는 것은 6・25전쟁이 아니다. 6・25전쟁이 파괴한 것은 유년시절과 관련된 실제적 공간이다. 이러한 파괴는 외상의 원인이라기보다는 오히려 '나'의 외상을 지켜주는 보호막의 역할을 한다. 엄밀하게 말해서 상상계와 결부된 공간을 파괴하고 있는 것은 오히려 '나'다. 상상계의 역할 중 하나는 상징화될 수 없는 것들을 안전하게 보존하는 것이다. 상징화될 수 없는 것은 인생을 살아가면서 계속해서 생겨나게 마련이며, 따라서 상상계의 내용물도 계속해서 바뀌게 된다. 상상적 공간은 그것이 원래 최초에 존재했던 것인양 사후적으로 끊임없이 재창조되는 조작된 기원 같은 것이다. 그런데 엄연히 존재하는 실제적 공간은 이러한 만들어진 상상계의 허위성을 공격하는 증거로 존재하기 때문에 제거되어야만 한다. 따라서 빈집은 다시는 갈 수 없는 곳이어야 하고, 미영이는 현재에는 없어야 한다. 그래야만 "빈집이 내게는 용궁처럼 신비스러운 곳"이 되고 "나는 온갖 화려한 공상을 그곳에서 끄집어낼 수 있"(63)기 때문이다.

어머니의 경우도 마찬가지다. 나는 실제적 어머니를 갖고 있지만 그녀는 마치 없는 것처럼 은폐되어야 한다. 그래야만 실제적 어머니의 불완전성이 상상적 어머니의 완벽함을 공격하지 않게 방어할 수 있기 때문이다. 상상적 어머니는 한편으로는 이상적인 여인과 동일시되면서, 다른 한편으로는 어떠한 여성과의 동일시도 부정하는 양가성(ambi－valence)을 보이는데 이는 화자에게 두 개의 상상적 어머니가 있음을 알려준다. 하나는 어떠한 것과도 교환 불가능한 억압된 상상적 어머니이며, 또 하나는 언제든지 교환될 수 있는 상징화된 상상적 어머니이다. 후자는 마치 자신이 전자인 것처럼 행세하면서 전자의 존재를 숨긴다. 전자는 후자가 충족되었을 때에만 <실재처럼> 나타나 후자를 분열시키고 결핍시킨다.

중요한 것은 교환될 수 있다면 왜곡을 피할 수 없지만, 절대로 교환불가능하다면 욕망을 추동할 수 없다는 사실에 있다. 상징화된 상상계가 교환가능한 기표로 작동하는 한 억압된 상상계는 교환 불가능한 잉여로 지속될 수 있다. 결국 화자는 근본적인 상상적 어머니의 원형을 훼손시키지 않으면서 결핍 자체가 결핍되는 일을 막는 복잡한 심리극에 참여하고 있는 것이다.

결론부터 말하자면 「건」은 상징계의 공격으로 상상계를 파괴당한 주체가 상징계에 적극적으로 참여함으로써 입사하는 드라마가 아니다. 오히려 「건」은 표면적으로 입사를 가장함으로써 근본적으로는 입사를 끝내 거부하는 자아의 필사적인 노력을 보여주는 작품이다. 이러한 이중의 은폐 메커니즘은 유년기를 다룬 다른 작품에서도 계속해서 변주된다.

### 2) 자기세계와 부성부재의 신화 —「생명연습」

앞에서도 보았듯이, 김승옥의 초기소설에는 교환 불가능한 것에 대한 자의식이 뚜렷하다. 어머니 은폐는 상상적 어머니를 어떤 대상과도 교환하지 않으려는 노력의 산물이다. 상상적 어머니에 머무르면 거세불안을 피할 수 없게 되므로, 이를 위해 상징화된 상상적 어머니가 필요함을 앞장에서 분석했다. 실제적인 어머니에 대한 사랑과 달리 상상적인 어머니에 대한 사랑은 아버지－초자아의 검열대상이 아니다. 하지만 어머니를 교환하지 않으면 이성애가 불가능해지고 자아는 자기애의 단계에 고착된다. 이러한 고착을 풀고, 자아를 한 명의 주체로서 성장시키는 것이 바로 상징화된 상상적 어머니다. 근본적인 상상적 어머니가 고정불변의 내면공간으로 존속하는데 반해서, 상징화된 상상적 어머니는 외부세계로부터의 충격을 완화하기 위해 언제든지 재구성될 수 있다.

이러한 심리기제는 <욕망의 타자성>에 대한 혐오를 낳는다.

기본적으로 인간을 자기 자신을 욕망할 수 없다. 주체는 자신에게 결핍된 것을 욕망하게 마련인데, 그것은 언제나 외부적인 대상이다. 내가 아닌 것을 욕망한다는 것이 욕망의 타자성의 첫 번째 정의라 할 수 있다. 한 걸음 더 나아가서 인간은 자신이 진실로 원하는 것을 알지 못한다. 특히 모든 것이 교환가능한 자본주의 사회에서 주체는 교환가치 외부의 것을 욕망할 수 없다. 교환가치는 타자들에 의해서 규정되는 것이므로 주체는 항상 타자의 욕망을 욕망하는 셈이 된다. 이것이 욕망의 타자성의 두 번째 정의다.

김승옥의 인물들은 욕망의 타자성을 분명히 인식하고 있으며, 항상 이로부터 벗어나기를 꿈꾼다. 타자성(otherness)으로부터의 탈출이 존재의 목적이 되고 있다고 해도 과언은 아니다. 「내가 확인해본 열다섯 개의 고정관념」의 '나'는 하얀 벽을 멋있게 장식하려다가 그것도 결국은 몬드리안의 모방[12]임을 깨닫고 포기한다. 「무진기행」의 '나'는 "타인은 모두 속물"이기 때문에 "타인이 하는 모든 행위는 무위와 똑같은 무게밖에 가지고 있지 않은 장난이라고"[13] 생각한다. 「서울, 1964년 겨울」의 안은 "저 화재는 김형의 것도 아니고 내 것도 아니고 이 아저씨 것"도 아닌 "우리 모두의 것"이기 때문에 자신은 "화재엔 흥미가 없"[14]다고 말한다. 얼마든지 예를 더 들 수 있겠지만 이 정도로도 그들이 <타자성 콤플렉스>에 시달리고 있음을 충분히 확인할 수 있다.

이러한 <타자성>과 대비되는 공간으로 「생명연습」은 <자기세계>란 것을 제시하고 있어서 주목된다.

> '자기 세계'라면 그것을 가지고 있는 사람을 몇 명 나는 알고 있는 셈이다. '자기 세계'라면 분명히 남의 세계와는 다른 것으로서 마치 함락시킬 수 없는 성곽과도 같은 것이 아닌가 생각한다. 그 성곽에서 대

---

12) 「확인해본 열 다섯 개의 고정관념」, 112쪽.

13) 「무진기행」, 138쪽.

14) 「서울 1964년 겨울」, 218쪽.

> 기는 연초록빛에 함뿍 물들어 아른대고 그 사이로 장미꽃이 만발한 **정원**이 있으리라고 나는 상상을 불러일으켜보는 것이지만 웬일인지 내가 알고 있는 사람들 중에서 '자기 세계'를 가졌다고 하는 이들은 모두가 그 성곽에서도 특히 **지하실**을 차지하고 사는 모양이었다. 그 지하실에는 곰팡이와 거미줄이 쉴새없이 자라나고 있었는데 그것이 내게는 모두 그들이 가진 귀한 재산처럼 생각된다.
>
> — (강조는 필자)15)

<자기세계>의 의미는 모호하다. 상상에서는 장미꽃이 만발한 <정원>이 현실에서는 곰팡이와 거미줄로 가득찬 <지하실>인데 그것 모두가 귀한 재산이라고 설명된다. 그렇다면 정원은 실제로는 존재할 수 없는 공간인가, 하면 다음의 대목이 혼란을 가중시킨다.

> 우리의 **왕국**에서 우리는 그렇게도 항상 땀이 흐르고 기진맥진하였다. 그러나 한 오라기의 죄도 거기에는 섞여 있지 않는 것이었다. 오히려 거기에서 우리는 평안했고 거기에서 우리는 생명을 생각하고 있었다. (…) 우리는 늘 미소를 가질 수 있었다. 다시 한번 말하거니와 우리가 꾸며놓은 왕국에는 항상 끈끈한 소금기가 있고 때때로 따가운 빛을 쏟는 태양이 떴다. 아니 이러한 것들이 있었다기보다는 우리들이 그것을 의식하려고 애쓰고 있었다고 하는 게 옳겠다. 그러한 왕국에서는 누구나 정당하게 살고 누구나 정당하게 죽어간다. 피하려고 애쓸 패륜도 아예 없고 그것의 온상을 만들어주는 고독도 없는 것이며 전쟁은 더구나 있을 필요가 없다. 누나와 나는 얼마나 안타깝게 어느 화사한 왕국의 **신기루**를 찾아 헤매었던 것일까!
>
> — (강조는 필자)16)

---

15) 「생명연습」, 26쪽.

16) 「생명연습」, 40쪽.

우선 <왕국>은 있었다. 반면 '미소'와 '소금기'와 '태양'이 있었는지 없었는지 정확치 않다. 그곳에는 정당한 삶과 죽음이 있고, '패륜' '고독' '전쟁'은 아예 없다. 그러나 그것은 <신기루>다.

사정이 이렇다보니, 독자는 <정원>과 <지하실> 사이에서, <왕국>과 <신기루> 사이에서 방황할 수밖에 없다.

해석은 다양하지만 압축하자면 <자기세계>는 순수한 내면공간이다. <장미꽃이 만발한 정원>은 훼손되지 않은 본래적 자아, 즉 순결한 영혼이 깃든 공간[17]이다. 그것은 바로 이성과 이론에 의해 배제되고 추출된 모든 것에 대한 심미적인 체험이라고 할 수 있다.[18] 지하실로 표현된 "자기세계"란 죄의식의 다른 이름[19]이다. "극기"를 통해 "자기세계"를 구축하는 일은 "장미꽃이 만발한 정원"으로 표상되는 또 하나의 "자기세계"를 파괴하는 일이기 때문이다.[20] 「건」의 경우도, 미영이나 윤희에게 갖고 있는 주인공의 감정이나 저택에 대한 집념이 결국 <자기세계>의 구축을 위한 노력이라면 빨치산의 습격 이후 윤희를 형의 음모 쪽으로 이끌어 들이게 되는 것은 바로 그러한 자기 세계의 붕괴를 그대로 드러내고 있는 것이다.[21]

자세히 보면 이곳에는 두 개의 <자기세계>가 있다. <정원>과 <지하실>이 그것인데, 사회는 <정원>을 용납하지 않으므로, 최소한도의 자기세계인 <지하실>을 유지하기 위해서는 <정원>을 그 대가로 내주어야 한다는 논리다.

---

17) 유양선, 「김승옥의 소설세계 또는 '서울, 1964년 겨울'에 유폐된 영혼」, 『작가연구』 제6호, 새미, 1998, 21쪽.

18) 김민정, 「김승옥론」, 『외국문학』, 1996 가을, 218쪽.

19) 유양선, 위의 글, 19쪽.

20) 위의 글, 21쪽.

21) 김치수, 「질서에서의 해방— 김승옥론」, 『문학사회학을 위하여』, 문학과 지성사, 1979, 200쪽.

순수한 <자기세계>는 불가능하다. 김민정에 따르자면 <자기세계>는 "자기 자신과 동일한 즉자 존재로서의 자율성"인데, 이것은 결국 <타자성>으로부터 자유로운 욕망을 뜻한다고 할 수 있다. "한 인간이 갖고 있는 고유한 힘은 그것이 교환가치의 세계에서 유용한 것으로 인정받을 때에만 타인의 관심을 부를 수 있기 때문"이고 "이성과 논리에 의해 교환원리가 세계를 완전히 지배하는 현실에 대한 비판은 이성적이고 논리적인 언어의 규범에 의하여 가능하지 않기 때문"이다. "그럼에도 불구하고 자기 고유의 세계를 갈망하는 이가 있다면 그는 결국 확장되어가는 현실의 교환원리의 총체성에 의해 배척될 수밖에 없다. 요컨대 자기 세계의 실현 불가능성은 결국 '죽음'을 부르고 마는 것이다."[22)]

이상을 보자면, 「건」의 <어머니>과 마찬가지로 <자기세계>는 <정원>의 <순수한 상상계>, <지하실>의 <상징화된 상상계>로 나누어짐을 알 수 있다. 그러나 그것의 <실현 불가능성>이나 <죽음>의 의미에 대해서는 다시 생각할 필요가 있다.

지금까지 「생명연습」은 남성을 중심으로, 즉 아버지와 형, 한 교수와 나라는 두 개의 축으로 분석되어 왔다. 이 작품을 액자소설로 보자면, 내화의 중심인물은 '형'이고 외화의 중심인물은 '나'다. 이 두 이야기를 연결하는 인물들은 여성으로, 그들은 하나같이 남성들의 욕망의 대상이다. '형'의 '어머니'가 그렇고, '한 교수'의 '정순'이 그러하다. '형'은 부성부재의 상황에서 자꾸만 외간남자를 끌어들이는 어머니에게 폭력을 행사하고, 급기야는 모친살해의 계획을 세운다. '한 교수'는 '정순'을 사랑했으나, 그녀의 육체를 여러 번 범함으로써 그녀에 대한 마음을 접고 외국유학을 떠나는데 성공한다. 두 사람의 결정적인 차이는 형의 <자기세계>는 욕망과의 싸움에서 패배하여 파멸의 길을 걸었지만, 한 교수는 극기하여 <자기세계>를 얻었다는 것이다. 내화에서는 형이 죽지만 외화에서는

22) 김민정, 위의 글, 222~223쪽.

정순이 죽는다. 완전무결한 <정원>과 함께 죽는 것이 옳은가, 세상과 타협하여 불완전한 <지하실>이라도 유지시키는 것이 옳은가, 라는 질문이다. 형과 한 교수가 이러한 순수에의 욕망을 어떻게 실천할 것인가, 라는 윤리적 문제를 제기하고 있다면 '나'는 이에 대한 미학적 판단력을 자신의 욕망으로 전유하고 있다. 조남현의 논의에 따르자면 <윤리적 세계>에서 <미학적 세계>로의 탈출이 감행되는 셈23)이다.

하지만 「생명연습」에는 여성의 욕망도 있다. 다시 말해, 내화의 모든 갈등이 어머니의 아버지에 대한 욕망에서 비롯됨을 상기할 필요가 있다. 어머니의 외간남자들은 얼굴이 서로 비슷하고, "좀더 거슬러 올라가면 놀랍게도 아버지의 얼굴과 거의 일치"한다. 아버지가 왜 죽었는지는 알 수 없다. 「건」의 화자 '나'가 어머니－미영이－윤희 누나…라는 기표의 연쇄쌍을 갖고 있다면 「생명연습」의 '어머니'는 아버지－밀수선장－세관관리－헌병문관…을 갖고 있다. '나'가 미영이와 윤희 누나를 지워 없앰으로써 어머니를 보존하려고 하듯이 어머니는 사내들을 "우리들에게 아버지처럼 행세시키려 드는 눈치도 아주 없"(42)다. 주목을 끄하는 사항은 형에 대한 어머니의 태도가 모종의 연애감정처럼 보인다는 것이다. 어머니는 첫 번째 남자를 끌어들인 다음날 형에게 미안해한다. 형이 아무 반응도 보이지 않자 어머니는 두 번째 남자를 끌어들인다. "세 번째의 사내가 처음으로 다녀간 다음 형은 드디어 어머니를 때리고", 어머니는 상처받은 애인을 회유하듯이 "형에게 연애를 권"(37)한다. 형은 그런 어머니를 "아무리 전쟁 중이라도 어머니가 미쳐버린다는 건 슬픈 일이에요"라고 비웃는다. 이후 어머니의 남성편력은 끝난다. "피난지에 돌아와서부터 어머니가 사내를 집안으로 데리고 오는 일은 없었다."(38) 이는 마치 질투를 유발하기 위한 외도가 더 이상 소용없음을 깨닫자 그것을 중지하는 행위

---

23) 조남현, 「미적 세계관에의 입사식－김승옥론」, 『문학과 정신사적 자취』, 이우출판사, 1984 참조.

로도 보인다. 다음의 인용문은 형에 대한 어머니의 미묘한 감정을 잘 보여준다.

> 어머니의 눈에 처음으로 불이 — — 희미하나 금방 알아볼 수 있는 파란 불이 켜지기 시작한 것이었다. 그리고 그 불빛 속에서 영원한 복종과 야릇한 환희와 그러나 약간의 억울함을 나와 누나는 본 것이었다.
>
> — 37쪽

어머니의 눈에 켜지는 파란 불은 "바다를 향해서라기보다는 차라리 육지를 향해서 깜박이는 등대불의 그 희미하나마 금방 눈에 띄는 빛"(31) 같은 것이다. 금기에 대한 욕망은 노골적으로 드러낼 수 없지만 누구나 알고 있기에 희미하지만 금방 눈에 띈다. 또 하나, 어머니는 미지의 세계(바다)가 아닌 현실의 공간(육지)을 배려하고 있다.

어머니의 파란 불 속에는 남편의 진짜 대리물인 아들에 대한 "영원한 복종"과, 드디어 아들이 자신의 진짜 욕망을 알아봐주었다는 "야릇한 환희"와, 그러나 남자들은 수단이었을 뿐 자신의 사랑은 언제나 아들을 향하고 있었다는 것에 대한 "약간의 억울함"이 있다. 그러나 이러한 어머니의 심리는 더 민감한 사실을 감추기 위해 선전에 불과할 수도 있다. 아버지의 없음으로 해서 집안은 경제적으로 몹시 궁핍한 상황에 놓여 있기 때문이다.

어머니가 끌어들인 남자들은 하나같이 피난지의 특수한 경제체제에서 비정상적인 자금, 이른바 "뒷돈"을 주무를 수 있는 직업을 가진 사람들이다. 다시 말해 어머니는 형(가족)을 위해 매춘한 것일 수 있다.[24] 어머니의

---

24) 화자와 작가를 동일시하는 우를 범하고 있기는 하지만 이에 대해 정상균은 "어머니의 외도를 내(김승옥)가 형처럼 전적으로 부정할 수 없었던 것은, 어머니는 아버지가 돌아가신 다음 집안 살림을 꾸려 왔고 아들 딸을 사랑하며 길러 왔다는 사실이다."고 하여 어머니의 매춘가능성을 간접적으로 지적하고 있다(정상균, 「김승옥

진짜 욕망은 형(가족)이다. 남자들은 어디까지나 형(가족)을 지탱하기 위한 수단이다. 이것이 어머니의 남성편력이 피난지에서 끝나는 두 번째 이유다. 어머니의 남성편력은 정신분석학적으로도 경제학적으로도 풀이할 수 있으며, 이는 하나의 논리로 중층결정된다.

물론 형의 입장에서 아버지 부재 상황에서의 오이디푸스 콤플렉스를 읽어낼 수도 있다. 남성적 시각에서 바라본 세익스피어의 「햄릿」과 「생명연습」의 드라마가 유사하다고 해서 놀라울 것은 없다.[25] 그러나 한국 근대사의 특수성과 인류의 보편문제는 이음새 없이 매끈하게 연결되지 않는다. 사회적・경제적 배경이 다르기 때문이다. 이를 설명하기 위해서는 오히려 또 다른 여성의 욕망, 즉 누이의 욕망을 살펴보아야 한다.

어머니의 욕망은 누이가 쓴 작문에 의해 해석되고 있다. 이는 어머니의 욕망에 누이의 욕망이 개입했다는 의미다. '나'의 유년체험 역시 누이의 욕망에 의해 구성된 것일 수 있다. '나'는 그러한 사실을 암시하듯 누이의 "작문은 거의 완전한 허구였다."(42)라고 말한다.

나와 누나가 보기에, 어머니와 형의 갈등은 오해다. "그뿐이다. 둘 다 오해를 하고 있었던 것뿐이다. 상상의 바다를 설정해놓고 그곳을 굳이 피하려고 하는 뱃사람들처럼 어머니와 형도 간단하게 살아갈 수는 없었던 것"(41)이다. 여기서 상상의 바다란 아버지가 있는 행복한 가정을 뜻할 것이다. 그러나 아버지가 있었다고 해서, 지금의 상황이 더 좋아졌을지는 미지수다. 전쟁시기, 혹은 피난민 시절의 아버지란 가사에 전혀 도움이 되지 않는, 경제적으로 무능력한 아버지일 가능성이 높기 때문이다. "설사 아버지가 존재한다고 하더라도 그는 무지한 식육업자이거나(「건」) 권위를 상실한 무력한 존재(「환상수첩」)에 불과하다. 부재한 아버지의 자리

---

문학 연구」, 『전농어문연구』 제7집, 서울시립대학교 문리과대학 국어국문학과, 1995, 12쪽).

25) 김명석, 「김승옥 소설 연구」, 연세대학교 박사논문, 53~72쪽 참조.

를 대신하는 것은 대학교수(「생명연습」)나 출세한 장인(「무진기행」), 혹은 힘센 친척 아저씨(「염소는 힘이 세다」)이다."[26]는 지적처럼 여기에서도 무능력한 아버지보다는 "밀수선장" "세관관리" "헌병문관"이 차라리 더 나은 것이다. 이들이 진실로 숨기고 싶어 하는 것은 바로 이 사실이 아닐까.

하지만 어머니가 가족의 윤리적 타락과 해체를 조장한 인물이라는 분석[27]은 가부장적인 시각에서 조금도 벗어나지 못한 것이다. 오히려 이 경우 가족의 질서의 부성을 지켜내는 것은 어머니이다.

「생명연습」의 가족에게 <부성부재>는 신화의 역할을 담당하고 있다. 모든 것은 아버지의 사망 후에 비롯된 것이지만 이 문제를 해결한다 해도 "새로운 생활――새롭다고 한들 남들은 별 생각 없이 예사로 사는 그런 생활을 할 수는 도저히 없는 것"(41)이다. 부성부재는 불행의 모든 원인으로 치부되고 있지만 그것만으로는 1950년대의 궁핍과 불행이 설명되지 않는다. 역으로 말하면 모든 것을 부성부재로 돌려야만 해결 불가능한 1950년대의 삶은 그런대로 참을만한 것이 된다고도 할 수 있다. 부성부재는 역사적 사실이자 한국 근대문학의 전통에 속하지만, 설명 불가능한 민족적 비극을 유일하게 설명할 수 있는 방법으로 기능하면서, 우리의 역사를 주체적으로 해결할 수 없다는 민족적 콤플렉스를 해소하는 일종의 위로하는 이데올로기의 기능을 담당했다고도 볼 수 있는 것이다.

그렇다면 만약 있었다면 지금의 모든 문제를 해결해주었을 아버지가 허구라고 가정해보자. 아버지는 무능력했다. 어머니에게 이러한 무능력한 <실제적 아버지>를 은폐하는 유일한 방법은 <매춘>을 <불륜>으

---

26) 진정석, 「글쓰기의 영도」, 『문학동네』, 1996 여름, 417쪽.

27) 이러한 시각 때문에 진정석은 "「건의 어린 화자인 '나'는 윤희 누나를 윤간하려는 형들의 "무서운 음모"에 가담함으로써 유년기의 고향과 결별하고 인격적인 성숙을 이룩한다"(418)고 보고 있는데 이는 아버지를 상징적 질서에, 어머니를 상상적 공간에 도식적으로 연결시키는 남성중심주의적인 태도를 그대로 유지하고 있는 것이다(진정석, 위의 글, 417쪽).

로 포장하는 것이다. 매춘은 부성부재가 오히려 가정경제에 유리한 상황임을 적나라하게 보여주는 증거다. 따라서 어머니는 자신을 미친년으로 만들어서라도 실제적 아버지를 보존하고자 하는데, 이는 사실상 <상징적 아버지>를 겨냥한 것이기도 하다. 아버지가 실제로 어떤 사람이었는가는 상관없이, 가정의 재건을 위해서 상징적 아버지, 즉 부성은 지켜져야 하는 것이다. 형은 불륜이라는 어머니의 이러한 거짓말을 어쩔 수 없이 받아들여 어머니의 게임에 동참하고 있지만 그렇다고 매춘이라는 진실이 덮이는 것은 아니다. 더구나 형에게 이것은 <부성>을 지키기 위해 <모성>을 파괴하는 결과를 낳는다. 형에게 모성의 파괴가 부성의 파괴보다 참기 쉬운 것일 리 없다. 따라서 형은 불륜 때문에 괴로워하는 것이 아니다. "형의 의도는 그 너머에 있"(40~41)다. 형의 <모친살해> 욕구는 어머니의 매춘에 대한 죄책감에서 온 것이다.

누나가 형의 심리적인 봉착상태를 해결하려고 나선다. "어머니의 '남자관계'는 곧 내가 사랑하는 그리고 어머니가 사랑하는 아버지를 찾아 헤매던 일"(36)이라는 신화를 제공하는 것이다. 이러한 상징적 아버지의 신화는 '나'를 위로해주는 것이기도 하다. "내가 어린 날을 그래도 행복하게 보낼 수 있었던 것은 오직 누나가 있었기 때문"이다. "형이 어두운 다락방에서 우리에게 숨기며 쉬지 않고 무엇인가를 만들어가고 있듯이 나와 누나도 형과 어머니에게서 몇 가지 비밀을 만들어놓고 우리의 평안과 생명을 그 비밀왕국 안에서 찾고 있었던 것이다."(38)

하지만 누나의 신화는 형이 직면한 딜레마는 풀어주지 못한다. 어머니의 불륜이 <아버지의 자리>를 메우기 위한 노력의 과정이었다면, 이제는 누가 그 자리를 대신할 것인가의 문제가 제기되기 때문이다. 누이의 시나리오에 맞추어 부성과 모성을 모두 지키려면 자신이 아버지의 역할을 맡아 가정의 궁핍을 해결해야 한다. 이것이 "어머니의 나에게 대한 운명적인 요구"(43)다. 하지만 형에게는 그런 능력이 없다. 형은 22살짜리 중

학생이다. 집은 “오히려 형의 약값으로 돈이 많이 들어서 살림이 상당히 쪼들리고 있”(37)다.

형의 무능력을 공개적으로 인식시키는 사건이 나와 누이의 형에 대한 살인 시도다. 형은 아버지의 운명을 좇아 없는 것이 더 나은 가장의 자리를 물려받는다. 형은 자신의 무능력 때문에 자살하는 것으로 보인다. 기존의 해석은 거의 대부분 형이 자기세계를 지키기 위해서 상징계로의 진입을 거부한다고 보고 있으나, 이렇게 보자면 오히려 형은 입사를 거부하기 위해서 죽는 것이 아니라, 입사에 성공할 능력이 없이 죽는 것이라고 할 수 있다.

이 소설에서 무능력한 아버지와 형을 대신하여 상징적 아버지의 자리를 차지하는 것은 교회다. 주지하듯이, 교회는 식민지 점령의 첨병으로써 한국에서는 미국의 원조정책을 지지하는 거대한 기관이기도 했다. 나와 누나에게도 교회의 의미는 크게 다르지 않다.

> 나와 누나는 나란히 서서 금속처럼 차게 빛나는 해면을 바라보며 한참씩 서 있곤 했는데 그럴 때야 비로소 나는 어린 가슴에 찾아오는 평안을 느끼는 것이었다. (…) 교회 안의 발 시린 마룻바닥에 꿇어앉은 것보다는 교회 마당가에 서 있는 그것이 좋아서 나와 누나는 교회엘 다니고 있었다고 해도 좋았을 것이다. **그러나 교회에서 내주는 구호물자가 하나의 목적이었던 것을 굳이 숨기지도 않아야겠다.**
>
> —「생명연습」, 21쪽(강조는 필자)

교회의 가장 큰 의미는 종교가 아니라 “구호물자”다. ‘나’는 그 사실을 숨기지 “않아야겠다”고 말하고 있으나 사실은 숨기지 못하는 것이다. 별것 아닌 것처럼 솔직히 인정함으로써 대상이나 사실에 대해 과도하게 품고 있었던 공포가 마치 없었던 것처럼 말하는 것이다. 화자의 이러한 공포는 자신의 생식기를 잘라버렸다는 한국인 전도사에게로 전이된다. ‘나’

는 "생식기가 없는 사람은 저 미국 사람이"고 한국 전도사는 그렇지 않을 거라고도 생각해보는데 이는 거세 콤플렉스가 불안으로 바뀌는 시점이다.

> 내게도 성령이 찾아오는 어느 순간이 있어 나 스스로의 목이라도 잘라버려야 할 경우가 있을는지도 모를 일이라는 생각이 문득 들었다. 그러자 소름이 돋기 시작했다.
>
> —「생명연습」, 22쪽

'나'는 "악몽 같은 부흥회의 밤"이 끝나고 나서야 마음이 평안해짐을 느낀다. 전후 상황을 검토해보았을 때 내가 그곳에서 느낀 공포는 서구에서 찾아온 "낯선 것"들이 내가 알고 있는 "낯익은 것"들을 없앨지도 모른다는 사실에서 온 것이다. 다른 말로 하면 교회가 부성을 대체할지도 모른다는, 나 또한 언젠가는 무능력한 아버지가 되어 저 외부로부터 들어온 서구적인 것에 의해 형의 운명을 답습할지 모른다는 불안감이라고 할 수 있다.

실제로 「생명연습」의 문면 곳곳에서는 <서구적인 것>의 이미지가 어렵지 않게 발견된다. 나는 "엘리자베스 조의 비극작가들에 대한 연구논문을(…) 최근에야 완성"했다. 한 교수가 "촌스럽지 않고 도리어 세련을 수식하고 있는 것은 이분이 외국바람을 쐬신 덕택"(24)이다. 그의 자기세계는 말하자면 "옥스포드제"다. 한교수에 따르자면 "외국에서 공부하고 오는 사람들은 다소간에 냉혈동물이 되어 돌아오는 법"(29)인데 그것은 "외국이라는 대개 서구를 가리키는 것이니 아마 그네들의 합리주의와 개인주의가 몸에 배어 그럴 것"이지만 "외국서 학위를 받고 온 교수들은 강의노트를 얻어오는 대신 모든 것을 거기에 지불해버리고 온다는 것"(30)이다. 결국 <한국적인 것>을 희생해야만 <서구적인 것>을 얻을 수 있다는 것으로, 이것은 <한국적 아버지>가 <서구적 아버지>에 의해 대체된다는 불안감을 그 저변에 깔고 있다.

'나'는 어린 시절 누이와 전도사의 수음장면을 분명히 목격한다. 하지만 7~8년 후 '나'는 한 교수에게 그 전도사를 "자기 섹스를 잘라버린 훌륭한 분"(23)으로 소개한다. 아버지의 문제와 결부시켜 생각해볼 때 이러한 '나'의 거짓말은 의미심장하다. 분명히 있었지만 없었다고 말해야 하는 것은 전도사의 성기뿐이 아니라 <실제적 아버지> 역시 그러한 것이다. 1950년대의 아버지는 무능력한 아버지였다. 무능력한 아버지는 없는 것이 더 낫고, 더 나아가서 없었다고 말해지는 편이 낫다. 없었기 때문에 실제로 무능력했을 것인지는 알 수 없는 것이 되며, 없었기 때문에 실제로 있었다면 훌륭했을 것이라고 포장할 수 있게 된다. 거세되어야만 훌륭해질 수 있는 아버지, 그것이 「생명연습」이 날카롭게 포착하고 있는 <부성부재의 신화>이다. 부성부재는 역사적 사실이자 근대문학의 전통이면서, 동시에 사회심리학적으로는 집단적인 애도(moarning)[28]의 메커니즘으로 작용하기도 했던 것이다.

논의의 핵심은 다시 <자기세계>로 돌아온다. 김승옥에게서 <자기세계>는 부성부재와 마찬가지로 애도의 심리기제로 나타난다. <정원>의 순수한 상상계는 원래 존재하지 않았다. 그것은 <지하실>이 만들어진 후에 사후적으로 재구성된 <왕국>이다. <자기세계>는 실현 불가능한 것으로 남아 있어야만 한때는 "한 오라기의 죄"도 없었던, 평안한 생명의

---

28) 애도(moarning)는 프로이트의 용어로서, 주체가 대상의 상실을 충분히 슬퍼함으로써 새로운 대상을 받아들일 수 있도록 주체가 자신의 욕망을 조정하는 감정을 말한다. 애도는 유쾌한 대상뿐만이 아니라 불쾌한 대상에도 동일하게 적용되는데 예를 들어 미워하는 사람이 죽게 되어도 주체는 슬픔을 통해서 자신의 죄책감(내가 미워해서 죽었을 거야)을 덜게 된다. 애도는 사회적인 차원에서 그 사회의 적을 향해 베풀어지기도 한다. 예를 들어 한 사회는 저항세력을 제거한 다음 그들을 애도함으로써 또 다시 그러한 저항이 일어나는 것을 막고자 한다. 상징계 바깥에 있었던 것을 상징화하여 체제 내부로 흡수하는 것이다(Freud. Sigmund, 윤희기 역, 『무의식에 관하여』, 열린 책들, 1997, 243~270쪽 참조).

공간이었던 자신의 신화를 갖게 된다. 끈끈한 소금기와 사그락대는 나뭇잎과 머리칼을 나부끼는 바람과 때때로 따가운 빛을 쏟는 태양은 실제로 있었던 것이 아니다. 혹은 회상의 과정에서 아름답고 순수한 것들만으로 사후적으로 취사선택된 것이다. "이러한 것들이 있었다기보다는 우리들이 그것을 의식하려고 애쓰고 있었다고 하는 게 옳"(40)다는 대목이 그것을 증명한다. 누나와 나는 영원한 상상계로서의 <왕국>을 잃어버린 것이 아니라 "안타깝게 어느 화사한 왕국의 신기루를 찾아 헤매었던 것"이다.

결론적으로 「생명연습」은 서구적인 근대화에 의해 순수한 상상계가 파괴되는 과정을 다룬 작품이 아니다. 근대화에 적응하면서 내면공간을 지켜내기 위해 어쩔 수 없이 훼손된 상상적 공간을 선택한 인물들을 형상화한 작품도 아니다. 오히려 「생명연습」은 「건」과 마찬가지로 상상계를 근본적인 상상계와 상징화된 상상계로 분열시키고 있는 작품으로, 근대화에 성공한 아들이 근대화에 실패한 아버지를, 혹은 서구적인 이데올로기를 받아들이는데 성공한 자들이 적응하지 못하고 몰락한 자들을 애도함으로써 자신의 죄책감을 씻고, 자신의 의식세계가 다시금 혼란의 상태로 퇴행하는 것을 방지하기 위해 과거를 어떻게 재구성하는가를 보여주고 있다. 「건」이 상상계를 재구성하기 위해 어머니 은폐를 전재했듯이, 「생명연습」은 실제적 아버지의 은폐를 통한 상징적 아버지의 재창조를 필요로 하는 것이다. 중요한 것은 <자기세계>로서의 <왕국>이 텅 빈 공간이라는 데 있다. 상징적 기표들은 스스로의 결함을 보여주면서 주체의 내면 속에 상징화될 수 없는 공간이 있음을 암시하고 있지만, 「건」과 마찬가지로 「생명연습」에서도 그것이 무엇인지에 대해서는 전혀 제시되어 있지 않다. 라캉의 「도둑맞은 편지」에서처럼 편지를 중심으로 하여 기표들의 이동이 이루어지지만 편지의 내용은 결코 밝혀지지 않는 것과 같다.[29] 그러나 이러한 텅 빈 공간으로서의 자기세계는 공허하기만 한 것은

29) 이에 대해서는 Laccan. Jacques, 민승기 · 이미선 · 권택영 역, 「「도난당한 편지」에

아니다. 그것은 자본주의에 순응하지 않을 수 없는 근대적 주체가 교환 불가능한 내면이 자신에게 존재한다는 믿음을 통해 상징계 바깥의 대상을 적극적으로 찾아나서는 반근대적 욕망을 가능케 하기 때문이다. 이에 대해서는 다음 장에서 자세히 밝혀질 것이다.

## 2. 자본주의와 서사의 저항

### 1) 상징권력과 교환 불가능한 사물
#### ─「싸게 사들이기」「력사」

1960년대는 한국자본주의가 세계자본주의에 적극적으로 편입되는 1970년대의 전초전으로서의 성격을 가진다. 50년대 이승만 정권 하 제로섬(zero－sum) 축적[30] 국가에서 자본축적국가로의 이행이 이 때 이루어진다. 외부로부터 유입된 차관 때문이었다고는 하지만 독재국가의 형태가 아니었다면 자본축적은 불가능했을지 모른다. 실제로 당시 저개발국가 중 민주화와 경제성장에 동시에 성공한 나라는 없다.[31]

4・19 혁명은 자유당정권의 전복과 함께 '혁명적 민주주의' 유형의 민족민주변혁의 길과 세계자본주의 체제로의 적극적인 통합을 통해 종속적 자본주의 발전의 길을 가속화함으로써 위기를 극복하는 '두 개의 길'을 열

---

관한 세미나」,『욕망이론』, 문예출판사, 1996, 96~134쪽 참조.

30) 제로섬 축적이란 전체 자본의 총량이 변하지 않은 상황에서 자본의 집중이 일어난 경우를 말한다. 쉽게 말하자면 전체 부의 량은 같지만 소수의 부는 증가하는 자본축적의 양상을 뜻한다.

31) 일례로 손호철은 "문제는 제3세계와 같은 종속적 상황에서, 그것도 외연적 산업화 단계에서 성장과 평등, 민주를 동시에 추구하는 것이 가능하냐는, 즉 민중배재적이고 억압적이지 않은 정치체제를 유지하면서 고도의 자본축적과 고성장이 과연 가능하냐는 것이다. 최소한 역사는 그렇지 않다는 것을 보여주고 있다."고 말하고 있다(손호철,「현대한국정치:이론과 역사 1945~2003」,『사회평론』, 1995, 262쪽).

어놓았다.[32] 60년대의 사회발전은 이 중 후자의 길을 점차 뚜렷하게 걸어왔다고 할 수 있다. 예비적 고찰에서 살펴보았듯이 한국의 고도성장은 <자유시장>과 <국가>, <국가독점자본주의>와 <신식민지종속자본주의>, <수입대체산업화>와 <수출주도형산업화>의 경계선을 교란함으로써 보장된 것[33]이다. 이에 대해서는 서론에서 개발우선정책의 근대주체를 미국의 금융 감독 체제를 교란하는 정치적・경제적으로 분열된 주체로 분석한 바 있다.

이 시기에 한국의 도시화도 급격하게 일어난다. 한국의 도시화는 기본적으로 농촌의 분해와 세계자본주의체제로의 적극적인 편입 위에서 가능했다.[34] 하지만 한국의 도시화는 도시 간 제로섬 게임으로 진행되지 않았다. 서울은 이미 인구의 50%가 거주하는 거대도시로 발전했으나 다른 도시의 발전도 병행[35]되었다. 이는 60년대 한국의 근대화를 도시 대 농촌, 서울 대 지방의 어느 하나로 볼 수 없음을 알게 해준다. 자본의 서울 편중이 가속화하는 속에서 지방도시는 서울에 종속하면서 농촌을 착취하는

---

32) 김진균 외, 4월혁명연구소 편, 「한국사회변혁론과 4월 혁명」, 『한국사회변혁운동과 4월혁명 1』, 한길사, 1990, 355쪽(손호철, 위의 책, 229쪽에서 재인용).

33) 제1세계와 제3세계의 경제발전론을 설명하기 위해 만들어진 이러한 이분법적 개념들이 한국의 경우에는 들어맞지 않는다. 이에 대해서는 손호철, 「박정희 정권의 재평가」(위의 책, 246~266쪽); Cumings. Bruce, 「한국의 일출: 산업화, 1953~현재」, 『한국현대사』(창작과 비평사, 2003, 419~483쪽); 장하원, 「1960년대 한국의 개발전략과 산업정책의 형성」(한국정신문화연구원 편, 『1960년대 한국의 공업화와 경제구조』, 백산서당, 1999)의 서론 등 참조.

34) 강명구, 한국정신문화연구원 편, 「1960년대 도시발달의 유형과 특징－발전주의 국가의 공간조작」, 『1960년대 사회변화연구:1963~1970』, 78쪽.

35) 60년대의 32개 도시 중 고도성장도시는 3개, 성장도시는 21개, 정체도시는 8개, 낙후도시는 0개이다. 이는 외국의 차관은 대부분 서울에 집중되었지만 지방도시 역시 제로섬 축적에 의해 성장을 유지했음을 보여주는 증거이다(강명구, 위의 글, 67~72쪽 참조). 이는 세계자본주의체제의 차관에 의존하는 종속자본주의와 내부적 착취에 의존하는 50년대의 국가자본주의체제가 오랫동안 공존했음을 보여준다.

방식으로 점진적 발전을 보장받은 것이다. 이는 <도시=서울/농촌=지방>의 이분법보다 <중심부/주변부>의 이분법을 적용하는 것이 보다 효율적인 이유를 보여준다. 실제로 주변부는 중심부의 내부에도 존재하는 것으로서, 도시라고 하더라고 그 속에 주변부 이상으로 낙후된 지역을 찾아내는 것은 어려운 일이 아니다.

세계체제 편입의 증거라 할 수 있는 수출 드라이브가 본격적으로 시작된 것은 1960년대 중반부터다.[36] 1960년대 전반기는 한국이 <자립경제체제>에서 <대외경제체제>로 이행하는 시기[37]다. 김승옥이 가장 활발하게 활동한 것은 바로 이 시기, 한국사회가 역사적 자본주의 체제로 진입하는 급변의 시공간이다. 서울이라고 해도 완전히 자본주의가 정착되었다고 볼 수는 없다. 하지만 그곳에는 곧이라도 시장에 투입될 준비가 되어 있는 노동인력과 재화 및 각종 무형의 자본들이 존재한다.

김승옥이 포착한 1960년대의 서울은 상징권력[38]의 사회이다. 상징권력은 곧 상징자본이다. 지식, 외모, 신분 등은 그 자체로 권력이며, 권력은

---

36) 수출드라이브는 1965년 한일회담 타결을 전후한 시기에 본격적으로 가동되었던 것으로 추정된다(이완범, 한국정신문화연구원 편, 「제1차 경제개발5개년계획의 입안과 미국의 역할」, 『1960년대의 정치사회변동』, 124쪽).

37) 1960년대 전반기에는 산업화 과정에서 수출은커녕 비중조차 인식하지 못하고 있었기 때문에 수출지향적 발전전략으로의 가장 극적인 전환이라 평가한 것은 근거가 없어진다. (…) 그것은 1960년대 후반부터 수출이 급격하게 증가하자 정부는 소위 수출에 대한 정책금융의 비율을 재량적으로 확대하면서 증가했고, 1960년대에 꾸준하게 성장한 수입대체적 내수산업이 수출산업과 연관효과를 갖게 되면서 나타난 결과였다(장하원, 한국정신문화연구원 편, 「1960년대 한국의 개발전략과 산업정책의 형성」, 『1960년대 한국의 공업화와 경제구조』, 백산서당, 1999, 110~111쪽).

38) 상징권력이란 상징적 지배를 가능케 하는 상징적 체계의 권력을 말한다고 할 수 있다. 상징적 체계는 곧 언어의 체계이며, 언어의 교환시장은 실물을 교환하지는 않지만, 실제적인 교환이 일어나게 하는 최종심급을 결정한다고 할 수 있다. 따라서 상징권력은 자본주의 교환의 가장 바탕에 있는 것이면서 동시에 가장 상위의 결정조건이다(Bourdieu. Pierre, 정일준 역, 『상징폭력과 문화재생산』, 새물결, 1995 참조).

언제든지 자본으로 환산될 준비가 되어 있다. 상징권력은 광의의 자본을 형성하며, 자본은 그러한 상징권력의 물화를 돕는다.

김승옥의 소설에서 이러한 상징권력을 가장 집약적으로 보여주는 기표는 '서울대학교 배지'이다. 『내가 훔친 여름』의 '나'와 '창수'는 '배지'만으로 서로에게 친밀감을 느낀다. 그들은 '배지'를 달고 있다는 이유만으로 온갖 특권을 누리면서 무전여행을 하기까지 한다. 신분뿐 아니라 직업도 당연히 상징권력이다. 「차나 한잔」의 만화가 '그'는 신문사에 출입하는 덕분으로 "생전 처음 만나는 사람에게도 긴 설명이 필요 없이 자기를 신용해버리게 할 수 있었다"(186~187).

상징권력이 점유한 60년대 서울에는 기호가치[39)]가 침투해 있다. 기호가치는 교환가치에 대한 욕망을 추동하며, 교환가치는 기호가치의 연속성을 지탱한다. 산악반 놈들의 대부분은 멋을 부리고 싶어서 회원이 된 놈들이다.[40)] '파카' 일부러 무겁게 해 보인 '륙색' '흰색의 스타킹' 연륜을 조작하기 위한 '다 해진 워커' '미 해군용 작업복 쓰봉' '트랜지스터' '카메라' '선글라스' 등은 기호가치에 의해 선택된 기표들이다. 기호가치가 가치의 최종단계임을 감안할 때 이는 압축적 근대화의 단면을 잘 보여주는 풍경[41)]이다.

짧은 단편 「싸게 사들이기」는 이렇듯 진정한 자아의 모습이 아니라, 기표(들)로써 살아가는 60년대의 새로운 풍속을 선구적으로 포착한 작품이다.

K는 대학생이다. 그는 주말에 할 일이 없다. 주말은 잉여의 시간이고,

---

39) 부르디외는 자원을 "제도적으로 지지되고 부여받은 자원"과 "특별한 제도들과 반드시 연관되지는 않는 자원"으로 구분한 다음, 전자를 경제자본(고정 또는 가변 자원), 상징자본(권위, 특권, 존경), 문화자본(지식, 표현기술, 직함, 학벌)로 분류한 다음 후자의 예로 '다른 사람이 자신에 대해 가진 호감'을 들고 있다(위의 책, 84쪽).

40) 「싸게 사들이기」, 154쪽.

41) 가치에는 고유가치, 사용가치, 교환가치, 기호가치의 네 가지가 존재한다. 이 중 고유가치는 교환경제 바깥에 있고, 교환경제의 최후의 가치로서 교환의 확대재생산을 일으키는 것은 결국 기호가치이다.

잉여를 즐긴다는 것은 기호가치를 향유하는 것이다. '산악반'이나 '자전거 하이킹 부대'에 들고 싶은 마음도 없지 않지만 그에게는 그럴만한 돈이 없다. 그의 유일한 낙은 곰보의 헌책방에서 책을 '싸게 사들이기'다. 마음의 드는 책의 한 장을 찢어두었다가 다음번에 그 책을 결함이 있다는 이유로 헐값에 흥정하여 원래대로 복구하는 것이다.

돈은 교환가치의 주인기표[42]다. 화폐는 모든 것을 교환가치의 장에 위치시킴으로써 사물이 가진 고유한 가치를 전유한다. 교환가치는 사용가치와 무관하다. 소비 자체에 투여될 뿐 소비의 대상에는 무관심하다. 이러한 순전히 추상화된 기능을 수행하는 "돈이 감촉을 갖고 있다는 건 기가 막힐 일이다."(158)

> 돈이 손을 만져본다. 그러면 손은 부끄러운 듯이 홍당무가 되면서 가늘게 떤다. 돈이 슬그머니 손을 집적거려본다. 손은 정신을 차리려고 애쓰며 우선 옷깃을 여미고 도사려 보인다. 싫으면 관둬라, 돈이 배짱을 내민다. 손이 주춤거린다. 그러다가 발작적으로 부들부들 떨며 돈을 부둥켜안아버린다. 돈을 능글맞게 웃으며 손을 슬슬 쓰다듬어준다. 그러다가 앗차 하는 사이에 돈은 사라지고 손은 **별로 필요하지도 않은 물건**을 쥐고 쩔쩔매고 있다.
>
> — (강조는 필자)[43]

'별로 필요하지 않은 물건'은 사용가치를 넘어서는 잉여를 지시한다. 이러한 잉여가 기호가치를 구성하며 이것은 자본을 순환시키는 빈 구멍으로 작동한다.[44] 사용가치를 지닌 재화는 모두 교환가치 속에 편성되지

---

42) 다른 모든 기표(능기)들에 대신하는 주체를 나타내주는 기표를 말한다. 주인－노예의 담론에서 주인기표는 자신을 위해 자신이 전유할 수 있는 잉여물(a)를 노예가 창출해내도록 일을 시키는 주인이다(Evans. Dylan, 김종주 외 역, 『라깡 정신분석 사전』, 인간사랑, 1996, 368~369쪽 참조).

43) 「싸게 사들이기」, 158쪽.

만, 교환가치가 항상 사용가치를 갖는 것은 아니다. 교환가치는 사용가치를 교환하면서, 사용가치를 무화시키는 역할도 동시에 수행한다. 쉽게 말해서, 교환될 수 없는 것은 사용될 수 없다. 인간도 마찬가지다. 시장경제에서 노동은 임금에 의해서 계산되지만, 임금의 가치는 노동의 가치를 초과할 수 없다.[45] K는 30년째 근속해왔다는 '수위'를 경멸한다. 그는 타인(주인)을 위해 자신의 삶을 송두리째 바쳤기 때문이다. K는 "수위영감처럼 습관 속에서 사는 것도 그렇지만 바람둥이 손처럼 충동 속에서 사는 것도 둘 다 비싸게 친다. 혁명적으로 살아야 한다"(159)고 다짐한다. 전자는 필요이상으로 자신의 노동을 소모하며, 후자는 필요이상으로 자신의 재화를 탕진한다. 어떤 경우에도 교환경제는 개인에게 개인이 투여한 것보다 적은 가치만을 되돌린다. 양쪽 모두 비싸게 치는 거래, 즉 손해 보는 장사를 하고 있는 셈이다.

따라서, 혁명적으로 살아야 한다. K는 교환경제를 두 번 교란시킨다. 우선 책장을 찢어냄으로써 그것의 사용가치를 훼손한다. 우위에 있는 듯했던 교환가치는 사용가치의 사소한 훼손에 의해 자신의 가치를 쉽게 상실한다. 이것이 첫 번째 교란이다. 두 번째 교란은 기표만을 인식하는 교환가치의 특성을 이용하는 것이다. 곰보영감은 찢어진 페이지의 내용(기의)을 모른다. 그럼에도 페이지 숫자(기표)가 탈락했다는 이유만으로 그것의 교환가치가 하락했음을 인정할 수밖에 없다. 이미 사라졌으므로, 그것이 상대적으로 중요한 것인지, 중요하지 않은 것인지를 가치 평가할 수 없는 것이다. 책은 거래가 종결된 뒤, 교환가치의 감시망을 벗어난 곳에서 복원된다. "싸게 사들이기"는 사실상 <제값에 사들이기>인 셈이다.

---

44) 만약 모든 소비자가 필요한 것만을 구매한다면 시장경쟁에 의해 기업은 이윤을 얻을 수 없게 된다.

45) 이는 너무나도 당연한 것인데 하나의 생산품을 생산한다고 했을 때 생산가는 상품가를 넘어설 수 없기 때문이다. 임금은 생산가에 포함되므로 마찬가지로 상품가를 상회할 수 없다.

곰보가족은 필요 이상의 것, 즉 기호가치[46]를 소유하기 위해 여성의 잉여노동력[47]을 교환경제에 투입한다. 곰보 마누라는 생계형 매춘부가 아니라는 점에서 반(semi)프롤레타리아[48]이다. 그녀의 육체는 타인의 가치를 보호하기 위해 교환된다. R은 그녀의 존재 덕택에 여자친구의 처녀성을 지킬 수 있다. 처녀성은 육체자본이며, 더 높은 교환가치를 위해 남아 있어야 하는 잠재적인 교환가치다. 가부장제 사회의 재생산을 위해 일회에 한정하여 교환되어야 하는 잉여가치이기도 하다. R의 교환은 여성의 잉여노동을 교환경제의 바깥에 종속시키기 위한 시스템의 노력을 상징적으로 보여준다. R의 '싸게 사들이기'는 결국 여성에 대한 사회 전체의 '싸게 사들이기'와 만난다.

사용가치와 교환가치에 대한 직관적인 인식은 「역사」에서도 드러난다. '역사'는 동대문의 벽돌을 옮겨놓을 정도로 엄청난 힘을 가진 사나이다. 하지만 그는 결코 남들 이상의 힘을 소모하지 않는다.

---

46) 곰보 가정의 대표적인 기호가치는 텔레비전 수상기다. 62년 당시 한국의 텔레비전 수상기 보급률은 1만대로 추정되고 있다. "그러나 1만대론 모자라 군사정권은 1962년 2월부터 총 2만대의 TV를 미국과 일본에서 긴급 도입해 월부로 배포하였다. 당시 이렇게 수입된 TV 수상기를 갖기 위한 경쟁은 매우 치열하였다." 당시 국제수지 적자는 해마다 2~3억불인데, 텔레비의 수입으로 국가가 쓴 외화는 160여만 불에 달했다(강준만, 『한국현대사 산책:1960년대편』 제2권, 인물과 사상사, 105~109쪽 참조).

47) 잉여노동이란 자본주의 생산관계 바깥에 존재하는 노동으로 일반적으로 비임금노동을 말한다. 비임금노동의 가장 대표적인 경우는 가사노동이다. 잉여노동은 자본주의 사회가 발달할수록 감소하는 경향이 있다.

48) 반프롤레타리아는 임금 이외의 수입을 갖고 있는 노동자를 말하는 것으로, 영국이 플랜테이션을 할 때 흑인노예가 아닌 그 지역주민을 임금노동자로 편성한 데서 유래되었다. 지역주민은 사망이나 탈출의 위험이 적고, 이미 농업을 하고 있어 해고에 아무 불만이 없었으므로 영국자본가들은 자신의 사업을 신축성 있게 운영할 수 있었다.

그네들이 가졌던 힘, 그것이 그들의 존재이유였고 유일한 유물이었던 모양이었다. 그 무형의 재산은 가보로서 후손에게 전해졌다. 그것으로써 그들은 세상을 평안하게 할 수 있었고 자신들의 영광도 차지할 수 있었다. 그러나 이 서씨에 와서도 그 힘이 재산이 될 수는 없었다. 이제 와서 그 힘은 서씨로 하여금 공사장에서 남보다 약간 더 많은 보수를 받게 하는 기능밖에 가질 수가 없게 된 것이다. 결국 서씨는 그 약간 더 많은 보수를 거절하기로 했다. 남만큼만 벽돌을 날랐고 남만큼만 땅을 팠다. 선조의 영광은 그렇게 하여 보존될 수 있었다.

—「력사」, 80쪽

선조의 영광을 보존하려면, 자신의 가치를 팔아넘기지 말아야 한다. 다시 말해 일정량을 교환경제의 바깥에 유지시킴으로써 그것의 진정한 사용가치를 지켜야 한다. 사실 이것은 사용가치라고도 말할 수 없는 어떤 것이다. 사회의 재생산에 관여하지도 않을뿐더러, 잉여 노동력을 구성하지도 않기 때문이다. 그것은 교환 불가능한 어떤 것으로, 자본주의 사회에서는 가능하지 않은 고유가치다. 그것은 '유령 같은 것'이다.

역사, 서씨는 역사다, 하고 내가 별수없이 인정하며 감탄이라기보다는 차라리 그 **<u>귀기에 찬 광경</u>**을 본 무서움에 떨고 있는 동안에 그는 어느새 돌아왔는지 **<u>유령</u>**처럼 내 앞에서 자랑스러운 웃음을 소리없이 웃고 있었다.

—「력사」, 83쪽(강조는 필자)

실재를 X로 놓는다면, 실재를 억압한 결과인 "유령"은 X′가 된다. <괴물>로서의 "유령"은 파악되지 않는 실재의 흔적이다. 그러나 이 경우의 <괴물>의 실재성은 「건」과 「생명연습」의 "빨치산" "선교사"과 다르다. Ⅰ장에 분석한 <괴물>이 외부로부터 새롭게 유입된 것으로서 화자의 인식체계를 교란한다면, 여기에서의 <괴물>은 자본주의 시스템에 포섭되지 않은 "과거로부터 전해진 것"으로서의 실재성을 가진다. 이 때 전자는 $X^1$으로, 후자는 $X^2$로 설정하고, 「생명연습」의 화자와 「력사」의 화자를 동일인물이라고 가정하면, 1952년 여수에서 거세당한 선교사를 실재처럼 목격하고, 기독교의 존재에서 거세불안을 느꼈던 「생명연습」의 어린 '나'는 「력사」에서는 어느덧 자본주의 논리를 내면화한 성인이 되어 창신동 서씨에게서 실재성을 발견하고 있는 것이다. '나'는 1952년 아직 근대화되지 않은 곳에서 자본주의를 상징하는 기표들을 <괴물>로 인식했으나, 1962년에는 막 근대화되기 시작한 서울에서 아직 자본화되지 않은 것을 <괴물>로 파악하는 지점까지 이동한 것이다. 이는 10년 동안 '나'가 급속도로 근대성을 받아들였음을 알게 해준다. 그만큼 한국의 근대화는 빠른 속도로 이루어진 것이다. 화자는 "여전히 이 하얀 방에 대하여 서먹서먹한 느낌이 드는 것은 그 측량할 길 없는 간격을 내가 아무런 준비도 하지 못한 채 갑자기 건너뛰었기 때문이 아니었을까."(78)(강조는 필자)라고 말한다. 여기서 창신동과 양옥집은 1952년 여수와 1962년 서울의 시공간적 압축이라고 할 수 있다.

서구 이데올로기를 상징하는 "선교사"와 공산주의 이데올로기를 상징하는 "빨치산" 중 후자는 반공논리에 의해 철저하게 억압된다. 전자는 상위 이데올로기가 되어 시스템의 꼭짓점을 차지한다. 이에 대해 <괴물²>는 자본주의 내부의 <교환 불가능한 것>이 됨으로 해서 반(anti)자본주의적인 성격을 갖는다. 서 씨는 자본주의 시스템에 대한 저항성의 담지자로, "빨치산"이 상기시키는 온갖 뉘앙스를 물려받고 있다. 다만 "빨치산 시체"가 풍문과는 달리 보잘것없는 거지꼴이어서 충격을 주었다면, "역사"는 초라한 막노동꾼의 외양과는 달리 엄청난 힘을 소유하고 있어서 화자에게 공포를 안겨준다. 화자는 양옥집으로 옮겨온 후에도 그의 모습을 도저히 잊을 수 없다. 화자의 내면세계 속에서 서 씨는 주변부를 상징하는 주인기표가 된 것이다.

50년대 농촌에서 성장한 화자에게 서울에서의 생활은 근대적인 사상과 문화를 통째로 받아들이고, 전근대적이라 여겨지는 기존의 그것은 모두 버려야 함을 의미한다. 그것은 "감상을 다시 길러야 하고 다시 인사를 배워야 하고 다시 웃음을 가져야 하[49]"는 과정이자 서울에서는 "싫을 때는 싫다고 하[50]"는 것이 오히려 도리이고 인정임을 받아들이는 것이다. 이러한 상황 속에서도 화자는 <자기세계>의 향수만은 잃지 않으려 한다. 「역사」에서 그것을 가능케 해주는 것이 창신동이고 서 씨다. 화자는 서 씨와 창신동의 존재 덕분에 양옥집에서도 <자기세계>을 유지할 수 있다. 물론 「생명연습」의 <자기세계>가 사후적으로 재구성되었듯, 이 작품의 <자기세계> 역시 양옥집과의 차이에 의해 차후에 규정된다.

> 나는 천천히 고개를 돌려 천장을 올려다보았다. 천장은 아무런 무늬도 없는 갈색 베니어로 되어 있었다. 무늬가 있다면 파문을 닮은 나뭇결이 겨우 알아볼 수 있을 정도인 것이다. 더구나 천장이 꽤 높았다. 나의 방은 이렇지 않은 것이다(…) 그렇다, 나의 방은 동대문 곁에 있는 창신동 빈민가에 있는 것이다. (…) 이것이 내 방이라면, 신문지로 써 도배된 벽에 볼펜글씨의 이런 낙서가 분명히 있을 터이다. — '창신동에 사는 사람들은 모두 개새끼들이외다.'
>
> — 68~69쪽

이야기는 양옥집에서 화자가 잠을 깨면서부터 시작된다. 전편을 꼼꼼히 살펴보면 창신동 이야기는 모두 양옥집에서의 회상으로 제시되고 있음을 알 수 있다. 화자 '나'는 창신동 빈민가의 공간을 깨끗한 양옥으로 삶의 터전을 옮긴 이후에야 술회하고 있는 것이다.

---

49) 「생명연습」, 30쪽.

50) 김승옥, 『싫을 때는 싫다고 하라』, 자유문학사, 1986 참조.

우선 그것은 친구의 발언에 의해서 "질서가 잡히고 규칙적인 생활"에 대한 "무질서하고 퇴폐적인 생활"로 규정된다. 양옥집의 가장인 할아버지는 "창신동 빈민가"의 생활을 "가정의 파괴"와 "가풍 없음"으로 몰아붙인다. 그들은 화자에게 창신동을 양옥집의 정반대편에 있는 것으로 인식하도록 강요한다. 창신동은 양옥집이 가진 것을 결여하고 있는 공간으로 정의되는 것이다.

"빈민가는 항상 소란스럽다. 취한 사람들이 있고, 아무렇게나 뻗어있는 술집들이 있다. 저녁 때가 되면 아낙네들은 그때그때의 사정이 허락하는 신기한 요리 재료를 끓인다. 이 냄비와 저 냄비 속에서 끓고 있는 음식은 나라와 나라 사이의 풍토보다도 더 다르다. 마치 마귀할멈이 냄비 속에 알지 못할 재료를 넣고 마약을 끓여내듯이 그네들도 가지가지의 마약을 끓이고 있는 것이다."(79)

하지만 그곳에도 엄연히 질서와 규칙이 존재한다. 옆방 살던 영자라는 창녀는 방세 지불이 '정확'하다. 서 씨의 술버릇은 대단히 좋다. 그는 언제나 아침 일찍 나간다. 절름발이 사내는 철저하게 자신의 딸을 교육시킨다. "항상 종이와 연필이 계집애 앞에 놓여 있는 걸 보아서 그것은 수업시간"인데 절름발이가 버드나무의 회초리로 내리쳐도 계집애는 "묵묵히 자기 몸 위에 퍼부어지는 매를 견디어"(76)낸다. 나는 "그 유리창이 달린 어둑신한 방에서 베풀어지는 교육이 결코 엉뚱한 것은 아니"(78)라고 생각한다. 따라서 다음과 같은 나의 번민은 당연한 것이다.

빈민가에 살던 사람들의 그 끝없는 공전 같아 뵈던 생활이 이곳보다는 오히려 더 알찬 것이 아니었을까. 이것이 나의 감정이었다. 그래서 마침내 어느 쪽인가 한 편이 틀려 있다는 생각이 나를 몹시 짓누르기 시작했다. 본질적으로는 두 쪽이 같지 않느냐는 의문이 나의 내부 한쪽에서 솟아나오기도 했지만 그보다 더 강한 힘으로 나를 끌고 가는 **'어느 쪽인가 한편이 틀려 있다'는 집념**은 어디서 나온 것인지 나로서는 알 수 없었다.

— 86쪽(강조는 필자)

문제는 창신동과 양옥집을 대립적으로 파악하는 이분법 자체이다. 서구적인 생활양식을 향해서 "매일매일 제자리걸음"을 하는 양옥집과 양옥집을 향해서 "끝없는 공전"을 되풀이하는 창신동은 그들이 목적하는 "무한하게 먼 곳에 있"는 "어느 지점"에 결코 닿을 수 없다는 점에서 같다. 현실적 자아의 이상적 자아로의 접근은 점근선적으로만 가능한 것이다.[51]

창신동의 무질서와 양옥집의 질서가 있는 게 아니라 창신동의 질서와 양옥집의 질서가 있다. 전자는 후자에 의해 무질서로 규정됨으로써 자신의 질서를 억압당한다. 주변부의 질서는 중심부에 포섭될 수 있는 것만이 살아남고 나머지는 제거되거나 은폐되는 것이다. 이러한 제거되고 은폐된 질서의 대표격이 바로 서씨다. 화자는 서씨를 통해 주변부의 소외된 힘을 되살려내고자 꿈꾼다. 하지만 화자는 양옥집에서의 작은 반란에 실패한다. 소설의 말미, 화자가 양옥집 가족들이 마시는 물에 수면제를 섞었음에도 불구하고 아무런 소득도 얻지 못하는 것은 당시 사회의 특정한 역사적 계기였던 4・19가 미완의 혁명으로 끝났다는 것에 대한 알레고리로 보인다.[52] 혹은 서씨의 저항성이 "이성과 논리에 의해 교환원리가

---

51) 세계체제론에 따르면 주변부는 결코 중심부를 따라잡을 수 없다. 중심부는 주변부를 착취함으로써 성장을 담보하는데, 주변부는 착취할 대상을 갖고 있지 않기 때문이다. 마리아 미스는 이를 <따라잡기식 개발의 신화>라고 하여 그 허구성을 꼬집고 있다. 이에 대해서는 Mies. Maria & Shiva. Vandana, 손덕수・이난아 역, 『에코페미니즘』, 창작과비평사, 77~93쪽.

52) 이에 대해 진정석은 "역사(역사)의 후예로 태어나 타고난 힘을 제대로 써보지도 못한 채 고작 한밤중에 남몰래 동대문의 돌벽돌을 옮겨놓는 '서씨'의 기행은 바로 집단적 활력을 거세당한 4・19주체세력의 희화화된 모습이 아니겠는가"라고 말하고 있다(진정석, 「글쓰기의 영도」, 『문학동네』, 1996 여름, 423쪽).

세계를 완전히 지배하는 현실에 대한 비판은 이성적이고 논리적인 언어의 규범에 의하여 가능하지 않"[53]음에도 불구하고 "교환가치의 세계에서 유용"하지 않은 것은 "현실의 교환원리의 총체성에 의해 배척될 수밖에 없"[54]는 딜레마에 빠져있기 때문으로 풀이할 수도 있다.

하지만 성급하게 판단하기 전에 이 작품의 또 다른 <괴물>에 주목할 필요가 있다.

> 나는 내가 방금 잠이 깬 방의 하얀 회가 발라진 벽을 찬찬히 살펴보았다. 그러나 그 낙서는 없었다. 지나치게 깨끗했다. 그러나 나는 내가 누워 있는 방 전체를 보고 싶어져서 천천히ㅡ내가 몸을 돌렸을 때 나는 방 가운데서 무서운 **괴물**이라도 보지 않을 수 없다는 듯이 천천히 몸을 반대편으로 돌렸다. 물론 **괴물** 같은 건 없었다. 내가 덮고 있는 홑이불 자락이 내 몸 밑으로 깔렸을 뿐이다.
>
> ㅡ 69쪽(강조는 필자)

정말 화자가 양옥집에서 부적응증에 시달리고 있다면, 논리적으로 화자는 <괴물>을 봐야만 한다. 하지만 위에서 화자는 "괴물이라도 보지 않을 수 없다는 듯" 몸을 돌리지만 "괴물 같은 건 없"다. 오히려 '나'의 태도는 없는 괴물을 일부러 목격하려고 애쓰고 있는 형국이다. 교환불가능한 사물이 실재해서 <괴물>을 목격하는 게 아니라, 실재에 대한 욕구가 <괴물>을 만들어내고 있는 것이다. 이 경우의 실재는 교환불가능한 대상에 대한 상상에서 만들어진 환상이라고 보아야 한다.

이와 더불어 동대문 성벽의 돌덩이를 옮기는 서 씨의 모습 역시 상상된 것일 가능성이 높다. 그날 밤도 서씨와 술을 마시고 잠에 곯아떨어진 나를 서 씨가 깨운다. 모든 것이 끝난 뒤 화자는 "나는 꿈속에 있는 기분이

---

53) 김민정, 「김승옥론」, 『외국문학』, 1996 가을, 222~223쪽.

54) 위의 글, 223쪽.

었다."고 말한다. 이는 서 씨가 동대문 성벽의 돌덩이를 옮기는 장면이 꿈임을 시사한다. 「생명연습」의 '나'가 이미 죽은 '형'에게 <정원>을 마련해주듯, 화자는 양옥집으로 거처를 옮긴 이후 창신동 빈민가의 '서씨'에게 <역사>의 신화를 선물하는 것이다.

이러한 관점에서 바라보자면 양옥집에 쉽게 적응할 수 없었다는 화자의 진술은 거짓이다. 거꾸로 양옥집의 신질서가 아닌 빈민가의 구질서를 두려워하는 '나'를 가정해보자. 화자의 '역사'에 대한 공포는 "그 사람들의 헤어날 길 없는 생활 속에 내가 휩쓸려 들어가게 되는 것이 무서웠기 때문"(84)이라는 진술과 겹친다. "내가 약 1주일 전에 이사 온 이 방에서 상당한 시간 동안 생소함을 느꼈던 것은 그 1주일이란 시간보다 더 길게 나를 따라다니는 어떤 심리적인 원인 때문이 아니었을까?"(71) 여기서 심리적인 원인이 서 씨에 대한 부끄러움과 죄책감이라면, '역사'의 신화는 그로부터 파생된 환상의 산물이다.

결론부터 말하자면, 화자는 빈민가에 대한 애정 때문에 양옥집에 적응하는데 실패하는 것이 아니라 사실은 양옥집의 생활에 매우 빠른 속도로 적응했다는 사실에 대한 죄책감을 과거의 빈민가, 그 중에서도 서 씨에게 투사하고 있다는 분석이 가능하다. 화자는 짧은 시간에 양옥집의 질서를 흡수하여 자신의 상징계로 삼음으로써 과거 빈민가의 질서를 무질서, 즉 상징화될 수 없는 상상계로 억압하고 있다. 일례로 화자는 창신동에서 느꼈던 양옥집에 대한 동경을 숨기지 않는다. "나는 나 자신 속에서 꿈틀거리는 안주에의 동경을 의식하지 않을 수 없었"(84)던 것이다.

따라서 「건」의 어머니가 그러하듯이, "역사"의 신화는 잃어버린 상상계가 아니다. "헤아릴 수 없이 많은 장수"를 가진 "그 무형의 재산을 가보로서 후손에게 전"한 서 씨의 조상들은 누구인가. 그들은 아시아식 제국을 상징하는 무사, 즉 중화라는 거대한 중앙집권국가의 지배자들이다. 그들이 "세상을 평안하게 할 수 있었고 자신들의 영광도 차지할 수 있었다"(84)는 것은 거꾸로 하면 "세상을 정복하여 권력을 차지했다"는 말로 읽힌다. '역사'는 다른 문맥에서 자본주의 외부에 존재했던, 아시아적 생산양식의 또 다른 상징계를 지시한다.[55)]

따라서 두 개의 상징계가 있다. "역사"로 대변되는 상징계와 "양옥집"으로 대표되는 상징계가 그것이다. 화자 '나'는 엄연히 제국으로 존재했던 동양의 역사를 영원히 잃어버린 상상계로 재구성함으로써 서구의 자본주의를 보편적이고 유일한 상징계로 부각시키는 제국주의 논리를 답습하고 있다. '나'는 조선왕조를 상징하는 동대문 성벽이 "교환 가능한" 돌덩이에 의해서 건축된 것임을 보지 못한다. '역사'의 돌 옮기기가 아무 것도 바꾸어놓지 못하듯, 이것이 '나'의 양옥집에 대한 모반이 실패로 끝날 수밖에 없는 이유다. 「역사」의 이중적인 서사구조는 의식적으로는 근대화에 저항하려고 노력하지만 오히려 서구담론에 깊이 침윤당하고 마는 1960년대의 모순된 지식인 주체의 무의식을 '나'라는 인물을 통해 명징하게 투시하고 있다. 여기서 중요한 것은 교환 불가능한 것이 환상의 형식으로 추구되고 있다는 사실이다. 이러한 환상은 현실 자체에 대한 추구보다 자본주의의 논리를 보다 효과적으로 드러낼 수 있는 미학적 방법으로 생각된다. 1960년대의 한국 자본주의는 현실태가 아니라 잠재태의 형태로 존재한 것이기 때문이다. 따라서 자본주의의 내적논리를 투시해 보는 데 있어서 이러한 환상은 현실보다 더 실제적인 어떤 환상[56)]으로 작용할 수 있는

---

55) 상징계를 세계경제의 교환법칙으로 이해할 때, 하나의 상징계만이 존재했다는 것은 허구다. 세계에는 여러 개의 세계경제가 존재했다. 월러스틴을 따르자면 "유럽이 유일한 세계경제는 아니었다는 점을 결코 잊어서는 안 된다. 다른 세계경제들이 존재했던 것이다. 그러나 오직 유럽만이 이 다른 세계경제들을 능가할 수 있는 자본주의적 발전의 길에 들어섰다."(Wallerstein. Immanuel, 유재건 외 역, 『근대세계체제 1』, 까치, 1999, 36쪽).

56) "현실보다 더 실제적인 환상"(The fantasy which is more realistic than the real)은 슬라보예 지젝의 개념이다. 지젝은 환상이 현실과 대립되는 것이 아니라 현실을 인식할 수 있게 해주는 조건 자체가 환상임을 강조한다. 그에게 있어 환상은 "객관적

것이다. 김승옥 텍스트의 이러한 면모는 다음 장에서 보다 구체적으로 밝혀질 것이다.

### 2) 구조의 반영과 문체의 반근대성
#### —「염소는 힘이 세다」『다산성』

김승옥 소설은 대단히 다의적이고 중층적인 텍스트다. 시기상으로 차이가 지기는 하지만, 덕분에 그의 소설에 대한 상반된 평가를 발견하는 일은 어렵지 않다. 이미 연구사에서 검토한 바지만 60~70년대까지 그는 사회보다는 개인에, 이성보다는 감수성에 주력한 작가로 평가되어 왔다. 하지만 90년대 이후에는 그의 텍스트에서 근대성이나 자본주의의 반영을 읽어내는 시각이 증가한다. 이는 80년대 민중문학 패러다임의 몰락을 끝으로 문학에 있어 자아의 표현과 사회의 반영을 대립적인 것으로 파악하는 전통적인 이분법이 해체된 때문으로 풀이된다. 김승옥의 앞에 50년대의 엄숙주의가 있었다면, 그 바로 뒤에는 순수/참여 논쟁이 있고, 70~80년대에는 민족문학, 민중문학의 패러다임이 굳건하게 이어졌던 것이다. 그러나 90년대부터는 포스트모더니즘과 후기 구조주의 담론 등이 대거 유입되면서 김승옥 텍스트를 바라보는 시각이 다양해지고 있다.

김승옥 텍스트는 근대성에 대한 비판을 전면에 내세우지 않는다. 자본주의 모순에 대한 비판을 문면에 노골적으로 드러내는 법도 없다. 그의 텍스트는 하나의 결론을 향해 직진하지 않는다. 표층과 심층을 오가며, 주체와 객체 사이에서, 의미를 지연시켜 고정된 의미를 회피하고, 앞선 문장들의 흐름을 배반하면서 여러 개의 선분들을 복잡하게 변주시키고 의미의 산포(散布)를 형성한다. 김승옥 텍스트의 이러한 특성은 서구 합리

---

으로 주관적인 것의 기이한 범주, 비록 사물들이 당신한테 그런 식으로 보이지 않는다 할지라도 사물들이 실제로 당신한테 객관적으로 보이는 그런 방식"을 말한다. 이에 대해서는 Zizek. Slavoj,「"객관적으로 주관적인" 것」,『환상의 돌림병』, 231~237쪽 참조.

주의의 담론구조를 교란하는 것으로서 이른바 지배담론에 대한 서사구조의 저항으로 읽힐 요건을 충분히 갖추고 있다. 더구나 "식민 담론에 대한 비판이 식민 담론의 작용을 부지중에 재생산한다."[57]는 탈식민주의자들의 경고를 생각할 때, 노골적인 서구문화 비판의 위험에서 한발 물러서 있는 텍스트로 생각된다. 그러나 김승옥 텍스트를 분석함에 있어서는 "글 읽기는 적절한 형태의 정치적 행위로 인식하는"[58] 성급한 탈구조주의적 태도를 경계해야 한다. 김승옥 텍스트에서 정치적인 담론을 읽어내는 것은 유효하지만 그렇다고 해서 텍스트의 의도 자체가 정치적이라고 보는 것은 위의 비판에서 자유로울 수 없다.

사실상 겉으로 드러나는 의미만으로 김승옥 소설에서 자본주의에 대한 의식적・실천적 저항을 읽어내기란 어렵다. 심층적 의미를 읽어낸다 해도 상당히 모호하고 추상적인 의미의 숲에 빠지기 쉽다. 이미 몇몇 작품에서 살펴보았듯이 그의 텍스트는 양가적인 의미를 동시에 품고 있다. 앞장의 「역사」의 경우에도 자본주의에 반발하는 원초적인 힘과 교환 불가능한 힘의 무기력함, 근대화에 대한 혐오와 서구담론에 대한 동경이 복잡하게 얽혀 있다. 김승옥 소설은 표층이건 심층이건 의미의 차원에만 주력할 때 작품의 바깥에서 준거를 구할 위험이 높은 텍스트다. 이런 경우에는 텍스트 자체에 내재한 구조를 드러내 보여주는 구조적 분석을 행해야 한다. 구조적 분석은 분석자에게 구조화시키는 구조들(parole)을 통해 구조화된 구조들(Langue)을 동시에 읽어낼 것을 요구한다. 이데올로기 생산의 장이 가지는 적절한 이데올로기적 기능은 이데올로기 생산의 장과 계급투쟁의 장 사이의 구조적 상동성이라는 근거 위에서 수행된다.[59] 텍스트의 구조는 이데올로기의 구조를 보여줄 수 있다. 서술자의 의도를 초

---

57) Moore－Gilbert, Bart, 이경원 역, 『탈식민주의! 저항에서 유희로』, 한길사, 2001, 80쪽.

58) 위의 책, 81쪽.

59) Bourdieu. Pierre, 위의 책, 1995, 100쪽.

월하는 텍스트 자체의 의도가 있는 것이다.

「역사」보다 3년 늦게 발표된 「염소는 힘이 세다」는 자본주의적 논리 구조와의 상동성을 잘 보여주는 작품이다. 이러한 상동성은 문장형식의 층위와 문장과 문장이 맺고 있는 관계의 층위, 그리고 의미론적인 층위로 나누어서 살펴볼 수 있다. 우선 이 작품은 첫 번째 층위에서 '염소는 힘이 세다'로 시작하는 문장의 연쇄가 매우 독특한 작품이다. 한 부분만 예를 들자면,

> 염소는 힘이 세다. 그러나 우리 집 염소는 보름쯤 전에 죽어버렸다. 이제 우리 집에 힘센 것은 하나도 없다. 힘센 것은 모두 우리 집의 밖에 있다. 염소 고깃국을 사먹으러 오는 사람들은 모두 우리 집의 밖에서 우리 집으로 들어왔다. 따라서 그 사람들은 기운이 세다.
>
> — 251쪽

위의 인용문은 문장의 연접에 의해 의미가 연쇄되는 과정을 보여준다. 편의상 도해해보면 다음과 같다.

> A(염소)는 B(힘이 세)다. => A는 죽었다. => C(우리 집)에 B'(힘센 것)는 없다. => B'는 C가 아닌 곳에 있다. => D는 C가 아닌 곳에서 왔다. => D는 A'(기운이 세)다.

더 단순화하면 1) A=B, 2) A̸, 3) C≠B', 4) B'=C̸, 5) D=C̸, 6) D=A' 의 순서가 된다. 마치 연역법의 전개 같지만 꼼꼼히 들여다보면 조금 다르다. S'와 S̸의 존재 때문이다. S'는 S의 상・하위개념이다. '힘센 것'은 '염소'의 상위개념이고 '기운이 세다'는 '힘이 세다'의 하위개념이다. 정확히 말하자면 S'는 '미끄러진 의미'이다. S̸는 S의 S의 없음을 지시하면서 그것의 흔적을 보유하는 부재표시다. 재미있는 것은 S̸의 출현 뒤에 S'가 등장

한다는 것이다. 이것은 분열된 주체 뒤에서 기표의 미끄러짐이 일어난다는 라깡의 도식과 일치한다. 기표란 주체를 다른 기표로 나타내는 것이다.[60] 이 과정이 가능하려면 반드시 주체의 소외(삭제)가 일어나야만 한다. 분열된 주체만이 자기 자신을 대상화할 수 있다. 대상화되지 않은 주체는 개별적인 의미를 가질 수 없다. 차이의 체계 바깥에 있기 때문이다.

"염소는~"으로 시작되는 문단들은 환유구조를 보여준다. 환유는 접촉을 전제로 한다. 주체와 대상의 직접적인 만남에 의해서 의미가 전달되는 것이다. 따라서 거리잡음에 의해 성립되는 은유와 구별된다.

은유의 어원은 Meta+morphor다. 그것은 형태(morphor)를 초월(Meta)하는 것이다. 은유는 사물의 형태를 뛰어넘어, 사물의 구체성을 지워 없앰으로써 의미를 전달한다. 은유는 주체가 타자를 배제하면서 의미를 만들어내는 대표적인 방식이다. 그것은 사물(연장자)에 대한 주체(이성)의 우위를 전제[61]한다. 그것은 "몸으로부터 이탈된 이성의 논리중심주의"[62]이다.

은유는 화폐의 기능과 만난다. A=B라는 등가법칙은 화폐를 매개로 하여 성립된다. <여자=장미>의 은유가 <아름다움>이라는 관념을 지시한다면, 같은 가격의 두 상품은 그 가격에 해당하는 화폐의 가치를 지시한다. 은유의 개념 자체가 대상의 개별적인 특성에 무관심하듯이, 화폐는 고정적인 문화가치들 사이의 관계만을 표현할 뿐 구체적인 재화와는 아무런 질적 연관 없이 존재한다. 화폐는 추상적인 양만을 표시한다.

---

60) Lemaire. Anika, 이미선 역, 『자크 라캉』, 문예출판사, 1994, 116쪽.

61) 데카르트는 사유와 연장을 구분하고 연장(존재)에 대한 사유의 우위성을 분명히 하였다. 이런 경우 본질은 사유에만 속하게 된다. "나는 사유에 의존하여 인간인 한에서 우리에게만 종속하고 있는 유일한 본성을 결코 육체 속에서 발견하지 못하였기 때문에, 나는 신이 이성적인 영혼을 창조하였고, 그래서 그것을 내가 기술하였던 것과 같이 우리의 육체 속에 접합시켜 놓았다고 가정할 수밖에 없었다."(Decartes. Rene, 김형효 역, 「방법서설」, 『방법서설/성찰/정념론 외』, 삼성출판사, 1990, 94쪽).

62) 정화열, 『몸의 정치』, 민음사, 1999, 114쪽.

그렇다고 해서 김승옥 소설의 환유구조를 곧장 자본주의 은유체계에 대립하는 것으로 파악하는 것은 성급하다. 자본주의 시스템은 환유체계 없이는 작동할 수 없다. 일례로 특정 기자재 a의 가격이 오른다면 a로 만든 기계 A의 가격이 상승하고, A의 가격상승은 A를 사용하는 회사의 생산비가 높인다는 식이다. 이것은 등가에 있는 수많은 상품들의 가격을 바꾸어 전체적인 물가에 영향을 미친다. 화폐 자체는 은유체계지만, 실물적인 교환경제는 환유체계에 의해서 작동한다.

「염소는 힘이 세다」의 환유체계는 문장과 문장 사이에서만 나타나는 게 아니다. 문장과 문장 사이의 관계 및 의미론적인 층위에서도 이 작품의 의미는 접촉의 법칙에 의해 전달되고 있다.

염소는 "생사탕"집에서 죽는다. 생사탕집은 마치 은유가 사물의 구체성을 지우고, 교환경제가 개별자의 고유성을 삭제하듯, "끓는 물이 뱀들의 형체를 풀어헤치며 뱀 속에 있던 가지가지의 맛과 양분을 빨아들이"는 곳이다. 그곳은 "내가 상상할 수 있는 최악의 지옥"(246)이다. 바로 그곳에서 약단지를 깨뜨렸다는 이유로 염소는 생사탕집 주인에게 맞아죽는다. 그 뒤 염소는 힘센 남자인 아저씨의 충고로 생사탕집의 뱀과 같은 운명에 처한다. 가마솥에 끓여져서 "정력 보강 염소탕"으로 팔리는 처지가 된 것이다. 여기서 살아있는 염소는 염소일 뿐이지만 "염소탕"의 죽은 염소는 "정력"이라는 의미를 가지며, 그럼으로써 교환가치를 얻게 된다는 사실에 주목할 필요가 있다. 염소는 죽어야만 교환의 기표를 얻을 수 있는 것이다.

염소의 죽음으로부터 시작된 의미의 전위(shift)는 계속된다. 염소에게서 힘센 사람에게로, 힘센 사람에게서 누나에게로 전이(displacement)되는 것이다. 누나는 염소고깃국을 먹은 합승회사 직원에게 강간당함으로써 버스차장이 된다. "그놈은 무척 힘이 세었다. 그놈이 죽어버리니까 우리 집에 힘센 것은 하나도 없게 되어버렸다. 그러나 염소는 죽어서도 힘이 세다. 어쨌든 누나를 힘 있게 만들어주었다." 이는 누나가 자신의 처녀성을 파괴당함으로써 임금노동의 주체가 되는 국면을 보여준다. S는 $\$$를 통과해야만 S'로 미끄러질 수 있는 것이다. 이러한 관계축들을 그레마스의 <기호사각형>[63]으로 도시하면 다음과 같다.

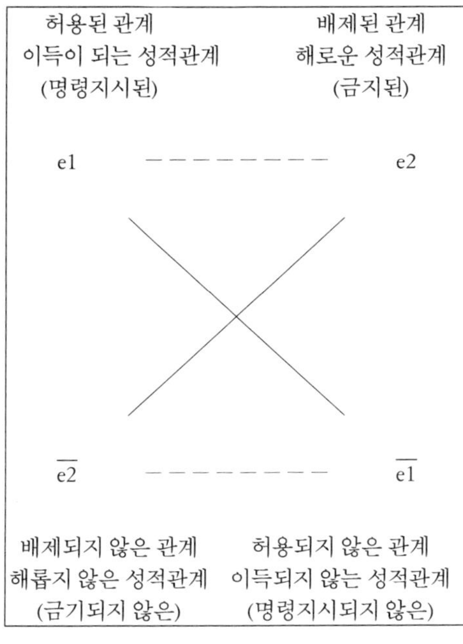


왼쪽의 도식에서 수평축은 대립관계이면서 이접, 수직축은 연접을 나타낸다. 대각선은 모순관계, 즉 공존할 수 없는 관계이다. 여기서 e1을 결혼관계, e2를 근친상간, 동성연애, 강간, $\overline{e2}$를 매춘, $\overline{e1}$을 혼전정사로 설정할 수 있다. e1과 $\overline{e1}$은 공존할 수 없다. e2와 $\overline{e2}$도 마찬가지다. 그러나 e1과 $\overline{e2}$, e2와 $\overline{e1}$은 동시에 수행될 수 있으므로 기호사각형이 완성된다.

언뜻 보기에 누나는 자신의 처녀성을 수단으로 삼아 우측의 교환 불가능한 상태에서 좌측의 교환 가능한 세계로 진입하는데 성공한 것으로 보인다. 다시 말해 이 이야기를 지식이나 기술 등의 잠재적 가치가 없어 사회로부터 배제된 처녀가 자신의 몸(처녀성)을 자본으로 삼아 임금노동시장에 진입한 것으로 읽을 수도 있다. 하지만 이것은 가부장적 도식 내부에서의 얘기다.

누나와 사내의 관계는 e2에서 $\overline{e2}$로 옮겨진다. 누나의 입장에서 강간사

63) <기호사각형>에 대해서는 Greimas. Algeirdas Julien, 『의미에 관하여』(김성도 역, 인간사랑, 1997), 179~205쪽 참조.

건은 $\overline{e2}$가 아니다. 이것은 어디까지나 e1의 자리에 있는 버스회사 차장의 관점에 의한 것이다. 누나는 어디까지나 자신이 받은 폭력에 대한 사과의 차원에서 사내의 제안을 받아들인 것이겠지만 위의 가부장적 도식에서 누나의 입장을 대변해줄 수 있는 주체의 자리는 없다. 누나는 우측의 교환 불가능한 관계에서 좌측의 교환가능한 관계로 옮아오지만 끝까지 자신의 자리를 찾지 못하고 배제되는 것이다. 그러나 누나는 자신을 훼손시켜야만 교환가치를 얻을 수 있는 염소의 경우보다 더 불행하다. 「생명연습」의 "어머니"가 그러하듯 누나의 존재는 근본적인 의미에서 보자면 교환경제 안에서도 소외되어 있기 때문이다. 강간"당"하느냐, 아니면 매춘"하"느냐가 누나에게 주어진 유일한 두 가지 선택이다. 누나에게는 대상의 위치만이 보장되어 있을 뿐 주체로서의 자리는 처음부터 삭제되어 있는 것이다.

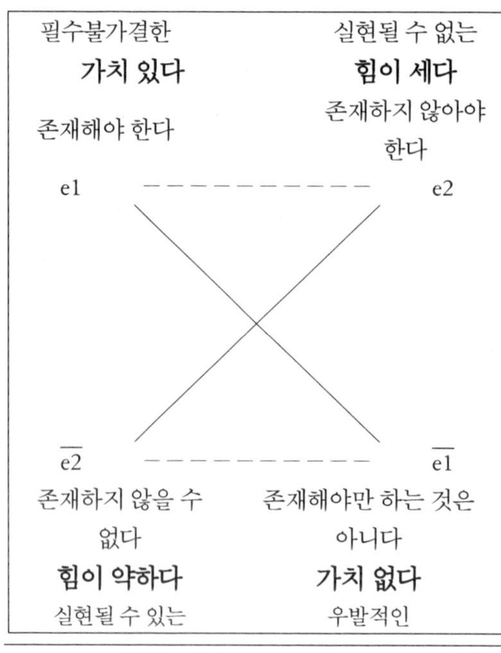


염소의 기호사각형[64]은 <가치있다/ 가치없다> <힘이 세다/힘이 약하다>의 네 가지 의미소를 갖는다. 표에서 우측의 것은 자연의 영역, 좌측은 문명의 영역이다. 중요한 것은 <가치 없는 자연>은 허용되지만 <힘이 센 자연>은 금지된다는 사실이다. 문명의 입장에서 그것은 공포의 대상이다.

64) 위의 책, 442쪽 참조.

<가치가 없다>는 것은 적어도 가치의 기준을 적용할 수 있음을 의미한다. 하지만 <힘이 세다>는 교환가치 바깥에 존재한다. 말하자면 e1은 단순히 인간에게 무가치한(valueless) 것이지만 e2는 가격을 매길 수 없는(priceless) 것이다. 영어에서 <priceless>의 의미는 <invaluable(매우 귀중한)>과 같다. 염소는 가치의 경제 바깥에 있는 두려운 자연으로부터 왔다. 교환가치의 경제 바깥에 존재하면서 힘이 센 것은 문명에 대한 가공한 파괴력을 지니는 것으로 간주되어 금기시되는 것이다.

> 나는 때때로 홍수의 꿈을 꾼다. 오늘 아침에도 나는 홍수의 꿈을 꾸었다. (…) 그러자 그것이 생명과 의지를 가진 **괴물**처럼 생각되어 온몸에 식은땀이 흐르는 그러한 강물소리가 울려서인지, 그 비에 젖어 시꺼멓게 된 판자더미는 덜덜덜 떨리고 있었다(…)그것은 소리라기보다는 소리의 메아리라고나 하는 편이 좋을 만큼 **귀신** 같은 데가 있는데(…)
>
> — 243~244쪽(강조는 필자)

여기에서의 괴물은 포섭되지 않는 자연, 교환 불가능한 생명을 상징한다. 그것은 엄연히 존재하지만 다만 존재하지 않는 것처럼 가려져야만 한다. 혹은 자신의 자연성을 파괴하여 가치 있는 것으로 전환되어야만 한다. 염소는 이러한 순수한 자연의 대리물로 결코 인간에 의해 해명될 수 없는 생명력을 가지고 있음으로 해서 그 자체로 엄청난 반문명적인 힘을 가진 것이다. 염소는 자신의 생명력을 반환함으로써만 <가치 있는 것>이 될 수 있다.

그러나 솔직히 말하자면 문명의 힘은 모두 자연의 해명 불가능한 힘에서 온 것이다. 남성이 여성의 힘을 빼앗음으로써 자신의 무기력함(결핍)을 숨기듯이, 인간 또한 자연에 대해 그러하다. 따라서, '나'의 꿈속에 등장하는 홍수는 <초자연적인 힘>을 상징하는 게 아니라, 문명으로부터 <초자연적>이라고 배제된 <자연의 힘>이라고 보아야 한다. 이러한 자연 그 자체로서의 생명은 중편 『다산성』에도 등장한다.

> 나의 감각들은 바람의 속삭임과 들이 풍기는 냄새를 즐기기 시작했다. 먼 쪽의 논 하나를 둘러싸고 조금씩 포위망을 좁혀가고 있는 사람들도 그 들녘의 일부분처럼 보였다. 나는 우리가 꼼짝할 수 없이 들의 포로가 되어버렸음을 알았다. 돼지를 결국 잡았는지, 사람들이 얽혀 있는 모습과 그쪽에서 바람이 싣고 온 짧고 희미한 환호 소리조차 들녘의 풍부한 색채와 허공의 형태 없는 숨결을 예배하기 위해서인 것 같았다. (…) 산성에 올라서 대첩비 아래쪽 빈터에 모닥불을 장만하고, 털을 벗기고 배를 가른 돼지를 굽고 있는 동안에도 나는 들녘이 우리에게 던져준 돼지의 껍질을 우리가 굽고 있는 것만 같았다.
>
> — 139~140쪽(강조는 필자)

중편 『다산성』의 첫 번째 소제목은 「돼지는 뛴다」이다. 서울에서 일만원 미만의 월급쟁이가 된 '나'와 나의 친구들은 주말나들이로 들놀이를 계획한다. 그러나 바비큐 감으로 사가지고 간 돼지는 들에 도착하자 도시에서와는 다른 힘을 발휘하여 정태의 손을 빠져나간다. '나'와 친구들은 들 한복판으로 달아나는 돼지를 포위하여 잡으려 애쓰지만 그것이 생각과는 달리 매우 힘든 일임을 발견하는 동시에, 자신들이 돼지를 뒤쫓는 게 아니라 들이 자신들을 포획하고 있다는 두려움에 빠진다. 인용문의 강조된 문장은 인간이 돼지의 육체(껍질)를 얻는다 해도 돼지의 생명력(본질)은 정복할 수 없다는 의미로 해석된다.

「토끼도 뛴다」의 국민무대의 연출자는 어린 시절 자신이 토끼를 좋아하고 있는 만큼 토끼가 자신을 좋아하지 않는다는 사실을 깨닫고 슬퍼했던 자이다. 그는 나이가 들어서야, 자연은 인간에게 무관심하며, 오직 인간만이 그것을 "이용하기 위해서" 자연에 관심을 가진다는 사실을 깨닫는다. 토끼는 관심받기 위해서가 아니라 "이용하기 위해서" 두는 것이다.

그러나 그는 「돼지는 뛴다」의 '돼지'의 경우처럼 "반드시 분해되어서만 사람을 돕는다는 게 좀 시원찮은 느낌"을 가지고 결국에는 "토끼의 생명력까지도 이용"(153)하려는 계획을 가지게 된 자이다. 그는 과학의 힘을 이용해 연극무대 위에서 토끼를 자유자재로 조종할 수 있는 방법을 고안해낸다. 파블로프의 자극－반응 공식을 연상시키는 그의 방법은 실험무대의 밀폐된 공간에서는 성공한다. 그러나 일견 완벽해 보이는 이러한 토끼 유도작전에서 그가 계산하지 못한 것이 하나 있다. 무대는 몰라도 무대 밖, 관객석은 통제할 수는 없다는 사실이다. 다시 말해, 토끼는 통제할 수 있을지 몰라도 토끼를 둘러싼 환경까지 조작하기란 불가능하다. 처음부터 관객들은 토끼의 출현 때문에 자못 심각한 내용을 담고 있는 연극을 코미디처럼 인식한다.

> 그때, 예기치 못했던 실로 뜻밖의 사태가 벌어졌다. 토끼 때문에 넋을 놓고 있었던 탓일까. 관객석의 어느 곳에서 생리학적으로 얘기하자면 어쩔 수 없지만 요령 있게만 한다면 널리 알려지지 않을 수도 있는 소리가 났다. 그것이 사람들로 하여금 요란한 웃음소리를 터뜨리게 했다. 그렇지 않아도 토끼의 연기 때문에 얼마든지 웃을 준비가 되어 있던 사람들은 그 좋은 기회를 충분히 이용하였다.
>
> — 173쪽

여기서 방귀 소리는 우발점[65]이다. 우발점은 체계 전체가 간과하고 있는 심급을 드러낸다. 심급이 표면화되면 다른 모든 사건들은 조각들이나 단편들로 흩어질 수밖에 없다. 심급의 사건은 우리가 믿어 의심치 않는 사실들의 본질에 대한 물음의 장소이다. 그것은 무의식에 억압된 것들을 노출시킴으로 해서 웃음을 유발한다.[66] 웃음은 인식의 한계에 대한 본질

---

65) 우발점에 대해서는 Deleuze. Gilles, 이정우 역, 『의미의 논리』, 한길사, 1999, 128~130쪽 참조.

적인 문제제기이다. 그것은 벌거벗은 임금님에 대한 꼬마의 폭로와 같다.[67] "무시무시한 괴물 같은 웃음소리"(173)는 인과율을 뒤집어 모든 사건의 원인이 된 토끼를 관객석으로 뛰어내리게 만든다. 그러자 "관객석의 의자 밑으로 요리조리 뛰어다니는 토끼를 잡으려는 사람들의 기쁜 흥분이 온 실내를 지배"한다. 토끼는 연극의 서사를 파편화하고, 무대와 객석의 경계를 파괴하며, 급기야는 도저히 예측 불가능한 움직임으로 문명의 공간 전체를 휩쓰는 것이다. 이 장면은 아주 작은 오차라도 남겨놓지 않으려는 과학의 노력이 더욱 더 통제 불가능한 카오스 상태를 야기하리라는 경고[68]를 담은 일종의 알레고리로 이해된다.

사실은 『다산성』 전체가 알레고리다. 「돼지는 뛴다」가 물리력으로 자연을 정복한 문명의 초기발달단계를 암시한다면, 「토끼는 뛴다」는 자연의 체계를 낱낱이 담론의 체계로 장악하려는 과학의 시대를 암유한다고 볼 수 있다. 알레고리이기 때문에 유럽 세계자본주의의 발달단계, 1) 무력지배 2) 지식지배의 단계로 읽어도 무리가 없다.

이러한 관점에서 보자면 그렇다면 「노인은 없다」의 '노인'은 이러한 단계의 세 번째, 3) 환금주의의 시대, 또는 금융자본의 지배와 대응한다. 하지만 그는 보편화된 유럽자본주의를 표방하는 인물이 아니다. 홍신소 소장 '정'의 견해에 따르자면 영감은 "괴상한 유교도"다. "외국에서 지내고 온 양반들이 우습게도 철저한 유교도 노릇"을 한다는 것이다.

---

66) 농담과 무의식의 관계에 대해서는 Freud. Sigmund, 임인주 역, 『농담과 무의식의 관계』, 열린 책들, 1997 참조.

67) 여기서 '임금님이 벌거벗었다'는 꼬마의 말은 우발점으로, 모든 사람들이 무의식 속에 깊이 감추고 있는 억압과 공포를 일시에 파편화시킴으로써 폭소를 자아낸다.

68) 완벽한 통제는 불가능하다. 완벽한 통제는 최초의 상태에 대한 정확한 규정을 반드시 필요로 하는데 그 같은 규정은 실현될 수 없기 때문이다. (…) 정확도가 높아진다고 해서 불확실성(통제의 결여)이 감소하는 것은 아니다. 불확실성은 정확성과 함께 커진다(Lyotard. Jean−François, 유정완・이삼출・민승기 역, 『포스트 모던의 조건』, 민음사, 1992, 141쪽).

아마 아직도 상투 달고 다니던 때에 외국에 나갔다가 그 외국에서는 굽신굽신 헤헤로 살아야 했고 그럭저럭 돈을 모아 늘그막에 고국으로 돌아왔는데 그놈의 고국이란 게 어찌나 변했는지 어떻게 행동해야 옳을지 모르겠고 영감이 그리워했고 살 수 있던 고국은 상투시대였고 그런데 눈치를 보아하니 상투 식의 생활이 아직도 있긴 있는 모양이고 하니까 괴상한 유교도가 될 수밖에

— 193쪽

노인의 위치는 특이점[69]을 보여준다. 기표와 기의의 관계는 자의적이다. 우연성은 무의미하다. 그곳에는 하나의 기표가 하나의 기의에 정확하게 대응할 자리가 없다. 두 개의 이질적인 계열이 만나려면 우연성을 전체 구조에 편입시킬 수 있는 특이성이 필요하다. 특이성에 의해서만 우연성은 규정 가능한 관계쌍을 성립시킬 수 있다. 특이성과 우연성이 만나는 자리가 특이점이며, 특이점은 통합체(Syntagme) 전체를 반영하는 하나의 계열체(Paradigme)를 형성한다. 이것은 사건의 발생에도 적용된다.[70] 노인은 우연적인 존재이면서, 동시에 필연적인 어떤 국면을 보여주는 특수한

---

69) 특이점 및 특이성에 대해서는 Deleuze. Gilles, 위의 책, 118, 119, 121~124, 126~129, 134, 141, 262쪽 참조.

70) 예를 들어 1) 공사판에서 돌이 떨어진다, 는 사건과, 2) 대통령이 길을 걸어간다, 는 사건은 자체로서는 아무런 의미도 가지지 않는다. 그런데 만약 3) 공사판에서 떨어진 돌이 대통령 머리에 떨어졌다, 가 되어 두 개의 계열체가 만나게 되면 이것은 대단한 사건이 된다. 이 때 1)과 2)가 만나는 점이 <특이점>이다. 하필 다른 사람도 아닌 대통령이 안전사고에 노출되었다는 사실은 <특이성>을 구성할 것이다. 이는 하나의 개별적인 사건으로 그치지 않고 대통령의 경호와 공사판의 안전불감증이라는 사회구조 전체에 해당하는 체계들을 연관시키고 <문제>시하게 될 것이다. 이는 역설적인데, 왜냐하면 대통령의 경호문제와 공사판의 안전불감증은 사실상 별개의 사건이기 때문이다. 이러한 <근본문제>에 대한 <물음>을 야기시키는 지점이 <우발점>이다. 들뢰즈에 의하면 "문제는 계열들에 상응하는 특이점들에 의해 규정되지만, 물음은 빈 칸이나 움직이는 요소에 상응하는 우발점에 의해 규정된다."

사건으로 작용한다. 노인으로 인해 양립할 수 없을 것 같은 이질적인 계열체들이 하나의 구조 속에서 만난다.71) 노인은 하나의 개별자에 불과하지만, 실제로는 양립 불가능한 관념들을 역설적으로 결합하여 사회적 사건의 보편성을 문학적 사건의 특수성 속에 수렴시킨다. 거꾸로 말하자면, 문학이라고 하는 특수한 양식이 해방 후 자본가의 보편성과 1960년대 한국 자본주의의 특수성을 압축된 하나의 미학적 시퀀스(sequence)로 구성한다. 이 시퀀스를 대표하는 기호가 여기서는 "괴상한 유교도", 즉 "서구 물 먹은 유교도"이다.

하지만 <서구식 유교도>는 실제로는 전혀 괴상하지 않다. 유교주의는 자본주의와 대립하는 것이 아니라 오히려 한국적 자본주의를 성공시킨 요인이기 때문이다. 유교주의는 상대적으로 성숙한 조직체를 갖고 있지 못했던 한국에 가부장제와 연장자우선논리에 입각한 엄격한 위계질서를 유지시킴으로써 기업의 운영을 용이하게 했다. 유교주의는 처녀성을 강조하고 환향녀(還鄕女)의 정상적인 사회복귀를 차단함으로써 매춘을 암암리에 조장했다.72) 이승만의 국부(國父) 운운과 박정희의 근검절약도 사실은 유교주의의 자본주의적 변형이다. 실제로 1960년대 당시 한국의 국내시장은 몹시 좁았다.73) 투자율과 저축율의 저조는 한국경제가 내수산

---

71) 노인의 이러한 위치는 언어학적으로 분명하다. "영감님의 한국말은, 해방 후에 생겨난 명물 중의 하나인 띄엄거리고 혀 꼬부라지고 토씨를 생략하는 말"이기 때문이다.

72) 이를 잘 보여주는 작품은 최인훈의 「국도의 끝」이다. 이 작품에서 고향으로 돌아가기 위해 버스에 올랐던 한 양공주는 수많은 남자들의 음담패설과 야유를 견디지 못하고 도중하차하여 텍사스촌으로 돌아간다. 실제로 정신대로 끌려갔다가 정상생활로 복귀하지 못하고 평생 동안 양공주로 살아가게 된 경우도 적지 않은 것으로 알려져 있다.

73) 1962년의 화폐개혁은 이러한 사실을 잘 증명해준다. "당시 정부는 경제 전체적으로 상당한 규모의 잉여자금이 퇴장되어 있다고 판단하고, 이를 흡수할 목적으로 화폐개혁과 함께 은행예금을 강제하여 최소한의 생활비를 제외하고 예금인출을 전면 금지했다. 그러나 대규모의 잉여자금은 존재하지 않는 것으로 판명되고 거액

업에 기반한 자유시장논리로는 성장할 수 없었음을 보여준다.

한 가지 더 주목해야 할 사실은 영감의 돈 철학이 반자본주의 논리가 아니라는 것이다. 영감은 '나'에게 "평생 놀기만 하고 지내겠다고 작정한 젊은 사람이 있으면 그 사람에게도 생활비를 도와주라고 일러야겠다"고 말한다. 재물의 궁극적 목적은 유희, 즉 놀이에 있다고 생각하는 것이다. 영감의 말대로, 자본주의의 최종목적은 놀이에 있다. 우연찮게도, 초자아 최후의 명령은 '즐겨라!'이다.[74] 그의 발언은 향유의 강제이며, 소비의 강제[75]이다.

영감은 머리로는 서구식 자본주의를 꿈꾸고, 몸으로는 유교주의를 실천해 왔다. 한국사회는 영감의 분열의 극단 사이에 위치한다. 1960년대는 <순수한 유교주의>도 <완전한 자본주의>도 갖고 있지 못하다. 영감은 이를 몸소 보여주는 일종의 괴물이다. "영감이 길을 걸어갈 때면 추위 때문에 얼음덩어리처럼 꽁꽁 얼어붙어 있는 거리가 영감의 몸뚱이 근처에서는 흐물흐물 녹아서 허공에 몸뚱이 크기만한 구멍이 피시시 뚫리는 것 같았다"(194) 영감은 현실적인 인물이라기보다는 1960년대 사회에 뚫린 구멍(slot)을 보여주기 위한 인물이다. 혹은 시대의 문제를 드러내 보여주

---

의 통화잔고는 이미 기업의 생산활동에 활용되고 있었기 때문에 예금인출 금지조치는 즉각적인 기업활동의 중단을 초래했다."(Cole · 박영철, 『한국의 금융발전: 1945~80』, 69쪽(장하원, 앞의 책, 86쪽에서 재인용)).

74) "즐겨라!"에 대해서는 Zizek. Slavoj, 「즐길 것으로 가정된 주체」, 『환상의 돌림병』(김종주 역, 인간사랑, 2002, 220~228쪽) 참조.

75) 노인의 위치는 보드리야르의 다음과 같은 분석을 상기시킨다. "청교도는 자기자신을, 그 자신의 인격을 최대한으로 신을 찬양하기 위해 이익이 생기게 하는 기업으로 보았다. 그러한 산출을 위해서 한평생을 보낼 때 그의 「인격적인」 자질, 그의 「성격」은 그에게서는 투기도 낭비도 하지 않고 잘 관리해야 하고 시기적절하게 투자해야 하는 자본이었다. 이와는 반대로, 그러나 같은 방식으로, 소비인간(l'homme-consommateur)은 자기 자신을 향유를 의무로 삼는 존재로, 향유와 만족을 꾀하는 존재로 간주한다(강조는 필자)(Baudrillard. Jean, 이상률 역, 『소비의 사회』, 문예출판사, 104쪽).

는 불가능한 주체이다. 그는 1960년대 사회의 결핍이자, 그 사회에 대한 근본적인 물음이다.

노인은 사회적으로 타인보다 재화를 많이 소유한 자이다. 반면 개인적으로는 진정한 아들이 없는 외로운 늙은이이다. 그는 루팡이다. 루팡은 남보다 많이 가진 자(과잉된 자)의 입장에서는 도둑놈이지만, 남보다 적게 가진 자(결핍된 자)의 입장에서는 고마운 사람이다. 루팡은 양쪽 어디에도 속하지 않는 부유하는 인물이지만 루팡 덕택에 사회는 빈익빈부익부라는 모순을 노출시키게 된다.

노인이 특이점이라는 것은 그가 현실에는 존재하지 않는, 관념적인 인물임을 뜻한다. 의미의 전달이라는 측면에서 "돼지는 뛴다"와 "토끼도 뛴다" 뒤에는 "노인도 뛴다"가 와야 할 것이다. 하지만 노인은 없다. 두 개의 이질적인 계열을 수렴시키는 하나의 역설적인 요소는, 어떤 계열에도 속하지 않으며, 끊임없이 자리를 옮기며, "자체의 고유한 자리를", 고유한 동일성, 유사성, 평형을 "갖지 못한다." 그것은 한 계열 내에서 과잉으로 나타나지만, 동시에 그 상대 계열에서는 결핍으로 나타난다.[76] 노인은 놀이(유희) 그 자체이다. 사고 안에만 존재하는, 예술작품이라는 결과만을 낳는 이 놀이는 또한 사고와 예술을 현실적인 것으로 만들어주고 세계의 현실성, 도덕성, 경제성을 혼란시키는 것[77]이다.

그렇다면 노인을 통해 1960년대 사회가 드러내고 있는 모순은 무엇일까. 그것은 두 개의 자본주의 사이의 모순이다. 하나는 서구의 자본주의이며, 다른 하나는 한국의 자본주의이다. 재미있는 것은 후자가 전자에 대해 결핍된 것으로만 드러나고 있다는 것이다. 하지만 Ⅱ장에서 살펴보았듯이, 관념적인 서구 자본주의와 현실적인 한국자본주의는 전혀 이질적인 체계이다. 노인은 미학적으로는 환금주의의 모순을 지적하면서, 사

76) Deleuze. Gilles, 이정우 역, 『의미의 논리』, 한길사, 1999, 119쪽.

77) 위의 책, 135쪽.

회적으로는 한국의 근대화가 서구의 그것과 같아질 수 있으리라는 근대화 주체의 믿음을 의심하게 만든다. 그것은 충족하려고 노력하면 할수록 결핍을 가중시키는 닿을 수 없는 대상이다. 노인은 이러한 따라잡기식 개발의 허구를 열어 밝히는 존재이며, 따라서 은폐되어야만 한다. 남은 사람들이 노인의 부재를 불안해하면서도 동시에 고마워하는 이유가 여기에 있다. 근대화는 없다. 하지만 근대화는 있다고 믿어져야만 한다. 근대화에 대해 믿는다고 가정된 주체가 1960년대 한국 자본주의의 진정한 추동력이다. 노인은 당대의 공시적인 자본주의 사회에 문제제기하는 특이점이면서, 동시에 지속적인 개발 이데올로기의 허구 전체에 질문을 던지는 우발점인 것이다.

이상에서 보듯 「염소는 힘이 세다」와 「다산성」은 자본주의 체제와 구조적 상동성을 텍스트의 자본주의에 대한 저항성을 보여준다. 「염소는 힘이 세다」는 형식의 층위에서는 자본주의 교환체계에 순응하는 듯이 보이지만, 의미의 층위에서는 자본주의가 자연을 전유하고 은폐하는 방식을 드러냄으로써 억압된 자연의 원초적 힘을 복원시키고 있다. 『다산성』은 일상적인 이야기 속에 문명의 발달단계를 알레고리 형식으로 외삽(外揷), 자본주의가 스스로 자신의 모순을 폭로하는 지점을 찾아내고 더 나아가서 1960년대 한국 자본주의 성장신화의 허구를 관통하는 해체적인 서사를 보여주고 있다. 이러한 자본주의의 근원에 대한 비판과 근대화의 본질을 향한 근본적인 회의가 사회에 대한 이성적이고 직접적인 비판에 의해서는 불가능했을 것임은 말할 것도 없다. 이것은 어디까지나 당대 지배 이데올로기의 문법을 충실히 받아들이고 그것을 재구성하여 독특한 미학을 성립시킨 김승옥의 문체에 의해 가능했던 것이다.

# Ⅳ. 근대주체와 분열된 주체의 갈등

## 1. 고향의 물신주의와 환상의 구조

### 1) 고향의 물신주의와 안개의 의미
### –「무진기행」「누이를 이해하기 위하여」

<고향상실>은 <부성부재>와 함께 한국 근대소설에 지속적으로 반복되어온 주제이다. 식민지 시대의 빼앗긴 고향, 분단으로 인한 망향과 파괴된 고향, 근대화 논리에 희생된 고향 등, 고향은 한국의 문학과 수십년간 호흡을 같이 해 왔다고 해도 과언이 아니다. 고향은 단순히 노스탤지어의 대상이 아니라 근대사의 모순과 굴곡을 보여주는 역사적 공간이다. 민중의 고통과 애환의 흔적을 깊이 가로새긴 동시대 삶의 축도이기도 하다. 한국문학에 형상화된 고향의 이야기는 너무나 굳건하고 현실적이어서 그것이 곧 그 시대에 실제로 일어났던 수많은 사건들의 직접적인 반영이라 보아도 무방할듯하다.

그러나 설사 역사기록이라고 하더라도 그 안에는 서술자의 주관이 반

드시 개입된다. 완벽하게 객관적인 서술은 없다. 논픽션의 경우라도 경험의 취사선택과 그것을 서술하는 관점에 이미 주관성이 개입되었다고 보아야 한다. 특히 문학작품의 서사구조 속에는 사실과 허구의 경계로는 설명할 수 없는 심리의 경제가 있다. 부각된 사실과 억압된 사실 사이에서, 혹은 사건을 서술하는 방식의 선택과 포기 사이에서, 서술자가 얻게 되는 심리적 이익이 존재하는 것이다.

대표적인 실향작가인 이범선의 경우를 보자. 작가의 실향민 의식은 도시체험 속에서 보다 극명하게 드러난다.

> 폭탄의 힘은 참 위대하더군요. 저는 돌아온 이 서울거리에서 '우리' 대신 폐허 위에 수많은 '나'를 발견했습니다. 나, 나, 나, 나, 나. 나 정말 한강의 모래알만치나 많은 '나'[1]

화자는 '우리'는 없고 수많은 '나'만 있는 각박한 도시체험에서 전쟁의 진짜 비극을 본다. 공동체가 사라진 도시는 권투를 하듯 온몸으로 버텨내야 하는 일종의 지옥이자 정신적 외상의 원천이다. 철호의 어머니[2]는 고향에 돌아갈 수 없는 이유를 이해하지 못한다. '우리'를 '나'로 쪼개는, "공동체"를 "격전장"으로 만든 이념은 '우리'가 만든 것이 아니다. 화자는 이러한 현상이 단순히 전쟁 때문이 아니라 서구적 합리주의의 수입에 기인한다는 인식을 분명히 보여준다. 그들은 "세상만사를 죄냐 아니냐로만 따지려" 드는 사람들이며 "진심으로 사랑하지 않고도" 선행을 베풀 수 있는 위선자들이다.

「학마을 사람들」 역시 마찬가지다. 「피해자」의 '명숙'처럼 「학마을 사람들」의 '바우'는 외부의 이념에 의해 오염된 악의 대리인이다. '바우'는

---

1) 이범선, 「몸 전체로」, 『한국소설문학대계』 권35, 동아출판사, 1995, 441쪽.

2) 이범선, 「오발탄」, 위의 책, 475쪽.

'덕이'와의 삼각관계에서 상처를 받고 마을 밖으로 나갔다가 괴뢰군이 되어 돌아온다. 그는 마을의 상징인 '학'을 쏴죽일 뿐만 아니라 아버지까지 살해하는 천인공노할 죄를 저지른다. '학'으로 대변되는 순수하고 평화로운 유교공동체로서의 '학마을'과 '빨갱이'로 표상되는 잔혹한 이데올로기 사이의 대립이 '덕이'라는 특이점에 의해 충돌하는 것이다. 한 마디로 이 소설은 외부의 잘못된 사상이 어떠한 방식으로 내부의 완벽한 공동체를 파괴했는가를 고발하고 있는 작품이다.

「학마을 사람들」을 관통하는 이분법은 외부의 악(惡)과 내부의 선(善)이다. 전자가 공산주의 이데올로기라면, 후자는 이념으로부터 자유로운 농촌공동체이다. 하지만 엄밀하게 말하면 학 마을은 평등하고 자연발생적인 공동체일 수 없다. <학>과 <소나무>는 민중적인 기표가 아니다. <학>과 <소나무>는 피폐한 농촌공동체에 직접적이고 현실적인 도움을 가져다 줄 수 없다는 공통점을 가진다. 그것은 유학자들의 기표, 정확히 말하면 유교적 이념의 표상이다. <학>과 <소나무>는 십장생(十長生)이다. <학>은 고결한 유학자의 상징이며, <소나무>는 절개를 의미하는 자연물이다. 잘 알려진 것처럼 고결한 유학자는 노동하지 않는다. 절개란 임금에 대한 신하의 충성, 지아비에 대한 아녀자의 정조라는 지배 이데올로기를 이미 함축하고 있다. '이장(里長) 영감'과 '박 훈장'은 이러한 이데올로기를 철썩 같이 믿고 있는 유학자들이며, 마을은 그들에 의해 지배되고 있는 작은 유교 국가이다. 학 마을은 엄연한 계급사회이다. 학 마을이 포근한 곳이었다는 회상은 이장 자신만의 것일지도 모른다. 비록 방법은 옳지 않았지만, '바우'의 행위는 단순히 개인적인 복수가 아니라, 유교적인 통치에 대한 반발일 수도 있다.

오영수는 공동사회의 회복[3]을 모색하고 있다는 점에서 이범선과 동궤에 놓이는 것으로 평가받아왔다. 그러나 대표작 「갯마을」을 구획하고 있

3) 신향숙, 「공동사회의 불꽃」, 『현대문학』, 1979.9.

는 분할선은 <전통/서구>, <유교/기독교>가 아니라 산골과 갯마을이라는 사실에 주목할 필요가 있다. 보재기(해녀) 해순이 첫 남편을 잃은 것은 '큰 파도' 때문이다. 둘째 남편 상수는 6·25 전쟁으로 징용에 끌려가지만 이 역시 해순에게는 천재지변이나 다를 게 없다. 해순은 나고 자란 곳에 대한 애착 때문에 갯마을로 돌아온다. 물론 <도시/농촌>의 경계를 가진 경우도 있다. 화산댁은 도시에 사는 작은 아들의 집에 갔다가 하루만에 고향집으로 귀가한다.[4] 하지만 이 경우에도 이유는 "문화적인 이질감"이다. 이 작품은 52년에 발표되었음에도 불구하고 전쟁이 전혀 등장하지 않는다. 박참봉의 막내아들이 도시에서 빈민으로 전락하고 아내마저 양갈보로 잃게 되는 이야기인 「박학도」에서도 전쟁은 배경이나 다름없다. 민우가 피난살이에 구두닦이로 전락하는 것은 그가 "후조(철새)"가 될 수 없는 "텃새"이기 때문이다.[5] 결국 주인공들이 그리워하는 곳은 일종의 "텃새주의", <지역주의(localism)>의 한정된 영토로서의 고향이다.

이범선의 고향이 순수공동체로 미화된 유교적 자연이라면, 오영수의 고향은 보편적 고향으로 오인된 특정한 지역이다. 남성 이데올로기, 가부장 이데올로기가 깊이 뿌리박혀 있는 것은 이 때문이다. 순수한 고향은 존재하지 않는다. 여기에서의 고향은 <고향 그 자체>가 아니라 서구이념의 침투, 혹은 근대화 과정에 대한 대타의식에서 사후적으로 발견된 고향이라는 혐의를 벗기 어렵다.

공통된 태도는 특정한 관념 및 이념과 순수한 자연 및 대상의 동일시이다. 전자의 경우 <유교적 관념=자연물> <지배이데올로기=순수한 공동체>를, 후자에서는 <보편적 고향=특정한 지역>을 읽어낼 수 있다. 정신분석학적으로 보았을 때 이는 페티시즘(fetishism)에 해당한다. 분열증의 담론이 아닌 주인의 담론[6] 속에서 페티시즘은 기표와 기의를 동일시

---

4) 이범선, 「화산댁이」, 위의 책.

5) 오영수, 「후조」, 『한국소설문학대계』 권36.

하는 태도를 말한다.7) 전자는 정치적 페티시즘을, 후자는 제국주의적 페티시즘을 보여준다.

여기에는 이중의 심리적 경제가 있다. 반공주의와 반공주의에 대한 비판의 뒷면에서 내부의 경계선은 지워진다. 내부적인 계급관계가, 외부와 내부의 지배－종속 관계 속에서 무화되는 것이다. 고향은 물신(fetish)이 된다. <서구=도시=상징계> <민족=고향=상상계>의 이분법이 작동하며, 고향의 상징계는 항상 없었던 것처럼 치부된다. 탈영토화된 상상적 고향은 실제적 고향을 지워 없애면서 재영토화된다. 고향은 두 번 파괴된다. 한번은 외부의 이데올로기와 폭력에 의해, 또 한 번은 <순수한 고향>을 창조하기 위해 삭제된다.

김승옥 소설에도 고향의 물신주의는 여전히 존재한다. 「누이를 이해하기 위하여」의 '나'에게 "도시"는 질병의 근원지다. "우리는 아마 누이가 도시에서 묻혀온 고독이 병균처럼 우리 자신들조차 침식시켜 들어오는 것을 느끼게 되었다." "그들이 우리에게 알기를 강요하는 세계"는 "미소를 침묵으로 바꾸어 놓는, 만족을 불만족으로 바꾸어놓는, 나를 남으로 바꾸어놓는, 요컨대 우리가 만족해 있던 것을 그 반대로 치환시켜버리는 세계"(102)다.

> 저 도시가 침범해오지 않는 한, 우리는 한 고장을 지키기에 충분한 만족을 가지고 있는 것이다. 영원의 토대를 만든다는 것, 의지의 신화들을 배운다는 것, 우는 법을 배운다는 것, 침묵을 배운다는 것, 그것

---

6) 라깡은 담론을 네 가지로 분류한다. 주인의 담론, 대학의 담론, 분석자의 담론, 분열증의 담론이 그것이다.

7) 변태성욕자는 상대여성의 속옷이나 장신구 따위(기표)를 그녀(기의)와 동일시한다. 지배 이데올로기는 지배의 상징적 도구를 국가 자체와 동일시(이를테면, '짐은 곧 국가이다' 등)하며, 자본주의는 돈(절대기표)에 대한 욕망을 모든 대상에 대한 욕망과 동일시한다.

만이 인간인 것이냐? 인간의 허영이 아닌가, 라고 나는 누이에게 말해 주고 싶었다."

— 103쪽

중요한 것은 화자가 도시에 가보지 않았다는 사실이다. 도시에 갔다 온 누이는 침묵하므로 화자에게는 도시에 대해서 간접적으로나마 체험할 방법조차 없다. '나'는 도시를 머릿속에서밖에는 생각해볼 수 없다. 화자에게 그것은 고향과는 전혀 다른 타자의 세계로 그려진다. '나'에게 도시는 고향에는 없는 것들이 있는 어떤 곳으로 상상되는 공간이다. 이는 <상징계적 도시>라는 기존의 범주에 덧붙여 <상상계적 도시>라는 또 다른 범주의 필요성을 환기한다.

김승옥의 수필, 「나의 첫 창작」의 화자 '나'는 친구들이 아무도 도시에 가보지 못했다고 대답하자, "서울에 가면 굉장히 높은 탑이 있어. 그 탑은 이 세상에서 제일 높아서 하늘에 닿아 있어. 그 탑 꼭대기에는 작은 방이 있는데 남자와 여자가 발가벗고 꼬옥 껴안고 있어. 밥도 안 먹고 밤에나 낮에나 항상 껴안고 있어. 사람들이 많이 가서 구경해. 나도 구경했어."[8] 라고 거짓말한다. 이는 <상징적 도시> 이전에 작동하는 <상상적 도시>의 모습을 잘 보여준다. 기존의 도식처럼 고향을 상상계적인 공간으로, 도시를 상징계적인 공간으로 단순히 동일시할 수 없는 이유가 여기에 있다.

「누이를 이해하기 위하여」의 '나'에게도 마찬가지다. 도시는 서구문화, 근대화의 상징으로서 그곳에 존재하는 것으로 상상된 것이다. '나'는 중심부에 대해 주변부를 <결핍>으로 규정하게 하는 근대화 이데올로기의 반작용으로, 거꾸로 "고향"에 존재하는 것들의 결핍으로 도시를 규정하기 시작한다. 우리의 고장에는 있는 "미소" "만족" "나"가 도시에는 결여

8) 김승옥, 「나의 첫 창작」, 『뜬세상에 살기에』, 지식산업사, 1977, 101쪽.

되어 있다. 대신 도시에는 "영원의 토대"와 "의지의 신화"가 있지만 '나'는 그것을 원하지 않는다. 그것은 '나'의 결핍이 될 수는 없다는 것이다. 이처럼 중심부의 담론을 부정하는 '나'에게서도 도시와 고향의 관계를 서로의 결핍쌍으로 규정하는 사고는 동일하게 나타난다. '나'는 자신도 모르는 사이에 <중심부/주변부>의 논리를 받아들이고 있는 것이다.

이러한 사정 때문인지, 김승옥의 소설을 분석함에 있어서도, 고향과 도시의 이분법은 여전하다. "김승옥 소설에서 도피욕망이 지향하는 상상계적 공간은 '고향'"[9]이라든지 "무진은 라캉의 관점에서 보면 상상계에 속"하고 "서울은 아버지의 질서를 표상하는 상징계에 속한다"[10]는 등의 분석이 그것이다. 도시=상징계, 고향=상상계의 이분법은 차치하고라도, 과연 하나의 계만으로 존재하는 사회가 가능한지부터가 의문이다. <상상적 고향>이 있다면 <상징적 고향>, <실제적 고향>도 반드시 존재하게 마련이기 때문이다. 물론 도시의 경우도 마찬가지다.

자세히 살펴보면 김승옥 소설에 나타나는 고향은 순수한 상상계적 공간이 아니다. 최혜실이 잘 지적했듯이 문제시되는 것은, "실패했을 때만 그리워하는 고향의 존재"[11]이다. 차미령에 의하면, 정우가 고향에 와서 발견하는 것은, 그가 상상 속에서 그렸던 <순박한 고향>이 어디에도 존재하지 않는다는 사실[12]이다. 그들에게 있어 '이제 와서 조화된 고향을 찾는 일이 망발'이었음을 확인하기란 결코 어렵지 않다.[13]

---

9) 이정석, 「김승옥 소설의 욕망구조 연구」, 『숭실어문』 제13집, 숭실어문학회, 1997, 338쪽.

10) 강운석, 「60년대 소설 연구(1)－김승옥론」, 『숭실어문』 제14집, 1998, 291쪽.

11) 최혜실, 「무진기행에 나타난 귀향과 귀경의 구조」, 『한국현대소설의이론』, 국학자료원, 1994, 251쪽.

12) 차미령, 「분열에 대하여－청년 김승옥과 무진으로 떠나기 이전의 그의 소설들」, 『작가세계』, 2005 여름, 78쪽.

13) 김민정, 「김승옥론」, 『외국문학』, 1996년 가을, 210쪽.

위의 논의를 요약하자면, 「무진기행」에는 순수한 고향이 존재하지 않는다. 화자는 순수한 고향이 존재하지 않음을 이미 알고 있다. 김승옥의 고향은 이 지점에서 1950년대의 고향과 결별한다.

> "월말에다가 토요일이 되어서 좀 바쁘다." 그는 말했다. 그러나 그의 얼굴은 그 바쁜 것을 자랑스럽게 여기고 있었다. 바쁘다. 자랑스러워할 틈도 없이 바쁘다. 그것이 서울에서의 나였다. 그만큼 여기는 생활한다는 것에 서투를 수 있다고나 할까? 바쁘다는 것도 서투르게 바빴다.
>
> ─「무진기행」, 146쪽

서울이나 무진이나 "바쁘다"는 것은 같다. 무진이 좀 더 서투르다는 게 다를 뿐이다. 무진은 도시도 아니지만 농촌도 아니다. 미개발지역이라기보다 저개발지역에 가깝다. <중심부>는 물론 아니지만 <주변부>도 아니다. 서울은 무진에 대해서는 <중심부>지만 자본주의 세계체제의 변방에 있다는 점에서는 <주변부>이다. 서울과 무진은 둘 다 <중심부>도 <주변부>도 아니라는 점에서 같다. 서울이 <반(semi)중심부>라면 무진은 <반주변부>다. 혹은 반주변부를 지향하는 주변부다. 적어도 그 안에 살고 있는 속물들의 의식 속에서는 뚜렷이 그렇다. 그들의 물신은 <상상된 도시>다. 그들은 모든 발전의 기표들을 <상상된 도시>와 동일시한다. 그들은 도시가 원하는 것, 정확히 말하면 도시가 원한다고 가정된 것만을 욕망한다. 더 나아가 도시의 욕망이 곧 모두의 욕망이라고 믿는다. 무진의 속물들은 자신이 진정으로 원하는 것이 무엇인지를 잊었을 뿐더러, 타자(도시)가 실제로 원하는 것이 무엇인지도 알지 못한다.

「누이를 이해하기 위하여」의 '나'가 서울에 가고 싶은 표면적인 이유는 "누이를 이해하기 위하여"지만, 심층적인 이유는 <상상된 도시>의 실상을 확인하기 위해서다. '나'는 누이의 침묵으로부터 불안을 배웠다. 그 불안의 근원이 서울의 존재임을 나는 느낀다. 불안은 내가 상상된 도시가 곧 실제적 도시라고 확신할 수 없다는 데서 왔다. 만약 도시가 나쁜 것들로 가득 차 있지 않다면, 좋은 것만 있는 고향의 형상도 안전할 수 없다. 확인되지 않은 저곳의 비밀은 '나'에게 존재의 불안으로 지속될 것이다. '나'는 동화 속의 인물처럼, "이번엔 내가 가보지"라고 말할 수밖에 없다. 도시를 거부하기 때문에 그곳에 가야만 하는 역설이 발생하는 것이다.

성도착자(fetichist)의 논리는 <상상적 어머니=실제의 그녀>다. 하지만 그녀를 실제로 만나면, 그녀가 완벽한 어머니가 아님을 알게 될 것이다. 그녀를 만나지 않으면, 어머니와의 분리를 다시 체험해야 할 것이다. 그녀를 대신할 사물이 필요해진다. 그녀는 저항하겠지만, 그녀의 물건은 충실하게 나의 <상상된 이상형>을 받아들일 것이기 때문이다. 물건은 그녀의 외따로 있음과 함께, 완벽한 이상형이 존재하지 않음을 가린다. 물건의 존재(being)는 부재하는 어머니의 현존(exist)이다. 거꾸로 누이의 침묵은 부재(absent)하는 도시의 흔적(trace)이다. 따라서 「누이를 이해하기 위하여」의 '나'에게는 두 가지 선택만이 있다. 도시를 회피하여 정신병을 앓든지, 도시와 직접 대면하여 누이의 침묵의 정체를 확인해야만 한다. 이것은 죽음이냐 지하실이냐의 선택만 갖고 있는 「생명연습」의 논리와 같다.

인식할 수 없는 외부의 사물만이 공포의 대상은 아니다. 표현할 수 없는 내면의 감정 역시 불안을 불러일으킨다. 보이지 않는 적이 가장 위협적이듯이, 대상 없는 내면이야말로 가장 무서운 것이다. 김승옥 화자들의 근본불안은 자신이 진정으로 원하는 대상(사건)이 세상에는 존재하지 않을지도 모른다는 인식에서 비롯된다. 나의 내면에 무엇(기의)인가가 있다면, 그것을 표현할 수 있는 언어(기표)가 있어야 하고, 혹은 그것이 실현가능함을 증명해줄 대상(오브제 a)이 있어야 한다. 하지만 그들에게는 두 가지 모두가 없다. 「병신과 머저리」의 '나'처럼 "실체 없는 얼굴"에 고통 받고 있는 것이다.

결국 그들은 <자기세계>를 대변해줄 대상을 상상하거나, 이것이 차단될 경우 고통의 원인이 되어줄 사건을 직접 만들어낼 수밖에 없다. 전자가 위증이라면, 후자는 위악이다. 「생명연습」의 "한 오라기의 죄도 섞이지 않은 정원", 「역사」의 저항의 힘을 보유한 '역사', 「염소는 힘이 세다」의 "홍수의 꿈"이 모두 이러한 것이다. 「건」의 어린 화자는 자신의 죄책감을 투사할만한 사건을 자행하기까지 한다. 빨치산의 시체가 땅속에 묻히자 '나'는 관에 계속해서 돌을 던진다. 그것은 돈을 받고 시체를 매장하는 아버지에 대한 반발이라기보다는 불안의 원인을 제공해줄 유일한 대상의 실재성을 확인하는 행위로서, 말 그대로 시체를 "갖고 싶다"는 욕구의 표현이다. 빨치산 시체에 대한 행복한 상상과 끔찍한 공포가 공존하는 것은 그 때문이다. 비록 실패로 끝나기는 하지만 「역사」의 주인공이 주전자 물에 약을 타 넣는 행위도 이 같은 맥락에서 이해할 수 있다.

윤희중은 <상상적 고향≠실제적 고향>임을 알고 있다. 6·25 당시 대학생이었던 그는 "모두가 전쟁터로 몰려갈 때 나는 내 어머니에게 몰려서 골방 안에 숨어서 수음을 하고 있었다." 골방은 자궁의 변형이며, 이러한 체험이 그의 요나 컴플렉스를 형성했다는 분석[14]을 따르자면, 그의 상상적 공간은 이미 훼손되었으며, 아내와의 안전한 집은 어머니라는 이름으로 대변되는 또 다른 감옥임에 동의할 수 있다. 반복되는 그의 무진행은 힘들고 어려운 도시생활로부터의 도피가 아니라, <상상적 고향>이 어디에도 없음을 확인함으로써 도시와 아내로부터의 탈출욕구를 잠재우려는 지극히 자아통제적인 행위이다. 그의 이러한 심리를 잘 보여주는 사건이 창녀의 자살이다.

> 푸른 꽃무늬 있는 하얀 고무신을 머리에 베고 있었다. 무엇인가를 싼 하얀 손수건이 그 여자의 축 늘어진 손에서 좀 떨어진 곳에 굴러 있

---

14) 최혜실, 위의 글.

었다. 하얀 손수건은 비를 맞고 있었고 바람이 불어도 조금도 나부끼지 않았다. (…) 나는 그 여자를 향하여 이상스레 정욕이 끓어오름을 느꼈다. (…) 그러나 사실 그 수면제는 이미 만들어져 있었던 게 아닐까. 나는 문득, 내가 간밤에 잠을 이루지 못하고 뒤척거리고 있었던 게 이 여자의 임종을 지켜주기 위해서가 아니었을까 하는 생각이 들었다. 통금해제의 사이렌이 불고 이 여자는 약을 먹고 그제야 나는 슬며시 잠이 들었던 것만 같다. 갑자기 나는 이 여자가 나의 일부처럼 느껴졌다. 아프긴 하지만 아끼지 않으면 안 될 내 몸의 일부처럼 느껴졌다.

— 144~145쪽

여기서 창녀는 사라진 무진에 대한 노스탤지어와 겹친다. "아프긴 하지만 아끼지 않으면 안 될 내 몸의 일부"는 무진이다. 무진에서 사는 것은 아내에 의해 금지되어 있다. 금기는 욕망을 추동하므로, '나'가 창녀의 시체에서 정욕을 느끼는 것은 이상하지 않다. 하지만 '나'의 욕구는 교활하다. 창녀는 죽었기 때문이다. 그것은 상상에서만 그쳐야 하는 <불가능한 대상>이다. 이것이 윤희중이 가지고 있는 시체 애호증(necrophillia)의 정체이다. 윤희중의 리비도 에너지는 상상으로는 가지고 싶지만, 실제로는 가질 수 없는 대상을 특권화하고 있다. 불가능한 대상에의 카텍시스(cathexis) 집중은 무진에 대해서도 동일하다. 카텍시스는 곧 철회될 운명이다. 이미 무진이 없다면, 도시를 포기할 이유도 없는 것이다.

"수면제" 얘기가 뒤따라 나오는 것은 당연하다. 수면제의 기능은 이중적이다. 그것은 윤희중을 <상상적 공간>에 진입시킴과 동시에, 무진이 현실세계의 <상징적 공간>으로 유입되는 것을 차단한다. 여자의 임종을 지키기 위해 잠을 설친 게 아니라, 여자가 죽어야만 편안하게 잠잘 수 있다는 게 진실이다. "수면제는 이미 만들어져 있"다. 무진은 꿈꾸기 위한 관념이지 살아가기 위한 공간이 아니다.

그런 윤희중에게 무진도 아니고 서울도 아닌 존재가 나타난다. 바로 하인숙이다. 그녀는 「어떤 개인 날」과 「목포의 눈물」 사이에, 성녀와 창녀, 사랑과 섹스, 책임과 무책임 사이에 있다. 그녀는 <사이>에 거주하는 인물로서, <상상적 고향>과 <상징적 도시>로 분열된 윤희중의 인식체계를 교란한다. 그녀는 눈앞에서 없어지자마자 <내 안의 타자>를 자극한다.

> 좀 더 시간이 지난 후, 그 대화들이 내 귓속에서 내 머릿속으로 자리를 옮길 때는 그리고 머릿속에서 심장 속으로 옮겨갈 때는 또 몇 개가 더 없어져버릴 것인가. 아니 결국엔 모두 없어져버릴지도 모른다. (…) 나는 문득 그 여자를 껴안고 싶은 충동에 사로잡혔다. 그리고…… 아니, 내 심장에 남을 수 있는 것은 그것뿐이었다. 그러나 그것도 일단 무진을 떠나기만 하면 내 심장 위에서 지워져버리리라. **나는 잠이 오지 않았다.** 낮잠 때문이기도 하였다. 나는 어둠 속에서 담배를 피웠다. 나는 **우울한 유령**들처럼 나를 내려다보고 있는 벽에 걸린 하얀 옷들을 흘겨보고 있었다.
>
> — 142쪽(강조는 필자)

'나'는 사라지는 것들, 사라질 것들에 대한 상념에 붙잡혀 있다. 서울에서는 억압될 것들을 미리 추억하는 것이다. 그러자 문득 하인숙에 대한 성적 욕망이 부추겨진다. '나'는 잠을 잘 수 없다. '나'는 어둠속에서 "하얀 옷"들이 "우울한 유령들"처럼 나를 내려다보고 있다고 느낀다. 다음날 나는 역시 "하얀 옷"을 입은 창녀의 시체에서 정욕을 느낀다.

"우울한 유령들"은 윤희중이 실재를 억압한 흔적이다. <괴물>의 출현은 하인숙이 윤희중의 실재에 대한 욕망을 일깨웠음을 증명한다. '나'는 극단에 있는듯한 아내의 속물성과 친구들의 속물성의 공통점을 알고 있다. '나'는 <상상된 도시>와 <상징화된 고향>이라는, 이중적인 허구의 담지자이다. '나'는 과거의 무진과, 도시와, 그리고 현재의 무진을 모두 알고 있다. 그런 윤희중이 모르는 게 하나 있다. 그것은 다름 아닌 하인숙의 욕망이다.

> "세상에서 제일 먼저 편지를 쓴 사람은 어떤 사람이었을까요?" 내가 말했다. **"아이, 편지. 정말 편지를 받는 것처럼 기쁜 일은 없어요. 정말 누구였을까요? 아마 선생님처럼 외로운 사람이었겠죠?"** 여자의 손이 내 손 안에서 꼼지락거렸다. **나는 그 손이 그렇게 말하고 있는 듯한 느낌이 들었다.** "그리고 인숙이처럼." 내가 말했다. "네." 우리는 서로 고개를 마주보며 웃음지었다.
>
> — 149쪽(강조는 필자)

위의 인용문은 두 가지로 읽힌다. 강조된 인숙의 대사를 "…?"로 대신하면 1) 인숙이 "…?"라고 말했다, 인숙의 손이 꼼지락거렸다, 나는 인숙의 손도 "…?"라고 말하고 있다고 느꼈다, 2) 인숙은 말하지 않았다, 대신 손이 꼼지락거렸다, 나는 인숙의 손이 "…?"라고 말하고 있다고 느꼈다, 의 두 가지다. 만약 2)라면 '나'는 인숙의 생각을 제멋대로 상상한 것이 된다. 설사 1)이라도 '나'는 자신의 외로움을 인숙의 것과 성급하게 동일시하고 있다. 어느 쪽이건 왜 "인숙이 말했다"라는 문장이 생략되었는가는 여전히 의문으로 남는다. 두 사람은 다음 장면에서 '나'의 "옛집"으로 이동한다. 나는 "옛날의 내"가 되어 인숙과 정을 통한다.

> 나는 그 방에서 여자의 조바심을, 마치 칼을 들고 달려드는 사람으로부터, 누군지가 자기의 손에서 칼을 빼앗아주지 않으면 상대편을 찌르고 말 듯한 절망을 느끼는 사람으로부터 칼을 빼앗듯이 그 여자의 조바심을 빼앗아주었다.
>
> — 149쪽

인숙이 아무 말도 하지 않았다는 사실을 감안할 때, 위의 "조바심"은 거꾸로 윤희중의 것일 수 있다. 윤희중은 하인숙의 말을 듣지 않고도 자신의 심정을 하인숙의 그것과 동일시하는 특권을 행사하고 있다. "칼"은 곧 말이다. 그 말은 '나'의 결핍에 정확하게 들어맞는 말일 수도 있지만, 하인숙이 결코 윤희중 자신과 같지 않음을 날카롭게 찌르는 말일 수도 있다. 윤희중의 조바심은 이러한 불일치에 대한 염려에서 나온 것이다. '나'는 하인숙에게 "사랑한다."고 말하지 못한다. '나'는 소주를 취해서 잠이 들 때까지 마신 다음 새벽녘에 깨어 이유를 알 수 없는 두근거림을 느끼는데 "그것은 불안이었다." 불안은 <과거의 나=하인숙>과 <과거의 나≠하인숙> 사이의 갈등을 증폭시킨다. 그것이 "우리가 잡고 있는 손바닥과 손바닥 틈으로 희미한 바람이 새어나가고 있"(147)는 이유이다. 윤희중은 하인숙에 대해서 철저하게 자기충족적이다.[15] 윤희중은 그녀가 진정으로 원하는 것이 무엇인지 묻지 않는다.

하인숙의 고향은 무진이 아니다. 그녀는 고향에 가고 싶지도 않다.[16] 윤희중이 과거의 무진을 앓고 있다면, 하인숙은 미래의 서울을 꿈꾸고 있다. 정반대의 욕망을 갖고 있는 셈이다. 그녀가 가고 싶은 곳은 서울이다. 하지만 서울에 가고 싶은 것만도 아니다.

> "자기 자신이 싫어지는 것을 경험하신 적이 있으세요?" 여자가 꾸민 명랑한 목소리로 물었다. 나는 기억을 헤쳐보았다. 나는 고개를 끄덕이며 말했다. "언젠가 나와 함께 자던 친구가 다음날 아침에 내가 코

---

15) 라캉이 지적한 것처럼 사랑은 이런 의미에서 타자의 욕망에 대한 하나의 해석이다. (…) 사랑의 작용은 이중적이다. 주체는 타자의 결여를 메우는 대상으로서 자신을 제공함으로써 자기 자신의 결여를 메운다. 사랑의 현혹은 이 두 결여를 중첩시키면 상호 보완에 의해 결여를 제거할 수 있다고 믿는 데 있다(Zizek. Slavoj, 이수련 역, 「케보이?」, 『이데올로기라는 숭고한 대상』, 인간사랑, 2002, 203쪽).

16) 구체적인 지명은 제시되지 않았지만, 하인숙은 "고향보다는 무진이 낫다"고 말하고 있다.

를 골면서 자더라는 것을 알려주었을 때였지. 그땐 정말이지 살맛이 나지 않았어." 나는 여자를 웃기기 위해서 그렇게 말했다. 그러나 여자는 웃지 않고 조용히 고개만 끄덕거렸다. 한참 후에 여자가 말했다. **"선생님, 저 서울에 가고 싶지 않아요."**

— 150쪽(강조는 필자)

위의 강조된 문장은 "서울에 가고 싶다"는 발언만큼이나 중요하게 취급되어야 한다. 비록 농담이지만 윤희중은 <내 안의 타자>를 발견하는 일의 두려움을 고백하고 있다. 하인숙에게도 그렇다. "서울에 가고 싶"은 하인숙의 타자는 "서울에 가고 싶지 않"은 하인숙이다. 가고 싶지만 가고 싶지 않다는 것, 이것이 하인숙의 역설이다.

윤희중과 하인숙은 이러한 역설 속에서만 만난다. 윤희중이 무진을 찾아가면서 동시에 배제하듯이, 하인숙은 서울을 염원하면서 동시에 서울행을 부정한다. 하인숙은 상상 속의 서울을 즐기고 있을 뿐, 실제로 서울에 가고 싶지는 않은 것[17]이다. 윤희중이 상징화된 상상적 공간으로서의 무진을 향유한다면, 하인숙은 상상된 상징적 공간으로서의 서울만을 욕망한다. 이러한 제약은 두 사람의 애정의 조건이기도 하다. 서로를 선택하여 완전한 충족이 어디에도 존재하지 않음을 처절하게 확인하는 것보다는, 한때나마 행복했던 옛사랑의 추억을 남기는 편이 훨씬 나은 것이다. 후자는 전자의 진실을 가리는 거짓말이다. 동시에 자아의 파괴를 막기 위한 마지막 보루다.

---

17) 하인숙은 '지방으로 밀려난' 여선생이다. 성악을 전공한 입장에서 '성악가'가 되는 것이 최고의 꿈이었다면, 이미 자아성취에서 실패한 인물이라고도 할 수 있다. 서울의 진짜 얼굴은 남녀불평등과 잔인한 생존경쟁의 법칙이다. 윤희중의 대사처럼 인숙은 "가정으로나 숨어버리기 전에는 어느 곳에 가든지 미칠 것 같"을 것이다. 인숙은 이에 대해 "지금 같아선 가정을 갖는다고 해도 미칠 것 같은 생각이 들어요. 정말 맘에 드는 남자가 아니면요."라고 대답한다. 윤희중은 유부남이다. 어떤 경우건 하인숙이 서울에서 좀 더 나은 삶을 찾으리라는 보장은 전혀 없다.

「생명연습」「건」「역사」의 고향은 과거의 순수한 고향이다. 순수한 고향은 지금 여기에는 존재하지 않는다. 상징계와 상상계의 대립은 표면적인 것이며, 근본적인 것은 <상징화된 상상계>와 <근본적인 상상계> 사이의 대립임은 Ⅲ－1에서 분석한 바와 같다. 이 때 <근본적인 상상계>는 존재하지 않는 기의와 같은 것으로 욕망을 추동하는 근본적인 결핍으로 작용하게 됨도 「건」과 「생명연습」을 분석하면서 밝힌 바 있다. 이와는 달리 「누이를 이해하기 위하여」에서는 <현재의 고향>에 <상상된 도시>가 대립하고, 후자와의 차이에 의해 인식된 <상상적 고향>이 <실제적 고향>에 포개지는 양상을 보인다. 반면 「무진기행」의 화자는 과거의 순수한 고향을 믿지 않으며 상상적 고향이 실제적 고향일 수 없음을 알고 있다. 그는 <상상된 도시의 상징계>와 <상징화된 고향의 상상계> 사이에서 분열하면서, 미결정적인 제3의 영역을 추구한다. 그것은 상징화될 수 없는 <근본적인 상상적 공간으로서의 고향>이라고 할 수 있는데, 이는 물론 텅빈 공간으로서 지속적으로 사후에 재구성되는 유동적인 공간이다. 「무진기행」의 고향은 1) 실제로는 없음을 잘 알고 있지만, 2) 있다고 믿고 싶은 어떤 공간이다. 1)과 2) 사이의 벌어진 틈을 잠정적으로 메우기 위한 자연물이 곧 안개이다.

따라서 안개는 베일(veil)이다.[18] 그 뒤에 존재하는 풍경을 가리는 베일이 아니라, 이면의 공허를 가리는 베일이다. <무진>은 상징화된 고향의 풍경 뒤에 불가능한 욕망의 공간을 확보하기 위한 <텅 빈 공간>으로 마련된 것이다. 씌어지지 않은 편지처럼, 무진은 분명히 존재하는 고향이지

---

18) 제욱시스와 파라시오스의 그림내기에서 제욱시스의 포도그림에 대한 파라시오스의 베일그림을 말한다. 라캉은 베일 뒤에 무언가가 있으리라는 환상을 불러일으키는 파라시오스의 베일 효과를 기표의 작용으로 설명한다. 그려지지 않은 그림과 베일의 관계는 기의와 기표의 관계와 같다. 기표는 어딘가에 존재하는 기의를 가리키는 것이 아니라 어디에도 존재하지 않는 기의의 존재 자체를 은폐함으로써 의미의 발생을 가능하게 한다.

만 지도 위에는 없다. 「무진기행」은 <고향>과 <도시>의 대립이 아닌, <상징적 대상>과 <불가능한 욕망> 사이의 분열을 다루고 있다. 실재는 이제 외부적인 대상의 공간에서 내면적인 욕망의 공간으로 옮겨진다. 둘 사이의 틈을 잠정적으로 메우고 있는 것이 안개이다. 이제 <자기세계>는 어디에도 결핍을 충족시킬 상상적 공간이 존재하지 않는다는 사실로 인해 고통 받으며, 이는 무엇으로도 보상받을 수 없는 <대상 없는 내면세계>라는 문제를 화자들에게 야기시킨다. <근본적인 상상계>으로서의 내면공간 자체가 위협받게 된다. 베일로서의 안개의 출현은 이러한 위협이 주체에게 있어 더 이상 피할 수 없는 위기가 되었다는 사실을 알려주고 있는 것이다.

### 2) 외상의 사후성과 <환상>의 이중성
### –『환상수첩』「서울, 1964년 겨울」

대상없는 내면세계를 보상하려는 주체의 노력은 중편『환상수첩』에 보다 적나라하다. '나'는 서울생활에 지친 나머지 고향이 있는 남해안으로 가면 "새로운 생존방법"이 있을지 모른다는 기대에서 하향한다. 서울생활을 견딜 수 없는 이유는 "환상과 현실과의 거리조차 잊어버려서 아무것도 구별해낼 수가 없게 되"(8)었기 때문이다. 이는 환상과 현실이 같아졌다는 게 아니라 현실이라고 부를만한 것들이 증발했다는 의미다. '나'에게 서울에서의 대학생활은 실제는 증발하고 연극만이 난무하는 가장된 주체들의 세계이다. 그들은 이미지의 보여짐을 자기 자신이라고 믿는 왜곡된 자아정체성의 소유자다. 1년 늦게 씌어진 「누이를 이해하기 위하여」를 인용하자면 "어떠한 조작된 과거라도 그것을 몇 번 반복하면 마치 사실인 것처럼 작자에게는 생각되는 모양"(94)이다.

연극적인 인간형은 에세이에도 등장한다. 에세이의 화자 '나'는 "문리대 분위기가 이런 유의 거지들에 의하여 주도되자 서울의 으리으리한 저택에서 살고 있으면서도 그런 내색을 하지 않고, 거지인 체하는 사이비 <거지들>도 나오는 진풍경이 벌어졌다. 이런 사이비들이야말로 아주 질이 나쁜 짓을 예사로 해 넘기곤 했다.”[19]고 증언하고 있다.

김윤식에 의하면 이는 “실재하지 않는 환상”에서 비롯된 것이다. “대학 문과의 강의실과 서양문학 책 속에만 있”는 “서구적인 것, 근대화의 껍데기”로 “환상적 기준을 만들고, 거기에 맞추고자 했음에서 빚어진 현상”이다.[20] “사회에서 벗어난 등신, 얼간이, 집시가 되어야 한다. 저주받은 마약중독자가 되어야 한다. 어찌 감히 직업을 가질 것이랴. 그 저주받은 부분(사람들)이 건전한 시민사회를 비판할 수 있다.”[21]는 지적에서 알 수 있듯, 그들은 반사회적인 인간형을 추구했다. 비극은 그러한 저항의 기표들조차 서구의 지식과 문학작품들에 의해서 형성된 것이라는 사실이다.

『환상수첩』은 정우의 수기 앞뒤에 수영의 소개와 해석이 첨부된 액자형 소설이다. 내화의 축은 ‘나’와 선애, 수영과 윤수, ‘나’와 윤수, ‘나’와 형기의 관계, 의 네 개로 쪼개진다. 유일하게 수영은 ‘나’와의 사이에 주된 사건이 없지만 두 사람은 내화와 외화의 결합에 의해 뫼비우스의 띠를 이룬다.

이들에게서 우선적으로 찾아지는 공통점은 <가짜>를 거부하면서도 <가짜>를 영위할 수밖에 없다는 것이다. 다시 말해 그들은 “~하는 척”을 혐오하면서도, “~하는 척”으로 자신의 삶을 채울 수밖에 없다. 그들은 수영에 의하면 “전세기적인 병”에 걸려 있다.

‘나’가 바다에 투신하겠다고 말하자, 영빈은 “너무나 문학적이다. 죽을 때만이라도 좀 생활인의 흉내를 내봐. 산이 좋다. 바다가 전연 보이지 않는 산이 좋아.”(10)라고 대답한다. ‘나’는 마실 줄도 모르는 소주병을 호주

---

19) 김승옥, 「산문시대 이야기」, 위의 책, 225쪽.

20) 김윤식, 「60년대 문학의 특질－김승옥론」, 『운명과 형식』, 솔, 1992, 164~165쪽.

21) 김윤식, 위의 글, 172쪽.

머니에 넣고 고함을 지르고, 사람들의 말을 못들은 척하거나 무관심한 표정을 짓는다. 선애는 "임신쯤 아무것도 아니라는 듯이 오히려 명랑한 척해"(14) 보인다.

폐병장이 수영은 '나'가 서울에서 보내준 춘화를 판매하다가 지금은 직접 춘화를 그려 살고 있다. 무명시인 윤수는 더 이상 시를 쓰지 못한다. 고아에 장님이 된 형기는 정우가 그렇게 하지 않으리란 것을 알면서도 매번 자신을 바다로 데려가줄 것을 부탁한다.

수영은 진짜와 가짜의 경계를 비웃는 인물이다. 그는 자신의 춘화가 간접적인 원인이 된 여동생의 집단윤간사건을 "처녀막에 감기"라고 비웃을 정도로 조소주의자이다. 반면 윤수는 진짜에 대한 동경을 버리지 못하는 인물이다. 그는 "기생이란 칭호가 과분한 여자들"과 술로 세월을 보내며 자신을 "시인이란 칭호가 과분한 놈"이라고 자학한다. 그는 진짜 기생들, 샤미센을 켠다는 일본기생들과의 술자리를 소원한다.

그러나 윤수가 수영과 정반대의 인물이라고 볼 수는 없다. 윤수는 양심을 걸고 소설을 써보라는 '나'의 말을 비웃는다. 아버지의 생신선물로 자신들이 아는 기생들을 갖다 바치겠다는 윤수의 농담을 들으며, "나는 내가 피해 온 저 오영빈의 세계가 되살아오는 듯해서 고향에서 최초의 식은 땀을 흘"(42)린다.

수영과 윤수는 <진짜>와 <가짜>의 경계선을 공유하고 있다. 수영이 모든 것이 <가짜>일 뿐이라고 조소하는 반면, 윤수는 <진짜>의 삶을 믿는다. 전자의 시니시즘이 모든 삶은 환상이라는 허무주의에 근거해 있다면, 후자의 믿음은 환상을 실현시켜줄 삶을 꿈꾼다는 점에서 낭만주의에 기대어 있다. 현 상태는 수영이 헤게모니를 쥐고 있다고 볼 수 있는데 왜냐하면 <진짜 삶>이 확인되기 전까지는 수영의 생각이 잠정적으로 옳기 때문이다. 하지만 만에 하나 윤수가 <진짜 삶>을 찾아낸다면 수영의 시니시즘은 근반에서부터 흔들릴 것이다.

윤수 역시 안전하지 못하다. <진짜>가 눈앞에 나타난다면 '왜 나에게는 진짜가 없는가.'라는 존재론적 물음이 필연적으로 제기될 수밖에 없다. 이 사실을 알기에 수영은 시에 대한 잠재적인 능력을 과시함으로써 윤수에게 "문학이라는 자기영역을 침입 받았다는 그리고 수영이 작품을 쓴다면 자기보다 우수하리라는 질투"(56)를 유도한다. 수영은 이러한 행위를 통해 두 가지 심리적 이득을 얻는다. 하나는 상대방의 반응을 통해 자신의 잠재성을 확인받는 것이다. 또 하나는 상대가 소중해하는 대상을 하찮게 취급하여 상대의 욕망을 헛된 것 내지 과잉된 것으로 평가 절하하는 것이다. 하지만 수영은 혹 자신의 시가 상대에게 인정받지 못할 경우에 대비하여 직접 시를 쓰지는 않는다.

<진짜>가 상대의 소유가 아닌 타자의 것일 가능성을 환기시켜 상대의 콤플렉스를 자극하는 것이 수영의 전략이라면, <가짜>가 타자가 아닌 상대의 것임을 증명하여 상대의 자만심을 무너뜨리려는 것이 윤수의 심리적 대응이다. 수영의 춘화그리기는 고작 가짜 그림에서 성적충동을 느끼는 타인들의 헛된 욕망을 겨냥하고 있다. 수영은 타자들의 욕망을 바라볼 뿐, 정작 자신은 욕망에 초연한 듯 군다. 거짓된 욕망을 비웃는 시선의 우위성이 그곳에 있는 것이다. '나'가 수영의 앞에서 "나의 모든 괴로움은 한낱 허수아비의 가면처럼 무의미한 것"이라고 느끼는 이유가 여기 있다. 반면 윤수는 여자와 함께 춘화의 모델이 되어줌으로써 수영의 욕망을 자극한다. 이후 수영은 건강 때문에 여자와 결코 가까이 하지 않음을 '나'에게 밝히면서 자신이 늘 선수임을 강조한다. "억지로 짜내는 웃음을 쿡쿡 웃었다."는 대목으로 보아 수영이 비록 말려들지는 않았지만 윤수의 유혹에 초연할 수는 없었음을 알 수 있다. '나'는 수영의 이야기를 듣고, "고향에서 두 번째의 식은땀을 흘"(55)린다.

결국 두 사람은 동일한 전쟁을 치르고 있지만, 대상없는 관념을 상대방과의 구체적인 게임에 투자하여 보상받을 수 없는 공허를 함께 회피하고

있는 셈이다. '나'가 윤수에 의해 "최초의 식은땀"을, 수영에 의해 "두 번째의 식은땀"을 흘렸다는 것은 '나'가 두 사람의 동일성을 알고 있다는 증거이다. '나'는 두 사람의 관계가 "감정의 장난"임도 안다. 이러한 두 사람의 심리 게임, 공모된 인정투쟁이 『환상수첩』을 구성하는 하나의 축이다.

또 하나의 축은 '나'와 '선애'의 게임이다. 이 경우 "감정의 장난"은 선애를 <진짜>라고 단정한 '나'가 선애에게 느끼는 콤플렉스를 보상받기 위해 시작한 것이다.

자살을 외치지만 진짜 자살은 꿈도 못 꾸는 "덜렁뱅이 가짜"인 '나'와 달리 선애는 대학에 다니는 이유를 "끈기를 시험하기 위해서"라고 선언할 만큼 "강한 진짜"다. '나'는 그녀를 범하고 성욕 때문이었다고 말함으로써 무관심을 가장한다. 윤수에 대한 수영의 예처럼, 상대방의 욕망을 과투자로 만듦으로써 감정의 흑자를 꾀하는 수법이다. 선애가 울음을 터뜨림으로써 '나'는 상대가 나에게 품고 있는 욕망을 확인하는 시선의 우위성까지 확보한다.[22] '나'는 수영을 "무시무시한 친구"라고 표현하지만 사

---

22) 이는 Zizek. Slavoj의 데이비드 린치 「심중의 황야」의 한 장면에 대한 분석을 떠올리게 한다. "윌럼 대포우는 어느 쓸쓸한 모텔방에서 로라 던에게 거칠게 압력을 가하고 있다. 즉 그는 그녀를 만지고 껴안으며 그녀의 내밀한 장소로 침범해 들어가면서 협박하는 투고 "성교해달라고 말해!"를 반복하는데, 다시 말해 그녀한테서 성행위에 대한 승낙의 신호가 될 만한 말을 강요하고 있는 것이다. 이렇게 추악하고 불쾌한 장면들이 질질 끌고 있다가 지쳐버린 로라 던이 드디어 겨우 들을 수 있는 소리로 "성교해줘요!"라고 말하자 대포우는 갑자기 한발 뒤로 물러나 다정하고 친절한 미소를 지으며 기분 좋게 이렇게 대꾸한다. "아니 됐어. 오늘은 시간이 없구만. 이 다음 번에 기꺼이 그것을 하지…."(…)
예상하지 못했던 그의 거절이 그의 궁극적인 승리가 되며, 어쨌든 직접 그녀를 강간하는 것보다 더 크게 그녀를 모욕하게 된다. (…) 여기서 우리가 소유하게 되는 것은 환상 속에서의 강간인데, 그 실현을 거부함으로써 그 희생자를 더욱 모욕하게 된다."
이러한 분석에서 주목할 것은 여기서 자신의 목적을 성취한 것은 남자뿐만이 아니라는 것이다. 실제적으로 성행위는 일어나지 않지만 여성은 자신의 강간망상증에 대한 환상을 확인하게 되며 그것의 실현을 거부당함으로써 자신의 가학망상을 실제적으로 성취하게 된다. 이에 대해서는 Zizek. Slavoj, 『환상의 돌림병』(김종주 역,

실은 수영과 동일한 게임을 이미 행한 것이다. 이는 댄디즘의 표현이다. '나'는 아무것도 욕망하지 않는다. 텅 빈 '나'의 욕망을 욕망하는 너의 욕망을 욕망할 뿐이다. 그러나 '나'의 이러한 욕망은 즉각적으로 <진짜> 댄디스트 영빈의 도전을 받는다. 영빈이 자신이 아는 창녀와 선애를 맞교환하자고 제안해온 것이다. 수락하면 '나'의 선애에 대한 <진짜> 욕망은 부정되고, 거절하면 자신의 댄디즘이 <가짜>라고 인정하는 셈이 된다.[23] '나'는 후자를 택하고, 영빈에게까지 몸을 빼앗긴 선애는 자살한다.

영빈과 아무렇지 않다는 듯 술을 마신 '나'는 선애에 대한 죄책감을 느끼다가 불현듯 국민학교 사학년 때를 떠올린다. 어린 '나'는 토끼 키우는 것을 좋아했으나, 담임선생님은 남자애는 축구나 싸움을 해야 한다고 사육장에서 노는 것을 금지한다. 선생님 덕분에 '나'는 열심히 축구도 하고 싸움도 해보지만 별로 변한 것도 없었다. 어린 시절의 회고는 그저 우연한 연상 같지만 선애 사건과 밀접한 연관이 있다. 나는 이 경험을 계기로 토끼(진짜 욕망)를 숨기고 축구(가짜 욕망)를 내세우는 연극적인 삶의 방식에 익숙해진 것이다. 이 사건은 '나'의 외상을 형성하는데 중요한 영향을 끼쳤다고 보아야 한다.

외상은 말해지지 않는 것이다. 외상은 "상징계에 통합되기를 거부"[24] 한다. 그것은 상징화되자마자 퇴행하며, "내재화되고 상징화될 수 없는 장애물"로 "상징적인 것이 실재계로 '흘러 들어가는 것'을 막는(…) 원인"[25]으로 작용한다. 외상이 터져 나오기 위해서는 외부현실로부터의 자

---

인간사랑, 2002), 354~355쪽 참조.

23) 잘못된 우상화는 이상화하므로 타자의 약함을 모르는 체하거나 또는 자체의 환상적 구성을 투사하는 텅 빈 스크린으로서 사랑하는 사람을 간주하여 오히려 약한 존재로서의 타자 그 자체를 모르는 체하는 것이다. 반면에 진정한 사랑은 사랑하는 사람을 물, 즉 무조건적 대상의 위치 속에 단지 놓아 있는 그대로의 그/그녀를 받아들인다(Zizek. Slavoj, 『무너지기 쉬운 절대성』, 188쪽).

24) Zizek. Slavoj, 김소연 역, 『항상 라캉에 대해 알고 싶었지만 감히 히치콕에게 물어보지 못한 모든 것』, 새물결, 2001, 11쪽.

극이(…) 그 트라우마를 촉발하는 하나의 사고가 있어야만"[26] 한다. 외상은 잠재된 채로 존재하다가 외생적 자극에 의해서만 모습을 드러내기 때문이다. 이 때 외상은 자신을 직접 노출시키지 않기 위해 허구의 구조를 사용한다. "스토리의 현실은 하나의 기폭제로서 기능하고 그 기폭제를 수단으로 하여 실재의 트라우마적 중핵은 억압된 허구 속에 구조화된 채 난입해온다."[27] 이것이 바로 <외상의 사후성>이다. 외상의 원래 모습을 알 수는 없다. 하지만 외상을 구조화시킨 사건을 찾아내는 것은 가능하다.

'나'의 외상은 타자에 의해서 <진짜>로 규정된 욕망과 '나'의 <진짜> 욕망 사이에 있다. 타자의 입장에서 '나'의 욕망은 바깥으로 노출되면 <가짜>가 되므로 나는 그것을 보유해야 한다. 주체의 입장에서는 타자의 공인받은 욕망이 <가짜>이므로 '나'는 그것과 자신을 동일시할 수 없다. 만약 외상을 억압하는데 성공한다면 주체는 대타자의 논리를 자신의 것으로 삼을 수 있을 것이다. 하지만 '나'는 그렇지 못하다. "토끼와 축구를 한꺼번에 마스터할 수는 없는 모양이었다. 그러나 그래야 한다고 사람들은 내게 요구해오는 것이었다."(27)에서 "그래야 한다"는 '토끼와 축구를 한꺼번에 마스터해야 한다'는 의미다. "나"는 "축구"를 받아들였으되 "토끼"를 아예 포기해버리지는 못한 것이다. 따라서 '나'의 연극적 삶은 본질적 자아에 대한 배반이라기보다는, '나'의 진정한 욕망을 부정하는 대타자의 욕망 또한 거짓임을 주체적으로 증명하여 자신의 욕망을 "죽지 않은 잉여"[28]로 남겨두려는 적극적인 행위다.

여기에 이중의 허구가 있다. 첫 번째 허구는 타자의 욕망이 곧 너의 것이라는 대타자의 거짓된 요구이며, 두 번째 허구는 대타자의 욕망을 거짓

---

25) Zizek. Slavoj, 이만우 역, 「주체는 원인을 가지는가?」, 『향락의 전이』, 인간사랑, 2001, 67쪽.

26) Zizek. Slavoj, 『항상 라캉에 대해…』, 277쪽.

27) 위의 책, 275쪽.

28) Zizek. Slavoj, 『무너지기 쉬운 절대성』, 145쪽.

으로만 실천하는 주체의 연극이다. 이러한 과정을 통해 주체가 주장하고 싶은 바는, 아무도 대타자의 진리를 진짜로 믿지는 않는다는 것이다.

외상은 원초적인 억압에서 생겨난 것이고, 완전히 억압되지 않은 외상만이 바깥으로 촉발된다[29]고 했을 때, 『환상수첩』의 주인공들은 외상의 완전한 억압에 실패한 자들, 혹은 외상의 존재를 이미 알아버린 자들이다. 이것은 "뻥 뚫린 구멍"의 발견으로 나타난다.

> "정우씨는 가령 이럴 수가 있을 것같아요? 한번 불에 데어서 혼겁이 나간 적이 있는 어린애가 불은 무서운 게 아니라고 한들 곧이들을까요? 혹은 한번 쾌락을 맛본 자가 쾌락이 무엇인지 모른다고 감히 얘기할 수 있을까요? 요즘 난 그런 것과 비슷한 경우에 있는 것 같아요. 어쩐지 **뻥 뚫린 구멍**을 보아버린 것 같아요. **아무리 발버둥쳐도 별수 없이 눈에 보이는 구멍**이지요. 찬바람이 술술 새어들어오고…."
>
> — 21쪽(강조는 필자)

"뻥 뚫린 구멍"은 "내가 여태껏 차마 입 밖에 내어 말할 수 없었던 것", 즉 외상의 자리이다. 선애가 상처 입은 진짜 원인은 나의 "성욕 때문이었어."라는 발언에 있지 않다. 그녀는 그 사건을 계기로 "뻥 뚫린 구멍"을 다시 보았을 뿐이다. 그녀의 외상을 촉발한 최초의 사건은 역시 그녀의 유년기, 국민학교 시절에 있다. 집이 가난하여 점심을 거르는 선애에게 반

---

29) 프로이트는 <원초적인 억압>과 <본래적인 의미의 억압>을 구별한다. <원초적인 억압>은 억압의 첫 번째 단계로, 의식으로 진입을 거부당한 본능의 정신적 대표자가 원래 상태대로 고착(fix)되는 것이다. 라캉 식으로 하자면 "원래 상태대로"란 "상징화되지 않은 실재"의 상태로 남게됨을 말한다. <본래적인 의미의 억압>은 다른 곳에서 생겨난 관념들이 억압된 표상과 연계관계를 맺음으로써 원초적으로 억압된 표상과 똑같은 운명을 겪게 되는 <후압박>을 말한다. 이는 라캉이 말하는 <외상의 사후성>의 내용과 일치한다(<원초적인 억압>, <본래적인 의미의 억압>에 대해서는 S. freud, 「억압에 관하여」, 『무의식에 관하여』(윤희기 역, 열린 책들, 1997), 137~154쪽 참조.

아이들은 번갈아 도시락을 가져다준다. “다정한 친구들이 아무 비웃음 없이 갖다 주는 것이었으므로 별 고마움도 느끼지 않고 그걸 받아먹곤 했는데” 신문에 그 사실이 소개되자 모든 것이 돌변한다. 아버지는 딸을 주먹으로 때리고, 아이들은 경쟁적으로 도시락주기에 나서지만 선애는 그것을 먹을 수 없다. 그 자체로 있었던 사건이 “미담”으로 공개되자 당사자에게는 폭력이 된 것이다. 세상 사람들의 미담이 자신에게는 추담임을 선애는 뼈저리게 깨닫는다.

선애는 남성들의 이분법 속에서 부정항으로만 존재한다. 남성들이 <진짜>와 <가짜> 사이에서 분열한다면, 선애는 <진짜가 아니다>와 <가짜가 아니다> 사이에 고착되어 있다. 미담이 공개된 이후의 도시락은 진짜가 아니다. 하지만 그 이전에도 행해졌던 호의라는 점에서 가짜라고도 할 수 없다. 덕분에 선애는 “거짓 감사”를 표현하고 도시락을 받아먹는 연기도 할 수 없는 것이다. 선애의 현재상황도 마찬가지다. 선애는 가짜 대학생이 아니지만, 대학졸업장을 정상적으로 취득하리라는 보장이 없다는 점에서 진짜 대학생이랄 수도 없는 처지다. 그녀는 대학에 다니는 이유를 졸업하기 위해서가 아니라 “끈기를 시험해보기 위해서”라고 말한다.

그러나 이러한 애매한 위치가 그녀를 극단으로 몰아붙인다. 대학생 신분으로 그녀가 얻을 수 있는 일자리는 제한되어 있다. 잠재적인 노동 가능 인구는 많지만 실제적인 일자리는 적은 60년대 상황에서, 그녀는 고학력이라는 이유로, 여성이라는 이유로 노동을 거부당한다. 반면 그녀가 ‘잠재적으로’ 창녀가 될 가능성은 열려 있다. 그녀는 타고 올라가기엔 너무 힘에 부치고, 그렇다고 내려갈 수도 없는 밧줄에 매달려 있는 셈이다.

아래의 표는 『환상수첩』의 인물들에게 할애된 대타자의 분할선을 잘 보여준다. ‘수영’은 자신의 삶 속에서는 진짜를 찾는다는 게 환상임을 일찌감치 눈치 채고 실제적인 가짜 속에 침잠해버린 인물이다. 그의 춘화는 이중의 모방이지만 실제적으로 타자의 욕망을 불러일으킨다. ‘나’와 ‘윤

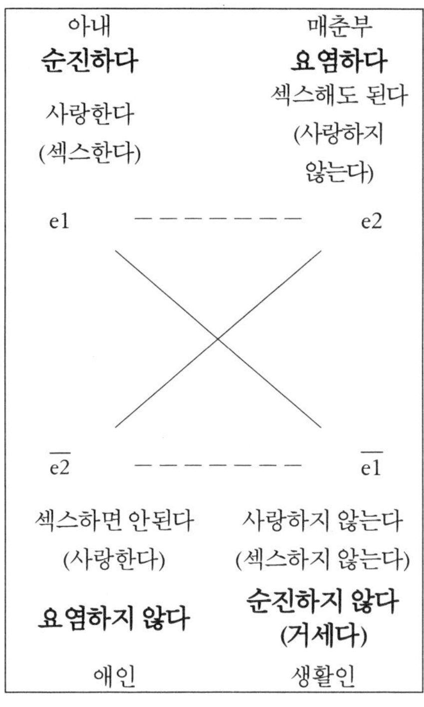


수'는 환상 속의 진짜와 실제적으로는 가짜인 삶 사이에서 갈등한다. 기호사각형에서는 대각선으로 움직일 수 없는데 이는 그들의 행로의 가능성과 정확히 일치한다. 즉 e1에서 배제되자 그들은 e2를 거쳐 $\overline{e1}$으로 이동하는 것이다. 그들의 유일한 핑계는 대타자에 대한 나의 믿음이 <진짜가 아니다>라는 것인데, 이는 비본질에 속하므로 그들을 충족시키지 못한다. 선애는 잠재적으로는 가짜가 아니지만, 현실적으로도 진짜가 될 수 없다. '나'는 선애가 창녀와는 전혀 어울리지 않는 여자라고 생각하면서도 그녀의 첫인상을 "요염하도록 순진한 창녀"로 묘사한다. 그러나 "그녀는 요염하지도 않고 순진하지도 않"다. "가난한 시골 어느 가족의 맏딸로서 생활에 부대껴서 닳아질 대로 닳아진 그래서 거세기 짝이 없는 여대생일 뿐"이다. '나'의 이러한 의식구조를 통해 김승옥 소설의 남성 이데올로기를 재구해보자면 다음과 같다.

$\overline{e2}$와 e2는 「싸게 사들이기」의 애인을 지키기 위해 헌 책방집 마누라와 매춘하는 친구의 예를 통해 쉽게 설명된다. e1은 「차나 한잔」의 경우에서, $\overline{e1}$은 『60년대식』의 주인공 도인이 화장품 행상이자 계의 오야인 아내의 친구가 파산을 막아주겠다는 조건을 제시하는데도 불구하고 그녀의 노골적인 유혹을 무시하는데서 알 수 있다. 물론 이것은 심리의 기준선일 뿐

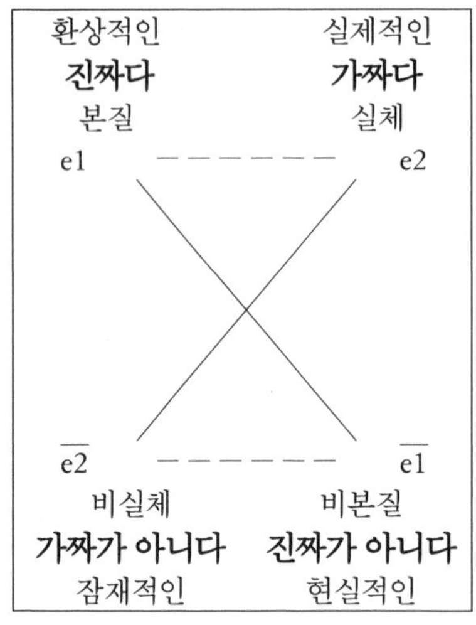


이며 행위에 있어서는 위반이 존재한다. e1은 이상적인 기준일 뿐 현실화되기 어렵다. 사랑하면서 동시에 섹스하는 여성은『서울의 달빛 0장』의 여배우 아내인데 두 사람의 관계는 파경으로 끝난다. 사랑할수는 있지만 섹스해서는 안되는 $\overline{e2}$가 위반되는 경우는 e1으로 이행하거나, 관계가 결락되어 이별하게 된다.[30]

더더욱 중요한 것은 중요한 것은 위반의 대상이 되는 여성(예를 들어「무진기행」의 인숙)들이 예외의 존재로 화자에게 인식된다는 점이다. 선애도 마찬가지다. 그녀는 이상적인 대학생도, 현실적인 생활인도 아니며, 천박한 매춘부도, 고상한 애인도 아니다. 한마디로 그녀가 안전하게 정박할 고정된 주체의 자리가 '나'의 공식적인 이데올로기 속에는 없다. 그녀는 언제나 이데올로기 좌표의 선상(線上)에만 있는 것이다.

따라서 선애의 근본적인 불안은 단지 창녀가 될지도 모른다는 주체의 위기에서 온 것이 아니라, 잠재적인 상태로밖에는 주체로서 존재할 수 없는 비(非)주체적인 조건에서 비롯되었다고 보아야 한다. 비유하자면, 진흙탕에 빠져 있는 것이, 아름다운 벼랑과 진흙탕 사이의 허공에 대롱대롱 매달려 있는 것보다 차라리 나은 것이다. 더구나 선애의 외줄은 언제 끊어질지도 모르는 상황이다.

"나 어제부터 그거 있어요."

---

30) 전자로『다산성』의 '숙이'를 후자로「생명연습」의 한교수 애인 '정순'「무진기행」의 '인숙'을 들 수 있다

> 선애는 그렇게 말하며, 쓸쓸한 얼굴이다, 하고 내가 생각도 하기도 전에 금방 그 커다란 눈이 몇 번 껌벅이더니 얼른 돌아앉아 둑의 잔디 위에 엎드려 소리를 죽여 울기 시작했다. 멘스가 시작되었다면 임신은 아니다. 그러면 안심할 수가 있는 것이 아닌가. 안심하면 눈물이 나오는 법이냐? 그러나 눈물이 나오는 법이었다. 임신쯤 아무것도 아니라는 듯이 오히려 명랑한 척해보이던 표정 뒤에 저렇게 무섭도록 조용한 불안이 숨어 있었던 것이다.
>
> — 14쪽

선애는 임신의 가능성 앞에서는 명랑한 척하다가, 실제로 임신이 아님을 확인하자 쓸쓸해하다 못해 눈물까지 흘린다. 물론 이를 불확실성 속에 잠복해 있던 불안이 공포의 대상(임신)이 제거되자 비로소 표출되었다고 해석할 수도 있다. 하지만 상황은 더 복잡하고 비극적이다. 선애에게 임신은 정우가 자신을 e1(아내)과 e2(매춘부) 중 어느 쪽으로 생각하는지 확실하게 물을 수 있는 절호의 기회이다. 반면 멘스는 그녀를 다시 e1과 e2 사이에 위치시키고, 다시금 대학생과 창녀 <사이>를 강요하는 고착[31]이다. 대상에 대한 공포의 해소가, 오히려 잠재되어 있던 근본불안을 표면화시키는 계기가 되는 것이다.

이 때 공포의 대상은 불안의 준(準)원인으로 작용하여, 불안의 본질적인 원인인 외상을 은폐한다. 거꾸로 이것이 제거되면 외상의 <텅 빈 구멍>이 드러나며, 불안은 오히려 증폭된다. 주체는 또 다른 대상으로 리비도의 관심을 돌려 외상과의 직면을 피할 수밖에 없다. 이것이 프로이트가 말하는 <늑대인간>의 논리이며, 공포증 환자가 결코 치유될 수 없는 이유[32]이다. 선애는 공포증 환자가 아니지만, 이러한 반복강박충동(repetition

31) 선애의 맨스는 "임신하지 않았음"을 지시함과 동시에 <텅 빈 구멍>에서 흘러나오는 피로서, 이 경우 선애의 성기는 존재가 분열되어 있음을 알리지 아물지 않는 상처로서 보여질 것이다.

compulsion)에서 벗어나지 못하고 있다.

남성이데올로기의 왜곡된 억압 때문에 선애의 환상은 망상에 사로잡혀 있다. 망상의 내용은 다름 아닌 자신이 창녀가 될지도 모른다는 것, 즉 그녀에게 내면화된 <잠재적인 창녀>이다. 이러한 망상을 깨우는 것이 곧 나의 "순전히 성욕 때문이었어. 미안해."이며, 완성하는 것이 영빈의 "황홀하던 간밤이여. 선애는 백기를 올리고."이다. '나'와의 섹스가 단순히 섹스 자체로서 자신의 <잠재적인 창녀>를 확인해보는 일종의 은밀한 게임에 불과한 것이었다면, 영빈과의 섹스는 선애의 타의적인 창녀연극을 공개해버린 "무용담"에 해당한다. '나'는 자신의 욕망이 "토끼"가 아닌 "축구"라고 위증한 셈이며, 타자의 욕망에 동참하기 위해 '나'는 "마땅히 사랑해야 할 사람을 사랑하는 데 등한"했던 것이다. 여기에서의 "무용담"이 선애에게 "미담"의 확장임은 물론이다.

이쯤에서 남성들의 환상과 선애의 환상의 차이점이 드러난다. 남성들의 환상이 존재하지 않는 본질을 향한 것이라면 선애의 환상은 엄연히 존

---

32) 이에 대한 프로이트의 설명은 다음과 같다. "<불안 히스테리>의 경우는 분석이 충실히 이루어진 동물공포증을 예로 들어보겠다. (…) 아버지에 대한 대체물로, 불안의 대상으로 어느 정도 적합한 동물이 아버지의 자리와 상응하는 자리에 들어서게 된다. (본능의 대표자)의 표상화된 부분을 위한 대체물이 특정한 방식으로 결정된 일련의 연관 관계를 따라 이루어지는 <전위>에 의해 형성된 것이다. 물론 양적인 부분은 사라진 것이 아니라 불안으로 바뀌었을 뿐이다. (…)
동물공포증에서 나타나는 억압의 경우는 근본적으로 실패로 끝난 억압이라고 보아야 한다. 이 경우, 억압이 한 일이란 고작해야 표상을 제거하고 그 표상을 다른 것으로 대체한 것에 불과할 뿐이지 불쾌감을 없애는 데는 완전히 실패했기 때문이다. 따라서 <u>이런 이유로 신경증의 작업도 중단된 것이 아니라 더 중요하고 직접적인 목적을 달성하기 위해 두 번째 단계를 향해 계속 진행된다. 그것이 바로 도피 시도이다. 불안감의 발산을 방지할 의도로 이루어지는 수많은 회피활동, 즉 <본래적인 의미의 공포증>이 형성되는 것이다</u>(강조는 필자)(S. Freud, 윤희기 역, 「억압에 관하여」, 『무의식에 관하여』, 열린 책들, 1997, 150~151쪽). <늑대인간>에 대해서는 Freud. Sigmund, 김명희 역, 「늑대인간」, 『늑대인간』, 책세상, 1996, 141~278쪽 참조).

재하는 실체에 관한 것이다. 전자는 긍정적인 환상이지만 후자는 부정적인 환상, 차라리 악몽에 가까운 것이다. 남성들이 환상의 불가능성 때문에 공포를 느낀다면, 선애는 환상의 엄연한 가능성, 악몽의 끝나지 않는 잠재성 때문에 불안하다. '나'와의 섹스와 임신가능성은 선애의 외상의 자리를 자극하지만, 동시에 외상 자체가 표면화되는 것을 방지하는 보호물 역할도 동시에 수행한다. 하지만 그 보호물은 더 큰 불안을 막기 위한 공포의 대상일 뿐 선애를 구원해주지는 못한다. 선애에게는 나쁘거나, 더 나쁜 것만이 존재하는 것이다. 남성들이 바라보는 관념의 무대 위에서, 선애의 존재는 여대생의 이성과 창녀의 육체로 찢겨져 있다.

한편 긍정적인 본질을 추구하는 '나'와 윤수는 자신들의 대상 없는 관념이 공허한 것임을 잘 알고 있다. 그들의 여행은 현실 속에서 현존하는 <진짜>를 찾아내기 위한 모험이며, 그 과정에서 그들이 <진짜>로서 발견한 타자는 서커스 곡예단의 이씨와 미아이다. 그들은 "밝은 세계"에 살고 있는 생활인이다. '나'에 의하면 "밝은 세계"란 "하나의 얼굴"로 살아갈 수 있는 세계이다.

> 1) 결국 한 가지 이상의 얼굴은 있을 수 없나보다. 일생을 걸고 목숨을 건다는 말이 좀 유치하게 들릴는지 모르나 그러나 일생을 걸고 목숨을 걸 얼굴은 아무래도 하나일 것이다. 그런 의미에서 이씨는 행복한 사람이었다. 그리고 이씨가 그런 행복을 맛본 최후의 사람인 것만 같았다. 어디에고 나의 일생과 나의 목숨을 기다리는 일은 없는 것이었으니까. 문학? 그렇지만 술집으로 추방당한 문학은 상상하기에도 싫었다. 서가? 대의원? 교수? 비행사? 오늘에 와서 그것들은 하나의 얼굴로서 견디어낼 수 있을는지?
>
> — 87~88쪽

세상에는 하나의 얼굴로는 견딜 수 없는 사람과 하나의 얼굴에 목숨을 걸 수 있는 사람이 있다. '나'는 이 사이에서 갈등하고 있다. 하나의 얼굴로 살 수 있는 방법은 문학을 하는 것인데, "술집으로 추방당한 문학"은 '나'의 원하는 바가 아니기 때문이다. 그렇다고 "서가, 대의원, 교수, 비행사" 등의, 이른바 자본주의 사회의 전문직에 종사하고 싶은 마음도 없다. 그 경우의 생활인은 자아의 연장과 확대로서의 주체가 아니라 타자의 주체를 나의 것으로 삼는, 즉 자아와의 단절과 왜곡의 대가로 주체의 자리를 얻어가지는 존재다. 화자는 자본주의 시스템 안으로 들어가 주체의 자리에 정착하는가, 자본주의의 바깥에서 비주체적인 자아로 잔존하는가, 사이에서 방황하고 있다고 볼 수 있다. 남자니 소외와 배제를 피할 수 없고, 내부로 들어가자니 <진짜>의 나를 포기해야만 하는 딜레마다.

더욱 더 심각한 것은 <진짜> 얼굴을 가진 서커스단의 실상이다.

> 2) 요컨대, 그날 밤의 공연은 적어도 내게는 화려한 구경거리가 아니라 가장 대표적인 생활형태였을 뿐이다. 나는 그 밤 이후로는 한 번도 공연장소엘 가지 않았다. 그런데 집요하게 머릿속에 남아 있는 것이 있었다. 여관에서의 이씨와 철봉그네 위에서의 이씨는 그리고 윤수 곁에서의 미아와 줄을 타고 있던 미아는 어쩌면 그렇게도 달랐던가! **생활하는 딴 얼굴은 슬프도록 서먹서먹했다.**
>
> — 86쪽(강조는 필자)

나는 서커스단의 공연을 보고 실망한다. 그것은 "옛날의 그 신비로운 음성"도 "옛날의 그 찬란한 공주"도 아니다. 서커스단은 존폐위기에 처해 있다. 설상가상으로 서커스단의 상징이라 할 수 있는 이씨조차 곡예비행 도중에 추락하여 사망한다. 부업으로 매춘을 해오던 여성 서커스 단원들은 이제 직업적인 매춘부로 전락할 운명이다. 그들은 죽거나, 혹은 자본주의 시장경제 속에 흡수되어야 한다. 어떤 경우건 그들이 자본주의의 외부에서 존속할 수 있는 방법은 없다. 소외와 배제는 사실상 착취를 용이

하게 하기 위한 자본주의 시스템의 일부다.

이 경우 화자는 현실 속에는 <진짜> 생활인이 없다고 인정하거나, 어딘가에는 존재하리라는 믿음을 유지하여 환상의 영역을 지켜야 한다. 사실 두 가지는 같은 해결방식이며, 현실과 환상을 소통불가능한 채로 남겨놓는 기존의 관념을 고수하는 행위다. '나'는 제3의 방식을 찾아 나선다. 인용문 1)과 같이 이씨를 현재에는 없지만 과거에는 분명히 존재했던 흔적으로 남겨 타협하는 것이다. '이씨'는 「건」의 '빈 집', 「생명연습」의 '형', 「역사」의 '역사', 「서울, 1964년 겨울」의 '사내' 등과 같은 존재가 된다. 이것이 실제로는 존재하지 않았던 순수한 상상계를 재구성하는 것이며, 타자에 대해서는 애도의 메커니즘을 갖는 것임은 이미 분석한 바 있다.

미학적으로 볼 때 이씨는 실제로는 존재하지 않는 관념의 대표자로서, 현실에서는 불가능하기 때문에 죽어야만 하는 인물[33)]이다. 이는 토마스 만의 『마의 산』에서 주인공 한스 카스토르프가 자신의 불가능한 이념을 실천하기 위해 전쟁에 참여했다가 전사하는 이유와 같다. 불합리한 실천을 통해 세상의 불합리성을 존재의 소멸로 증명하는 것이다. 이런 측면에서 보자면 윤수와 미아의 결혼도 이루어질 수 없다. 윤수가 자신의 환상을 실제화시키기 위해 선택한 미아와의 "생활전선"은 거꾸로 윤수의 환상이 근본적으로 잘못된 것임을 증명할 것이기 때문이다.

이러한 사실은 윤수와 수영의 마지막 게임에서 뚜렷해진다. 진영의 윤간 소식을 듣고 비분강개하는 윤수에게 수영이 "내 대신 그놈들한테 복수라도 해줄 테냐. 그렇게 분해서 죽겠으면?"하고 놀리자 윤수는 심리의 평

---

33) 루카치에 의하면 소설이란 "길은 시작되었으나 여행은 끝난" 아이러니의 장르로서, 소설의 주인공은 "갈 수 없지만 가야만 하는" 운명을 수행하게 된다. 비극적 장르의 주인공은 자신의 개성을 통해 사회의 모순을 드러내는 총체성을 보여주게 되는데, 이러한 인물은 미학적으로는 가능하지만 현실속에서는 불가능하므로 비극의 주인공은 죽게 되는 경우가 많은 것이다. 이에 대해서는 Lukács György, 『소설의 이론』(반성완 역, 심설당, 1998) 참조.

정을 잃는다. 예전 같으면 이러한 제안은 서로의 무능력을 확인하는 제로섬 게임에 불과할 테지만 윤수는 이미 자신이 <진짜 삶>의 현실적 가능성을 확인했다고 믿게 된 상태이다. 따라서 수영은 윤수에게 이를테면, 네가 진짜를 확인했다고 해도 그것은 타자의 것이지 네 것이 아니다, 그러니까 그것이 네 것임을 증명할 수 있는가, 라는 존재증명의 질문을 던졌다고 볼 수 있다. 윤수는 자신의 진짜를 증명하기 위해 진영의 복수를 하러 나섰다가 깡패들에게 흠씬 두들겨 맞고 만다. '나'에 의하면 윤수의 이런 행위는 "모든 것을 지배하는 것이 무엇인 줄 알아채고 요리조리 미끄러 빠지며 처신해가는 수영"과는 달리 "어설픈 미덕"이자 "무의미한 것"이었다. 윤수는 수영에게 "깨끗이 속아 넘어간 바보"이다. 그 결과가 죽음임은 말할 필요도 없다.

충격에 빠진 '나'는 자신이 "지상에 죄가 있을 리 없다, 있는 것은 벌뿐이다. 벌은 무섭지 않다. 무서운 것은 죄다, 라고 떠들며 실상은 벌을 피하기 위해서 이리저리 도망다니던(…) 가련한 위선자"임을 깨닫고 형기와의 또 한 번의 모험을 감행한다. 형기가 자신의 환상으로 갖고 있던 "바다"에 가보기로 한 것이다.

형기는 사실상 수영, 윤수, 정우와 정반대편에 있는 인물이다. 장님이므로 그에게는 이미지로 살아갈 가능성조차 없다. 그의 내면세계는 원천적으로 외부와 차단되어 있다. 그는 "적어도 난 너희들과는 다른 고차원의 세계에서 사는 사람이야. 난 너희들이 보지 못하는 어둠의 세계를 보고 살고 있으니 적어도 일차원은 더 너희보다 높은 거야."라고 말한다. '나'의 생각에 그는 "순수한 슬픔의 덩어리를 붙안고 있는 사람"(57)이다. '나'는 그러한 정우와 모종의 심리적인 연인관계를 맺어 왔다. 정우와의 관계는 선애와의 실패한 연애의 재현이다. 형기는 바다에 데려다달라고 조르고, 나는 알겠다고 대답하지만, 그들은 실제로 바다에 가지는 않는다. 이는 가능성에 대한 믿음만을 교환할 뿐, 가능성을 실제적으로 확인하여 그들의 관계가, 혹은 형기가 바다를 보는 것이 절대로 불가능하다는 사실만은 확인하지 않으려는 심리이다. 이는 가학망상증(Sadism)과 피학망상증(Masochism)의 논리이자, '나'가 선애에게 강요한 연극의 역전이다. 술집에서 윤수와 기생들의 희롱을 당하면서 "형기 자신도 무척 즐거운 듯이 이마에 땀이 송글송글 맺히도록 열심"이듯이 형기는 상대방의 학대를 빌미로 자신의 해결 불가능한 슬픔을 외화시키려는 피학망상증적 성향을 갖고 있다. '나'는 이러한 형기의 게임에 동참하지만 실제로는 바다에 데려가지 않음으로써 형기의 제안을 사실상 거절하기를 반복한다. 이것은 형기의 소망을 진짜 믿는 것은 아니라고 알려 형기에게 심리적인 상처를 안기는 반복적인 게임, 즉 퇴행적인 포르트-다(port-da) 게임[34]이다. 그러나 그것이 게임이기를 멈추고 실제로 수행되자 모든 것은 악몽으로 뒤바뀐다.

> 사방을 둘러보면 텅 빈 벌판뿐. 눈은 펑펑 쏟아지고 산들도 눈발에 가리어 보이지 않았다. 얼음이 우리의 발밑에서 깨어지는 쇳소리만 있었다. 나의 몸에서는 땀이 흐르고 있었다. 드디어 우리는 파도가 해변의 바위들에 부딪쳐 내는 무서운 소리를 들었다. 생명이 물러가는 소리가 있다면, 아아, 저 파도소리와 흡사하리라. 나의 시야는 흐려지고 몸을 가눌 수가 없었다. 그때 나의 뼈를 끌어내는 듯한 파도소리에 섞여서 나는 형기가 마침내 미쳐서 쉴새없이 무어라고 중얼대는 소리를 들었다. 나는 형기와 잡고 있던 손을 놓아버렸다. 그는 그 자리에 웅크리고 앉으며 무슨 소리인지 알아듣기 힘든 말을 계속해서 웅얼거렸다. 나는 비명을 지르며 우리가 건너온 염전 벌판을 바라보았다. 아

---

34) 포르트-다 게임은 프로이트가 실패를 잡아당겼다(port)가 다시 던지기(da)를 반복하는 손자의 행동에서 발견한 것이다. 이는 "어린아이가 어머니의 부재라는 불쾌한 산경험을 상징으로 대체함으로써 그 경험을 극복하는 과정을 보여준다."(Lemaire. Anika, 이미선 역, 『자크 라캉』, 문예출판사, 1994, 93쪽).

슴한 눈발 속에서 염전 벌판은 한없이 넓어져가고 있는 듯했고 나는 아무래도 그 벌판을 건너가지 못하고 말 것 같았다.

— 95~97쪽

위의 인용문은 그들의 근본불안이 얼마나 큰 것인지를 잘 보여준다. 심리적인 이유가 아니라면, 얼어붙은 염전 한복판에서 그들이 공포를 느껴야 할 이유는 없다. 아무 것도 보이지 않는, 한없이 넓어져가는 듯한 염전 벌판이 그들에게 깨우친 것은 그들의 내면세계에 뚫려 있는 <텅 빈 구멍>이다. 「염소는 힘이 세다」의 서장을 연상시키는 위의 대목에서는 <괴물>이 등장하지 않는데, <괴물>의 부재는 이들이 실재의 출현을 억압조차 할 수 없었음을 알게 해준다. '나'와 형기는 불가능한 공포의 대상, 다시 말해 내면세계의 근본적인 결핍과 직면하게 된 것이다.

여기에서의 실재는 다른 작품과 뚜렷한 차별성을 보이기에 주목해볼 필요가 있다. 다른 작품의 실재가 1) 파악할 수 없는 대상(뚜렷한 원관념이 있는 경우), 2) 표현할 수 없는 감정(뚜렷한 원관념이 없는 경우)으로 분류된다면, 이 경우는 표현 불가능한 내면이 파악할 수 없는 <물 자체>와 겹쳐지고 있음을 확인할 수 있다. 1)의 경우는 <괴물>로 억압하고, 2)의 경우는 파악 가능한 대상을 <괴물>과 동일시하면 그만이지만, 이 경우는 두 가지 방법이 모두 불가능하다. 철저하게 비어 있는 내면공간에서 <괴물>이 발견될 리 없고, 파악되지 않은 실재에 언어나 다른 대상이 결합될 수 없기 때문이다. '나'가 염전 한복판에서 "비명을 지르"고, 형기가 "알아듣기 힘든 말을 계속해서 웅얼거"리는 데서 이러한 사정을 잘 알 수 있다. 그들은 환상의 실체를 보았으므로, 환상 쪽(e1)으로도, 현실 쪽($\overline{e1}$)으로도 도망갈 수 없게 된 것이다.

작품의 결말부에서야 '나'의 환상은 <가짜>였음이 분명해진다. 선애나 서커스단의 삶은 '나'의 관념과는 무관한 존재이다. '나'가 염전을 통해

보는 것은 '나'가 일찍이 보지 못한 그들 삶의 밝혀지지 않은 부분이다. '나'는 선애를 이분법적으로 규정하는 한편, 자신의 이상을 이씨와 미아의 삶에 투사함으로써 다시금 관념과 대상을 동일시하는 물신주의의 오류에 빠졌던 것이다.

수영은 정우의 수기를 소개하면서 "환상적인 기준을 만들어두고 거기에 자기를 맞추려고 애썼던 모양인데 참 바보 같은 놈"이라고 평가한다. 수영은 "죄의 기준이란 게 없어진 지금"은 "어떻게든 살아내야 한다"는 결론을 내린다. 기준 없는 삶을 환상에서 빠져나오는 유일한 방법으로 인식하는 것이다. 하지만 수영이 "태초의 인간"임을 자부하는 순간 수영의 외화와 정우의 내화는 하나의 순환구조로 엮인다. 정우가 자살을 택함으로써 자신의 환상을 폐기하자마자, 수영은 "기준 없는 삶" "태초의 인간"이라는 또 다른 환상을 만들어내는 것이다. 이것이 정우와 수영이 맺고 있는 환상의 뫼비우스 띠다. 전자가 <사이비－환상(pseudo－fantasy)>이라면 후자는 <환상 그 자체(real fantasy)>이다. 진짜 환상은 일상적인 현실과 대립되는 곳에 있지 않고, 오히려 현실의 내부 깊숙한 곳에 있다. 인간의 언어 자체가 환상의 체계이며, 따라서 환상이 없이는 현실을 파악하는 것도 불가능하기 때문이다. 그러나 수영은 자신에게 환상이 없다고 믿음으로써, 자신을 관념으로부터 자유로운 "순수한 인간"으로 인식하는 오류를 저지른다. 이는 「학마을 사람들」의 서술자가 자신에게 이데올로기가 없다고 인식함으로써, 환상적인 <순수한 공동체>를 믿게 되는 것과 같다. 이 때 <사이비 환상>의 역할은 스스로 <환상>임을 자처하여 <환상 그 자체>가 현실처럼 존속하도록 하는 데 있다.

1950년대 이범선의 페티시즘이 특정 유교관념과 무관심한 자연대상을 동일시함으로써 환상 속의 공동체를 실제화하고 그 안에 존재했던 계급과 억압 이데올로기를 은폐했다면, 『환상수첩』의 주인공들은 보편적 관념과 반근대적이라고 믿어지는 어떤 삶을 동일시함으로써 그들의 관념이 사실은 서구적인 이데올로기에 의존한 것이었음을 은폐하고 있다. 김승옥은 이러한 왜곡상을 극단에까지 몰아붙여 주인공들이 스스로 자신의 허위성을 폭로하고 <사이비－환상>의 실체를 깨닫게 하는 한편, <환상 그 자체>가 어떤 방식으로 현실화되는가를 작품 내적 구조를 통해 드러내는데 성공하고 있다는 점에서 차별성을 가진다.

『환상수첩』의 서사는 반근대적인 내면의 공간은 확보했으나, 그 공간을 채울만한 대상을 찾지 못한 <공허한 주체>가, 그것이 현실화될 수 있다는 욕망을 극단까지 추구해, 자신의 내면세계가 서구적 관념에 의해 형성된 것임을 깨닫는 한편, 자신의 관념으로는 포섭할 수 없는 실재의 세계가 존재한다는 사실을 처절하게 확인함으로써 거꾸로 보편적인 근대담론의 허위성을 폭로하는 이중의 역전구조를 취하고 있다. 환상의 허위성을 증명하는 가장 좋은 방법은 환상을 끝까지 실천하는 방법임을 이 작품은 잘 보여준다. 『환상수첩』이 환상의 이중성을 통해 현실의 심층까지 침투해 있는 자본주의의 허구를 폭로하고 있는 것이다.

그러나 자본주의 시스템은 그것을 받아들이려 하지 않는 주체에게 항시적인 분열을 강요한다. <분열된 주체>는 물론 하나의 주체가 <근대적 주체>로 이행하기 위한 필수조건에 해당하는 것이지만, 김승옥 소설의 주인공들은 이행과 퇴행을 모두 거부하고 <분열된 주체>의 상태를 유지함으로써 근대의식에 습합되는 것에 저항하고 있다고 볼 수 있다. 이러한 김승옥 텍스트의 특수한 분열된 주체의 양상은 다음 장에서 자세히 분석할 것이다.

## 2. 분열된 주체와 4 · 19세대

### 1) 분열된 주체 $와 근대적 주체의 갈등
### –「확인해본 열다섯 개의 고정관념」「무진기행」

근대주체는 크게 <보편적인 근대주체>와 <역사적인 근대주체>로 나눌 수 있다. 보편적인 근대주체를 정의내리기란 쉽지 않지만, 서구 형이상학에서 그것은 데카르트－칸트－헤겔로 이어지는 근대철학의 사유주체를 뜻한다. 근대 철학의 대표적 이분법은 <주체/타자>이다. 칸트의 <물 자체>, 헤겔의 <즉자대자적> 개념은 비록 이성의 불완전함과 주체의 대상에의 의존을 인정하고 있지만 그럼에도 불구하고 인식하는 주체와 인식 가능한 대상이라는 데카르트적 근대이성의 계획(project)에 속해 있다고 보아야 한다. 이성의 파악(규정)은 대상의 시공간적인 정지를 전제한다. 이를테면 정의에 있어서 '이것은 얼음이다'는 정언명제는 그러한 인식이 일어난 시공간에서만 참이다. 환경이 바뀌면 대상의 속성이 변할 수 있기 때문이다. 반면 대상은 시간적인 연속과 공간적인 연장(extension) 속에서 존재한다. 따라서 주체는 인과적 사고를 동원할 수밖에 없다. A점의 규정(이것은 얼음이다)과 B점의 규정(이것은 물이다)을 연결하기 위해서 변화의 원인(기온이 0°C 이상으로 올라갔다)을 사후적으로 파악한다.[35)]

---

35) 칸트는 인간주체가 물 자체를 경험할 수는 없으므로, 순간적인 계기의 불연속적인 정의를 인과적인 추론을 통해 연속적인 현존으로 재구성한다고 보았다. "그러므로 우리가 지각에 주어지는 다른 상태에서 인과성의 경험법칙에 따라 필연성을 인식할 수 있는 오직 한 가지 것은 물(실체)의 현존재가 아니라 그 상태의 현존재이다."(228) 인간은 직관적인 판단(외연량)과 경험적인 판단(내포량)의 종합을 통해 계기적으로 존재하는 물의 존재가 아닌 연속적으로 존재하는 주체와 물의 관계를 파악할 수 있다. 이를 <종합판단>이라 하는데, 이러한 판단은 언제나 사후적이다(Kant. Immanuel, 전원배 역,「순수오성의 모든 종합적 원칙의 계기적 표상」,『순수이성비판』제1권 1편 2장 3절, 삼성출판사, 1990, 185~236쪽).

대상을 파악하려면 주체는 필연적으로 자기 자신을 타자화해야 한다. 파악 가능한 대상에는 주체 또한 포함되기 때문이다. 주체는 사유하는 '나'와 존재하는 '나'로 분열된다. 존재는 항상 현재적・지속적이고 사유는 항상 사후적・단절적이기 때문에 주체는 사유하면서 동시에 존재할 수 없다. 라캉의 명제 "나는 내가 존재하지 않는 곳에서 생각한다. 고로 생각하지 않는 곳에서 존재한다."는 이러한 주체의 비동일성을 잘 지적하고 있다.

<보편적인 근대주체>와 <역사적인 근대주체>도 마찬가지다. 역사적 주체는 보편적 주체를 뒤쫓지만 구체적인 환경과 조건에 의해 왜곡과 굴절의 과정을 겪는다. 사실상 보편적인 근대주체는 서구의 근대사에서 추출해낸 관념일 뿐, 실제로는 없었다고도 할 수 있다. 그것은 하나의 계획으로써 존재한다. 역사적 주체는 보편적 주체의 거울상을 지닌 채 구체적인 역사과정 속에서 탈－개념화한다. 반대로 보편적 주체는 역사적 주체의 탈－역사화를 통해 자신의 개념을 정립한다.

이는 랑그와 빠롤의 관계와 같다. 랑그를 <보편적인 문법과 어휘의 총량>이라고 했을 때, 빠롤은 <랑그 내에서의 특수한 언어 수행>이다. 둘 중 어느 하나가 결락되어도 의미는 생성되지 않는다. 거꾸로 말해서 랑그의 주체와 빠롤의 주체는 개별적인 문장(말) 속에서만 하나의 주체로 결합될 수 있다.

<분열된 주체>는 이러한 <보편자>와 <개별자> 사이에 존재한다. 개별자는 보편자 없이 자신을 표현할 수 없다. 보편자는 개별자 없이 자신을 재현할 수 없다. 분열된 주체는 이러한 보편자와 개별자가 일시적으로 합일되는 지점에서 순간적으로 나타났다 사라지는 <특수자>이다.

개별적인 자아가 주체의 목소리로 발화하기 위해서는 분열된 주체가 필수적이다. 반면 주체의 발화가 보편적 의미를 획득하기 위해서 분열된 주체는 반드시 지워 없어져야만 한다. 분열은 외상의 흔적이며, 완전히

억압되지 않은 외상은 계속해서 다시 나타나 주체의 고정점을 파괴하고 의미를 계속해서 지연시킬 것이기 때문이다. 분열된 주체의 지속은 정신분열증자의 끊임없는 말, 멈추지 않는 히스테리 발작과 같다.

분열된 주체는 주체의 이동을 용이하게 하기 위해서 의미가 S에서 S'로 이동하는 순간 소멸해야 한다. 그것은 의미화하는 주체들의 사이, 다시 말해서 발화하는 주체들의 이면에 있다. 그것은 개별화하지 않는다. 미끄러짐 자체, 목소리 자체로서, 의미화하는 단락 사이사이의 행간으로 존재할 뿐이다. 따라서 주체 S는 무엇<과> 무엇<으로> 분열되는 것이 아니라, 무엇<과> 무엇 <사이에서> 항상 이미 분열되어 있다. 이러한 <항상 이미 분열된 주체>의 기호가 바로 $\not{S}$다.

분열된 주체 $\not{S}$는 김승옥 소설의 행간에 지속적으로 출현하는 주체이다. 그의 소설이 하나의 고정된 의미가 아니라 다의적인 텍스트로 읽히는 이유가 여기 있다. 화자를 텍스트 속의 발화주체라고 보았을 때, 그의 텍스트 속에는 화자 이면의 목소리가 풍부하게 존재한다. 이러한 다성성의 주체를 극단적으로 보여주는 것이 바로 김승옥의 소설의 주체이다. 「확인해본 열다섯 개의 고정관념」을 따르자면, "어느쪽에도 치우치지 않고 괴로워하며 '사이'에 위치하는 게 좋다"(121)라고 생각하는 것이 바로 그들이다.

「확인해본 열다섯 개의 고정관념」의 화자는 단칸방에 누운 채로 자신의 고정관념을 집요하게 추적한다. '나'는 "수단은 흔히 목적을 배반한다"고 생각하는가 하면, "어느 쪽에도 치우치지 않고 괴로워하며 '사이'에 위치하는 게 좋다."는 인생관을 가지고 있다. 이 작품의 시공간은 추운 자취방의 몇 십분 정도로 이야기는 철저하게 이불 속에 누워 있는 화자의 연상에 의해 진행되고 있다. "~은 이젠 내 고정관념 중의 하나이다."라는 반복 어구는 인과적인 법칙을 가지지 않는 연상의 흐름에 리듬과 박동을 가미하면서 아슬아슬하게 소설적인 서사구조를 지탱하고 있다. 연상이 환유에 기반한 비선형적이고 지속적인 곡선을 그리고 있다면 반복 어구는 이러한 의미의 지연에 적절하게 개입하면서 일시적으로 선형적이고 단절적인 의미의 단락을 만들어내고 있다. 재미있는 것은 이러한 반복 어구의 기능이 형식적으로만 수행되고 있을 뿐 내용적으로 사유의 결론을 이끌어내지는 못한다는 사실이다. 고정관념은 사유에 의해 거부될 뿐이다. 혹은 거부되기 위해서 그곳에 있다. 하지만 화자의 사유는 또 다른 고정관념에 붙잡히고 만다. 어느 쪽도 승자는 없다. 고정관념과 사유의 물고 물리는 싸움 자체가 작품의 의미체계를 구성한다.

이를테면 '나'는 자취방의 벽 귀퉁이가 허술해 보인다는 고정관념에서 벗어나기 위해 벽을 직사각형으로 꾸미고 싶어 한다. 하지만 직선은 몬드리안의 모방에 불과하다는 고정관념이 다시 생겨난다. '나'는 빨간 동그라미가 있는 직선의 카드를 연상한다. 일본 사람들은 금빛을 좋아한다는 고정관념이 연상을 가로막는다. 금빛은 벼락부자, 벼락부자의 아들인 친구, 그 친구의 예쁜 여동생, 친구의 집 계단을 올라가다가 그 여동생에게 구멍 뚫린 양말을 들켰을 때의 창피함으로 이어지고 이는 금빛을 숭상하기에는 너무 가난한 화자 자신의 처지를 떠올리게 한다는 식이다.

자세히 보면 화자는 '몬드리안' 등으로 대표되는 서구문화, 일본풍의 금빛카드가 환기시키는 부(富)에 대해 막연한 동경심을 갖고 있으면서도 그로부터 벗어나기 위해 노력하고 있다는 사실을 알 수 있다. 어차피 가질 수 없는 것은 욕망하지 말아야 하다는 자각과, 서구문화에 대한 반발, 세상에 대한 막연한 증오, "유니폼"으로 자신의 존재를 증명하려는 세태비판, 문학으로 성공하고 싶다는 성취욕, 이것저것을 모방한 응모작에 대한 자괴감 등이 복잡하게 얽혀 있다. 하지만 이러한 진술 중 어떤 것도 작품의 주된 경향이라고 볼 수는 없다. 만약 서구문화, 일본문화, 기호 가치와 모방이 판치는 세태에 대한 비판이 목적이고, 연상과 반복 어구에 의한 독특한 서사기법이 수단이었다면, 화자의 말 그대로 "수단은 흔히 목적을 배반”(114)하게 마련이다.

재미있는 것은 “열다섯 개의 고정관념”이라는 제목과 달리 고정관념을 제시하는 반복 어구가 열네 번밖에 등장하지 않는다는 것[36]이다. 열다섯 번째로 의심되는 대목은 작품의 마지막 문장인, “동그라미를 저 벽에 붙이러 일어나보자. 할 수 있겠지? 자아, 내게 가장 귀한 고정관념으로써.”(124)인데 이는 반복을 변주하면서 반복을 종결시키는 역할을 한다. ‘나’는 자신의 존재를 “곡선의 평면”으로, 마티스의 여인들을 “텅 빈 백지”

---

36) 반복어구를 전부 나열해보면 다음과 같다.

1. 벽의 그 귀퉁이가 허술해 보이는 그것은 이젠 내 고정관념 중의 하나이다.
2. 직선은 몬드리안에서 그쳐버렸다는 생각도 이젠 내 고정관념 중의 하나이다.
3. 일본사람들은 금빛을 좋아하나보다라고 생각했는데 그것도 이젠 내 고정관념 중의 하나이다.
4. 예쁜 여자 앞에서 내 약점이 드러날 때는 더욱 창피한 법이라는 생각도 이젠 내 고정관념 중의 하나이다.
5. 수단이 흔히 목적을 배반한다는 그것도 이젠 내 고정관념 중의 하나이다.
6. 손처럼 처리하기 곤란한 물건은 없다는 생각도 이젠 내 고정관념 중의 하나이다.
7. 전쟁이 꼭 한 번만 일어나면 세계엔 평화가 온다는 생각도 이젠 내 고정관념 중의 하나이다.
8. 어차피 믿어주지 않을 해명은 하지 않는 게 정직하다는 생각도 이젠 내 고정관념 중의 하나이다.
9. 부잣집 아가씨들에겐 이해하기 곤란한 취미가 있다는 생각도 이젠 고정관념 중의 하나이다.
10. 프라이드가 아름다울 수 있는 가장 빠른 길이라는 생각도 이젠 내 고정관념 중의 하나이다.
11. 정직해보고 싶은 기회를 주지 않는 게 세상이다라는 생각도 퍽 흔한 생각이지만, 이젠 내 고정관념 중의 하나이다.
12. 괴로워하며 ‘사이’에 위치하는 게 최선의 태도라는 생각도 이젠 내 고정관념 중의 하나이다.
13. 현재 있는 것은 옛날부터 쭈욱 있어왔을 거다. 이것도 이젠 내 고정관념 중의 하나이다.
14. 사람들을 영화의 압박에서 해방시킬 수는 없을 것 같다. 이것도 이젠 내 고정관념 중의 하나이다.

로 규정한 다음 고정관념에서 벗어날 수 없음을 승인하는 듯 보인다. 하지만 "가방은 그냥 가방일 뿐이고 선반은 그냥 선반일 뿐이고 벽은 그냥 벽일 뿐"(124)인 것처럼, 고정관념도 자체로서 존재하는 관념일 뿐이다. 결국 이 작품은 <고정관념>과 <고정관념의 고정관념>까지 거부함으로써 최초의 생각으로 되돌아오는 원점회귀의 구조를 갖고 있다. 고정관념을 거부하는 사유조차 고정관념이라는 인식에 의해 작품 전체를 관통해온 대립의 구도가 구조적으로 화해에 이르는 셈이다. 중요한 것은 그럼으로써 오히려 화자의 내면세계는 지배적인 이데올로기와 그에 저항하는 이데올로기 <사이>에 위치한 채로 남게 된다는 것이다. 화자는 이데올로기를 거부하면서도 여전히 이데올로기에 붙잡혀 있다. 동시에 화자는 이데올로기를 실천하면서도 이데올로기의 허위성으로부터 빠져나간다. 화자는 언제든지 관념과 반(anti) 관념의 내면적인 싸움을 다시 감행할 준비가 되어 있는 것이다.

이러한 분열된 화자의 욕망은 타자에게로 확장된다. 타자로부터 촉발된 분열된 주체의 모습을 잘 보여주는 작품이 「무진기행」이다. 이 작품에서는 구조의 분열이 아니라 인물의 분열이 보다 중점적으로 드러난다.

> "야, 세상 우습더라. 내가 고시에 패스하자마자 중매쟁이가 막 들어오는데…… 그런데 그게 모두 형편없는 것들이거든. 도대체 여자들이 성기(性器) 하나를 밑천으로 해서 시집가보겠다는 고 배짱들이 괘씸하단 말야." "그럼 그 여선생도 그런 여자 중의 하나인가?" "아주 대표적인 여자지. 어떻게나 쫓아다니는지 귀찮아 죽겠다." "퍽 똑똑한 여자일 것 같던데." "똑똑하기야 하지. 그렇지만 뒷조사를 해보았더니 집안이 너무 허술해. 그 여자가 여기서 죽는다고 해도 고향에서 그 여자를 데리러 올 사람 하나 변변한 게 없거든." 나는 그 여자를 어서 만나보고 싶었다. 나는 그 여자가 지금 어디서 죽어가고 있는 것처럼 생각되었다. 어서 가서 만나보고 싶었다. "속도 모르는 박군은 그 여자를

> 좋아한대." 그가 말하면서 빙긋 웃었다. "박군이?" 나는 놀란 체했다. "그 여자에게 편지를 보내어 호소를 하는데 그 여자가 모두 내게 보여주거든. 박군은 내게 연애편지를 쓰는 셈이지." 나는 그 여자를 만나보고 싶은 생각이 싹 가셨다. 그러나 잠시 후엔 그 여자를 어서 만나보고 싶다는 생각이 되살아났다. "지난 봄엔 그 여잘 데리고 절엘 한번 갔었지. 어떻게 해보려고 했는데 요 영리한 게 결혼하기 전까지는 절대로 안 된다는 거야." "그래서?" "무안만 당하고 말았지" 나는 그 여자에게 감사했다.
>
> — 146~147쪽

위의 인용문에서는 하인숙에 대한 규정과 부정이 반복되고 있다. 조는 하인숙에 대해 함부로 단정 짓고, '나'는 그 사실을 믿고 싶지 않아 하는 심리를 보이고 있다. 조가 자신도 모르게 자신이 한 말의 함의를 뒤집기도 한다. 조는 '나'와 아무런 갈등도 없이 편하게 대화하고 있는 셈이지만, 내포독자는 두 사람의 대화와 '나'의 생각을 번갈아 읽게 됨으로써 인숙을 둘러싼 조와 '나'의 팽팽한 긴장을 전달받는다.

우선 여기서 하인숙은 '조'에 의해 1) 성기를 밑천으로 시집가보겠다는 변변찮은 여자, 2) 집안이 허술한 여자, 3) 박군의 편지를 조에게 보여주는 여자, 4) 조의 집적거림을 물리친 여자의 네 차례에 걸친 의미화를 거치고 있다. 내포독자는 물론 '나' 역시 실제의 하인숙이 어떠한지에 대해서는 알지 못한다. 하인숙의 실제모습을 모른다는 점이 '나'의 내면적 갈등을 유지시키고 있음이 흥미롭다.

'나'는 하인숙에 대한 자신의 환상을 유지하기 위해 조의 의미화에 저항한다. 조의 대사에 대한 '나'의 반응은 가) 똑똑한 여자 같던데. 나) 나는 그 여자를 어서 만나보고 싶었다. 나는 그 여자가 지금 어디서 죽어가고 있는 것처럼 생각되었다. 어서 가서 만나보고 싶었다. 다) 나는 그 여자를 만나보고 싶은 생각이 싹 가셨다. 그러나 잠시 후엔 그 여자를 어서 만나보고 싶다는 생각이 되살아났다. 라) 나는 그 여자에게 감사했다, 의 네 차례다. 조의 대사와 다시 조합해보면 1－가－2－나－3－다－4－라 의 순이 된다.

차근차근 살펴보면, 조의 대사는 하나같이 하인숙의 존재를 억압한다. '나'가 1)의 "변변찮은 여자"라는 말을 듣자마자 "그 여자가 지금 어디서 죽어가고 있는 것처럼 생각"한 것은 그녀의 본질이 훼손될까봐 염려해서다. '나'는 하인숙이 "변변찮은 여자"가 아니라고 생각한다. '나'는 아마도 하인숙이 괜찮은 여자라고 말하고 싶지만, 자신의 관심을 상대방에게 숨기기 위해 "똑똑한 여자"로 바꾸어 말한다. 그러나 다시 '조'는 하인숙을 "집안이 허술한 여자"라고 비하한다. 이러한 대화는 기의에 대한 기표의 억압과 그에 따른 기표의 미끄러짐을 생산해낸다.

$$\frac{\text{S (하인숙에 대한 평가)}}{\text{s (하인숙 자체)}}$$

가 된다. 여기서 S는 기표이며, s는 기의이다. －－－－는 저항선으로, S는 s를 억압하고 s는 S에 저항한다. 이는 또 다른 기표에 의해 다시금 억압되고, 억압된 기표는 다른 기표를 향해 미끄러진다.

$$\frac{\text{S1(변변찮은 여자)}}{\text{s0(하인숙 자체)}} \times \frac{\text{S2(똑똑한 여자)}}{\text{s0(하인숙 자체)}} = \frac{\dfrac{\text{S2(똑똑한 여자)}}{\text{s0(하인숙 자체)}}}{\dfrac{\text{S1(변변찮은 여자)}}{\text{s0(하인숙 자체)}}} = \frac{\text{S2(똑똑한 여자)}}{\text{s1(변변찮은 여자)}}$$

| S1 | | S2 | | S3(집안이 허술한 여자) | | S4(박군의 편지를 조에게 보여주는 여자) | | S5(조의 집적거림을 물리친 여자) |
|---|---|---|---|---|---|---|---|---|
| ― | ‥―― | | ‥ | | … | | ‥ | |
| s0 | | s1 | | s2 | | s3 | | s4 |

s0을 계속 지워 없애면서 대화는 계속된다. 이어서 표시하면 기표의 연쇄가 드러난다.

하인숙에 대한 나의 생각은 드러나 있지 않다. 그것은 "하인숙은 ~이다."라는 식으로 명문화되지 않는다. '나'의 생각은 기표와 기의의 관계쌍 외부에, 말줄임표에 해당하는 부분에 잠재되어 있다. 예를 들어, "나는 그 여자에게 감사했다"는 문장에는 나의 감정만이 노출될 뿐, 하인숙에 대한 정보는 없다. 그럼에도 불구하고 내포독자는 하인숙에 대한 '나'의 상(像)을 머릿속에 그려보게 된다. 이미지는 윤희중의 것일 뿐 하인숙의 실제 모습은 아니다. 하인숙 자체가 아니라 하인숙에 대한 '나'의 환상만을 보여주는 것이 「무진기행」의 특징이다. 그런데 내포작가는 그 환상조차를 행간에 숨김으로써 내포독자와의 직접적인 소통을 거부하고 있다. 다시 말해 가), 나), 다), 라)는 독자가 가장 알고 싶어 하는 부분을 생략하고 있다. 이러한 말줄임표의 기능은 행간에서 윤희중이 아닌 내포독자의 환상을 실현시킨다. 내포독자는 하인숙 자체에 대해서도 모르고, 화자가 품고 있는 환상의 구체적인 내용도 알지 못하지만, 바로 그렇기 때문에 하인숙에 대해 자유롭게 상상할 수 있다. 내포독자는 자신이 윤희중의 욕망을 알고 있다고 가정함으로써 의미의 형성에 직접 참여한다. 서로 다른 욕망의 동시적인 실현이 가능해지는 것이다.

하인숙은 애드가 알란 포우의 「도둑맞은 편지」처럼 기능한다. 왕비의 편지에 대한 장관과 총감과 뒤팽의 욕망이 모두 다르지만, 아무도 그 편지의 실제 내용은 모르는 것과 같다.37) 거꾸로 말하면 편지가 자신의 기의를 숨기고 순수한 기표로 남을 때에만 욕망이 순환된다. 기의가 공개되면 결핍이 사라지고, 결핍이 사라지면 욕망도 끝난다. 의미의 확정은 욕망의 공간을 파괴한다.

하인숙은 분열된 주체로만 출현한다. 위의 도식에서 말줄임표는 분열된 주체의 부재가 아니라 현존의 흔적을 지시한다. 하인숙은 기의와 기표, 조와 윤희중, 윤희중과 내포독자, 내포독자와 내포작가 사이에서 분열한다. 하인숙은 없다. 하인숙은 안개이다.

「무진기행」에 등장하는 또 하나의 $\$$는 "사이렌"이다. 싸이렌은 하인숙과 마찬가지로 '나'의 욕망과 밀접한 관련이 있다. 그것은 '나'의 성적 욕망이 정치적으로 구조화된 방식을 보여주는 매개물이다.

> 내가 이불 속으로 들어갔을 때 통금 사이렌이 불었다. 그것은 갑작스럽게 요란한 소리였다. 그 소리는 길었다. 모든 사물이 모든 사고가 그 사이렌이 흡수되어갔다. 마침내 이 세상엔 아무것도 없어져 버렸다. 사이렌만이 세상에 남아 있었다. 그 소리도 마침내 느껴지지 않을 만큼 오랫동안 계속할 것 같았다. 그때 소리가 갑자기 힘을 잃으면서 꺾였고 길게 신음하며 사라져갔다. 내 사고만이 다시 살아났다. 나는 얼마 전까지 그 여자와 주고받던 얘기들을 다시 생각해보려 했다. 많은 것을 얘기한 것 같은데 그러나 귓속에는 우리의 대화가 몇 개 남아 있지 않았다.
>
> — 142쪽

통행금지란 모든 사람과 사물의 교환을 일시에 중지하라는 명령이다. "사이렌"은 이것의 시작을 알리는 신호(Sign)이다. 화자는 사이렌의 중지 명령에 필요 이상으로 반응하여 모든 것이 멈췄다고 생각하는가 하면 자

---

37) Laccan. Jacques, 민승기 · 이미선 · 권택영 역, 「「도난당한 편지」에 관한 세미나」, 『욕망이론』, 문예출판사, 1996, 96~134쪽 참조.

신의 사고마저 정지시키고 있는 듯 보인다. 군부독재의 초자아가 화자의 무의식까지 점령하여, 그것의 상징인 사이렌이 화자의 존재를 호명했다고도 분석할 수 있다. 하지만 자세히 보면 사이렌의 의미가 단순하지 않음을 알 수 있다.

> 어디선가 한시를 알리는 시계소리가 나직이 들려왔다. 어디선가 두시를 알리는 시계소리가 들려왔다. 어디선가 세시를 알리는 시계소리가 들려왔다. 어디선가 네시를 알리는 시계소리가 들려왔다. <u>잠시 후에 통금해제의 사이렌이 불었다. 시계와 사이렌 중 어느 것 하나가 정확하지 못했다.</u> 사이렌은 갑작스럽고 요란한 소리였다. 그 소리는 길었다. 모든 사물이 모든 사고가 그 사이렌에 흡수되어갔다. 마침내 이 세상에선 아무것도 없어져버렸다. 사이렌만이 세상에 남아 있었다. 그 소리도 마침내 느껴지지 않을만큼 오랫동안 계속할 것 같았다. 그때 소리가 갑자기 힘을 잃으면서 꺾였고 길게 신음하며 사라져갔다. <u>어디선가 부부들은 교합하리라. 아니다. 부부가 아니라 창부와 그 여자의 손님이리라. 나는 왜 그런 엉뚱한 생각을 하고 있는지 알 수 없었다.</u> 잠시 후에 나는 슬며시 잠이 들었다.
>
> — 143쪽(강조는 필자)

통금은 원래 일제의 집단부락, 혹은 전쟁 중의 포로수용소 제도[38]이다. 통금해제는 자유를 의미하지 않는다. 통금이 활동의 금지라면, 통금해제는 활동의 허가이다. 박정희 군부정치는 남한 전체를 병영화하고, 국민 전체를 포로(죄수)처럼 관리한 것이다. 감옥에서의 휴식시간이 죄수에게 자유일 수 없듯이, 통금해제는 통제가 없음을 의미하지 않는다. 실제로 감시가 발효되는 시점은 통금이 끝난 뒤부터다. 통금시간은 감시의 시선

---

38) 한배호는 1960년대 한국의 국가체제에 대해서 <병영국가>라는 용어를 사용하고 있다. 이에 대해서는 한배호, 『한국정치변동론』, 법문사, 1994, 232~233쪽 참조.

을 알리기 위한 감시해제의 시간이다. 중앙정보부의 가공할만한 대 시민 감시가 발효되고 있는 상황[39]에서 통금 사이렌은 매일 밤 시민들에게 공권력의 시선을 무의식 깊이 각인시켰던 것이다. 그것은 전 방위 감시체제의 상징이며, 파놉티콘(panopticon)[40]의 범국민화이다. 통금제도는 12시부터 4시까지를 <무>의 시간으로 점유함으로써, 나머지 시간 모두를 군부독재의 관리시스템 속에 편입시켰다는 의의를 가진다. 이것이 1960년대에 형성된 근대적 시간의 특수성[41]이다.

사이렌은 두 번 울린다. 한 번은 통금의 시작을 알리기 위해서, 한번은 통금의 끝을 알리기 위해서 울린다. 그것은 시간을 알리는 시계소리와 같

---

39) 강준만은 64년 중정의 요원 수가 37만명에 달했다는 주장(김상웅, 『해방후 정치사 100장면』, 가람기획, 1994, 145쪽)을 소개하면서 "다소 과장된 것일망정, 중앙정보부가 모든 다방과 술집에까지 그 촉수가 미쳤을 정도로 국민의 모든 영역의 삶에 침투한 것 분명했다."고 지적한다(강준만, 『한국현대사산책』 2, 인물과 사상사, 2004, 57쪽).

40) 파놉티콘은 원형감옥을 뜻하는 말로, 푸코가 근대적 의미의 감시를 설명하기 위해 사용하는 용어이다. 이에 대해서는 Foucault, Michel, 「상징권력으로서의 감옥제도」(오생근 역, 『감시와 처벌』, 나남출판, 2003) 참조.

41) 데이비드 하비에 의하면 시간과 공간을 장악하는 것은 근대의 사회적 권력의 원천이다. 시대마다 서로 상이한 시공간에 대한 관념이 있지만 화폐에 시간이 개입한 것은 중세 때부터이다. 근대사회는 <시공간 압축>을 통해 자본의 이윤을 추구한다는 특징을 가진다. <화폐권력의 국제주의>는 "한 장소에서 발생한 사건이 여러 다른 장소에 즉각적으로 확산"되는 근대의 공시적이고 통합적인 시간에 의해 성립될 수 있었다(이에 대해서는 Harvey. David, 「사회적 권력의 원천으로서의 시간과 공간」(구동회・박영민 역, 『포스트 모더니티의 조건』, 한울, 1994, 266~281쪽); 「시공간 압축과 문화적 세력으로서의 모더니즘의 등장」(위의 책, 304~330쪽) 참조.
통금 시스템은 박정희 정권이 상이한 시공간에서 살아가고 있는 다양한 국민들을 하나의 시공간 체계로 통합함으로써 하나의 정부 밑에 하나의 민족이라는 공동체 의식을 효과적으로 주입시킨 제도로 생각된다. 모든 국민을 대한민국이라는 하나의 공장 밑에서 일사분란하게 움직이는 기계처럼 조작하는 무의식적 이데올로기 장치로 기능한 것이다. 이러한 근대적인 <시공간 압축>이 일본제국주의의 전근대적인 식민지 통치방식의 모방에 의해서 가능했다는 것은 그야말로 아이러니하다.

지 않다. "그 소리는 길"기 때문이다. 여기서 연속과 단절의 존재론적 문제가 야기된다. 통금은 언제 시작되고 끝나는가, 사이렌이 울리면서인가 사라지면서인가. 아니면 사이렌이 울리는 동안의 어느 지점인가. 사이렌 이전과 이후는 경계가 분명하지만, 사이렌이 울리는 동안만큼은 그렇지 않다. 그것은 엄밀하게 말해서 통금발효의 시간도 통금해제의 시간도 될 수 없다. 거꾸로 그것은 근대적 시간을 절단(circumcise)하고, 만물에 대한 근대적 시간의 지배를 일시적으로 붕괴시키는 지속의 시간이다. "모든 사물이 모든 사고가 그 사이렌에 흡수"되는 이유는, 이러한 시간 그 자체가 상징계의 그물망을 찢고 모든 것의 실재성을 회복시키기 때문이다. "마침내 이 세상에선 아무것도 없어져 버"리고 "사이렌만이 세상에 남"는다. 모든 견고한 것들이 시간 그 자체 속으로 사라지는 것이다.

시계소리가 "한 시" "두 시" "세 시" "네 시"를 연달아 알리는 것은 단순히 생략을 통해 시간의 경과를 압축적으로 제시하기 위한 수사의 기법이 아니라, 하인숙에 대한 '나'의 욕망이 상징화될 수 없는 곳에 있음을 알리는 단절의 표지이다. 상징적 시간의 진공상태가 끝나자마자 화자는 "어디선가 부부들은 교합하리라. 아니다. 부부가 아니라 창부와 그 여자의 손님이리라."고 생각한다. 이 대목은 한동안 제약에서 벗어났던 무의식적 욕망이 사이렌이 끝나자 원래의 좌표로 되돌아오기 직전의 과정을 보여준다. 하인숙이라는 대상에게 집중되었던 '나'의 리비도 에너지는 앞서 제시했던 기호사각형의 e1(부부)/ e2(매춘)의 이분법으로 귀환한다. 김승옥 소설 주체의 성에 대한 이데올로기 좌표는 Ⅳ－1－2)에서 이미 제시한 바 있다.

'나'의 욕망과 분열된 주체 $, 실재의 출현은 서로 상관있다. 대표적인 장면이 술집여자의 시체 앞에서 "이상스럽게 정욕이 끓어오름을 느"(144)끼는 대목이다.[42] 뿐만이 아니다. '나'는 징집의 명령에서 벗어난 공간인

42) 여기서 시체는 그 자체로 $이다. 죽었으므로 여자는 더 이상 술집여자가 아니다. 그

골방에서 "수음을 하고 있었다."(130) '나'는 무진읍내에 들어서자마자 "개 두 마리가 혀를 빼물고 교미를 하"(131)는 장면을 목격한다.

이러한 경향은 「무진기행」에 국한된 얘기가 아니다. 「생명연습」의 '나'는 선교사를 "유령처럼" 발견하자마자 그의 자위행위를 목격한다. 「건」의 '나'는 빨치산 시체를 갖고 싶어 하며, 「역사」의 '나'는 방에서 무서운 괴물의 형상을 억압하고 얼마 안 있어 벽에서 떨어진 캘린더를 "단정치 못한 여자가 주저앉아 있는 듯한 모습"이라고 묘사하는가 하면 자신의 방이 "여자의 나체사진 한 장도 없이 이렇게 깨끗하고 아담할 리가 없"(70)다고 생각한다. 「확인해본 열다섯 개의 고정관념」의 '나'는 자신이 "아직 시체는 되지 않았지만 얼마 후에 추위와 굶주림 때문에 시체가 될는지도 모른다"(117)고 걱정하자마자, "동면성의 섹스"와 "영이"에 대한 연상으로 넘어간다. 「염소는 힘이 세다」에서 염소의 교환 불가능한 힘이 섹스를 매개로 누나의 교환 가능성으로 전이되고 있음은 이미 분석한 바 있다.

주지하듯이 이들의 욕망은 상징계 바깥의 공간을 지향하고 있다. 김승옥 소설의 상상적 공간이 이미 상징계에 의해서 구조화된 것임을 감안할 때,[43] 상징화되지 않은 공간은 실재계의 영역에 한정된다. 따라서 실재의 틈입은 인물들의 무의식적 욕망을 추동할 수밖에 없다. 결국 그것은 $\$$에 대한 욕망이다. $\$$는 상징화 이후의 잉여주체, 혹은 아직 상징화되지 않은 주체이다. 그들은 $\$$를 욕망함으로써 타자의 욕망으로부터 벗어나려 한다.

---

렇다고 다른 어떤 것이 될 수 있는 것도 아니다. 그것은 분명 인간의 시체이지만, 더 이상은 인간이 아니다. 그렇다고 길가의 돌멩이처럼 무관심할 수 있는 사물도 아니다. 시체는 '시체'라는 말만으로는 표현할 수 없는 잉여를 그 자체 내에 보유한다. 장례는 실재처럼 존재하는 시신을 다시 안전하게 의미화하기 위한 상징계의 노력이다.

43) 이는 라캉의 정신분석학에서도 마찬가지다. 인간은 자연 그대로의 상상계, 순수한 상상적 영역을 알지 못한다. "인간에게 있어서 상상계는 상징계에 의해 구조화되며, 이것은 "인간에게 있어서 상상적 관계란 [자연의 영역으로부터] 일탈되었음"을 의미한다(Evans. Dylan, 위의 책, 177쪽).

“타자의 욕망을 욕망하라”는 초자아의 명령에 반발하고, “네가 진정으로 원하는 것이 무엇이냐?”[44]라는 대타자의 질문에 침묵으로 응답하고자 한다. 이것은 물론 군부독재의 권력에 포섭되지 않겠다는 주체의 정치적 욕망을 포괄한다.

$는 불가능한 욕망이다. $는 비주체이며, 주체의 욕망은 본질적으로 타자의 욕망이기 때문이다. 인간은 순간적으로 $로서 존재할 수 있을 뿐, 일상적으로 $에 머물러 있을 수는 없다. 이것이 욕망의 대상이 되는 인물의 직접적인 욕망을 김승옥 소설에서 확인할 수 없는 이유이다. 「환상수첩」의 선애, 「무진기행」의 인숙 등은 $로서 가정된 주체일 뿐, 실제로 $일 수는 없다. 인격화된 실체로서의 $는 존재하지 않는다.

김승옥 소설의 화자들은 사실상 $가 불가능함을 알고 있다. 그들은 타인의 욕망을 실제로 확인하려고 하지 않는다. 욕망의 확인이 $를 폐기시키는 결과를 가져오리란 사실을 알고 있기 때문이다. 이는 「무진기행」의 화자, 윤희중의 태도에서 여실히 드러난다.

‘나’는 작품의 말미에서 “마지막으로 한번만 이 무진을, 안개를, 외롭게 미쳐가는 것을, 유행가를, 술집여자의 자살을, 배반을, 무책임을 긍정”(152) 하기로 한다. 아마도 ‘나’는 무진행을 발맺음할 때마다 비슷한 다짐을 했을 것이다. 여기서 마지막은 반복의 가능성이다. 최초는 두 번 다시 돌아오지 않지만, 마지막은 끊임없이 반복될 수 있기 때문이다. 반복만이 의미의 종결점을 끊임없이 지연시킬 수 있다.

‘나’는 무진을 믿지 않는다. ‘나’에게 순수한 상상적 공간은 존재하지 않는다. 대신 ‘나’는 하인숙을 믿는다. 이 대목에서 주체의 믿음은 <불가능

44) 지젝에 의하면 초자아는 항상 주체를 <케 보이?>라는 질문으로 호명한다. 주체는 초자아가 자신에게 무언가를 바라고 있다는 믿음 하에서 욕망하고 또 자신의 욕망을 수행한다. 이는 주체가 진정으로 원하는 것은 결코 욕망될 수 없으며, 주체의 욕망은 언제나 대타자의 욕망을 향하게 된다는 것을 의미한다. 이에 대해서는 Zizek. Slavoj, 『이데올로기라는 숭고한 대상』, 155~225쪽 참조.

한 대상>에서 불가능한 대상을 <믿는다고 가정된 주체>로 옮겨간다. 무엇을 믿는 게 아니라, 무엇의 가능성을 믿는 타자의 믿음을 믿는 것[45]이다. 화자는 이러한 믿음을 유지하기 위해 타자와의 <완전한 소통>을 거부한다.[46]

'나'는 인숙의 진짜 존재를 무시함으로써 자신의 환상을 유지하려 한다. 따라서 「무진기행」에서 또 하나의 안개는 인숙이다. 그녀는 윤희중의 사이비－환상을 가림으로써 스스로 환상이 된다. 그녀는 윤희중의 자아를 반사하는 거울로서, 윤희중으로 하여금 자신의 환상이 실존한다는 착각을 불러일으킨다. 「무진기행」 속에 실제의 하인숙은 없다. 하인숙은 환상의 비현실성을 가리는 베일로서 존재한다.[47]

아내의 전보는 훼방꾼이 아니라 구세주다. 인숙과의 소통을 미완결의 상태로 남겨둘 외부적인 핑계를 제공해주기 때문이다. '나'는 전보의 내용

---

45) <믿는다고 가정된 주체>는 원래 라캉의 용어로 <분석자>에 대해 전이의 현상을 일으키고 있는 <피분석자>를 일컫는 용어이다. <분석자>는 <피분석자>에 대해 아무것도 알지 못하지만 <피분석자>는 <분석자>가 자신에 무언가를 알고 있으리라고 <믿기> 때문에 자신의 무의식을 <분석자>에게 알리게 된다.
<믿는다고 가정된 주체>에 대한 지젝의 설명은 다음과 같다. "믿음은 항상 최소한으로 "반성적"이어서 "타자의 믿음에 대한 믿음"("나는 여전히 공산주의를 믿는다"는 말은 "나는 공간주의를 믿는 사람들이 여전히 존재한다는 것을 믿는다"는 말과 등가이다)인데, 반면에 지식이라는 것은 알고 있는 또 다른 사람이 있다는 사실에 대한 지식이 정확히 아니다. 바로 이런 이유 때문에 나는 타자를 통해 믿을 수 있지만 내가 타자를 통해 알 수는 없다"(Zizek. Slavoj, 김종주 역, 「물신주의와 그의 변천」, 『환상의 돌림병』, 인간사랑, 2002, 209쪽).

46) 이것은 순환논증이다. 1) 나는 당신의 믿음을 믿음으로써 불가능한 대상을 욕망한다. 2) 하지만 당신의 욕망과 나의 욕망은 같지 않을 것이다. 3) 차이를 확인하면 믿음이 깨질 것이다. 4) 믿음이 깨지면 더 이상 불가능한 대상을 욕망할 수 없을 것이다. 4)그러므로 우리는 상대방과의 차이를 확인해서는 안된다.

47) 이러한 경향은 작가의 유년기 환상에서도 찾아볼 수 있다. "어렸을 때는 무척 화려한 상상을 「연정」이란 단어에 쏟아보았습니다. 아주 얇은 망사의 휘장 저편에서 뿌옇게 어른거리는…식으로 말입니다."(김승옥, 「연정에 대하여」, 『뜬세상에 살기에』, 59쪽).

을 거부하지만, 그것 자체가 합리화의 방식이다. 실제 전보의 내용은 "27 일회의참석필요, 급상경바람 영."(151)의 15자에 불과하다. 그 외 "모든 것이 선입관 때문"이라거나 "모든 것이 흔히 여행자에게 주어지는 그 자유 때문"이고 "모든 것이 세월에 의하여 내 마음 속에서 잊혀질 수 있다"(151~152)는 등의 내용은 '나'의 추측일 뿐 아내의 직접 발화가 아니다. 아내가 실제로 어떻게 생각하는가, 나의 추측이 아내의 생각과 얼마만큼 일치하는가는 여기서 중요치 않다. 상황이야 어떻든 간에 '나'는 자신이 가진 양가감정의 한 축을 아내의 소유로 바꾸어 내면적인 갈등에서 벗어나는데 성공하고 있다. 전보는 화답을 필요로 하지 않는다. '나'는 자신의 욕망을 알리지 않고도 아내의 뜻을 전달받을 수 있다.

편지는 다르다. 편지를 발송한다는 것은 자신의 욕망을 타자에게 알리는 행위이다. 이것은 타자에게 서로의 욕망이 일치하지 않음을 인식시킬 수 있다. 서울에 돌아가 먼저 연락하지 않는 한, '나'가 인숙의 답장을 받을 가능성은 거의 없지만, 자신의 욕망을 노출시키는 것만으로도 '나'에게는 치명적이다. 욕망의 다름을 인식한 타자는 더 이상 불가능한 욕망의 대상을 믿지 않을 것이다. 이런 경우 타자의 믿음을 믿음으로써 추동되는 '나'의 욕망 역시 붕괴의 위기를 면할 수 없다. 이것이 '나'가 편지를 발송할 수 없는 이유이다. 타자와의 차이를 인식하지 않은 채 자신의 욕망을 자유롭게 기재하기 위하여 편지는 발송되지 않은 채 남아야 한다. 다시 말해 타자가 가진 욕망과의 충돌을 피해야만 분열된 주체 $를 보존할 수 있다. $는 '나'의 욕망과 하인숙의 욕망 사이에만 있다. 이것이 바로 $의 욕망이다.

이러한 사정은 편지의 구체적인 내용에 있어서도 마찬가지다.

> 간단히 쓰겠습니다. 사랑하고 있습니다. 왜냐하면 당신은 제 자신이기 때문에 적어도 제가 어렴풋이나마 사랑하고 있는 옛날의 저의

모습이기 때문입니다. 저는 옛날의 저를 오늘의 저로 끌어다놓기 위하여 갖은 노력을 다하였듯이 당신을 햇볕 속으로 끌어놓기 위하여 있는 힘을 다할 작정입니다.

— 152쪽

위에 제시된 편지의 내용 일부는 식민자에 대한 제국주의자의 담론, 바꾸어 말하면 <중심부>의 <주변부>에 대한 담론의 전유방식을 잘 보여준다. 제국주의는 언제나 식민지와의 차이를 강조한다. 그것은 중심부를 개발로, 주변부를 미개로 규정한다. 전자는 충족된 단계이며, 후자는 결핍된 단계의 국가이다. 하지만 모든 국가가 동일한 과정과 단계를 거쳐 발전해왔다는 보편적인 인류발달사는 허구다. 역사적으로는 그 어떤 나라도 유럽 자본주의와 같은 방식으로 발전해오지 않았다. 현재적인 차이의 강조를 통해 조작되는 것은 중심부와 주변부의 지배－종속 관계를 떠난 동질성이나 식민화되기 이전에 유럽의 외부가 누렸던 역사적인 우수함뿐만이 결코 아니다. 근본적으로 은폐되는 것은 제국주의국가와 식민지국가가 현재에나 과거에나 완전히 일치되었던 적이 한 번도 없다는 사실이다. 제국주의자가 식민지에서 언제나 자신의 과거만을 보았[48]듯이, '나'는 하인숙을 과거의 자신과 동일시한다. 제국주의자가 정복과 착취를 인정하는 대신, 계몽, 인류에 대한 헌신, 박애주의를 선전하기 좋아하듯

48) 사이드에 의하면 19세기 유럽에서는 "학식이 풍부한 전문가들의 손으로 동양의 사물에 관한 여러 가지 학문적인 발견이 행해졌고, 그것과 별도로 실제상 동양유행병 epidemic of Orientalism이라고도 할 수 있는 것이 당시의 저명한 시인, 수필가, 철학자들에게 영향을 미쳤다. 슈와브의 생각에 의하면 '동양'이란 말은 아마추어와 전문가를 가리지 않고 모든 아시아적인 것에 대한 열광과 같은 뜻이었고, 아시아적인 것이란 이국성, 신비성, 심원함, 생식력 등과 놀랍게도 부합되었다. **이것은 과거의 르네상스 극성기에 유럽에서 나타난 고대의 그리스와 로마에 대한 정열이 그대로 동양으로 바뀐 것이었다.**"(강조는 필자)(Said, Edward W, 박홍규 역, 『오리엔탈리즘』, 교보문고, 1991, 102쪽).

이, '나' 역시 하인숙을 현재의 '나'로 끌어들이기 위해 갖은 노력을 다하겠다고 약속하고 있다. 하인숙에 대한 '나'의 욕망은 식민지에 대한 제국주의적 욕망의 축도(縮圖)인 셈이다.

편지 속에 드러난 '나'의 욕망은 서구 자본주의의 중심부 담론에 편입된 근대주체의 욕망이다. 반면 분열된 주체는 근대주체의 욕망으로부터 탈주하기를 욕망한다. 편지를 찢는 행위는 '나'에게 있어서 분열된 주체에 대한 욕망이 근대적 주체의 그것보다 강하게 작용하고 있음을 증명하는 사건이다. 이는 비단 「무진기행」뿐 아니라 김승옥의 1964년 이전에 발표한 작품의 화자들에게서 공통적으로 발견되는 특성이다. 비교적 초기 소설이라 할 수 있는 「생명연습」「건」「환상수첩」에서는 분열된 주체로의 무의식적인 지향이 발견된다면, 「력사」「누이를 이해하기 위하여」「확인해본 열다섯 개의 고정관념」「무진기행」에서는 분열된 주체와 근대적 주체 사이의 갈등이 보다 중점적으로 드러나고 있다. 「무진기행」은 다만 이러한 갈등의 극점을 보여주는 작품이라고 할 수 있다. 이후 김승옥 작품의 인물들은 자본주의 시스템 속의 확고한 주체의 위치로 이동하게 된다. 이로 인해 분열된 주체도 그 모습을 점차 달리하게 된다.

### 2) 대타의 욕망과 상상적 공동체로서의 4・19세대 —「차나 한잔」「서울, 1964년 겨울」『다산성』

앞장의 결말에서 밝혔듯이 김승옥 소설에는 화자가 자본주의 사회 내에서 확고한 주체의 위치를 차지하고 있는 경우도 있다. 그들은 대단한 직업을 가진 경우는 아니다. 월급쟁이이거나(「들놀이」『다산성』), 신문사의 만화가거나(「차나 한잔」), 병무청 직원(「서울, 1964년 겨울」)이다. 「차나 한잔」은 64년, 「서울, 1964년 겨울」과 「들놀이」는 65년, 『다산성』은 66년에 각각 발표되어, 김승옥 소설의 화자가 65년을 전후로 하여 대학생에서 사회인으로 변화하는 경향이 있음을 확인할 수 있다. 이는 김승옥 자신이 서울대를 졸업한 시기와 일치[49]한다.

이들의 우선적인 공통점은 변변찮은 월급을 받고 있거나, 회사에서 언제 밀려날지 몰라 불안감을 느끼고 있다는 것이다. 입사에 공포를 느끼거나 분열된 상태를 추구하는 전작들의 태도와는 사뭇 대조적이다. 여기에는 「무진기행」도 포함된다고 할 수 있지만, 윤희중은 크게 성공한데다, 합리화에 불과하지만 자신의 위치에서 이탈하려는 심리적 경향을 보인다는 점에서 이들과 구별된다.

노동시장으로의 투입이라는 일신상의 조건이 달라진 만큼, 이들이 경험하는 공포의 양상 또한 변화를 겪을 수밖에 없다.

> 1) 좀 걷다가 그는 신문사의 건물을 돌아보았다. 자기가 여기에 관계를 갖고 있던 그 동안 타인들로 하여금 자기를 볼 때에 몇 점 더 놓고 보게 해주던 그 **회색빛 괴물**을. 이 **회색빛 괴물**의 덕분으로 그는 생전 처음 만나는 사람에게도 긴 설명이 필요 없이 자기를 신용해버리게 할 수 있었다. 만일 이 **괴물**이 없었다면 평생을 두고 설명해도 신용해줄지 말지 모를 사람들로 하여금 말이다.
>
> —「차나 한잔」, 186~187쪽(강조는 필자)

> 2) 맹상진군의 불안은 이군의 노력에도 불구하고 계속됐다. 그날 밤, 맹군은 이불 속에 누워서 어둠 속을 올려다보며 잠을 이루지 못하고 **벼라별 귀신**이 그 어둠 속에서 날갯짓을 하고 있는 것을 보고 있었다.
>
> —「들놀이」, 237쪽(강조는 필자)

지금까지 <괴물>는 첫 번째, 파악할 수 없는 대상, 두 번째, 표현할 수 없는 감정, 세 번째, 첫 번째와 두 번째의 결합으로 분석되어 왔다. 이를

---

49) 김승옥은 1965년에 서울대를 졸업한다. 대학교 때 만화 아르바이트했던 경험을 바탕으로 썼다는 「차나 한잔」을 제외하면 이들 모두는 작가가 졸업한 이후에 씌어진 작품들이다(김승옥, 『무진기행』(범우소설문고 27), 작가연보 참조).

차례대로 X1, X2, X3로 명기하면, 1)은 이중에서 X1에, 2)는 X2에 해당한다. X1과 X2의 관계가 팽팽한 긴장관계를 보이는 X3의 경우가 「무진기행」에서 정점에 도달했다면, 1), 2)는 갈등의 최고조가 끝나고 이전의 단계로 넘어감으로써 긴장의 정도가 떨어지고 있는 듯한 인상을 우선 준다.

1)의 경우는 원관념이 뚜렷하다. "괴물"은 "회색빛 건물", 즉 화자가 관계를 맺고 있었던 신문사 건물을 의미한다. 그것은 개인의 의지와는 상관없이 개인의 운명을 좌지우지할 수 있는 거대한 자본주의 체제의 일부다. 2)의 경우는 원관념이 제시되어 있지 않지만 화자의 불안과 상관있다. 화자의 불안은 자신에 대한 회사(사장)의 계획을 전혀 알 수 없다는 데서 왔다. 수사적으로는 다르지만 내용적으로는 조직체의 논리에 접근할 수 없는 개인의 무기력함을 보여주고 있다는 점에서 1)과 같다.

앞에서 분석한 <괴물>들은 사물세계(X1), 자기세계(X2), 사물세계와 자기세계의 분열(X3)을 가시화했다고 볼 수 있다. 그것은 모두 상징계에 포섭되지 않는 어떤 실재처럼 출현했다. 반면 1), 2)에서 주목되는 점은 <괴물>이 상징계 자체, 혹은 상징계에 속해 있는 어떤 것을 지시하고 있다는 사실이다. 따라서 여기서의 <괴물>은 앞서 등장하는 <괴물>과 다르다. 여기에서의 <괴물>은 상징계에 포섭될 수 없는 대상이나 내면이 아니라, 그 자체 상징계의 일부로서, 개개인을 소외시키는 자본주의 시스템의 일부다. 따라서 이들은 <괴물>처럼 등장하고는 있지만 상징적인 수사일 뿐 <실재>와는 직접적인 관련을 맺고 있지 않은 것으로 판단된다.

> 버스에 흔들거리며 신문사로 가면서, 그는 영감의 의견과 같이 정부 측의 압력 때문에 만화 연재를 중단할 수 있다면 얼마나 행복할까 하고 생각했다. 그렇게만 된다면 그것은 필화사건이 된다. 그리고 그렇게만 된다면 그는 영웅이 될 수도 있다. 사실 옛날 자유당 시절에는

그런 사례가 있기도 했었다. 그러나 위정자가 바뀌고 보니 그런 경우를 당하기가 힘들어졌다.

— 179쪽

「차나 한잔」의 만화가는 어느 날 자신의 만화가 신문에 실려 있지 않음을 발견하게 된다. 만화가 실리지 않는 일이 며칠씩 반복되자 '나'는 지면을 잃은 게 아닐까 하는 불안감에 빠져 신문사를 찾아가게 된다. 그 과정에 동네 영감을 만나게 되고 "심하게 정부를 까더니 그예 당했구려?"(178)라는 말을 듣게 된다.

하지만 영감의 생각은 '나'에 대한 오인일 뿐이다. 화자는 정부를 비판하려는 의도를 그다지 갖고 있지 않았을 뿐더러, 어차피 일자리가 떨어질 거라면 필화사건의 명예라도 얻었으면 좋겠다고 생각한다. 하지만 정부의 통제방식은 예전의 그것보다 훨씬 세련된 것이다. 그들은 "만화가를 건드리면 손해 보는 건 자기들이라는 걸 알아버린 모양"이다. 아무래도 만화가 잘린 것은 "만화 자체 속의 어떤 결함, '웃기는' 요소가 부족했다든가 하는 결함에서 당하고 있는 일"(179) 때문이리라고 '나'는 짐작한다. 문제는 상품가치다. 그는 정부에 의해서가 아니라 시장경제에 의해서 밀려나고 있다.

이렇게 되면 이번 해고당하는 것이 내 개인의 문제에서 그치는 게 아니다. 그것은 국내 만화가들의 소멸을 의미하게 되는 것이다. 한 장의 만화를 여러 장으로 복사해서 세계 각곳에 싼값으로 팔아먹는 미국 만화가들의 신디케이트에 국내신문이 걸려들기 시작했다면 이건 큰일이다. 오래지 않아서 모든 국내 신문들은 미국 가정의 유머를 팔아먹고 있게 되리라. 미국 만화가들의 복사된 만화는 사는 편에서만 생각한다면 값이 싸니까. 그리고 문명인들답게 유머가 세련되어 있으니까.

— 184쪽

그가 사회에서 소외되는 방식은 자유당 시절의 언론탄압처럼 직접적이지 않다. 그것은 간접적이고, 훨씬 은밀한 방법으로 행사된다. 마치 모든 사람들이 그러한 사실을 잘 알고 있다는 듯이, '나'가 만나는 사람들은 하나 같이 "도회의 어법"을 구사한다. 일례로 문화부장은 "오늘부터는 그리실 필요는 없게 됐습니다."라고 말하지 않고, "오늘 치 만화 좀…."(180)이라고 말한다. 해고를 통보할 때도 그는 독자들의 투서 핑계를 들고, "우리 신문에 수난이 닥친 모양"(182)이라고 이유를 설명한다. 독자라는 불특정 다수, 혹은 신문사라는 조직에게 행위의 근거를 들면서, 나는 그들의 뜻을 대행했을 뿐이라고 말하는 것이다. 그것은 주체 이상의 존재, 즉 실제로 믿는다고 가정된 주체에게 자신의 행위를 의탁하는 화법[50]이다.

이러한 주체들 너머에 있는 타자를 대타자(big Other)[51]라 할 수 있다. 아무도 자기 자신의 뜻이라고 생각하여 말하는 사람은 없다. 사람들은 오직

---

50) 내가 참여하고 있는 과정을 대타가 통제하고 있다는 바로 그 인식이 내 마음을 자유롭게 떠돌 수 있도록 해주는데, 그 까닭은 내가 관련되어 있지 않다는 것을 내가 알기 때문이다(…) 즉 내 자신이 어떤 훈련기구에 따라감으로써, 말하자면 나는 일의 순조로운 진행을 유지시켜야 할 책임을 대타에게 옮겨서 내 자유를 행사할 수 있는 귀중한 공간을 얻게 된다(Zizek. Slavoj, 「물신주의와 그의 변천」, 『환상의 돌림병』, 214쪽).

51) 대타자는 타자와 혼용해서 쓰이는 경우도 있지만 엄밀하게 말하자면 그 의미가 다르다. 대타자는 쉽게 말하자면 '나와 동일시될 수 없는 타자' 혹은 '나에 의해서 오인된 타자'이다. 대타자 자신은 아무런 의지도 갖고 있지 않지만 주체는 그가 어떠어떠한 의지를 갖고 있으리라고 가정함으로써 사실은 스스로의 의지를 대타자의 이름을 빌어 실현시키는 셈이다. 이에 대한 지젝의 설명은 다음과 같다. "아버지로서 나는 내가 절조가 없는 연약한 사람인 것을 알고 있지만, 동시에 나는 내 안에서 내가 아닌 것을－정당한 대의를 위해 위험을 감수할 준비가 되어 있는 위엄과 강한 원칙의 사람을－보고 있는 나의 아들을 실망시키기를 원하지 않고 있다. 그러므로 나는 이러한 잘못된 인식의 나와 동일시하여 사실상 이러한 잘못된(실제적인 나로서 나의 아들에게 보이는 것을 부끄러워하여 나는 실제적으로 영웅적인 행위들을 완성하는) 인식에 따라 행위하기 시작할 때 참으로 '나 자신이 된다.'"(Zizek. Slavoj, 「비극에서부터 익살스러운 희극」, 『무너지기 쉬운 절대성』, 78쪽).

그것을 상대방이 원하는 것이라고 생각하여 수행한다. 하지만 그것이 자신의 뜻이 아니라고 말함으로써 그들은 대타자라는 관념을 현실화시키고 인격화시킨다. 대타자는 스스로는 아무런 의지도 갖지 않는 <기의 없는 기표>이지만, 주체의 가정에 의해서 주인기표의 자리를 차지하게 되는 것이다.[52] 따라서 대타자가 실제로 어떻게 생각하는지에 대해서는 아무도 알 수 없다.

이러한 대타자의 존재를 유머러스한 수사로 포착하고 있는 작품은『다산성』이다.

> 이상한 일이다. 하나하나를 보면 모두 소심하고 말이 드문 애들이다. 그런데 모이기만 하면…… 우리 열 명이라는 밀가루는 반죽이 되면 엉뚱하게도 찐빵이 된다. 하나하나 가지고 있는 분위기는 서로 비슷하면서도 그들이 모였을 때는 전혀 다른 분위기가 되어버린다. 조용한 밀가루들은 떠들썩한 찐빵이 되는 것이다.
>
> 물론 나는 그게 싫은 건 아니다. 가끔 감당해내기가 벅찰 때가 있을 뿐이다. 그 자체로서 생명을 가지고 있는 찐빵은 대대로 우리를, 찬 겨울날 밤에 남산 꼭대기에 올려놓기도 하고 종3 골목 속에 몰아넣기도 하고 술집의 사기그릇 든 찬장을 뒤집어엎는데 끌어내기도 하고 또 때때로 우리로 하여금 눈깔사탕 봉지를 안고 양로원들의 썩어가는 대문을 두드리게도 한다. 모두 찐빵의 횡포 때문인데 우리는 찐빵에게 질질 끌려다니기만 한다.
>
> — 99쪽

"찐빵"은 일종의 권력이지만, 예사로운 권력이 아니다. 그것은 어떤 외부적인 힘도, 지배자에 의해 행사되는 폭력이나 억압도 아니다. "찐빵"은 혼자 있을 때는 존재하지 않다가 열 명이 모이면 '우리들'의 내부에서 생

---

52) Zizek. Slavoj,「케 보이?」,『이데올로기라는 숭고한 대상』, 165쪽 참조.

겨나는 어떤 힘이다. "찐빵"이 자신의 것이라고 생각하는 사람은 아무도 없지만, 우리 모두는 "찐빵"이 원하는 바를 알고 있다는 역설이 여기에 있다. 나는 "찐빵"을 원하지 않지만 친구는 찐빵을 원할지도 모르므로, 나는 친구를 위해 찐빵을 원하지 않을 수 없다는 논리이다. 상호수동성(inter-activity)에 의해서 내 안에 있는 내가 아닌 것, 즉 <내 안의 잉여>가 소유자 없는 권력으로 화하는 것이다.

"찐빵"은 대타자다. 대타자는 주체 외부의 것이지만, 철저하게 주체 내부의 믿음에 의해 실천된다. 그것은 타자(외부)에 대한 나(내부)의 믿음에 의해 존재한다.[53] 이 때, 외부와 내부 중 어느 하나가 결여되어도 대타자는 작동할 수 없다. "찐빵"은 그것을 타자의 것으로 믿는 주체들 사이에서만 "그 자체로서 생명을 가지고 있는 찐빵"이 될 수 있다. 타자가 실제로 원하는 것이 무엇인지 아무도 알 수 없다는 점에서 "찐빵"은 그 누구의 것도 아니다. "우리는 찐빵에게 질질 끌려다니"지만, 덕분에 '나'는 "찐빵"으로부터 자유로울 수 있는 것이다. 대타자의 실체는 없다. 대타자는 아무것도 원하지 않는다. 대타자의 완전한 결핍을 채우는 것은 타자가 그것을 원한다는 믿는 나의 믿음뿐이다.

대타자의 실체를 알면 문제가 해결될 것 같지만 그렇지 않다. 주체는 타자와의 관계에서 완전히 소통 불가능한 상태에 내몰린다. 라깡에 의하면 주체의 욕망은 정의상 "타자의 욕망"이[54]므로, 주체는 자기 자신만의 욕망을 추구할 수 없다. 대타자의 결핍은 주체로 하여금 자신의 결핍을 대타자의 결핍과 동일시함으로써 기표 속에서의 전적인 소외를 피할 수 있게 해 준다.[55] 따라서 주체는 대타자가 아무것도 원하지 않는다는 사실

53) 정태는 "장난감에 대해서 가령 이쪽에서 믿지 않는다고 떠들어보았댔자 믿지 않으면 안 되는, 적어도 그 존재를 인정하고 그의 명령에 복종하지 않을 수 없는 사태가 생겨서 꼼짝없이 이쪽을 끌고 간다는 얘기지?"하고 찐빵에 대해 '나'에게 묻는다.

54) Zizek. Slavoj, 『항상 라캉에게 묻고 싶었지만…』, 332쪽.

55) Zizek. Slavoj, 『진짜 눈물의 공포』, 332쪽.

을 몰라야만 한다. "운길이가 찐빵을 의식하지 못하는 한 찐빵은 그에게 구원의 자비로운 손길을 내밀 것이다." 거꾸로, "찐빵은 자기의 얼굴을 보아버린 자를 그냥 두지는 않을 것이다."

하지만 대타자의 본질을 어렴풋이 깨닫게 된 자라면, 타자의 욕망을 욕망할 것인가, 아니면 전적인 소외를 감당할 것인가, 의 갈림길에 설 수밖에 없다. 이것이 「서울, 1964년 겨울」의 주인공들이 겪고 있는 근본적인 갈등이다. 서울 한복판의 선술집에서 만난 '나'와 안은 상대방과 정상적인 소통을 하지 못한다. 하지만 그들은 소통의 단절상황에 놓여 있는 것이 아니다. 그들은 "놀라운 기쁨"까지 느끼면서 대화를 계속하고 있기 때문이다. 그들의 갈등은 소통하고 싶다는 욕망과 소통 불가능한 상황 사이에 있는 게 아니라 소통할 수 있다는 믿음과 소통하고 싶지 않다는 욕망 사이에 놓여 있다. 다음은 소설에서 그들의 대화만을 임의로 떼어내어 재구성한 것이다.

안: 퍽 음탕한 얘기군요.

나: 아니, 음탕한 얘기가 아닙니다. 그 얘기는 정말입니다.

안: 음탕하지 않다는 것과 정말이라는 것 사이엔 어떤 관계가 있죠?

나: 모르겠습니다. 관계 같은 것은 난 모릅니다. 요컨대…….

안: 그렇지만 그 동작은 '오르내린다'는 것이지 꿈틀거린다는 것은 아니군요. 김형은 아직 꿈틀거리는 것을 사랑하지 않으시구먼.

(…)

안: 난 방금 생각해봤는데 김형의 그 오르내림도 역시 꿈틀거림의 일종이라는 결론을 얻었습니다.

나: 그렇죠? 그것은 틀림없는 꿈틀거림입니다. 난 여자의 아랫배를 가장 사랑합니다. 안형은 어떤 꿈틀거림을 사랑합니까?

안: 어떤 꿈틀거림이 아닙니다. 그냥 꿈틀거리는 거죠. 그냥 말입니다. 예를 들면…… 데모도…….

나: 데모가? 데모를? 그러니까 데모…….

안: 서울은 모든 욕망의 집결지입니다. 아시겠습니까?

나: 모르겠습니다.

(…)

안: 우리가 거짓말을 하고 있었다고 생각하지 않으십니까?

나: 아니요. 안형은 거짓말을 했는지 모르지만 내가 한 얘기는 정말 이었습니다.

안: 난 우리가 거짓말을 하고 있었던 것 같은 느낌이 듭니다. 난 우리 또래의 친구를 새로 알게 되면 꼭 꿈틀거림에 대한 얘기를 하고 싶어집니다. 그래서 얘기를 합니다. 그렇지만 얘기는 오 분도 안 돼서 끝나버립니다.

— 205~207쪽에서 재구성

안의 "꿈틀거림" 운운은 '나'의 "파리" 이야기에서 자극받은 것이다. '나'의 "꿈틀거림"이 자신의 것과 다르다고 생각되자 안은 상대를 비아냥거린다. 그러나 다시 "꿈틀거림" 이야기를 계속하고 싶은 욕망을 내비치는가 하면, 느닷없이 "데모" 이야기를 꺼냈다가 상대가 이해하지 못하는 듯하자 엉뚱한 소리를 하여 대화를 종결시킨 다음, 잠시 후 서로가 거짓말을 하고 있었다며 "꿈틀거림"의 소통에 대한 자신의 결핍을 고백한다. 안은 마치 상대방의 욕망이 자신과 같을지도 모른다는 희망에서 대화를 시작했다가, 타자와의 차이를 확인하게 될까봐 저어하여 미리 대화를 차단하는 일을 반복하고 있는 듯하다.

오르내리는 여자의 아랫배를 사랑한다는 '나'의 고백은 페티시즘적인 태도를 보여주고 있다. 성적인 욕구라고는 할 수 없지만, 나는 개별적인 여성존재를 몰개성적인 "꿈틀거리는 배"로 대치하고 있다. 이는 탈성화된 페티시즘으로, 정확히 말하자면 절시증(Scopophilia)에 해당한다. 절시증은 '보는 것을 좋아함'의 뜻을 가진 말로, 보는 행위 그 자체 속에 욕망의 대상을 위치시키는 것이다.56) '나'는 "꿈틀거리는 배"를 보기 위해 여성을 필요로 할뿐이다. 하지만 그것은 성적 욕망이 아니며 '나'의 응시는 "꿈틀거림"을 보고 싶다는 욕구 이상의 것을 갖고 있지 않다. '나'가 "퍽 음탕한 얘기군요"라는 안의 말에 "정말"이라고 반박하는 것은 당연하다. 여기서 "정말"은 "진짜(real)"로 꿈틀거림 자체다.

반면 안은 "사물의 틈에 끼여서가 아니라 사물을 멀리 두고 바라보게"(210) 된다는 말에서 알 수 있듯, 관음증(voyeurism) 성향의 인물이다. 안의 응시 역시 성적이라기보다는 사물의 의미를 캐고 싶어 하는 분석가의 그것에 가깝다. 안은 의미 없는 대상에 대한 공포증을 가진 인물이며, 관념을 통해서만 그 공포로부터 벗어날 수 있는 인물이다. 안은 자신이 밤거리에서 느끼는 해방감을 토로하면서, "근데 그게 의미가 없는 일일까요? 그런, 사물을 바라보며 즐거워한다는 일이 말입니다."라고 말한다. 그가 대상이나 사건으로부터 얻고자 하는 것은 사후적인 의미이자 관념임을 알 수 있다.

굳이 비교하자면 '나'의 절시증보다 안의 관음증이 성 도착증에 더 가깝다. 내가 그런 짓을 하면서 기분이 좋았다고 생각하는 것과는 대조적으로 안은 "그런 짓을 하고 나서는 뒷맛이 좋지 않더"(209)라고 말한다.

이렇듯, 두 사람의 대화단절은 내용의 차이가 아닌 의도의 차이에서 비롯된 것이다. '나'는 보는 행위 자체에 만족하고자 한다. 이와는 달리 '안'은 대상 너머에 있는 의미를 원한다. '나'의 응시가 대상 자체에 대한 충동에 그치는 일종의 욕구충족에 불과한 반면, 안의 시선은 보편적인 의미체계를 향한 승화된 성적욕망의 추구이다. 하지만 "꿈틀거림"은 하나의 의미로 붙잡을 수 없는 대상에 해당하는 것이다. 이는 안에게 완전한 리비도의 승화를 불가능하게 만든다. 안은 성적인 욕망과 지식에 대한 욕망 사이에서 갈팡질팡할 수밖에 없다. '나'의 "데모가? 데모를? 그러니까 데

56) Sarup. Madan, 김해수 역, 『알기 쉬운 자끄 라캉』, 백의, 1994, 113쪽.

모…….”라는 말에 안이 느닷없이 “서울은 모든 욕망의 집결지”임을 말하는 이유가 여기 있다.

안의 지식에 대한 욕망은 좌절된 정치적 욕망의 연장선으로 이해된다. 안은 스물다섯 살로 64년을 기준으로 계산하면 60년에는 스물 한 살의 대학교 2학년생이다. 그는 분명 4·19혁명에 직·간접적으로 참여했거나 60년 4월 19일부터 61년 5월 16일까지의 일 년 동안 정권에 대한 승리의 쾌감과 그로 인해 보장된 대학캠퍼스의 자유를 몸소 체험했을 인물이다. 따라서 그는 지금은 사라진 그때의 감격을 누군가와 공유하기 위해서 밤거리로 나온다고 볼 수 있다. '나'의 경우는 4·19와 연루되었는지 여부가 분명치 않지만 “결국 그렇고 그렇다. 또 한 번 확인된 것에 지나지 않다”(206)는 진술에서 미루어 보건데 모르는 사람과의 대화를 시도한 것이 처음은 아니다. 두 사람은 자신의 내면세계를 누군가와 소통하기 위해서 반복해서 외출하고 있는 것이다.

물론 안이 말한 “데모”나 “꿈틀거림”이 4·19를 지시한다고 볼만한 근거는 없다. 하지만 언어유희의 특성상 이 단어들이 무엇을 뜻하는지 알만한 단서도 마찬가지로 없다. 이들의 대화는 의미와 무의미 사이를 오가면서 자유로운 해석의 가능성을 열어놓고 있는 셈인데 그렇다면 다의적인 해석 가능성의 하나로 이들의 대화가 4·19를 그 저변에 깔고 있다고 생각 못할 이유도 없다. 이들의 대화를 일종의 알레고리로 보자는 것이다.

이들이 4·19에 대해서 말하지 못하는 이유는 두 가지 정도로 압축된다. 한 가지는 그것이 그들의 외상을 구성한 직접적인 사건이기 때문이다. 외상이 말해지지 않는 것임은 이미 밝힌 바 있지만, 이들에게 4·19에 대해 말한다는 것은 외상의 중핵을 건드리는 행위가 될 것이다. 또 하나는 4·19의 실패가 이들의 결핍을 초래했다고 보는 방법이다. 4·19는 최초에는 성공한 듯이 보였으나, 결국에는 실패한 혁명이자 미완의 혁명으로 끝났다. 만약 4·19가 실패하지 않았다면, 지금의 채울 수 없는 결핍은 생겨나지 않았을 것이다. 다시 말해 4・19를 외상의 원천이자 현재의 모든 결핍을 대변하는 기표로 볼 수 있다는 것이다.

이는 4・19에 대한 김승옥의 태도에서 어느 정도 단서를 찾을 수 있다. 물론 4・19는 하나의 역사적 사건인 만큼 그것의 공과를 상상이나 관념에 불과했던 것으로 평가할 수는 없다. 하지만 개인적이고 심리적인 맥락에서 보았을 때, 김승옥의 4・19에 대한 태도는 상당히 모호하다고밖에 할 수 없다. 그는 4・19의 의의에 대해서, "우리가 받아온 교육을 실천할 기회를 가질 수 있었다는 점",[57] 다시 말해 "우리들이 초등학교 때부터 받아온 교과서에서의 교육이 4・19에 의하여 완성될 수 있었"[58]음을 말한다. 그는 해방 후 국민학교에서 "자유민주주의란 좋은 것이다, 목숨을 걸고서라도 지킬 만한 가치가 있는 것이다, 그렇게 배우면서 철이 들었는데"[59] 그것을 실현할 첫 번째 기회가 4・19였다는 것이다. 하지만 해방 후 그가 받은 국민 학교 교육은 비록 한국어로 된 것이었다고는 하나 일본 제국주의의 잔재가 완전히 사라진 것이라고 보기 어렵다.[60] 이 사실을 증명하듯 그는 "월남참전 때문에 우리 민족의 고질인 열등의식이 다소나마 씻겨지지 않았을까", "우리 군대가 우리 국토 아닌 땅에서 전쟁을 해봤다는 뜻의 동물적인 우월감"[61]을 말하는가 하면 "그저 그 동안의 인류의 역사를 훑어보니 사람의 인식능력을 계발해 온 사람들이 여자보다는 남자 쪽에 더 많더라(…) 위대한 업적을 남겨 인류 발전에 공헌했다는 남자들의 거의가 저보다 힘이 약한 나라에 서슴지 않고 쳐들어가 재물을 긁어

---

57) 김승옥, 「제야의 문답」, 위의 책, 131쪽.

58) 김승옥, 「산문시대 이야기」, 위의 책, 216쪽.

59) 김승옥, 「제야의 문답」, 위의 책, 131쪽.

60) 장영우는 국어교육이 반드시 민족적인 결과를 가져온다고 볼 수는 없는데 왜냐하면 "교사가 어떤 세계관을 가지고 있느냐에 따라 한국어로 식민사관을 주입시킬 수도 있고, 일본어로 조선혼을 일깨울 수 있기 때문"이다(장영우, 「4・19세대의 문체의식」, 『작가연구』 6, 새미, 1998, 37쪽).

61) 김승옥, 「제야의 문답」, 위의 책, 131쪽.

모은 강대국에서 많이 나왔"[62]다는 인식 하에 "처자식 먹일 것을 장만하지 못했으면 남의 것을 빼앗아서라도 먹여야지 먹일 게 없다고 「나는 인식 쪽으로 갑니다」 해버려서는 곤란하다"[63]고 하는 등 일견 제국주의자로 오인될 수 있는 발언을 하고 있다. 이쯤 되면 그가 말하는 자유민주주의가 무엇을 의미하는지 의심스러워질 수밖에 없다. 분명한 것은 이러한 사고 속에 녹아 있는 <자유민주주의>와 <부국강병>의 공존이다. 문맥적으로만 보자면 <자유민주주의=부국강병>라는 무의식적인 인식이 충분히 읽히는 것이다.

더구나 그는 2001년 창비 좌담에서 "우리 세대의 문학은 어떤 의미에서는 6 · 25문학"이며, "4 · 19세대의 문학이라고들 하지만 사실은 우리 세대가 어린 시절에 겪은 6 · 25 이후의 체험담들이 결국은 우리 60년대 문학의 기본적인 배경이 된다"[64]고 말하여 자신의 문학에 대한 4 · 19의 영향력을 상대적으로 평가절하하는가 하면 4 · 19세대임을 강조하기도 한다. 4 · 19라는 역사적 사실은 그대로되, 그것에 대한 김승옥의 생각과 해석은 변화하고 있다. 그는 "김대중정권의 탄생으로 이제야 4 · 19적 질서가 회복되었다고"[65] 말한다. 그에게 4 · 19는 "40년 동안 계속해온 혁명"[66]인 것이다.

이에 대해 "지금 와서는 명백해진 것이지만 4 · 19의 이념이란 만들어 나가야 할, 즉 미래형의 것이었지, 결코 시초부터 형성되어 있었던 것은 아니었다. (…) 추상적 부정성 (…) 그것이 얼마나 창졸간에 이루어진 추상적 성격의 것이었던지는 그들의 언어가 현실화되는 순간, 그들의 이념

---

62) 김승옥, 「한이불 밑의 행복과 불행」, 『뜬 세상에 살기에』, 15쪽.

63) 김승옥, 위의 글, 19쪽.

64) 좌담: 최원식 임규찬 엮음, 「4월혁명과 60년대를 다시 생각한다」, 『4월혁명과 한국문학』, 창작과 비평사, 2002, 32쪽.

65) 위의 글, 65쪽.

66) 위의 글, 64쪽.

적 공백을 메꾸기 위해 그들은 무수한 정치인들을 초빙해 강연을 들어야 했다는 사실(산문시대 이야기 4 참조)로 입증된다."[67]는 한형구의 지적은 의미심장하다. 김윤식에 따르자면 그것은 "환상적"인 것으로서, "지금 여기에 있지 않은 것, 부재를 향한 형언할 수 없는 그리움"[68]이다.

바로 이러한 <부재하는 환상>이 '나'와 안의 대화가 추구하고 있는 공동의 기의이다. 그리고 그러한 기의에 대한 추구를 가능하게 해주는 것은 말해질 수 없는 것(4·19로 가정되는)이다. 이는, 소통의 회로는 개방하되 소통회로의 작동방식을 폐쇄적으로 조직함으로써 소통주체들 사이의 기호행위를 씨니피에의 손아귀를 교묘하게 미끄러져 빠져나가는 씨니피앙의 유희로 만들어버리는 방식이다.[69] 그것은, "대화가 시작되는 순간에 이미 대화의 실패를 전제하고 있는"[70] 언어게임이다.

하지만 이러한 실패가 단순히 실패가 아닌 것은, 대화가 끝나지 않기 위해서는 기의가 확정되지 말아야 하기 때문이다. 「무진기행」의 윤희중이 자신의 환상을 지속시키기 위해 편지를 발송하지 않듯이, 이들은 자신이 진정으로 말하고 싶은 바가 무엇인지 밝히지 않는다. 안의 "난 우리가 거짓말을 하고 있었던 것 같은 느낌이 듭니다."(206)는 진술은 자신이 무언가를 숨기고 있었다는 고백이다. 그들의 대화는 다음과 같이 계속된다.

> 나: 을지로 삼가에 있는 간판 없는 한 술집에는 미자라는 이름을 가진 색시가 다섯 명 있는데 그 집에 들어온 순서대로 큰미자, 둘째미자, 셋째미자, 넷째미자, 막내미자라고 합니다.

---

67) 한형구, 「김승옥론 — 김승옥 문학의 문학사적 성격」, 『한국현대작가연구』, 민음사, 1989, 225쪽.

68) 김윤식, 「60년대 문학의 특질 — 김승옥론」, 『운명과 형식』, 솔, 1992, 163쪽.

69) 공종구, 「김승옥 소설의 근대성」, 『현대소설연구』 9호, 한국현대소설학회, 1998.12, 333쪽.

70) 공종구, 위의 글, 333쪽.

안: 그렇지만 그건 다른 사람들도 알고 있겠군요.

나: 아 참, 그렇군요. 난 미처 그걸 생각하지 못했는데. 난 그 중에서 큰미자와 하룻저녁 같이 잤는데 그 여자는 다음날 아침, 일수로 물건을 파는 여자가 왔을 때 내게 빤쯔 하나를 사주었습니다. 그런데 그 여자가 저금통으로 사용하고 있는 한 되들이 빈 술병에는 돈이 백십원 들어 있었습니다.

안: 그건 얘기가 됩니다. 그 사실은 완전히 김형의 소유입니다.

나: 나는…….

안: 서대문 근처에서 서울역 쪽으로 가는 전차의 도로리가 내 시야 속에서 꼭 다섯 번 파란 불꽃을 튀기는 것을 보았습니다. 그건 오늘 밤 일곱 시 이십 오 분에 거길 지나가는 전차였습니다.

나: 안 형은 오늘 저녁엔 서대문 근처에서 살고 있었군요.

안: 예, 서대문 근처에서 살고 있었어요.

나: 난, 종로 이가 쪽입니다. 영보빌딩 안에 있는 변소문의 손잡이 조금 밑에는 약 이 센티미터 가량의 손톱자국이 있습니다.

안: 그건 김 형이 만들어놓은 자국이겠지요?

나: 어떻게 아세요?

안: 나도 그런 경험이 있으니까요.

— 208~209쪽

그들은 타인들이 모르는 것을 알고자 한다. 당연히, 내가 아는 것을 상대방은 모른다. 그들이 공유할 수 있는 것은 자신이 알고 있는 사실이 아니라 남들이 모르는 것을 알고자 하는 욕망이다. 더구나 '나'와 안의 이야기는 거짓말이어도 무방하다. 욕망의 동일함을 확인하면 그뿐, 욕망의 대상이 되는 사실이나 사건의 구체적인 내용은 중요하지 않기 때문이다.

그들의 욕망은 교환 불가능한 것을 지향하고 있다. Ⅲ－2－1)에서 분석했듯이 <교환 불가능한 대상>에 대한 욕망은 김승옥 화자들이 보편적으로 갖고 있는 욕망이다. 여기서, 그들은 욕망의 대상이 아닌 <교환

불가능한 대상>에 대한 욕망 자체를 교환한다. 변소문의 손잡이 밑에 일부러 자국을 남기는 행위는 자신의 내면세계와 일치하는 외부적 사건을 작위적으로 만들어내는 「건」의 어린화자 '나', 『환상수첩』의 세 명의 주인공의 그것과 닮았다. 「무진기행」의 윤희중이 불가능한 대상에 대한 하인숙의 믿음을 믿듯이, 이들은 불가능한 대상에 대한 서로의 욕망을 욕망한다. 다만 윤희중이 편지를 발송하지 않음으로써 욕망의 구체적인 내용을 숨기는 것과는 달리 이들은 상대방이 욕망하는 것을 세세하게 확인하는 게임에 참여하고 있다. 안은 "완전히 김 형의 소유"(208)인 것을 알아도 상관없다. 그 역도 마찬가지다. 그들은 서로의 차이를 확인해야만 공동의 환상을 유지할 수 있다.

이는 파라시오스(Parrhaxios)와 제욱시스(Zeuxis)의 그림내기에서 파라시오스의 베일 그림이 보여주는 논리와 같다. 이면에 무언가가 존재한다는 믿음이 유지되는 한 베일은 진짜처럼 보인다. 전자가 근본적인 환상이라면, 후자는 사이비－환상이다. '나'와 안은 사이비－환상만을 확인하는 언어게임에 동참함으로써, 서로의 근본환상이 무엇인지 확인하지 않으려고 한다. 그들의 근본환상은 남들이 욕망하지 않는 것을 욕망할 자유가 존재한다는 환상이다. 그렇다면 이들에게 타인들이 욕망하는 것은 무엇일까. 그것은 바로 자본주의의 욕망, 대타의식에 근거한 교환가치에 대한 욕망이다. 하지만 불행하게도 이들은 교환가치 바깥에 있는 사물이 무엇인지에 대해서 말할 수 없다. 그렇기 때문에 이들은 '그것이 무엇이다'라는 언급을 피하면서, '그것이 있음을 우리는 알고 있다.'는 태도를 취하여 자폐적인 욕망에서 벗어나고 있는 것이다. 따라서 이들은 서로의 소통불가능성을 확인하고 있는 것이 아니라, 소통 불가능한 욕망을 소통할 수 있게 해주는 환상의 이중구조를 교환하고 있는 셈이다. 그러나 이들의 환상은 어떤 한 사내를 만남으로 해서 다시 위기에 처하게 된다.

사내는 '나'와 안의 정반대에 위치하고 있는 인물이다. 죽은 아내의 시체를 병원에 팔아먹었다는 것, 다시 말해서 교환할 수 없는 것을 교환했다는 죄책감이 사내가 느끼고 있는 고통의 근원이다. 이들의 차이는 길거리에서 목격하는 화재현장에서 명약관화해진다. 이들 앞에 불은 <실재>처럼 출현한다.

> 나는 꺼졌다고 생각하고 있던 '학'에 다시 불이 붙고 있는 것을 보았다. 물줄기가 다시 그곳으로 뻗어가고 있었다. 그러나 물줄기는 겨냥을 잘 잡지 못하고 이리저리 흔들리고 있었다. 불은 날쌔게 '용'을 핥고 있었다. 나는 '미'까지 어서 불 붙기를 바라고 있었고 그리고 그 간판에 불이 붙는 과정을 그 많은 불구경꾼들 중에서 나 혼자만 알고 있기를 바랐다. 그러나 그때 문득 나는 **불이 생명을 가진 것처럼 생각되어서**, 내가 조금 전에 바라고 있던 것을 취소해버렸다.
>
> — 218쪽(강조는 필자)

'나'는 "간판에 불이 붙는 과정을(…) 나 혼자만 알고 있기를" 바란다. 그때 '나'는 "불이 생명을 가진 것처럼 생각"된다. 안은 화재가 "우리 모두의 것"이라고 말했다가 "화재는 오로지 화재 자신의 것"이라고 횡설수설하면서 자신은 "화재에 흥미가 없"음을 두 번씩이나 강조한다. 여기서 '나'와 안이 자가당착에 빠지고 있음을 어렵지 않게 확인할 수 있다. 어차피 의미의 체계는 욕망의 교환체계다. 타자의 세계에서 빠져나올 때, <자기세계>는 무의미의 영역으로 가라앉을 수밖에 없다. 대상은 주체의 욕망에 대해 무관심하기 때문이다. 따라서 내가 본 "생명을 가진" 불이나 안이 발견한 "화재 자신"은 <물 자체>다. 우연히 맞닥뜨린 무형의 대상 앞에서 이들의 환상은 자신이 허구에 지나지 않음을 스스로 폭로하는 것이다. 반면 사내는 불 앞에서 "골치가 깨질 듯이 아프다고 머리를 막 흔들고 있"(218)는 아내의 모습을 본다. 사내는 비록 분열증적이기는 하나 무의미 속에서 의미를 발견할 수 있는 건강성을 잃지 않고 있는 자이다. 당연하게도 모든 것이 교환 가능한 세계의 법칙을 위반하는 실제적인 행위를 수행하는 이는 바로 사내이다.[71] 사내는 무의미 그 자체로서 의미에 도전한다. 사내는 아내를 판 돈을 하룻밤 안에 다 써버리는데 동참해달라고 제의한다. 이는 무언가를 교환하기 위한 소비가 아니라 소비 그 자체를 위한 소비이다. 사내의 욕망은 상품에 무관심하며 오직 돈이 가진 교환가치를 파괴함으로써 아내에 대한 자신의 소중한 추억을 되찾겠다는 도착증적인 논리에 사로잡혀 있다. 화재를 만나자 사내의 행동은 보다 과격해진다.

> "당신이다"라고 순경은 아저씨를 한손으로 붙잡으면서 말했다. "방금 무얼 불 속에 던졌소?"
>
> "아무것도 안 던졌습니다."
>
> "뭐라구요?" 순경은 때릴 듯한 시늉을 하며 아저씨에게 소리쳤다. "내가 던지는 걸 봤단 말요. 무얼 불 속에 던졌소?"
>
> "돈입니다." / "돈?" / "돈과 돌을 손수건에 싸서 던졌습니다." / "정말이오?" 순경은 우리에게 물었다.
>
> "예, 돈이었습니다. 이 아저씨는 불난 곳에 돈을 던지면 장사가 잘된다는 이상한 믿음을 가졌답니다. 말하자면 좀 돌았다고 할 수 있는 사람이지만 나쁜 짓은 결코 하지 않는 장사꾼입니다." 안이 대답했다.
>
> — 219쪽

돈은 모든 사물을 대표하는 주인기표로서, 순전히 추상적인 가치만을 지닌다. 그럼에도 불구하고 화폐는 자기 자신 하나의 물질로서, 낡고 마모되는 특성을 지닌다. 사내는 돈을 없애기 위한 소비를 자행하다 못해

---

71) 김현은 이에 대해 "결국 이 사내만이 택시 속에서 "세브란스로!"라고 외쳤다는 것은 그가 어떤 것을 소유했다고 믿었던 적이 있었다는 것을 우리에게 말해주고 있다."(396)고 말하고 있다. (김현, 「구원의 문학과 개인주의 — 자기 세계의 의미/ 존재와 소유」, 『현대 한국문학의 이론 / 사회와 윤리』, 문학과 지성사, 1991, 396쪽).

돈을 불 속에 던져버린다. 돈은 자신이 물질임을, 타대상의 가치를 보유하지만, 그 자체로서는 아무런 가치를 지니지 못하는 <텅 빈 사물>임을 드러낸다. 철저하게 무의미한 행위 앞에서 돈이 가진 근본적인 무가치성이 폭로되는 것이다. 이러한 행위에 순경이 개입하고, 안은 어떻게든 사내의 행동을 의미화하기 위해 노력한다. 순경 앞에서 자신의 존재를 호명(interpellation)당하는 것이다. 안은 자기만의 세계를 추구하지만, 제복으로 상징되는 공권력에 맞서 그것을 주장하지는 못한다. 의미는 교환될 수밖에 없고, 교환되어야 한다는 것이 안이 지닌 정치적 무의식이다.

여기서 안의 세대의식과 계급의식의 정체를 엿볼 수 있다. 안은 4・19 세대이자 대학원생으로서 자유(꿈틀거림)에 대한 향수를 갖고 있다. 그것은 한때 분명히 존재했다고 믿어지지만, "날을 수 있는 것으로서 동시에 내 손에 붙잡힐 수 있는 것"은 "파리밖에는"(203) 없다고 안이 고백하듯이 본인은 그것을 소유해본 적이 없다. 안은 누군가 그것을 소유하고 있다고 믿고 싶은 마음에 매번 밤 외출을 시도하지만, 그것은 "우리 모두의 것"이어서 더 이상 자유일 수 없거나, 아무의 것도 아닌 "화재 자신의 것"(218)에 불과함을 처절하게 확인하고 마는 것이다. 순수한 저항은 소통되지 않는 것이지만, 소통되지 않는다면 상징계의 법칙을 바꿀 수 없다는 것이 안이 처해 있는 딜레마다. 그는 <정상화하고 왜곡하는 질서>[72)]에 붙잡혀 있는 것이다. 이러한 사실을 증명하듯, 안은 '나'에게 "무의미한 겁니

---

72) <정상화>란 예전에는 처벌되었던 어떤 행위를 '배상' 또는 '책임'에 대한 행정적 조치로 바꿈으로써 '죄가 아닌 것'으로 바꾸는 행위를 말한다. 이러한 정상화는 상징계 바깥의 행위를 조직의 내부로 받아들이는 역할을 한다. 동시에 그것은 반항의 행위가 갖고 있던 위반성을 제거함으로써 <왜곡>하는 역할도 동시에 수행한다. 일례로 가족제도에 있어 국가가 성전환이나 동성결혼을 합법화하는 것은 <정상화>하는 힘이지만 그것이 제도화함으로써 더 이상 일부일처제의 모순을 공격할 수 없게 되는 것은 <왜곡>하는 힘이다. 이에 대해서는 Kristeva. Julia, 「오늘날 반항이란 무엇인가?」, 『반항의 의미와 무의미』(유복렬 역, 푸른숲, 1998), 15~56쪽 참조.

다. 아니 사실은 의미가 있는지도 모르지만 난 아직 그걸 모릅니다. 김 형도 아직 모르는 모양인데 우리 한번 함께 그거나 찾아볼까요."(210)하고 말한다.

결국 안의 세대의식은 구체적이고 동질화된 경험으로써의 사실에 기반하고 있지 않다. 안의 4·19세대의식은 아직 존재하지 않는 것, 동세대와 함께 찾아나가야 할 미완의 환상이며, 이러한 결핍을 공유하고 있다는 것이 안이 김에게 투사하고 있는 4·19세대의식이다. 안에게 있어 4·19세대는 동일한 경험에 의해 형성된 집단이면서 동시에 이질적인 시공간이 사후적으로 통합된 결과로서의 상상적 공동체(Imagined Communities)[73]의 성격을 덧가지는 셈이다.

안은 사내의 자살 뒤에 "혼자 내버려두면 죽지 않을 줄 알았"(224)다고 말한다. 이는 "그때 데모는 구두닦이들이 제일 열심히 했다"[74]는 김승옥의 말을 떠올리게 한다. 염무웅에 의하면 "싸움의 선봉에 서는 것은 그런 사람들"[75]이다. 임헌영은 "연구에 의하면 2월 28일부터 4월 26일까지 운동을 주도한 것은 대학 3년생"이지만 "이 기간에 시위에 적극 참여한 건 도시빈민"[76]이었다. 사내에 대한 안의 태도는 실제로 행동하지 않고 관념으로 사유하는 지식인의 당연한 결론이다. "버스에 올라서 창으로 내다보니 안은 앙상한 나뭇가지 사이로 내리는 눈을 맞으며 무언지 곰곰이 생각하고 서 있었다."(224)는 것은 안의 지식인 계급으로서의 사후적 파악의

---

73) 베네딕트 앤더슨의 용어로, 그에 의하자면 민족 자체가 <상상적 공동체>이다. 그는 민족이 혈통에 의한 생물학적 사실에 기반한 공동체가 아니라 지배계급, 정확히 말하면 국가에 의한 민족－됨(nation－ness)의 강요에 의해 탄생한 것이라고 본다. 민족을 역추적하면 다양한 혈통의 사람들과 다양한 문화의 사람들이 지배계급에 의해 제거됨으로써 하나의 민족으로 통합되는 문화적 기원을 찾을 수 있다는 것이다(Anderson. Benedict, 윤형숙 역, 『상상의 공동체』, 나남출판, 2002 참조).

74) 좌담: 「4월혁명과 60년대를 다시 생각한다」, 23쪽.

75) 위의 글, 24쪽.

76) 위의 글, 24쪽.

포즈를 보여주고 있다. 4・19혁명이, 그리고 그 혁명의 실천주체가 몰락했다는 것, 그렇게 되리라는 것을 이미 알고 있었다는 것, 하지만 자신으로서는 어쩔 수 없었다는 것이 안이 사후적으로 파악한 4・19혁명의 모습이다. "역시"라는 안의 말은 예측 불가능한 미래에 대한 공포를 은폐하는 것일 뿐, 당시 학생주체는 4・19혁명의 진행방향을 전혀 몰랐다고 보아야 한다.[77]

「서울, 1964년 겨울」은 4・19에 대한 하나의 알레고리로도 읽힌다. 안의 "꿈틀거림"에 대한 추구는 당시 지식인의 "독재에 대한 항거, 자유와 민주주의의 회복, 민권의 쟁취 등을 책으로 공부한 지식인들(책상물림들 또는 문과대학의 교과서를 통해 본 수준)로서 그 나름으로 실감나는 것들"[78]로서의 관념적 환상을, 안의 소통할 수 있는 사람을 찾기 위한 밤 외출은 "시민계층이 없는 마당에서 시민의식만을 드러내고자 한 지적인 방황"[79]을 우의(寓意)한다.

그러나 안이라는 인물이 보여주는 4・19세대의식이 환상에 기초한 것이라 해서 그것을 무용하다거나 허위의식에 불과한 것으로 평가절하할 수 없다. 이 경우의 환상은 현실의 저편에 존재하는 것이 아니라 역사의 결핍을 현실화시키는 힘으로 작용하는 근본적인 환상이기 때문이다. 전장을 통해 살펴보았듯 김승옥 화자들의 환상은 자본주의적인 근대화에 포섭되지 않으려는 분열된 주체의 욕망을 일상 속에서 지향할 수 있게 하는 반근대적 미학의 키워드다. 자본주의의 내적논리의 포착이나 교환 불

---

77) 당시 시위에 참여했던 대학생들은 4・19의 가장 큰 업적이라 할 수 있는 이승만 하야에 대해서도 대부분 예측하지 못했던 것 같다. "4・19 직후 서울의 주요 대학 학생들을 상대로 실시한 한 여론조사 결과에 따르면 전체 응답자의 84.5%는 자유당에 반대하여 데모에 참가했다고 답했고, 이승만에 반대한다는 응답자는 전체의 11.3%에 지나지 않았다."(강준만, 『한국현대사 산책 권1』, 39쪽).

78) 김윤식, 위의 글, 170쪽.

79) 위의 글, 173쪽.

가능한 대상에 대한 지속적 추구가 모두 다 이러한 독특한 환상에 의해 가능했던 것임은 이미 분석한 바다. 다만 이러한 환상은 근대화 과정의 결핍에서부터 구조화된 것인 만큼 김승옥 소설의 주체는 근대 주체에 통합될 가능성을 그 자체 내에 이미 가지고 있었다고 보아야 한다.

# Ⅴ. 분열된 주체의 소멸과 근대주체로의 통합

## 1. 분열된 주체와 고백의 역할

### 1) 초점화자의 전경화와 사물세계의 분열
— 「서울, 1964년 겨울」

현재까지 김승옥의 작품세계는 등단작 「생명연습」(1962)에서 시작하여 광주혁명의 충격으로 연재를 중단했다는 「먼지의 방」(1980)까지로 일단락되었다고 할 수 있다. 김승옥이 창작활동을 재개한다 하더라도 절필 기간이 활동시기를 넘어섰다는 점에서 현재 이후의 작품은 전혀 다른 시각에서 연구되어야 할 것으로 보인다. 따라서 1962년부터 1980년까지를 하나의 완결된 작품세계로 보고 시기구분을 행할 수 있다.

본서는 대략 1965년을 기점으로 하여 김승옥의 소설세계를 전기와 후기로 분할하였으며, 그 근거로 김승옥 소설의 화자가 대학생에서 사회인으로 변모하였음을 들었다. 이는 근대화가 시작된 사회의 내부와 외부 사이의 경계에 서 있던 화자가 자본주의 시스템 안에서 확고한 주체의 위치를 확보하기 시작한 계기로 이해된다. 또한 이 시기는 공교롭게도 한국이 세계체제에 본격적으로 진입하는 근본적인 경제전략의 변화가 일어난 때임도 이미 밝힌 바 있다.

그러나 작품 구성요소의 단적인 차이나 사회・경제적 상황의 변화만으로 시기구분을 행할 수는 없다. 작품세계의 이행을 지적하려면 작품 전체를 아우를 수 있는 서사구조상의 본질적인 차이에 대한 분석이 필수적이기 때문이다. 따라서 이 장에서는 전기와 후기 작품세계의 기점에 있다고 할 수 있는 「서울, 1964년 겨울」을 통해 김승옥 소설 주체의 구조적인 변화를 지적하고, 그러한 변화가 후기의 몇몇 작품에 폭넓게 나타나고 있음을 확인하여, 김승옥 소설세계의 근본적인 지각변동의 진원지를 타진해보고자 한다.

이미 분석했듯이, 전기에 있어 김승옥 소설의 주체는 분열된 주체의 성격을 강하게 가진다. 주체의 분열은 물론 김승옥에게서만 특징적으로 나타나는 현상은 아니다. 혼란한 과도기적 사회의 경우, 미학적 주체는 사회를 인식하는 과정에서 분열의 상태를 경험할 수밖에 없다. 60년대의 경우에도 주체의 분열은 다른 작가에 있어서도 폭넓게 나타난다고 할 수 있다. 역사나 시대와 상관없이 일반적이고 보편적인 관점에서 소설의 발화주체가 분열된 주체라고 말할 수도 있다.

미하일 바흐찐에 의하면 소설의 언어는 근본적인 이중성을 갖는다. 그것은 화자의 진술과 내포작가의 진술 사이에서 분열하는 논쟁적 담론이다. 소설은 한 명의 주체로서는 발화할 수 없는 다양한 목소리를 받아들인다는 점에서 다성성의 장르이다. 다시 말해 소설의 의미화 과정은 당대의 민중언어를 폭넓게 받아들여 작가의 목소리로 교합해가는 복잡한 변증법적 절차를 거친다. 그것은 단 한 명의 화자를 가지거나, 설사 두 명 이상의 화자를 가질 경우에도 궁극적으로는 단일한 시인의 목소리로 전달되는 시와 달리, 언제든지 계급과 교양에 상관없이 타자의 목소리를 모방할 수 있는 발화주체를 요구한다는 점에서 근본적으로 이종언어(hetero-glossia)적이다. 장르적인 측면에서도 소설은 혼성모방적이다. 시어는 있어도 소설어는 존재하지 않는다. 소설은 태생적으로 다양한 장르의 문장형식을 모방할 수밖에 없는 패러디 양식이다. 정리하자면 소설은 이종적인 언어들과 다성적인 발화주체에 의해 타장르를 혼종적으로 모방하여 변형하는 메타-텍스트적인 속성을 자신의 본질로 갖는다고 할 수 있다.

그러나 소설의 발화주체가 근본적으로 분열된 주체라고 해서 모든 주체의 분열이 같은 방식으로 나타난다고 할 수는 없다. 모든 주체의 분열은 경험적이다. 소설에 있어서도 주체는 특정한 역사적 계기 속에서만 분열한다. 분열이 <무엇>과 <무엇> <사이>에서 분열하는 것이라고 했을 때, <사이>가 근본적 분열의 요건이라면, 역사적인 분열은 주체를 현실의 장에 위치시키기 위한 구체적인 <무엇>을 필요로 하기 때문이다.

대개의 경우 소설의 발화주체가 <역사적인 분열>을 통해 <근본적인 분열>을 무의식적으로 드러낸다고 했을 때, 김승옥 소설주체의 특징은 단순히 분열의 드러남이 아니라 자신의 <역사적인 분열>과 <근본적인 분열>을 모두 다 의식하고 있다는 점에서 찾을 수 있다. 김현은 이를 <의식의 조작>이라는 말로 설명한다. 그에 의하면 "의식의 조작이란 일원적이며 획일적인 것이 아니라, 일원적이며 반성적인 것"이다. "의식의 조작은 의식이 어떤 대상을 향하는 순간에, 그 순간마저도 의식한다는 이원적인 구조를 갖는다. 바로 이 점 때문에 역사의식에 대한 결여는 그 결여를 확인하는 행위로 돌변하며, 사소주의의 승리는 그것을 극복하려는 의지로 뒤바뀐다."[1] 이는 김승옥을 대표격으로 하는 65년대의 문학은 사회적인 담론으로 환원불가능한 자아의 갈등만을 문제 삼고 있는 듯 보이

1) 김현, 「세대교체의 진정한 의미」, 『세대』, 1969.3, 205쪽.

지만, 사실은 그러한 갈등을 조건 짓고 있는 인식적 조건조차 문제 삼는 반성적 의식의 존재 때문에 특수하면서도 보편적인 역사적인 의미를 획득하게 된다는 뜻으로 읽힌다.

60년대 세대가 전 세대에 대해 갖고 있는 이러한 차이를 <사소한 것의 사소하지 않음>으로 요약하고 있는 김주연의 논의를 요약하자면, 50년대 작가들에게 있어 "중요한 것은 문학이 언어로 된 하나의 질서라는 사실보다 그들 생애의 충격을 담는 그릇으로 보였다는 점"이다. "오상원, 서기원, 이호철, 송병욱, 장용학 등은 각기 하나의 이즘을 들고 나온다."[2] 반면, 김승옥은 가족의 해체와 집단이 아닌 개인의 소외를 보여주면서 "자연에 인습적으로 맹종해온 샤마니즘의 작가들과는 전연 질의 차이"[3]를 보여준다. "요컨대, 한국적인 소외가 아닌 현대의 보편적인 문제로서의 소외에 대해 귀중한 발돋움을 보여준다."[4]

지나치게 차이에 집착하고 신세대 작가의 우위성을 강조하는 경향이 없지 않지만 이러한 세대론적인 지적들을 <분열된 주체>의 시각으로 옮기자면 50년대 세대의 분열은 이념과 이념 사이의 그것이라고 할 수 있다. 이러한 경향은 이범선의 예를 통해 분석했듯이 특정이념과 순수한 자연을 동일시하는 정치적 페티시즘의 양상을 무의식중에 내보인다. 이와는 사뭇 다르게 김승옥의 경우에는 관념과 현실 사이에서 분열하는 인물군이 지배적이다. 그들은 이념과 일상이 일치할 수 없음을 의식적으로 인지하고 있으나, 관념을 현실 속에서 찾아낼 수 있다는 환상을 버리지 못해 파멸하거나, <자기세계>라는 자기충족적인 공간을 재구성함으로써 불일치를 잠정적으로 해결하고자 한다.

그러나 이러한 페티시즘의 유전을 은폐의 정치학이나 공허한 의식의

---

2) 김주연, 「새시대 문학의 성립」, 『아세아』 제1호, 1968, 254쪽.

3) 위의 글, 255쪽.

4) 위의 글, 256쪽.

조작으로 소급할 수는 없다. 물신주의적인 심리기제는 주체의 강력한 외상적 핵을 구성하며, 미학적 측면에서 이러한 외상적 핵이 근대주체의 반근대적인 욕망을 추동하는 필요조건임은 앞서 살펴본 바와 같다.

문제는 65년을 기점으로 하여 김승옥 미학의 원천이라 할 수 있는 주체의 분열이 급속도로 사라진다는 데에 있다. 이는 단순히 순수소설에서 대중소설로의 퇴락만을 의미하는 것이 아니라 김승옥 소설미학의 근본적인 변화를 가져온 것으로 판단된다. 분열된 주체의 소멸이 창작행위 자체의 위기를 초래했다고 보자면, 후기작품이 보여주고 있는 대중성 내지 통속성은 필연적인 결과, 혹은 부수적인 요인으로 생각된다. 이러한 경향은 김승옥의 대표작 중 하나라고 할 수 있는 「서울, 1964년 겨울」에서부터 이미 드러나고 있는 징후이기 때문이다. 「서울, 1964년 겨울」은 분열의 극점과 소멸을 동시에 보여주는 이를테면 쌍곡선의 교차점에 해당하는 작품이라고 할 수 있다.

우선 이러한 지점을 밝히기 이전에 김승옥 전기소설의 혼종모방적인 특성을 살펴볼 필요가 있다. 다음은 1965년 이전에 창작된 단편들의 서두를 임의로 발제한 것이다.

> 1) 서울에서 하숙을 하고 있는 사람들은 그 수도 꽤 많지만 경우도 가지가지인 모양이다. 그 사람들이 자기가 들어 있는 하숙집에서 보고 듣고 느낀 것을 모두 얘기한다면 신기하고 놀랍고 재미있는 얘기가 헤아릴 수 없이 많겠는데, 여기 옮겨놓는 얘기도 아마 그런 것들 중의 하나라고나 할까(…)
>
> —「역사」, 67쪽

> 2) '가하' 오빠.
>
> 부호라는 걸 만든 이에게 평안 있으라. 엉망진창이 된 나의 감정을 감정의 뉘앙스라는 점에서는 완전히 인연 없는 의사 전달수단으로써

표현할 수 있는 이 신기함이여. 그렇지만 고향의 누이는 꽃봉투 속에 든 전문— '축 순산'을 읽을 게 아니냐고? 맙쇼, 어깨 한번 으쓱하면 다 통해버리는 감정표시를 서양영화에서 나는 좀더 먼저 배운걸.

—「누이를 이해하기 위하여」, 91쪽

3) 오월 어느 토요일 열한시경, 해산물 수출로써 요즘 한창 번영일로에 있는 영일무역주식회사의 사원들 서른다섯 명에게 하얀 사각봉투 하나씩이 배부되었다.

—「들놀이」, 225쪽

위의 인용문을 소설이라는 인식을 빼고 읽자면, 1)은 수필문의 서두라고 해도 손색이 없다. 2)는 편지의 일부분으로 서간체를 패러디한 예다. 3)은 정보전달을 주 기능으로 하고 있고, 육하원칙에 의거해서 쓰여졌다는 점에서 보고체, 혹은 신문기사의 문체와 매우 흡사하다.

물론 이러한 다장르성은 소설장르에 보편적인 것으로 김승옥의 문체에서만 나타나는 특징은 아니다. 그러나 그에 관한 많은 문면에서 확인할 수 있듯이 50~60년대의 소설적 전통에서 김승옥은 이러한 소설의 혼성모방적 특성을 선진적으로 발전시킨 경우에 해당한다.

이를테면 「염소는 힘이 세다」의 경우 작가 자신이 시적인 소설을 쓰고 싶었다고 밝히고 있거니와 시로 읽어도 무방한 11번에 걸친 환유의 반복구조를 갖고 있다. 「염소는 힘이 세다」가 그럼에도 전체적으로는 논리적인 서사구조를 취하고 있는 경우라면, 「내가 확인해본 열다섯 개의 고정관념」의 경우는 시종일관 연상에 의존해 서술되고 있으며, "~은(는) 이제 내 고정관념 중의 하나이다."라는 반복어구가 없다면 단락과 단락이 서로의 연결고리를 잃고 파편화될 지경이다. 특히 「누이를 이해하기 위하여」는 역시 작가가 메모를 하는 듯한 기분으로 썼다고 고백하고 있듯이, 하나의 조직적인 이야기라기보다는 삽화를 병렬적으로 나열한 듯한 느슨한 구성을 갖고 있다.

보통의 경우 이질적인 문체들을 하나의 완결된 서사구조로 엮는데 결정적인 역할을 하는 것은 화자의 어조(tone), 혹은 내포작가의 목소리이다. 어조는 다양한 주체들의 발화를 하나의 목소리처럼 통합함으로써 내포독자의 안정된 독서를 돕는다. 다시 말해 내포작가는 화자를 통해 타자들의 언어를 마치 하나의 목소리처럼 발화함으로써 일시적인 주체의 고정점을 생산한다. 주체의 고정점은 곧 의미의 고정점이며, 화자의 이러한 역할 때문에 기표의 끊임없는 지연에도 불구하고 문장은 잠정적으로 일정한 의미를 소유하게 된다.

김혜연에 의하면 김승옥의 소설은 대표적인 지연적 텍스트이다. 김승옥 텍스트는 "애매성을 특징으로 하는 생략적 텍스트"로서 "정보가 명확하지 않거나 불충분"하여 "가해성이 감퇴"[5]된다. 그럼에도 불구하고 그것은 "수수께끼식 담론"[6]으로 이루어져 독자의 능동적인 참여를 가능케 하는 풍부한 텍스트이다. 한 마디로 문체 자체의 특성상 그의 텍스트는 가독성이 상당히 떨어지지만, 전체 서사는 긴장을 계속 유지시키면서 독자의 흥미를 유발하는 구조로 되어 있다는 것이다.

그의 텍스트에서 일관성이 떨어지는 발화를 하나의 이야기처럼 묶는 것은 화자도 아니고 내포작가도 아니다. 그것은 화자와 내포작가 사이의 목소리, 즉 분열된 주체의 목소리이다. 이미 서술했듯이 분열된 주체는 문면에 직접 드러나지 않으며, 내포작가와 화자 사이, 화자와 내포독자 사이에서 일시적으로 출현했다가 사라진다. 소설적 갈등과 긴장이 전통적인 방식처럼 인물과 인물 사이에서가 아니라, 이러한 텍스트 독해 과정의 여러 층위에서 발생하고 있음은 주지의 사실이다. 결국 난해성과 가독

---

5) 김혜연, 「<서울, 1964년 겨울>의 문체론적 분석－담론양상을 중심으로」, 『동악어문논집』 제30집, 동악어문학회, 1995.12, 387쪽.

6) 위의 글, 390쪽.

성 사이의 아이러니를 융해시키고 있는 요소 또한 분열된 주체의 기능으로 이해할 수 있는 것이다.

그러나 「서울, 1964년 겨울」에 이르러 이러한 분열된 주체는 전경화되면서 양상을 보인다. 분열된 주체는 자신을 드러낸 채 존속할 수 없으므로 이는 곧 분열된 주체의 소멸을 의미한다.

> 1) 1964년 겨울을 서울에서 지냈던 사람이라면 누구나 알 수 있겠지만, 밤이 되면 거리에 나타나는 선술집— 오뎅과 군참새와 세 가지 종류의 술 등을 팔고 있고, 얼어붙은 거리를 휩쓸며 부는 차가운 바람이 펄럭거리게 하는 포장을 들치고 안으로 들어서게 되어 있고, 그 안에 들어서면 카바이트 불의 길쭉한 불꽃이 바람에 흔들리고 있고, 염색한 군용잠바를 입고 있는 중년사내가 술을 따르고 안주를 구워주고 있는 그러한 선술집에서, 그날 밤, 우리 세 사람은 우연히 만났다. 우리 세 사람이란 나와 도수 높은 안경을 쓴 안이라는 대학원 학생과 정체는 알 수 없지만 요컨대 가난뱅이라는 것만은 분명하여 그의 정체를 알고 싶다는 생각은 조금도 나지 않는 서른 대여섯 살짜리 사내를 말한다.
>
> —「서울, 1964년 겨울」, 202쪽

위의 인용문은 "그리고"로 연결되는 세 개의 연속적인 묘사문을 보여준다. "그리고"는 "그러나"가 대립을, "그러므로"가 인과를 나타내는 것과는 달리 문장과 문장을 연결할뿐 두 문장의 관계에 대해서는 별다른 정보를 제공하지 않는다. 따라서 위의 접속문 자체는 묘사의 병치일 뿐, 문장과 문장 사이의 결락되고 단절된 의미의 파악은 순전히 내포독자의 몫으로 남게 된다. 이때 내포독자는 텍스트를 독해하기 위해 간주체적으로 텍스트에 빈번하게 개입해야 하므로, 그 자신 스스로가 분열된 주체의 역할을 담당한다고 할 수 있다. 문제는 분열된 주체가 "1964년 겨울을 서울에서 지냈던 사람"이라는 형태로 내포작가에 의해 직접 제시되고 있다는 점에 있다.

여기서 "1964년 겨울을 서울에서 지냈던 사람"은 독자 자체가 아니라 독자가 동일시할 수 있는 가상의 주체이다. 바로 이 가상의 주체 때문에 독자는 설사 1964년 서울의 겨울을 직접 목격하지 않았다 하더라도 마치 눈앞에서 그 광경을 보고 있는 듯한 느낌에 젖을 수 있다. "1964 겨울을 서울에서 지냈던 사람"은 시선의 주체가 아니라 응시의 주체이다. 이는 통합되기 어려운 분열된 시선들을 하나의 소설점으로 집중시키기 위한 일종의 원근법적인 장치라고 할 수 있다. 이러한 응시는 당대 보편적인 시민들의 객관적인 시선처럼 작용하면서 묘사에 의한 공간의 제시가 끝나자마자 "우리 세 사람"이라는 등장인물들의 주관적인 시선으로 옮겨가게 된다. "우리 세 사람" 역시 아무런 연관관계 없이 "우연히" 만난데다가 "그의 정체를 알고 싶다는 생각은 조금도 나지 않을" 정도로 서로에게 무관심하다는 점을 감안하면, 이와 같은 시선의 고정점은 이 작품에 있어서는 필연적인 미학적 구성이라고 할 수 있다.

"1964년 겨울을 서울에서 지냈던 사람"이 보여주는 또 하나의 특성은 그것의 초점화자적인 특성이다. 초점화자는 서술자와는 달리 발화의 담지자가 아닌 시선의 담지자이다. 이것은 이 작품이 일종의 영화적인 기법[7]을 도입하고 있음을 알게 해준다. 이른바 장면기법[8]으로 부분과 부분을 연결하기 위해 초점화자를 사용하고 있는 셈이다. 1)의 경우는 1964년

---

7) 1965년은 김승옥이 본격적으로 영화에 참여하게 되는 시기로, 65년에 발표된 이 작품에 실제로 영화적인 기법이 가미되었을 가능성 또한 고려해볼 수 있다.

8) 김혜연은 「서울, 1964년 겨울」을 분석하면서 "그것은 분명 '나'에 의해 진행되는 일인칭 서술 상황에 속하지만, '나'가 취한 담론 방식은 요약과 서술 형태의 말하기(telling)라기보다는 직접 대화를 위주로 하는 보여주기(showing)가 지배적"(391)임을 밝히고, 화자의 의도적 전략이 "장면기법"(393)으로 드러나고 있음을 지적하고 있다(김혜연, 위의 글).

겨울의 서울 체험자라는 객관적인 쇼트에 의한 패닝으로 시작해서, "우리 세 사람"이라는 중심인물의 클로즈업으로 이동해 곧 주관적인 시점샷으로 진입하고 있다.

"그리고"라는 접속사로 연결되어 있는 문장은 위의 인용문뿐만이 아니다. 세 사람이 동행하기로 합의한 후 추운 밤거리를 걸어가면서, 이러한 병렬에 의한 묘사문은 또 한 번 등장한다.

> 2) 전봇대에 붙은 약 광고판 속에서는 이쁜 여자가 '춥지만 할 수 있느냐'는 듯한 쓸쓸한 미소를 띠고 우리를 내려다보고 있었고, 어떤 빌딩의 옥상에서는 소주 광고의 네온사인이 열심히 명멸하고 있었고, 소주 광고 곁에서는 약 광고의 네온사인이 하마터면 잊어버릴 뻔했다는 듯이 황급히 꺼졌다간 다시 켜져서 오랫동안 빛나고 있었고, 이젠 완전히 얼어붙은 길 위에는 거지가 돌덩이처럼 여기저기 엎드려 있었고, 그 돌덩이 앞을 사람들은 힘껏 웅크리고 빠르게 지나가고 있었다.
>
> ―「서울, 1964년 겨울」, 212쪽

"그리고"에 의해 연결된 병렬적인 묘사문이라는 점, 주관적인 시점샷을 도입하고 있다는 점에서 2)는 1)과 공통적인 면을 갖고 있지만 그 느낌은 사뭇 다르다. "1964년 겨울을 서울에서 보낸 사람"을 초점화자로 제시한 1)이 동일시의 효과를 통해 자연스럽게 읽히는 반면, 서술자인 "나"가 초점화자의 역할까지 담당하고 있는 2)의 경우는 상당히 크로테스크한 느낌을 주고 있는 것이다. "우리"라고 하는 공동의 주체를 내세우고는 있지만 2)는 "우리"는 물론이고 "나"의 심리상태에 대해 매우 적은 정보만을 제공하고 있다. 유일한 것은 "춥지만 할 수 있느냐"는 대목 정도인데 이 문장 역시 화자가 추위를 느끼고 있다는 것 이상의 사실을 알려주지 않는다. 내용의 측면에서 보더라도 1)은 "오뎅" "군참새" 등의 안주와 "세

가지 종류의 술", 천막을 들추고 들어가게 되어 있는 포장마차와 "군용잠바를 입은" 술집주인 등등의 존재가 유기적으로 연결되는데 반해서 2)의 소주 광고의 네온사인과 약광고의 네온사인, 그리고 길바닥에 엎드려 있는 거지와 웅크리고 지나가는 행인 등은 물리적으로 가까이 있다는 것 외에는 상식적으로 별다른 연관관계를 갖고 있지 않다.

현상학적인 관점에서 보았을 때, 사물 사이의 연관관계가 결락되어 있다는 것은 당연한 일에 속한다. 사물세계는 대상과 대상 사이에 아무런 관계도 존재하지 않는 세계이며 대상 간의 공통점과 차이점을 파악하고자 하는 주체의 인식작용에 대해 무관심한 근본적인 무의 공간이기 때문이다. 따라서 주체는 대상을 의미화하기 위해서 스스로 자신을 <인식하는 나>와 <존재하는 나>로 이원화해야만 한다. 존재의 분열은 사물과 사물, 사물과 인간 사이의 근본적인 관계없음을 극복하기 위한 전제조건이 되는 셈이다.

그런데 2)의 "나"는 대상에 대한 인식을 스스로 거부하고 대상을 있는 그대로 바라보고자 한다. 이는 자아의 이원화에 저항하면서 어떠한 이데올로기에도 오염되지 않은 순수한 대상, 즉 "꿈틀거림 그 자체"를 얻고자 하는 욕망으로 이해된다. '나'는 객관적으로 바라볼 뿐, 아무것도 인식하지 않는다. 그러나 그 결과로 '나'는 순수한 대상을 발견하기는커녕, 눈앞의 사물조차 인식할 수 없는 순수한 <자기세계>의 근본적인 결핍을 목도하고 있을 따름이다.

위의 장면은 주체와 주체, 혹은 주체와 대상 사이의 분열을 보여주고 있는 것이 아니다. 오히려 '나'는 이러한 분열에 강하게 저항함으로써 하나의 통합되고 자족적인 주체로 남고자 한다. 그러나 이를 통해 '나'가 진실로 얻게 되는 교훈은 주체가 근본적인 분열을 거부할 때 사물세계는 대상과 대상 사이의 관계를 모조리 잃고 파편화된 물 자체로 남게 된다는 것이다. "화재건 사내의 자살이건 약광고 네온사인이건 돌덩이같은 거지

건 여자의 아랫배건 학생들의 데모건 무엇이건 또는 누구건, 인식주체가 사라짐에 따라 순식간에 구심력을 잃고 사방으로 뿔뿔이 달아나 버리는 것”[9]이다. 분열된 주체의 소멸은 현실세계 전체의 붕괴이자 소설적 화자의 상실을 초래한다. 낱낱이 분해된 사물세계 속에서 유일한 현실은 <자기세계>뿐이며, 이 경우의 <자기세계>는 더 이상 근대주체의 인식체계로 포섭되지 않는 잉여의 영역이 아닌, 그 자체 상징계의 일부로 특정한 관념과 동일시되는 페티시즘의 대상이 된다. <자기세계> 자체가 물신화되는 것이다.

이 때 <자기세계>는 순수한 내면공간 자체가 아니라 순수한 내면공간인 것처럼 의식적·무의식적으로 사후조작된 것으로, 대상 없는 관념과 일치될 수 있는 유일한 실존적 현실이다. 그러나 이는 보편관념을 역사적인 자아와 동일시하는 또 다른 페티시즘의 경향을 갖는다. 외부의 대상이 아니라 현실을 부정하는 내면의 잉여가 물신화되는 것이다. 김승옥은 <순수한 자연> 대신 <순수한 자기세계>를 물신화한다. 50~60년대의 근대주체는 일종의 반복강박충동에 사로잡혀 있다고 말할 수도 있다. “강박신경증 환자는 외상의 최초의 원인을 항상 되풀이하기 때문이다.”[10] 결론적으로 말해서 「서울, 1964년 겨울」은 그것을 징후적으로 독서할 때 50년대 작가군과 김승옥의 <질적 차이>가 <반복하는 차이>로서 근대화되는 주체의 신경증적인 강박, 물신주의 매커니즘의 역사적 전이일 수 있음을 예고하고 있는 것이다. 이러한 <자기세계>의 변화양상에 대해서는 다음 장에서 자세히 살펴볼 것이다.

---

9) 유양선, 「김승옥의 소설세계 또는 ‘서울, 1964년 겨울’에 유폐된 영혼」, 『작가연구』 제6호, 새미, 1998, 29쪽.

10) 이봉일, 「강박신경증과 욕망의 서사—김승옥의 ‘무진기행’론」, 『한국문화연구』 제4집, 경희대 민속학연구소, 2001, 149쪽.

### 2) 분열된 주체의 소멸과 <자기세계>의 물신화
### —「서울의 달빛 0장」 분석

현재까지 발표된 김승옥의 작품을 편의상 65년에 발표된 「서울, 1964년 겨울」을 기준으로 전기와 후기로 나누었지만 그 경계선은 뚜렷하지 않다. 모든 작가가 그렇듯이 김승옥에게 있어서도 작품세계의 변화는 어느날 갑자기 일어난 것이 아니라 점진적으로 진행된 것이기 때문이다. 이를테면 「들놀이」「염소는 힘이 세다」는 후기에 속하는 것이지만 미학적 완성도나 분열된 주체의 긴장을 유지하는 서사의 힘에서 볼 때 전기소설의 특성을 고스란히 물려받고 있는 작품이다. 말하자면 과도기적인 형태라고 할 수 있는데, 특히 「염소는 힘이 세다」와 『다산성』은 지배문법을 패러디하여 오히려 자본주의에 대한 응전을 그 극단에까지 추구한 작품이라고 할 수 있다. 1964년에 발표된 「차나 한잔」도 마찬가지인데 이 작품을 포함하여 위의 네 작품은 어느 한쪽에 포함시키기 어려운 경우이지만, 굳이 따지자면 전기소설과의 근친성을 더 많이 갖고 있다고 할 수 있다. 따라서 대략 1964~1966년을 중기로 설정하면, 후기작품은 단편 「야행」(1969) 「서울의 달빛 0장」(1977) 「우리들의 낮은 울타리」(1979), 중편 『빛의 무덤 속』(미완, 1966) 『재룡이』(1968) 『먼지의 방』(미완, 1980), 장편 『내가 훔친 여름』(1967) 『60년대식』(1968) 『보통여자』(1969) 『강변부인』(1977)이 된다. 이 중 시기구분에 맞지 않는 작품은 『빛의 무덤 속』 하나인데, 경향은 후기작품에 속하지만 『먼지의 방』처럼 특별한 이유가 없는데도 미완으로 끝나고 만 것은 아직 작품세계의 이행이 완전히 이루어지지 않은 상태에서 쓰여진 때문으로 풀이된다. 『내가 훔친 여름』은 시기상으로는 후기에 속하지만 전기작품으로 분류되는 것이 자연스러운데, 처음 쓰여진 장편이어서인지는 몰라도 전기에 쓰여진 단편들의 모티프들이 한데 모여 있는 듯한 인상을 준다.

이들 중 다수는 <대중소설> 혹은 <통속소설>로 폄훼[11]되거나, 김승옥의 창작열이 소진된 증거로 언급되거나, 전기 작품의 몇몇 모티프를 중심으로 분석[12]되거나 하여 단독적이고 구체적인 분석에서 소외되어 있었던 것이 사실이다. 그러나 작품의 완성도나 성과와는 별도로, 이 시기의 작품은 김승옥 소설의 분열된 주체가 어떠한 방식으로 근대주체에 통합되었는가를 살피기 위한 예비작업으로서 중요한 분석대상이 된다. 따라서 본장에서는 이 중 특히 단편소설을 중심으로 하여 전기소설과 근본적으로 구별되는 페티시즘의 양상과 분열된 주체의 소멸이 김승옥 소설의 미학적 구조에 일으킨 지각변동을 살펴보고 이를 토대로 김승옥 소설주체의 인식체계 변화를 점검해보고자 한다.

우선 「야행」은 한 평범원 직장인 여성 현주가 어떤 사내에게서 강간을 당한 이후부터 낯선 남자와 성행위를 하고 싶은 참을 수 없는 욕구를 느끼게 된다는 내용의 작품이다. 표면적으로는 통속적이고 단순한 줄거리라고 할 수 있으나 몇몇 대목은 내포작가의 복잡하고 미묘한 무의식을 드러내고 있어서 주목된다.

> 그 여자는 자기의 욕구가 지나치게 무모하고 비상식적이고 반사회적이라는 걸 그 욕구의 싹이 자기의 내부를 자극하기 시작하던 처음부터 깨닫고 있기는 했다. 그러나 그 여자로 하여금 그러한 욕구를 갖

---

11) 이에 속하는 언급은 꽤 많으나 직접적인 것만 소개하자면 정현기는 『강변부인』의 인물들을 "난잡하고 음란한 성희에 가득찬 지옥영혼들"(정현기, 「1960년대적 삶」, 『한국문학의 사회사적 의미』, 문예출판사, 1986, 254~255쪽)로 표현하고 있으며, 조진기는 베트남 파병 이후의 김승옥 작품이 "추잡하고 황폐한 작가의식"(조진기, 「불안한 감수성과 퇴폐적 일상」, 『작가연구』 6, 새미, 1998, 74쪽)을 드러내고 있다고 꼬집고 있다.

12) 일례로 정장진은 <손>을 테마로 하여 「누이를 이해하기 위하여」와 「야행」의 "손"을 수음하는 <남근>으로 분석하고 있다(정장진, 「'무진기행'을 위하여 혹은 무의식의 여행을 위하여」, <작가세계>, 1996 겨울). 황도경 역시 <수(手)－음(淫)>을 모티브로 「생명연습」과 「야행」을 연결시키고 있다(황도경, 「김승옥 소설에 나타난 남(男)－성(性)의 부재」, 『이화어문연구』 제17집, 이화어문학회, 1999).

도록 해준 어떤 경험이 그리고 인간이 지니고 있는 욕구는 그것이 어떠한 것이든지 그 속에 한줄기 강렬한 빛을 발하고 있다는 자각이 그 여자로 하여금 그 무모하고 비상식적이고 반사회적이라고 생각되는 울타리를 감히 넌지시 넘도록 한 것이었다. 어느 시간, 어느 장소, 어느 사람들 사이에서는 그것은 결코 무모하지도 않으며 비상식적인 것도 아니며 반사회적인 것도 아닐 수 있으리라. 가령, 그 여자는 포로수용소를 탈출하고 싶어하는 포로를 상상한다. 그는 철조망의 한 곳이 허술한 것을 우연히 발견한다. 그것을 발견하자 그는 자기가 이 수용소로부터 탈출하고 싶어했다는 걸 비로소 깨달은 것이다.

— 「야행」, 266쪽

현주의 욕망은 "비상식적이고 반사회적인" 것이다. 그것은 "포로수용소를 탈출하고 싶어하는 포로"의 욕망과 같다. 이 때 포로수용소가 사회의 비유라면 철조망은 법과 질서가 될 것이고, 철조망의 허술한 곳은 법과 질서가 미치지 않는 곳에 해당할 것이다. 남녀의 섹스는 그것이 은밀하게 이루어질 경우 법의 저촉대상이 되지 않는다는 점에서 이러한 비유는 별 문제가 없어 보인다. 문제는 현주의 생각으로 제시된 "반사회적"이라는 표현에 있다. 윤리적 판단을 행하는 것은 소설의 몫이 아니지만 이는 내포작가의 관점이 어느 곳에 있느냐에 따라 두 가지 정도로 해석될 수 있다. 첫 번째는 내포작가가 현주의 입을 빌어 프리섹스를 억압적인 사회에 대항해 자신의 자유를 실천하는 하나의 방식으로 생각하고 있다고 보는 방법이고, 두 번째는 내포작가가 우회적으로 프리섹스의 반윤리성을 꼬집기 위해 현주의 말을 타락한 욕망을 포장하기 위한 변명으로 제시하고 있다고 보는 방법이다. 후기작품의 전체적인 맥락에서 보자면 내포작가의 의도는 위의 두 가지 중 후자로 파악하는 것이 자연스럽다.

문제는 다시 포로수용소로 돌아온다. 다음의 인용문을 보자.

> 달리는 버스 속에서 그 여자는 그들에 대하여 생각하고 있었다. 그들은 울타리를 넘어 어디로 갔을까? 그들이 도착한 곳은 어떤 곳일까? 울타리를 넘다가 그들은 감시병의 총격을 받지나 않았을까? 군견의 헐떡이는 숨소리가 뒤를 좇고 서치라이트의 동그란 불빛이 그들의 등을 끝없이 좇아가고 있지는 않을까? 그 여자는 그들이 무사히 도망했기를 빌고 싶었다.
>
> ―「야행」, 275쪽

두 번에 걸쳐 등장하고 있다는 점, 상당히 구체적으로 제시되고 있다는 점에서 "포로수용소"의 등장은 우연이라고 보기 어렵다.[13] 여기에서 질문해보아야 할 것은 국가와 군대를 유비하는 내포작가의 정치적 무의식이다. 위의 비유는 아무래도 60년대의 정치적 상황, 즉 군부독재에 대한 공포심을 환기하는 듯 보인다. 더구나 현주가 낯선 사내에게 끌려갈 때 남편과 한 직장에서 일하면서도 마치 남남처럼 행동한 것이 들통난 것이 틀림없다고 생각하는 한편, "나를 고문할까?"라는 자문을 구하는 장면은 모든 국민을 감시하고 통제하는 <병영국가>의 존재 없이는 상상하기 힘든 장면이다. 그렇다면 문제는 복잡해진다. <포로수용소=국가/ 탈주자=프리섹스주의자>의 이분법을 적용하게 되면 과연 내포작가의 정치적・윤리적 입장이 어디에 있는가가 묘연해지기 때문이다. 이 논리대로라면 현주의 반사회적인 욕망은 곧 반군부독재적인 것이 된다. 만약 내포독자가 현주의 반윤리적 행위를 비판하게 되면 그는 군부독재정권의 포로로 남는 것을 자신도 모르게 수긍하는 셈이 되고 마는 것이다.

일단은 내포작가가 모순된 두 개의 주체로 분열되어 있다는 사실을 지적할 수 있다. 전자는 정치적 주체이며, 후자는 윤리적 주체이다. 정치적으로는 반군부독재적이며 윤리적으로는 도덕적인 관점을 가진 내포작가

---

13) 본서에서는 이미 「무진기행」의 <사이렌>을 분석하면서 박정희 정권의 통금제도가 일제강점기의 포로수용소 제도를 모방한 것임을 밝힌 바 있다.

는 자신이 만들어낸 <국가/프리섹스주의자>의 이분법 속에서 주체의 위치를 상실하고 있다. 분할된 공간의 어느 쪽에도 설 수 없어 아슬아슬하게 금을 밟고 있는 형국이다. 반면 현주의 입장은 분명하다. 반윤리적 행위를 욕망하는 그녀는 "그들이 무사히 도망했기를 빌고 싶"다. 독재정권에 대해 공포를 느끼고는 있지만 그녀는 "결혼식을 하지 않았"으므로 "자백할 게 아무것도 없"(270)다고 생각한다.

이러한 구도는 전기 소설에서 김승옥이 소설 속의 화자, 혹은 인물을 끊임없이 분열시켰던 것과는 사뭇 대조적이다. 전기소설의 내포작가가 분열된 주체들을 하나의 목소리로 통합하는 역할을 맡고 있었다면, 「야행」에서는 인물의 위치가 고정되면서 거꾸로 내포작가의 주체성이 분열되는 양상을 보이는 것이다.

군부독재와 성의 상품화가 서로 대립되는 관계에 있지 않았다는 점 또한 짚고 넘어갈 필요가 있다. 1960년대 전반을 통해 볼 때, 군부정권은 신문사에 대해서는 축소지향적 정책을 전개해 온 반면, 방송국에 대해서는 팽창지향적 정책을 추구하는 대조를 보였다.[14] 강준만에 의하면, 박정권이 모든 경우에 다 엄격한 통제를 가한 건 아니었다. 정치보다 더욱 원초적인 인간의 욕망에 부응하는 저널리즘 행위에 대해선 거의 무제한의 자유를 허용하고 있었다.[15] 69년 6월 10일, 서울 문리대 기독학생회는 교내 4·19 기념탑 앞에서 섹스물 중심의 일부 주간지를 소각하는 항의 시위를 하면서 "윤리의 방종과 노예화에서 상실된 인간성을 회복하고자 이제 이 조국과 인류를 좀먹는 탈선 매스컴을 불태운다"고 선언하였다.[16]

비유적으로 말하자면 성(性)은 박정희 정권의 장려상품이었다. 3S 정책은 이미 60년대에 시작된 것이다. 성 표현에 대한 각종 금기는 전체 사회

---

14) 강상현, 한국정신문화연구원편, 「1960년대 한국언론의 특성과 그 변화」, 『1960년대 사회변화연구 1963~1970』, 백산서당, 1999, 180쪽.

15) 강준만, 『한국현대사 산책:1960년대편』 제3권, 인물과 사상사, 2004, 300쪽.

16) 위의 책, 300쪽.

의 보수성에 기인한 것이지 온전히 정권 자체의 의도는 아니었던 것으로 보인다. 따라서 현주의 행위는 "반사회적"일지는 몰라도 "반정부적"인 것이 되기는 어렵다. 한 마디로 자신을 포로수용소에서 탈출하는 포로로 여기는 정치적 무의식은 당대 정권에 대한 오해에 기초하고 있는 것이다.

이러한 오해를 증명하는 대목이 현주가 낯선 사내에게 손목을 붙잡혀 무작정 끌려가는 장면이다. 사내는 "엄지손가락의 끝을 나머지 네 개의 손가락 끝에 맞대어 일종의 고리를 만"드는데 "그 고리는 여자의 손목이 마음대로 움직일 수 있을 만큼 헐렁하였다. 그러나 빠져나올 수는 없었다." 현주는 "사내 손의 그 섬세한 조작"에서 "공포 속의 안심"(271)을 느낀다. 여기서 사내의 고리는 그 자체로 독재정권의 3S 정책을 상징한다고 볼 수 있다. 고리와 손목 사이의 헐렁한 부분은 자본주의 재생산 시스템의 잉여이며, 이 텅 비어 있는 공간에서만 성에 대한 욕망은 자유롭게 숨쉴 수 있는 것이다.

주목할 것은 현주가 끌려가는 동안 사내가 한 번도 뒤를 돌아보지 않았다는 사실이다. 덕분에 현주는 자신을 끌고 가는 사내의 의도를 전혀 짐작할 수 없다. 현주가 자신의 존재를 호명당하는 것은 이 때문이다. 보이지 않는 사내의 얼굴은 일시적으로 공권력과 동일시되는 초자아의 역할을 수행하는 것이다.

초자아의 핵심은 그것의 결여이다. 알튀세르가 말하는 바 호명이 정치적 무의식을 불러내는 과정은 "대타자로부터 나온 투명하지 않은 부름("이봐, 거기 당신!"; 대타자가 실제로 주체에게 원하는 것－"무엇 때문에?"－이 그에게 명확하지 않은 부름)"[17] 때문에 가능해진다. 상징적 법은 의미를 보증하는 반면, 초자아는 의미의 확인되지 않은 지지물로서 봉사하는 향락을 제공한다.[18] 이러한 과정 속에서 개인이 주체로서 호명되는데 이 지점을

---

17) Zizek. Slavoj, 이만우 역, 「결여된 초자아」, 『향락의 전이』, 인간사랑, 2001, 125쪽.
18) 위의 책, 118쪽.

<누빔점>이라고 한다. "누빔점은 주체가 기표에 '꿰매어지는' 지점이다. 그리고 동시에 어떤 주인기표('공산주의' '신' '자유' '미국')의 호출과 함께 개인에게 말을 걸면서 개인을 주체로서 호명하는 지점이다. 한 마디로 말해서 그것은 기표연쇄를 주체화하는 지점"[19]이다. 이것이 지젝이 말하는 <케보이?>의 역할, 즉 초자아가 주체에게 '네가 진정으로 원하는 것은 무엇인가?'[20]라고 물음으로써 "내 안의 잉여대상"[21]을 불러내는 방식이다.

쉽게 말해서 초자아는 자체적으로는 아무런 금기도 가지고 있지 않다. 초자아는 자아가 그것이 어떤 것을 원하고 있다는 믿음 하에서만 대타자의 명령을 수행한다. 다시 말해 자아는 <믿을 것으로 가정된 주체>의 위치에서 무엇인가를 <알고 있다고 가정된 주체>인 초자아를 믿음으로써 자신의 순수한 욕망을 상징계 내부에 있는 타자의 욕망과 일치시킨다. 현주의 경우는 이러한 초자아의 작동원리를 잘 보여준다. 현주는 그가 무엇(자신에게 남편이 있다는 사실)을 알고 있다고 믿음으로써 자신의 죄의식을 발견한다. 그 사건은 "자기의 죄의식과 어떤 불량배의 무도한 욕구가 우연히 부딪쳐서 튀긴 불똥"이었다. 만약 죄의식이 없었다면 현주는 그렇게 쉽게 그 사내에게 끌려가지 않았을 것이다. 더구나 사내는 현주에게 충분한 잉여(고리와 손목 사이의 공간)를 제공하였으므로 현주는 "그 사건이 생긴데 대하여 책임져야 할 사람이 있다면 그것은 그 불량배가 아니라 자기와 자기의 남편"(272)이라는, 자신이 "그 사람의 손목을 붙잡고 이곳이 아닌 다른 곳으로 데려다달라고 애원"했다는 망상에서 벗어날 수가 없다. 현주는 결국 "자기가 확실히 그 사내에게 매달리고 있었음에 틀림없다고 생각하게 되었다."(273) 주체의 호명과정을 통해 현주는 자신의 내부에서 자신이 원치 않았던 자신의 욕망, 즉 대타자의 욕망을 발견하게 된 것이다.

---

19) Zizek. Slavoj, 이수련 역, 「케 보이?」, 『이데올로기라는 숭고한 대상』, 인간사랑, 2002, 179쪽.

20) 위의 책, 195쪽.

21) 위의 책, 199쪽.

「서울의 달빛 0장」에서도 이러한 <나 이상의 것>으로서의 욕망은 어김없이 등장한다. 이것은 우선 <너 이상의 것>을 발견함으로써 자각된다.

> 악귀붙은 년, 악귀 붙어 미친 년, 네 주둥아리를 빌려서 아는 체 떠들고 있는 **도깨비**는 어떤 놈이냐? 방송극의 유치한 대사로만 꽉 들어찬 네 대가리에서 나올 수 있는 말이 아니다.
>
> —「서울의 달빛 0장」, 300쪽(강조는 필자)

위의 "도깨비"는 김승옥 소설에서 빈번하게 찾아볼 수 있는 <괴물>과 유사하다. 그러나 Ⅳ－2－2)에서 행한 것처럼 <괴물>을 1) 파악할 수 없는 외부대상 2) 표현할 수 없는 내면세계 3) 앞 두 가지의 결합으로 분류할 때, "도깨비"는 이 중 어디에도 포함되지 않음을 확인할 수 있다. 그것은 외부의 어떤 것이라 해도 특정한 대상이 아니며, 내부적인 욕망의 표현이라 하더라도 <자기세계>처럼 보존해야 할 성격의 것이 아니다. "도깨비"는 보이지 않고 규정할 수도 없지만, 화자에게는 분명히 존재하는 것으로 인식된다. 그것은 구체적인 사물이나 개별적인 인격과는 별개로 존재하면서, '나'에게 "상투적으로 모든 신경세포를 들쑤시고 머리, 가슴, 불알, 무릎관절의 모든 조직을 썩이"(299)는 "그리하여 나를 무(無)"(313)로 만드는 비실체적 대상이다. 그것은 "내앞에서 자꾸만 확대되고 있는 공간과 시간"이다. 화자의 진술에 의하자면, "그것은 허공처럼 무색으로 확장되며 나에게 묻고 있었다. 넌 도대체 이 차를 가지고 어쩌겠다는 거냐? 무얼로서 이 공간과 시간을 채우겠다는 거냐?"(317)

여기서 "차"는 단순한 물건이 아니라 "아내의 대체물"(295)이다. "차"는 잉여로 떠도는 욕망 전체, "먹을 것이 부족하던 시절에는" 요구되지 않았던 "필요 이상의 음식, 필요 이상의 교미(交尾), 섹스의 가수요(假需要)"(299) 전체를 지시한다.

"도깨비"는 <잉여>이다. 그것은 개별적인 인간에게 무엇을 소비(욕망)하라고 요구하지 않는다. 다만 그것은 주체에게 "네가 진정으로 원하는 것이 무엇이냐?"고 물음으로써 주체의 결핍을 확인한다. 하지만 자본주의 시스템 안에 주체가 진정으로 원하는 것은 존재하지 않는다. 그것은 근본적으로 타자의 욕망이기 때문이다. 결핍을 보상받기 위한 주체의 노력은 그것의 대체물들로 교체될 뿐이다. 대상과의 완전한 합일은 끊임없이 지연된다. 소비는 충족이 아니라 결핍의 확대 재생산이다. 결국 "도깨비"는 이러한 과정을 가능하게 만드는 근본적인 결핍, 즉 <결핍의 결핍>이다. 그것은 모든 주체에게 막대한 잉여로서 부여되는 자본주의의 초자아다. 이러한 자본주의의 초자아는 타락한 아내의 육체를 매개로 '나'의 눈앞에 현현한다.

> 여자가 떠나간 다음에야 그 생명체는 서서히 여자로부터 분리되어 확대되면서, 내 앞에 마주서는 것이었고 다시 나를 안타깝도록 목마르게 하는 것이었고 그래서 나로 하여금 또 여자를 부르게 하는 것이었다. (…) 이제 나는 알고 있었다. (…) 음부란 물론 그 자체로서 소중한 것이긴 하지만 아내와는 아무런 관련이 있을 수 없는 **독립된 생명체**라는 것을.
>
> — 315쪽(강조는 필자)

"음부"는 아내의 일부이지만, 아내의 것이라고만은 할 수 없는 <아내 이상의 것>을 갖고 있다. '나'는 정숙한 줄로만 여겼던 아내가 '나' 몰래 고급매춘을 하고 있었다는 사실을 알게 되면서 "살아 있는 음부"의 노이로제에 시달리게 된다. 그제야 '나'는 여배우인 아내란 "육체 자체가 대중의 소유"(311)임을 깨닫게 된다. 설사 매춘을 하지 않았더라도 아내는 내가 알지 못하는 시공간 속에서 무수한 타인에 의해 욕망되는 성적 노리개인 것이다. 결국 <아내 안에 있는 아내 이상의 것>은 대타자의 욕망에 의해서 형성된 파생실재[22]이다. 그것은 기관없는 몸체[23]이다.

"독립된 생명체"로 존재하는 <기관없는 몸체>은 미완성 중편소설 『빛의 무덤 속』에도 등장한다. 이 소설의 첫 번째 화자는 "자라나는 귀를 가진 사내"이다. 그는 어느 날 환청에 정신이 팔려 교통사고를 당하게 되고 한쪽 귀를 잃게 된다. 그런데 귀는 다시 자라나고 "어떤 한 가지 소리가 끊임없이 그 새 귀를 통하여 들리는 것"(326)이었다. 그는 우연한 기회에 그것이 욕망의 소리이며, 매일 같이 성욕을 충족시키지 않는 한 그 끔직한 소리에서 벗어날 길이 없음을 알게 된다.

그것의 출현이 불안과 공포를 야기한다는 점에서, 여기서는 이러한 <기관없는 몸체>으로서의 "음부" 혹은 "귀"가 실재처럼 나타나는 대상

---

22) 파생실재(hyper－real)는 장 보드리야르의 용어로 원본을 참조하지 않는 가상의 실재를 말한다. 사이버 공간의 인격이 현실 속의 인물들에게 끊임없이 영향을 미치는 것처럼, 파생실재는 현실이 가상을 모방하는 미메시스의 역전현상을 일으킨다. 그것은 "현실 위에 존재하는 실재"이므로, 지젝 식으로 풀이하자면 "실재 이상의 실재"인 것으로 된다. 파생실재에 관해서는 Baudrillard. Jean, 『시뮬라시옹』(하태환 역, 민음사, 1992), 참조.

23) <기관없는 몸체>는 들뢰즈와 가타리의 용어로 쉽게 말하자면 끊임없이 욕동(drive)하는 하나의 에너지이다. 그것은 연장적이지 않으므로 물질이 아니며, 불연속적인 사유로 이루어져 있지 않으므로 관념도 아니다. "그것은 욕망일 뿐만 아니라 비－욕망이다. 그것은 결코 관념, 개념이 아니며 차라리 실천, 실천들의 집합이다."(Deleuze. Gilles& Guattari. Felix, 김재인 역, 『천개의 고원』, 새물결, 2001, 287쪽). 욕동은 개개인의 욕망에 의해서 생성되지만, 거꾸로 개개인의 욕망을 추동하는 힘으로 작용하기도 한다. 들뢰즈와 가타리는 <기관없는 몸체>를 서구 합리주의의 사유체계를 극복하기 위한 개념틀로 제시하고 있지만, 하트와 네그리가 『제국』에서 "세계시장은 코드화되지 않고 탈영토화된 흐름으로 이루어진 매끄러운 공간을 필요로 한다."(Hardt. Michael & Negri. Antonio, 윤수종 역, 『제국』, 이학사, 2001, 430쪽)고 밝히고 있듯이, 본서는 이 용어가 탈－자본주의적이라기보다는 자본주의를 분석함에 있어서도 유효한 개념이라고 본다. 물론 『제국』에서 날카롭게 지적되었듯이, 자본주의는 "제국주의의 홈패임과 자본주의적 세계시장의 매끄러운 공간 사이의 갈등"으로 추진된다. 하트와 네그리에 의하면 "세계시장의 완전한 실현은 필연적으로 제국주의의 종말이다."(위의 책, 431쪽).

이라고 할 수 있다. 전기 소설의 <괴물>이 상징계 바깥에 있다고 믿어지는 것이었다면, 이들은 그 자체 상징계의 일부로서, 주체의 의지와 상관없이 욕동하는 자본주의 기계로 제시되고 있음을 알 수 있다. 물론 상징계의 일부로 등장하는 공포의 대상도 있다. Ⅳ－2－2)에서 확인한 「차나 한잔」의 "회색빛 괴물", 「들놀이」의 "벼라별 귀신"이 그것이다. "회색빛 괴물"이 자본주의의 대타성을, "벼라별 귀신"이 시스템으로부터 소외된 개인의 불안을 표현하고 있음은 이미 분석한 바와 같다. 하지만 이는 수사적으로 보았을 때 일종의 상징 내지는 관습적인 표현으로 보이는 측면이 짙다.

"음부"나 "귀"는 이와는 본질적인 차이를 갖고 있다. 우선 <기관없는 몸체>은 상징계의 일부이자 인간 신체의 일부이다. 위의 "괴물"이나 "귀신"처럼, 내가 아닌 것, 혹은 내가 인식할 수 없는 것이 아니라, 나의 안에 있지만 나와는 상관없이 존재하는 어떤 것이다. 거꾸로 말하자면 <기관없는 몸체>는 특정한 개체와는 외따로 존재[24]하지만 끊임없이 개개인의 몸 자체에 영향을 미치는 거대한 에너지[25]이다. 그것은 욕망하지 않지만 욕동하며, 자본주의 하의 개인은 오직 욕동에 의해서만 욕망할 수 있다. 「서울의 달빛 0장」은 이러한 <기관없는 몸체>의 욕동이 <공허한 개인>의 욕망을 잠식하는 방식을 보여주고 있는 것이다.

이러한 지점은 「서울의 달빛 0장」을 단순히 대중소설로 치부할 수 없음을 알려준다. <0장>이라는 제목이 암시하듯, 이 작품은 욕망과 결핍 사이의 갈등을 다루고 있다. '나'는 "다른 남자들이 그 여자의 음부만으로 만족하고 그 여자의 나머지는 그 여자 자신의 소유로 인정해버리는"(307) 상황을 괴로워한다. <0>은 "음부만으로 만족하라는" 대타자의 욕망과

---

24) "사람들은 <기관없는 몸체>에 도달하지 않으며, 거기에 도달할 수도 없고, 끝내 그것을 획득한 적도 없다."(위의 책, 287쪽).

25) "CsO는 공간이 아니며 공간 안에 있지도 않다. (…) 이 물질은 에너지와 똑같다. 강렬함이 0에서 출발해서 커지면서 실재(le réel)가 생산된다."(위의 책, 294쪽).

"그 여자의 나머지"를 원하는 '나'의 헛된 소망 사이에 벌어진 틈이며 그 틈을 아내의 <진짜 음부> 대신 차지하고 있는 것은 물신에 의해 <훼손된 음부>이다. <0>은 아내의 <음부>이면서 동시에 <음부 이상의 음부>, 즉 실재하지만 실존하지 않는 <무>의 영역이다.

이렇듯 아무것도 잉태할 수 없는 <무>의 자궁 속으로 '나'는 한없이 빨려들어간다. "그리하여 나는 지난 3개월 동안 60명 이상의 여자와 관계했다."(313) <결핍 이상의 결핍>을 발견한 '나'가 절망적인 방식으로 여성을 탐닉함으로써 자신의 외상을 반복하는 행위는 이상할 것이 하나도 없을뿐더러 오히려 당연한 일이라고 할 수 있다. 문제는 이러한 '나'를 통해 내포작가의 층위에서 또 다른 형태의 물신주의가 발생한다는 데 있다.

> 그렇다. 그것은 여행이었다. 가는 곳마다 고향과 비교해보듯 여자마다 아내와 비교해보곤 했다. (…) 첫날밤 아내가 잠든 후에 살그머니 들여다보고 그 부분만은 악마의 솜씨로 만들어졌다고 생각하며 구토증을 느꼈던 그 음부만이 이제는 가장 사랑스럽고 가장 소중한 고향의 모습이었다.
>
> — 314쪽

위의 인용문에서 여자는 여행지와, 아내는 고향과 동일시되고 있음을 어렵지 않게 확인할 수 있다. 주목되는 것은 "구토증을 느꼈던 그 음부만이 이제는 가장 사랑스럽고 가장 소중한 고향의 모습"이라는 부분이다. <음부 자체>는 악하지 않다. 그것을 악하게 만든 것은 남성들이며, 그 남성들의 욕망에 순응한 여성들이다. 그들은 "자기의 소중한 음부를 더러운 노예처럼 학대하며 사타구니에 차고 다니는 잔인할 만큼 이기적인 타인들"이다. '나'는 "저 훌륭한 생명체가 왜 여자들의 노예로서 끌려 다녀야 하는 것"(315)인지 이해할 수가 없다. 이 논리는 <고향 자체>는 순수한 공간이지만 근대화가 그것을 훼손시켰으며 서울보다 촌스럽다는 것만 다를 뿐 마찬가지로 속물들의 세상이 되어버렸다는 「무진기행」의 논리와 다를 바 없다. 그리하여 「무진기행」의 <고향>이 현실 속에서는 존재할 수 없는 영원한 내면공간으로 자리 잡았듯이 <음부> 역시 문명에 의해 타락한 여성의 몸 위에서는 찾아볼 수 없는 순전히 상상적인 욕망이 되어버렸다는 인식이다. '나'가 그리워하는 "처녀막"은 따라서 문명 이전의 <최초의 음부>이며, 근대화되기 이전의 <순수한 고향>의 변형이다. 이것이 '나'가 "'있다'는 것이 중요한 물체의 세계와 과거마저 소유하고 싶은 욕망은 동시에 성취될 수 없는 것인가?"라고 묻는 이유다.

매개 없이 동일한 것으로 중첩되는 것은 고향의 물신주의와 성의 물신주의뿐만이 아니다. 가장 큰 문제는 화자가 <기관없는 몸체>로서의 <음부>와 <최초의 음부>를 동일시하고 있다는 데서 발생한다. 위에서 화자는 개인의 진정한 욕망을 소외시키는 <음부 이상의 음부>를 <순수한 음부>로 인식하고 있는 것이다. 이로써 자본주의와 성은 그것을 매개하는 여성의 육체만을 배제한 채 일 대 일로 결합한다. 자본과 성의 물신주의가 의식적으로는 그것에 맹렬하게 저항하는 화자의 의식 속에서 은밀하게 결합하는 것이다.

이러한 <실재 이상의 실재>의 발견은 자본주의의 속성에 대한 작가의 날카로운 포착력을 보여주는 것이지만, 김승옥 소설세계에 있어서는 일종의 재앙처럼 여겨진다. 분열된 주체 하에서만 실재처럼 연속된 공간으로 존재할 수 있는 <음부>는 <최초의 음부>라는 관념에 "꿰매지면서"[26] 그것의 무한한 의미화 가능성을 상실한다. 아내의 대체물인 차는 더 이상 다른 기표로 대체되지 않는다. 전기소설에서 살펴보았듯이 기표연쇄는 존재와 관념의 분열에서 비롯되는데, 관념(음부)과 존재(아내)가 분리되자마자 의미의 미끄러짐 또한 정지하는 것이다. 의미의 미끄러짐은

---

26) 라캉이 말한 <누빔점>의 기능을 말한다.

소비적인 욕망 속으로 전위된다.

<음부>는 어떠한 여자에게도 존재하지 않지만, 모든 여자들을 규정할 수 있는 주인기표가 된다. 주체는 불가능한 대상을 더 이상 욕망할 필요가 없다. "나의 자리를 오염시킨 놈들"(312)은 "삼각형의 관계공식"(311)으로 낱낱이 설명가능하다. 설명할 수 없는 것은 채워지지 않는 '나'의 "빈자리"(299)뿐이다. 여기서 "빈자리"는 다름 아닌 <자기세계>다. <자기세계>는 해명되지 않은 채, 외부의 어떤 대상과도 단절된 상태로 고립된다. 전기소설의 <자기세계>가 <상상적 공간>과 <상징적 공간> 사이에서 분열했다면 후기소설의 <자기세계>는 <상징적인 상상적 공간> 속에서 <순수한 공간>이라는 기표를 얻는다. 분절되지 않은 매끈한 공간인 것처럼 의미화되는 것이다. 의미화된 공간은 이미 <순수한 공간>일 수 없다.

주지하듯, 이러한 현상은 이미 「서울, 1964년 겨울」에서부터 예고된 것이다. 이에 대해 "현실세계는 파편처럼 부서져 흩어지고 단지 '안'만이, 고립된 개인이자 분리된 영혼만이 유일한 현실로 남게 된다. (…) 분리된 영혼만이 진정한 현실이 되는 순간, 소설은 더 이상 씌어질 수 없는 것이다."[27]라는 지적은 의미심장하다. 여기서 분리된 영혼은 다름 아닌 <자기세계>다. <자기세계>는 타자들이 욕망하지 않는 것, 다시 말해 자본주의에 포섭될 수 없는 잉여인 것처럼 자리매김 되지만 그 잉여야말로 거대한 자본주의 기계를 작동시키는 욕망의 핵이다. <순수한 고향>은 세속적인 현실에서 분리되자마자 <기관없는 몸체>에 포섭되어 자신이 자본주의 시스템의 일부임을 숨기는 은폐-메커니즘으로 작용한다. 주체가 교환 불가능한 욕망은 오직 자신의 내면에만 있고, 타자의 욕망은 남김없이 교환 가능해졌다고 생각하는 그 순간에, <불가능한 대상>에 대

27) 유양선, 「김승옥의 소설세계 또는 '서울, 1964년 겨울'에 유폐된 영혼」, 『작가연구』 제6호, 새미, 1998, 29쪽.

한 열망과 추구는 더 이상 쓸모없는 것이 되고 만다. 하지만 현실을 변화시키는 힘은 <불가능한 대상>을 믿는 자들의 실천에 의해 보증되는 것이다. <자기세계>에 대한 확신은 자본주의의 외부에 대한 불신이다. 불신은 아무런 실천도 요구하지 않으며, 따라서 이러한 <자기세계>의 변화는 김승옥 소설주체의 반근대적인 체험을 붕괴시키는 결과를 낳는다.

모든 체험이 지향적 체험임을 감안하면 「서울의 달빛 0장」이 보여주는 1970년대의 현실은 <자기세계>의 역상(逆象)이다. 주체의 내면과 정반대의 모습을 하고 있는 것으로 믿어지지만 결국 모든 현실은 <자기세계>의 단순한 반복이나 모방에 불과한 것이 되며, 이러한 이데올로기 속에서 최종적으로 물신화되는 것은 다름 아닌 <자기세계> 자체인 것이다.

이러한 내면세계의 물신화는 관념 자체의 물신화로 이어지면서 김승옥 전기소설의 특징들을 점차 변화시키고 있는 것으로 이해된다. 전기소설의 <자기세계>가 <텅빈 공간>으로서 자본주의의 논리로 설명되지 않는 것들을 보호하는 저장고 역할을 해냈다고 했을 때, 그것은 외부적인 이데올로기의 변화에 따라 유동적으로 반응하는 비교적 미결정적인 공간이었다고 할 수 있다. <실재>의 발견이나 <실재>에 대한 추구는 지속적으로 나타나되 <실재>처럼 나타나는 대상의 속성은 몇 번의 변주를 겪고 있다는 사실이 이를 증명하고 있다. 하지만 「서울, 1964년 겨울」을 기점으로 하여 <자기세계>는 점차 특정한 기표와 동일시되는 경향을 보이며, 이는 <자기세계>를 더 이상 변경불가능한 공간으로 고정화하는 결과를 가져온다. 이러한 현상의 극점을 보여주는 작품이 바로 「서울의 달빛 0장」이며, <자기세계>는 이제 실재처럼 나타나는 순수대상의 공간이 아니라, 자본주의적인 욕망의 왜상(anarmorphosis)을 비추는 거울로 기능하게 된다. 이에 대해서는 다음 장에서 자세히 살펴볼 것이다.

## 2. <실재>의 물신화와 근대주체로의 이행

### 1) '손'의 실재성과 실재의 물신화

김승옥은 80년 "장편 「먼지의 방」을 동아일보에 연재 시작했으나 광주사태로 인한 집필 의욕 상실로 연재 15회만에 자진중단"한다. 그리고 1981년 "4월 종교적 계시를 받는 극적 체험을 한 후, 성경공부와 수도생활"[28]을 시작한다. 80년 이후 김승옥은 단 한 편의 소설도 쓰지 않았다. 현재까지로는 "자진중단"이 절필이 되고 미완성작 「먼지의 방」이 마지막 작품으로 남아 있다.

몇 개월밖에 시간차가 나지 않는 탓인지, 81년의 종교체험은 김승옥의 창작활동이 긴 휴면기를 맞게 된 이유로 종종 설명되기도 한다.[29] 하지만 종교체험 자체를 분석하여 작품세계의 변화를 구체적으로 설명한 경우는 많지 않다. 물론 체험 자체의 진위여부라든가 작가 본인에 대한 심리분석은 본서의 관심사가 아니다. 종교체험이 창작활동의 중지를 초래했다는

---

28) 김승옥, 『한밤 중의 작은 풍경』(김승옥전집 권5), 문학동네, 1995, 작가연보.

29) 몇 가지 예로 오윤호는 "사실 1981년 4월 26일 밤에 영접한 <하느님의 하얀 손>은 그 경험이 사실이든 아니든 간에 김승옥의 삶 속에서 이미 내지되어 있던 신을 향한 운명적 비유이면서 신앙에 대한 필연적 깨달음인 것이다. 그는 더 이상 육체의 탐욕이 만들어내는 빈 자리에 윤리라는 인간의 논리를 올려놓지 않아도 된다. 육체의 <나>가 아니라 영혼의 <나>를 깨닫는 순간에 김승옥은 자신이 고집스럽게 추구하던 <나>라는 것, <자기세계>라는 욕망과 집착으로부터 자유로울 수 있었다."고 조심스럽게 말하고 있으며(오윤호, 「지독히도 부끄러운 이방인의 기도」, 『작가세계』 2005 여름, 40쪽). 진정석은 "김승옥은 몇 년 전 한 대담에서 "지금은 해답을 알고 있다"고 단호하게 말하고 있다. 아마도 종교적인 성격의 답을 말하는 것일 텐데, 이미 답을 알고 있는 상태에서 삶의 본질과 사회현상이 그 답에 얼마나 맞고 얼마나 가까운가를 측정하는 문학이 과연 생산적인 결과를 낳을 수 있을지 의심스러운 것"(진정석, 「글쓰기의 영도 — 김승옥론」, 『문학동네』, 1996 여름, 426쪽)이라고 평하고 있다. 위에 인용한 유양선의 경우도 비슷한 주장에 속한다.

판단 또한 인문학의 연구대상이 될 수는 없다고 본다.

다만 본서에서는 예수의 손을 목격했다는 '나'를 작가가 아닌 화자, 즉 근대주체의 일인으로 가정하고, 「내가 만난 하나님」 또한 자서전이 아닌 하나의 일반적인 텍스트로 독해하여, 접신(接神)의 체험과 후기소설의 주체가 갖고 있는 인식체계의 상관성을 추적해보고자 한다. 종교에의 귀의는 창작열 소진의 직접적인 원인이 아니라 분열된 주체가 근대주체로서 구조화되는 방식을 고찰하기 위한 하나의 단서로서 파악될 것이다.

김승옥은 1981년 4월 26일 밤, 자신의 침실에서 잠을 자던 중 예수님의 손이 자신을 쓰다듬는 초자연적인 현상을 목격했다고 진술하고 있다. 「내가 만난 하나님」을 한편의 에세이로 파악할 때 이러한 진술은 개인적 체험의 사실적 기록으로서 분석의 대상이 될 수 없다. 하지만 모든 기록은 근본적으로는 허구라는 전제 하에 소설 텍스트와 같은 방식으로 독해해보면 김승옥 소설주체의 지향과 유사한 부분이 있음을 파악할 수 있다.

> 1) 그렇게 생각하며 왼쪽으로 고개를 돌리는데 내 왼쪽 허리 위 공간에 하얀 손이 발목까지만 나를 향하여 보라는 듯 떠 있는 것이었다. 백옥처럼 하얀 빛깔로 약간 크고 손가락이 쭈욱 쭉 뻗은 남자 손이었다. (…) "누구야?" 낮게 외치며 내 오른손으로 명치 위의 그 손을 덮쳤다. 그리고 상반신을 일으켰다. 그런데 이상한 현상이 생겼다. 사람 손이 내 손에 잡혀야 할텐데 손에 잡히는 아무런 물질이 없다.
>
> — 『내가 만난 하나님』, 35~36쪽

> 2) 내가 몸을 돌렸을 때 나는 방 가운데서 무서운 **괴물**이라도 보지 않을 수 없다는 듯이 천천히 몸을 반대편으로 돌렸다.
>
> — 「역사」, 69쪽(강조는 필자)

위의 인용문들은 수필 「내가 만난 하나님」과 단편소설 「역사」의 일부분을 병치해놓은 것이다. 두 경우 모두 화자가 잠자리에 누워 있고, 몸(고개)를 한쪽으로 돌렸으며 허공에서 무언가를 발견했다는 점에서 상당히 유사한 데가 있음을 어렵지 않게 알 수 있다. 따라서 1)을 김승옥 소설에 지속적으로 나타나는 <실재의 발견>으로, "하얀 손"을 <실재처럼 나타난 대상>으로 보아도 큰 무리가 없는 것이다. <하얀 손>은 "손에 잡히는 아무런 물질이 없다"는 대목에서 알 수 있듯이 실제하는 대상과 관련을 갖고 있지 않다는 점에서 「들놀이」의 "벼라별 귀신", 「염소는 힘이 세다」에서 어린 화자가 두려워하는 동대문 건물 속의 "귀신"을 닮았다. 하지만 자세히 보면 "하얀 손"은 위 두 소설의 "귀신"과 같지 않다. "귀신"은 원관념을 갖지 않는데 반해서 "하얀 손"은 <예수님의 손>이라는 최종적인 지시대상을 갖고 있다.

비실체적인 형상이면서 원관념을 갖고 있다는 점에서 "하얀 손"은 「서울의 달빛 0장」에서 "도깨비"의 발견과 오히려 유사하다. 하지만 여기에서도 두 가지 차이점이 발견된다. 우선 "도깨비"는 관념적이고 비유적인 표현에 가까운 반면, "하얀 손"은 그것의 출현과정이 매우 구체적이고 현실적이다. 다음으로 "도깨비"는 화자에게 적의의 대상으로 다가오는 부정적 세력인데 반해, "하얀 손"은 거룩하고 성스러운 이미지로 가득차 있다. "도깨비"의 구체화된 형태라고 할 수 있는 <음부> 역시 "소중한 고향"의 모습으로 제시되고는 있지만 그것의 함의는 양가적이다. 전장에서 분석한 대로 <순수한 고향>과 <기관없는 몸체>의 동일시가 <자본주의－기계>에 대한 오인임에 동의한다면 "하얀 손"과 "음부"의 거리는 더욱 멀어진다.

전기소설에 나타나는 <괴물> 일반의 양상과 비교해보면 "하얀 손"의 특수성은 더욱 분명해진다. <괴물>은 이미 분석했듯이 외상의 중핵, 혹은 근본결핍을 가리킨다. 그것은 내면공간이건 외부대상이건 간에 상징계의 찢어진 장막을 통해 표출되고 목격된다. 또한 그것은 일관되게 화자의 불안과 상관있으며 공포의 대상으로 나타난다. 하지만 "하얀 손"은 비록 최초에는 두려운 대상("누구야?"에서 알 수 있듯이)이었으나 <예수님의 손>으로 인식되자마자 전혀 다른 느낌으로 화자에게 다가오게 된다. "하얀 손"의 기표화된 형태인 <예수님의 손>은 화자에게 "지극한 온유함과 겸손"(36)으로 다가와서 "할아버지나 할머니가 손자 배 쓸어주듯 그렇게 사랑이 가득한 느낌"을 주고 있다. 그것은 <괴물>과 정반대로 <완전한 충족>을 주체에게 안겨주고 있는 것으로 보인다.

실재처럼 나타나는 <신>은 「내가 만난 하나님」이 최초이지만, <신>의 관념은 김승옥 텍스트에 있어 전혀 낯선 것은 아니다. <신>에 대한 화자의 긍정적인 인식은 이미 「서울의 달빛 0장」에서 나타난다.

> 인간적인 사랑이란 삼각형의 관계 형식 속에서만 가능하다구 생각해. 한 꼭지점에는 남자, 또 한 꼭지점엔 여자 그리고 또 한 꼭지점엔 신이 있어야 하는 거야. 남자와 여자가 함께 바라보는 신이 있을 때 추잡한 거래관계를 벗어날 수 있는 거야
>
> — 「서울의 달빛 0장」, 311쪽

「서울의 달빛 0장」이 1979년에 발표되었다는 점을 감안하면 위의 <신>에 대한 생각은 「내가 만난 하나님」의 <신>의 목격과 일정 정도의 상관성을 가진 것으로 보아도 무방할듯하다. 인용문에서 <신>은 <관계> 속에 위치하는 어떤 충만한 존재이다. 그것은 남자와 여자의 차이, 어긋나는 욕망의 벌어진 틈을 메운다. 이는 전기소설인 「무진기행」의 욕망의 구도와 일맥상통하는 측면이 있다. 윤희중과 하인숙의 욕망은 같지 않다. 두 사람에게 타자를 온전히 욕망할 수 있는 방법은 없다. 서로가 서로에게 근본적으로 <불가능한 욕망>을 품고 있는 셈이다. 따라서 그들에겐 제3의 존재가 필요한데 그것은 <불가능한 욕망> 자체이다. 그들은 상대방이 아니라 <불가능한 욕망>에 대한 욕망을 믿는다. 존재는 일치할 수

없지만 믿음은 교환될 수 있다는 사실이 그들 사랑의 경제학이다. 우선 <신>은 하인숙과 윤희중이 공유하고자 하는 <믿음>이 기표화된 형태로 볼 수 있다.

<사이>에 위치하는 제3존재의 역할은 대타자의 그것과 비슷하다. 『다산성』에서 분석한 대타자, "찐빵"에 관한 '나'와 정태의 대화는 "장난감"으로 시작해서 "신"으로 넘어갔다가 "찐빵"으로 회귀한다. "찐빵"은 "신"과 똑같지는 않지만 역학은 유사하다. "찐빵"과 "신"은 믿음에 의해 작동한다. 그것은 '나'의 것이라고는 할 수 없지만 그것을 믿는 사람들 <사이>에서 '나'에게로 전염되는 강력한 힘이다. 따라서 그것은 간(間)-주체적이다. 그것은 모든 주체에게 잠재적으로만 존재하다가 개인이 집단의 관계 속으로 진입하자마자 무의식적으로 실제화[30]된다. 그것은 어디에도 없지만 언제나 지금-여기에 존재하는[31] 신성과 같은 것이다.

이러한 <신>에 대한 인식은 전기소설에 나타난 <종교>에 대한 그것과는 사뭇 다른 것이다. 초기작품에서 신앙이나 신은 불신 내지 조소의 대상으로 등장할 때가 잦다.

> 1) -만일 신이 계시다면……
>
> 염병할 자식, 난데없이 신은 왜 들추어내는 거냐. 오오, 명작이라면 대부분이 반드시 신을 붙들고 어쩌구저쩌구 하고 있으니까, 짜아식 아아쭈, 흉내를 내보려구.
>
> -「누이를 이해하기 위하여」, 99~100쪽

> 2) "(…) 만들어진 것이라는 것에서부터 생각을 출발시키면 결국 우리는 신을 인정해야만 해. 그런데 왜 그런지 그 신은 서양 사람들이, 마치 기차를

---

30) "잠재적", "실제화" 등의 용어는 "잠재태(Virtuality)" "현실태(Actuality)"의 개념에서 가져온 것으로 "잠재적"은 "Virtual", "실제화된다"는 "Actualize"에 해당한다.

31) "어디에도 없지만 언제나 지금-여기에 존재하는"는 영어로 하면 "Nowhere but always now-here"가 된다. 여기서 <nowhere>와 <now-here>는 철자가 같다.

만들어내었듯이, 만든 것 같은 느낌이란 말야. 기차가 장난감으로밖에 생각되지 않듯이 신도 장난감으로밖에 생각이 안돼. 무언가가 신은 장난감이 아니라고 생각하는 내 뜻을 가로막고 있어. (…)"

(중략)

"(…) 그러나 서양 사람들이 만든 것으로써 서양 사람들이 만든 것을 부정한다는 건 큰 모순이겠지. 서양 사람이란 말에서 서양이란 말을 빼도 마찬가지야. (…)"

— 『다산성』, 130쪽

흥미로운 것은 전기소설의 <신>에 대한 인식이 이른바 향보편주의, 다시 말해 서양 콤플렉스와 종종 연관된다는 사실이다. 인용문의 1)은 신을 통해 근대화 주체가 서구 명작의 모방으로 존재하는 현실을 지적하고 있으며, 2)는 서구로부터 벗어나고자 하는 노력 또한 서구담론의 추종이 되고 마는 근대와 반근대의 뫼비우스 띠를 탐색하고 있다. 60년대의 소설 지망생이란 서구문학의 세례를 받은 세대이며, 또한 그들의 반근대적인 사유 역시 서구담론의 그것 없이는 논리적 근거를 상실하는 탁상공론에 불과한 것이었던 셈이다.

서구에 대한 인식을 노출할 때 주체가 자주 신을 논하게 되는 것은 「생명연습」에서 확인할 수 있듯이 서구의 기독교적 문화가 외상을 구조화하는 사건으로 주체에게 경험된 탓으로 보인다.

이미 인용한 바 있지만 「생명연습」의 '나'가 "내게도 성령이 찾아오는 어느 순간이 있어 나 스스로의 목이라도 잘라버려야 할 경우가 있을는지도 모를 일이라는 생각이 문득 들었다. 그러자 소름이 돋기 시작했다."(22) 고 고백하고 있는 것과 정반대로 90년대 주인석과의 인터뷰에서 "독립운동사와 6 · 25와 4 · 19와 5 · 16, 그리고 그 이후의 역사까지도 그는 기독교적으로 해석해준다. 그는 확신에 차 있"[32]다. 물론 소설 속의 화자와

32) 주인석, 「김승옥과의 만남—그를 만나게 되다니」, 『김승옥 소설전집』 4, 문학동

작가가 동일시될 수 없다. 하지만 작가 자신의 입장도 미묘하지만 이와 함께 변화하고 있다. 77년도에 출간된 책에서는 여동생의 죽음[33]만을 말하던 그가 2004년에 출간된 책에서는 "여동생이 죽은 이후 나는 장로교회에 출석하기 시작했다."[34]라고 쓰고 있는 것이다. 80년 이전에는 과거의 사실에서 교회에 관한 것을 의도적으로 삭제한 반면, 최근에는 오히려 그것을 강조하고 있음을 알 수 있다. Ⅳ－2－2)에서 4・19라는 역사적 사실은 그대로되, 그것에 대한 김승옥의 생각과 해석은 변화하고 있음을 밝혔듯이, 그에 맞추어 신과 종교에 대해서도 작가의 인식은 달라지고 있는 것이다.

작가의 회고가 <사실 자체>가 아니라 현재적으로 해석되는 끊임없이 다시 쓰여지는 텍스트임에 동의한다면, 이러한 변화를 소설 속에 나타난 주체의 인식과 무관한 진술로 보기는 어려울 것 같다. 만약 「생명연습」의 '나'와 수필이나 자서전의 '나'를 동일한 화자로 가정하거나, 혹은 두 쪽 모두를 근대적 주체의 일인으로 상정한다면, 개별적인 국면들이 연속된 하나의 순환구조를 이루고 있음을 발견할 수 있다.

주지하듯이 「생명연습」의 '나'에게 기독교 체험은 외상을 구조화한 사건이다. 그것은 근대화에 대한 공포이며, 더 나아가 서구문명에 의해 나의 정체성이 뿌리 뽑힐지 모른다는 일종의 거세불안을 형성하고 있음을 이미 밝힌 바 있다. 중요한 것은 외상의 자리야말로 결핍의 장소이며, 따라서 욕망은 외상의 자리에서 분출된다는 사실에 있다. 신경증 환자는 자신의 외상을 끊임없이 반복한다. 결핍은 외상의 근본적인 원인을 알지 못하는데서 생기는데, 만약 그 원인을 알게 되면 결핍은 사라지게 되고, 주체는 <결핍>보다 훨씬 더 심각한 <결핍의 결핍> 상태에 빠진다. 주체

---

네, 1995, 310쪽.

33) 김승옥, 「나에게 사랑을 가르쳐준 여동생」, 『뜬 세상에 살기에』, 69~72쪽.

34) 김승옥, 『내가 만난 하나님』, 작가, 2004, 17쪽.

는 자신의 외상을 숨기기 위해 모든 노력을 다하게 되고 그러한 과정에서 외상이 은폐된 최초의 메커니즘이 다시 한 번 작동하는 것이다.

<나>에게 외상의 최초의 원인이 무엇인지는 알 수 없지만, 김승옥 소설주체에게 있어 외상의 은폐 매커니즘은 네 번 반복된다고 할 수 있다. 첫 번째는 「건」의 어린화자가 보여주는 전쟁의 경험이다. 여기에서 <어머니>의 존재 자체가 은폐되고 있음은 Ⅲ장의 1－1)에서 상세히 밝힌 바 있다. 두 번째는 「생명연습」의 화자가 보여주는 근대화 체험이다. 가장 상징적인 장면은 선교사의 수음장면으로, 이를 통해 서구체험과 종교와 성(性)이 한꺼번에 뒤섞이게 됨을 알 수 있다. 세 번째는 4·19 체험이다. 이는 작품에 직접적으로 드러나지 않는다는 점에서 작가에게 글쓰기의 근본결핍으로 작용했다고 추측할 수 있다. 네 번째는 광주혁명의 체험이다. 이를 끝으로 작가는 현재까지 작품을 쓰지 못하고 있다.

이 중 주목되는 것은 두 번째다. <신>과 <종교>는 후기소설에 와서 성적인 메타포와 뒤섞이는 경향이 있다. 다시 말해 「생명연습」에서 50년대의 어린 화자가 체험한 성(聖)과 속(俗)의 만남이 70년대를 살아가고 있는 타락한 어른의 입을 통해 무의식적으로 반복되고 있는 것이다.

> 1) 수녀라면 참으로 티없는 심경에서 성당의 마룻바닥에 무릎을 꿇고 신의 모습이 보여지기를 기다릴 것이다. 그런데 도인은, 이 오후야말로 자기가 애경양에게 자기의 남성을 실험할 유일한 때라고 생각한 것이다.
>
> —『60년대식』, 206쪽

> 2) 어쩌면 친구들에겐 절에 간다고 하고 남자를 만나러 가는지도 모르지만, 어쨌든 기분이 언짢으면 절에 가서 불공을 드리고 와야만 상쾌해진다는 것이다.
>
> 그것이 종교라는 것이겠지. 민희는 이해할 수 있다고 생각하면서

도, 그러나 남자를 돈줄로만 여기고 딴딴하게 죽어 있는 부처님 앞에 가서야 살아 있는 상쾌감을 느낄 수 있다는 건 불행해 보이고 불결해 보이기조차 했었던 것이다.

그런데 지금 문득 그 여자의 상쾌감을 함께 느낄 수 있을 것 같은 것이고, 동시에 자신도 그 여배우처럼 불행해져버린 게 아닌가 하는 의구심이 드는 것이었다.

— 『강변부인』, 233쪽

3) 수녀(修女)들이 때때로 추해 보이는 것은, 비록 처녀이긴 하지만, 그들은 어디엔가 자기를 바쳐버림으로써 자기들만의 가능성을 닫아버린, 이미 처녀는 아니기 때문이다.[35)]

1)에서는 "수녀"와 "도인"이 동일시되면서 믿음의 대상으로서의 <신>과 성욕의 대상으로서의 "애경양"이 중첩되고 있다. 마찬가지로 2)에서는 "부처님"이 "남성"의 대체물로 등장하고 있음을 확인할 수 있다. 뿐만 아니라 『60년대식』에서 다른 사람들의 시선을 한몸에 받으며 호텔로 걸어들어가는 "애경양 자신은 테연하게 죽음을 앞둔 비구니 같"다. 이를 보고 도인은 "남녀가 함께 자는 것을 이상히 여기는 보이가 있다면 그건 절에 와서 불공을 드리는 아낙네를 이상하게 여기는 중이나 다름없이, 오히려 그쪽이 이상하겠지"(248)라고 생각한다.

물론 소설 속 화자과 작가 사이에는 일치할 수 없는 간극이 존재한다. 하지만 3)의 문장은 이러한 비유가 소설 속 화자의 것만이 아님을 알려준다. 김승옥은 "처녀"를 예찬하는 에세이에서 여자에게 <처녀성>이란 바쳐야 할 어떤 것인데, 수녀들은 신에게 자신의 믿음을 모두 바친 상태이므로 육체적으로는 몰라도 정신적으로는 이미 처녀가 아니라고 말하고 있다. 여성에 대한 남성중심적인 이데올로기를 논하기 이전에 이러한 비

---

35) 김승옥, 「처녀들」, 『뜬 세상에 살기에』, 44쪽.

유는 믿음과 사랑, 사랑과 성욕을 동일시하는 공통의 태도를 보여주는 것이다.

이상의 논의를 정리하자면 김승옥의 텍스트에서 <신>의 의미는 세 번 바뀐다고 볼 수 있다. 첫째, 근대화와 관련되는 공포의 대상으로서의 신. 둘째, 주체의 반근대적 욕망에 의해 조롱되거나 비판되는 신. 셋째, 성욕과 폭넓게 동일시되는 욕망의 대상으로서의 신. 넷째, 주체의 모든 결핍을 충족시켜주는 절대자로서의 신이 그것이다.

이 중 가장 중요한 것은 역시 셋째인데 「서울의 달빛 0장」에서 <여성>과 <고향>이 병치되었던 것을 되새겨보면 이 단계에서 <여성=고향=신>의 등식이 성립하게 됨을 알 수 있기 때문이다. 「생명연습」의 어린 화자가 자신의 고향에서 어머니의 성을 경험한 다음 역시 여성인 누이와 함께 신의 복음을 전파하기 위해 온 선교사가 수음을 하는 장면을 목격했다는 사실을 감안하면, 첫 번째 단계에서 주체가 경험한 최초의 신성의 구조가 이 단계에 와서 다시 한 번 반복되고 있음을 확인할 수 있다. 다시 말해 신이 갖고 있는 함의는 다르지만 신이라는 기표를 중심으로 형성된 의미체와 신을 통해 발화되는 의미화 구조는 일치하는 것이다.

라깡의 삼원계를 이러한 단계에 대입해보면 첫 번째 단계의 신은 <실재처럼> 나타나는 <상상적 신>이다. 그것은 주체가 상징계로부터 받은 충격을 완화해주지만 최종적인 동일시에는 실패함으로써 여분의 잔여물로 남게 되었다고 볼 수 있다. 두 번째, 세 번째 단계의 신은 <상징적 신>으로 근대화 과정, 혹은 서구담론 전체를 대변하는 기표로서 등장한다. 주체는 이러한 서구의 <신성>에 대해 거부하는 태도를 보이지만 "이쪽에서 믿지 않는다고 떠들어보았댔자 믿지 않으면 안되는, 적어도 그 존재를 인정하고 그의 명령에 복종하지 않을 수 없는 사태가 생겨서 꼼짝없이 이쪽을 끌고"(「다산성」, 132) 가는, 일종의 프로스페로스 콤플렉스36)에 사

36) 피식민자가 식민자에게 느끼는 콤플렉스를 지칭하는 것으로, 식민자의 관점에서

로잡혀 있다고 볼 수 있다. 네 번째는 <상상적 신>과 <상징적 신>이 결합된 형태라고 볼 수 있는데, 문제는 여기에서의 신이 최초에 그랬던 것처럼 또 다시 <실재처럼> 출현하고 있다는 데 있다.

그러나 첫 번째의 신과 네 번째의 신이 주체에 대해서 갖는 의미는 전혀 다르다. 이미 설명했듯이 애초에 그것은 공포의 대상이었으나 결핍이 아닌 완전한 충족을 주체에게 가져다준다. 따라서 그것은 실재처럼 나타났지만 실재계에 속하지 않은 어떤 것이라고 밖에는 말할 수 없다. 다시 말해 그것은 이미 <상징화된 실재>로서 "내 바로 안쪽에 존재하시는"[37) 하나님의 육화이다. 이것은 분열된 주체가 자신의 상상계와 상징계를 일치시키고 그렇게 함으로써 자신의 근본적인 분열을 완전히 억압하는데 성공했음을 보여준다.

화자는 "종교적 신비체험을 한 뒤, 인간이란 겉사람 곧 육체와 속사람 곧 영혼으로 구성된 존재라는 것, 이 물질세계 안쪽에 영혼세계가 있다는 것, 인간이란 즉 '나'란 '속사람(영혼)'을 가리킨다는 것이라고 말한다."[38) 여기에서 추상화되는 것은 바로 육체이며 영혼은 <구체적인 실재>의 형태로 물신화된다. <자기세계>에 이어 <영혼의 물신화>, 다시 말해 <실재의 물신화>가 일어나는 것이다.

이러한 구도 속에서 후기소설과 전기소설의 차이점이 극명하게 드러난다. 전자가 자본주의 바깥에 있는 욕망을 추구했다면, 단편인 「야행」(1969) 「서울의 달빛 0장」(1977) 장편인 『내가 훔친 여름』(1967) 『60년대식』(1968) 『보통여자』(1969) 『강변부인』(1977)은 자본주의 내부, 더 나아가서 자본주의 자체의 욕망을 문제삼고 있다. 내포작가는 기표와 기표 사이에서 미끄러지는 분열된 주체에서 상징계 내부의 확고한 위치를 점한 근대

---

자국민을 바라보는 태도를 말한다. 이에 대해서는 Fanon. Frantz, 이석호 역, 『검은 피부, 하얀 가면』, 인간사랑, 1998 참조.

37) 김승옥, 「내가 만난 하나님」, 위의 책, 37쪽.

38) 유양선, 위의 글, 32쪽.

적 주체로, 미결정성의 영역과 보편적인 랑그의 영역 사이에서 욕동하는 미학적인 유희의 주체에서 이데올로기의 장 안에 위치한 윤리적인 발화의 주체로 이행한다. 이러한 이행과정에서 주체가 신성이라는 절대기표를 소유하게 된다는 점은 시사적이다. 화자들은 외부의 욕망, 즉 자본주의의 물신주의에 대해 비판하면서 자신의 내부에 뿌리내리고 있는 영혼의 물신주의를 은폐하게 되는 것이다.

### 2) 억압된 욕망의 귀환과 근대주체의 형성

김승옥 소설세계에 있어 진정으로 억압된 것은 4·19이며, 이때 4·19라는 기표는 유동적인 텅빈 공간으로 작용하게 됨은 이미 말한 바 있다. 김승옥 주체의 반복되는 외상의 기표연쇄에서 4·19를 대체한 사건은 광주에서 일어난 시민학살이라고 할 수 있다. 그것은 작가에게 40년동안 계속되어온 혁명의 꿈을 앗아간 사건이며, 텅 빈 공간의 가능성을 파괴한 직접적인 계기였을 것이다.

4·19는 돌아갈 수 없기 때문에 아름다운 고향과 같다. 하지만 그것은 진보적인 역사관의 선상에서 아직 만들어지지 않은 고향이기도 하다. 때문에 그것은 불가능한 대상에 대한 욕망을 끊임없이 추동한다. 문학적 고향으로서의 4·19는 외상의 공간이면서 동시에 현실 속에는 없지만 상상적으로는 언제나 존재하는 희망의 공간이다. 광주혁명의 실패는 이러한 역사적 진보에 대한 주체의 믿음을 뿌리째 뒤흔들었을 것이다.

그러나 역사에 대한 불안은 이미 60년대 후반에 나타난다. 따라서 광주학살은 미학적 공간이 최종적으로 폐쇄되는 준－원인일 뿐 근본적인 원인은 70년을 전후로 한 한국 사회변화의 징후에서 찾아져야 한다. 『60년대식』『보통여자』『강변부인』 등의 작품은 통속적인 면모를 보이는 게 사실이지만, 그 저변에서는 천민자본주의의 발전에 대한 주체의 단절감과 절망이 나타난다. 일례로 『60년대식』의 도인은 작품의 말미에서 「서울, 1964년 겨울」의 안과 같은 불투명한 역사적 전망에 대한 지식인의 방어기제를 보이고 있다.

> 그러므로 그가 시장거리를 걷고 있는 지금까지 겨우 이틀 동안 그는 그의 일상생활의 궤도에서 외출해 있었을 뿐이다. 그런데 그 단 이틀 동안에 그가 이십팔 년간 축적해온 그의 모든 능력은 시험되었으며 형편없는 점수를 받았다.
>
> 그는 그가 염려하고 있던 대상의 중심에는커녕 그 근처에도 가보지 못한 채 엉뚱한 변두리에서만 빙빙 돌고 있는 것이다. 그렇다. **역사는 그의 손이 미치지 않는 곳에서 셔터를 굳게 내려놓고 이루어지고 있는 것**이다. 그는 다만, 한 여인과 그 여인 덕분에 알게 된 사람들에게서 역사의 배설물이 풍기는 냄새를 맡아볼 수 있었을 뿐이며, 그리고 그 나름으로 완성돼버린 역사를 책에서나 읽을 수 있을 뿐이다.
>
> —『60년대식』, 328쪽(강조는 필자)

『60년대식』은 결혼에 실패하고 자살을 결심한 도인이 유서를 써놓은 뒤 자신의 과거를 정리하기까지의 이틀 동안에 벌어진 일들을 다루고 있는 소설이다. 그는 예전 하숙생활을 할 때 자신이 성적인 욕망만을 취하고 버린 주인집 딸 애경을 잊지 못해 그녀를 찾아가고, 그녀가 가짜 선을 보는 일종의 사기꾼이 되어 살아가고 있다는 사실을 알게 된다. 진짜와 가짜가 해체된 성과 인간의 육체가 낱낱이 상품화된 현실을 경험하면서 도인이 자신의 "정열없음"을 발견하게 된다는 것이 전체적인 줄거리이다. 내용이 이렇다면 위의 인용문은 느닷없는 것일 수밖에 없다. 상식적으로 생각해 보더라도, 성이 상품화되고 있는 60년대의 삶의 풍속도를 다루면서 느닷없이 "역사"를 고민해야 할 이유는 전혀 없는 것이다. 소설의 몸통에 간신히 붙어 있다고 밖에는 할 수 없는 이러한 의식의 과잉은 이 작품의 곳곳에서 출몰한다.

1) 음탕한 기색은 전연 없고 자못 엄숙하고 심각했다. 동학란을 일으키기 직전, 사랑방에서 녹두장군의 열변을 듣고 있는 머습들의 표정이 아마 이러했으리라. (…) 도인은 방안을 가득 채우고 있는 공기가 답답해서 견딜 수 없었다. 이제 멀지 않아 폭발하리라. 마치 동학도처럼, 기독교도처럼.

— 305~306쪽

2) 그렇다. 도인이 가장 경계하는 것들 중의 하나야말로 바로 정열이라는 것이었다. 도인의 이해 속에서 정열이란 우리들이 살고 있는 이 세계를 지옥으로 만들고 있는 가장 나쁜 원인들 중의 하나에 불과하였다. 정열이라고 하면 도인의 머릿속에 우선 떠오르는 것은 어쩐지 수양이었고, 연산군이었고, 일본 군국주의자들이었고, 히틀러였고, 중공의 홍위병이었다. 그리고 약간은, 한국의 정치, 경제, 사회, 문화, 그 모든 것에서 엿보이는 그 무엇이었다.

그것은 판단이 결핍됐을 때 나오는 우격다짐의 행동이었고, 무기교(無技巧)를 감추려는 광란의 몸짓이었고, 지나가버린 일, 또는 이렇게 쓸 수도 있고, 저렇게 쓸 수도 있는 시간에 대하여 인간들이 근본적으로 느끼고 있는 절망감에 호소하는 과격한 프로파간더였다. 진정한 혁명에서는 그것을 지배했던 이성과 지성의 빛이 무엇보다도 두드러져 보이듯이 인간을 무더기로 도살했던 과거 역사적인 여러 사람들에게서 공통되게 드러나는 것은 무엇보다도 정열이라고 도인은 생각했다.

— 325쪽

위의 진술들은 60년대 사회에 대한 해부라기보다는 추상적인 혁명론이다. 1)은 불법 비디오를 상영하는 방에서 도인이 느낀 감정이며, 2)는 애경양을 진심으로 사랑한다고 주장하는 화학기사가 당신은 "정열이 없는 사람"(324)이라는 비판을 듣고 도인이 생각한 것들이다.

보다 꼼꼼한 고찰을 필요로 하는 것은 2)다. 화학기사와 도인은 대조적인 인물이다. 두 사람의 신에 대한 대화에서 드러나듯이 유흥가에서 자라나 감옥에까지 갔다온 화학기사가 자신이 태어난 거리를 고향으로 인정함으로써 신에 대한 믿음으로 돌아오는 것과는 달리, 도인은 "하느님이 당신을 구해주지 않을 경우엔 그 대신 타락이 당신에게 구원의 손길을 뻗치고, 요컨대 앞으로 엎어지나 뒤로 자빠지나 당신이 다칠 데라곤 한군데도 없"(321)다고 화학기사를 비웃는다. 도인은 인간이란 언제나 대체되는 것이므로 누군가를 사랑하는 것 또한 성욕을 충족하기 위한 수단을 찾는 것이라고 생각하는 반면, 화학기사는 애경양이 자신을 사랑하든 하지 않든 자신의 사랑만은 바꿀 수 없는 것이라는 류의 주장을 강하게 피력한다. 두 사람의 가장 큰 차이점은 믿음의 유무다. 현실의 모습과는 상관없이 자신의 믿음을 유지할 수 있는가 없는가가 두 사람 대화의 화두이다.

도인은 2)와 같이 "정열"을 역사적인 악으로 치부해왔지만 화학기사의 공격을 받자 "심한 모욕감"과 "패배감"을 느끼게 되고 자신이 "정열을 무의식적이나마 긍정하고 있었던 것이 분명"함을 알게 된다. 도인은 자신에게 "이성과 지성에서 나온 판단을 밀고 나갈 힘이 되어줄 최소한의 정열조차 닳아 없어져버린 것을 깨"(326)닫고 느닷없이 "세계는 어차피 정열을 가진 사람들의 소유"(327)라는 결론을 내린다.

마지막은 도인이 색시를 권하는 남루한 옷차림의 아주머니에게 마지못해 끌려가는 장면이다. 결국 <정열없음>과 <잘못된 정열> 사이에서 후자를 선택했다는 것인데, 이것은 일견 <정원>과 <지하실>의 갈림길에서 <지하실>을 선택하는 「생명연습」의 인물들을 떠올리게 한다. 하지만 구조는 전혀 다르다.

<정원>은 사후적으로 만들어진 낙원이다. 상징계에 의해 교환되고 남은 잉여가 <정원>을 형성한다. 보편적인 체계라고는 하지만 상징계는 시대에 따라 조금씩 변화하게 마련이며, 이 때 그것의 구멍(잉여)도 마찬가지로 이동한다. 다시 말해 <정원>은 실재처럼 출현하는 <떠다니는

기표>를 위한 자리이다. 따라서 사후적으로 만들어졌다는 것은 위조된 것이기는 하지만 시대의 변화에 민감하게 반응하면서 미결정성의 공간을 끊임없이 재생할 수 있는 힘을 소유했다는 긍정적 함의를 가진다. 하지만 도인의 선택 속에는 미결정적인 잉여가 찾아지지 않는다. 도인에게는 도착적인 이성과 타락한 정열만이 존재할 뿐, 주체의 내면과 외면 어디에도 <순수한 정열>이 끼어들 틈은 보이지 않는 것이다.

오히려 <잉여>는 화학기사에게서 찾아진다. 그에 의하면 "가령 인분을 비료로 쓰기 때문에 넓은 평야가 항상 구린내를 풍기고 있는 농촌에서 자라난 사람은 도시에 살면서도 가령 옆의 사람이 뀌는 방귀에서 나오는 구린내만 맡아도 문득 향수에 사로잡히며 그 구린내를 코 깊숙이 들여마시게"(320) 된다. 여기서 <인분>은 농촌경제 속에서는 땅을 비옥하게 하는 비료이지만, 도시경제 속에서는 버려져야 할 배설물로서 자본주의 교환시스템에서 제외된 <잉여>이다. "구린내"에 의해 대체된 "인분"은 화학기사에게 "향수"를 불러일으킨다. 유쾌해서가 아니라 지금－이곳에서 배제된 것이기 때문에 고향과 동일시되는 것이다.

하지만 <인분>의 잉여성은 <정원>의 그것과는 다르다. <정원>은 저곳에 존재했다고 믿어지지만 이곳에는 실존하지 않는 것이다. <인분>은 저곳에도 있었고, 이곳에도 있는 것이다. 시공간을 건너뛰면서 그것이 가진 의미만이 바뀌었을뿐이다. 그것은 어디에서나 정의되어 있다. 그것은 고향에서는 "비료"로, 도시에서는 "배설물"로, 어느 쪽의 상징계 속에서건 이미 꿰매어져 있다는 점에서 <정원>과 본질적인 차이를 가진다. "비료"와 "배설물"은 <순수>과 <타락>의 대립을 보여주는 것같지만 사실은 <유용함>과 <해로움>의 차이를 재생산하고 있을 뿐이며, <유용한 인분/해로운 인분>의 이분법 속에서 어떤 기표로부터도 독립되어 있는 <인분 자체>의 자리는 실종되고 있는 것이다. 이 구도 속에서는 <순수한 인분>이란 선험적으로건 사후적으로건 존재하지 않는 것이

된다. 이는 분열되는 주체가 소멸되면서 나타난 필연적인 결과라고 할 수 있다. 도인이 <유용한 정열>과 <해로운 정열> 사이에서 갈팡질팡할 뿐 <순수한 정열> 그 자체를 찾아내지 못하는 것은 당연하다. 그는 이미 자본주의의 상징계 속에서만 사고하고 행동하고 있다. 그에게 자살은 무용한 것일수밖에 없는데, "이 시대가 답답하여 견딜 수 없는 모든 사람을 대신하여 나는 죽으려 한다"(202)는 유서의 내용은 그의 죽음 또한 상징적인 것일 수밖에 없음을 알려준다. 이는 전기소설의 주인공들이 택하는 자살의 방식과는 대조적인 것이다. 도인은 죽어서도 그가 답답증을 느끼는 이 세상의 질서로부터 벗어날 수 없는 것이다.

『보통여자』은 시스템의 폐쇄회로를 벗어나지 못하고 결국에는 그것에 포섭되고 마는 주체의 모습을 간명한 구도로 보여준다. 이 작품은 삼각관계에 빠진 한 여성이 자신만의 사랑을 찾고자 하지만 결국에는 세속적인 사랑의 방식을 받아들임으로써 "보통여자"가 되고 만다는 내용을 다루고 있다. 그러나 후기소설에서 "성"이 "고향" "신" 등과 중첩되는 경우가 많다는 점에 주목하면, 이는 한 여성이 자신의 처녀성을 잃게 되는 과정 속에 숨겨진 "욕망" 일반에 관한 이야기로 읽힌다. 수정은 한 명의 평범한 여성이 아닌 근대주체의 일원으로서 김승옥의 소설주체가 걸어온 길을 축약적으로 되짚어주는 인물로 생각된다.

우선 수정은 전기소설의 인물들이 그러하듯이 교환 가능한 것과 대속 불가능한 것39) 사이에서 갈등을 느끼는 인물이다.

> "(…) 난 비교당하는 건 싫어. 적어도 내가 비교당하고 있다는 걸 내 자신이 느낄 수 있다면 싫단 말야."

39) 유대교 전통에서의 <희생양>의 속성을 말한다. 제물은 선택되기 전에는 다른 양과 아무런 차이를 지니지 않지만 일단 선택되면 다른 것과 바꿀 수 없는 것이 된다. 이에 대해서는 Adorno. Theodor W & Horkheimer. Max, 김유동 역, 『계몽의 변증법』, 문학과 지성사, 2001 참조.

"그건 자기 자신을 속이는 것일 뿐이지. 사실은 비교당하고 있는 걸."

— 『보통여자』, 136쪽

수정은 "비교당하는 것"을 싫어한다. 그렇다고 해서 자신이 비범한 여자라고 생각하는 것 또한 아니다. 수정은 문득 "나는 어느 남자의 첩이나 될 팔자가 아닐까?"(41)라고 자신에게 묻는다. "첩이란 아무 능력도 없으면서 남자의 사랑을 받을 수 있는 여자"(42)라고 생각하기 때문이다. 그녀가 가진 것은 <처녀성>이라는 기표뿐이다. 『환상수첩』이나 『내가 훔친 여름』의 주인공들이 서울대학교 배지만을 소유하고 있을 뿐 사회적으로 무능력하다는 자괴감을 느끼는 것과 같다. 수정의 자아정체성은 자기충족적이지 못하고 의존적이다. 남들과는 다른 무엇을 소유하고 있지 못하므로, 타자에 의해서만 가치를 부여받을 수 있다. 그녀가 교환가치에 편입되지 않을 수 있는 유일한 방법은 남성에 의해 선택되어 대속불가능한 존재가 되는 것뿐이다. 「무진기행」 식으로 말하면, 그녀 또한 "성기(性器) 하나를 밑천으로 해서 시집가보겠다는"(146) 류(類)에 속하는 것이다.

어느 날 약혼자 명훈이 바람을 피우고 있다는 사실을 알게 되자 수정은 자신의 마음속에 명훈에 대한 것보다 더 큰 불안이 숨어 있었음을 뼈저리게 느낀다. 충격으로 자리에 몸져눕게 된 그녀를 가장 아프게 자극하는 것은 "명훈과의 사이에 벌어졌던 일도 아니고, 약방에서 경숙언니를 만났던 일도 아니"다. 그녀가 도저히 알 수 없는 것은 "다방과 빌딩 밑에서 느꼈던 소외감의 정체"(108)이다.

그녀가 느낀 불안의 근본원인은 자신이 알지 못하는 세계, 즉 자본주의 상징계의 존재이다. 이는 「차나 한잔」의 만화가가 직장에서 소외당한 뒤 신문사 건물을 "괴물처럼" 발견하듯, 수정은 수많은 사무실 "건물들이 살아 있는, 뭐랄까 커다란 고래의 무리"(58) 같다고 생각한다. 이 때 베일에 싸인 상징계는 초자아처럼 기능하면서 주체에게 "네가 진정으로 원하는 것은 무엇이냐?"는 질문을 던지게 된다.

김승옥 소설주체에 있어 <케 보이?>에 대한 태도는 크게 두 가지로 나뉜다. 전기소설의 인물들처럼 이곳에는 내가 원하는 것이 아무 것도 없다고 응수하는 방법이 첫 번째이다. 주체는 포획되지 않는 주체로 계속해서 분열하거나 침묵함으로써 초자아의 명령을 교란시킨다. 「무진기행」의 윤희중과 하인숙이 자신들의 불가능한 욕망을 지속시키기 위해 선택하는 방식이 이것이다. 두 번째는 초자아의 명령대로 자본주의적인 욕망에 순응한 다음 자신이 추구한 대상(상품)이 욕망의 대체물에 불과함을 확인함으로써 자신의 교환불가능성을 주장하는 전략이다. 「서울의 달빛 0장」의 화자는 <성>을 소비할수록 공허해지는 내면을 확인함으로써 자신의 정체성을 지키려 한다. 언뜻 보아 두 경우는 자아적인 욕망과 초자아적인 욕망의 일치될 수 없는 간극을 유지하려는 주체의 노력을 보여주는 듯하다. 하지만 여기에는 역시 근본적인 차이가 있다.

『보통여자』의 수정이 확인한 것은 타인과 자신의 욕망이 같지 않다는 사실이 아니다. 수정의 정체성은 "자기 남편을 찾기 위해 이 남자 저 남자 마구 사귀던 친구들이, 적어도 그런 친구들과 같은 종류의 여자들이 남편을 찾기 위해서 저 빌딩들 속으로까지 뛰어들어가 있"(108~109)지 않다는 것에 생명선을 두고 있다. 수정은 자신이 남자 이상의 것(부(富), 혹은 남편)이 아닌 교환불가능한 한 명의 남자(명훈)를 원한다고 믿는다. 그러나 수정은 자신이 알고 있었던 명훈이 실제의 명훈과 다르다는 사실을 알게 되고, 이로써 욕망과 대상 사이의 근본적인 불일치를 깨우치게 된다. 진실은 남자로서의 명훈이야말로 다른 여자 것이고, 자신이 알아온 것은 남편감으로서의 명훈뿐이라는 사실이다. 이것이 "자기가 속해 있던 세계 전체가 자기를 속였다는 느낌"(77)의 정체이다. 하지만 수정은 "자기는 진심으로는 그가 걱정되지 않는다."(146) 아내라는 분명한 주체의 위치를 차지하기 전에 한 남자에게 진심을 바칠 수는 없는 것이다. 따라서 수정을 속이고 있는 것은 자기 자신이다. 정확히 말하자면 자신의 욕망에 대한 은폐가 소외의 진짜 원인이다. 명훈에 대한 수정의 욕망은 애초부터 사회적이었던 것이다.

『강변부인』은 이러한 심리를 보다 적나라하게 드러내 보여준다. "강변부인" 민희는 섹스와 가정을 별개의 것으로 생각하는 인물이다.

> 그런 식의 자극적인 혼전 또는 혼후 다른 남자들과의 경험이, 그렇다고 하여 민희로 하여금 남편을 불만스럽게 하는 것은 결코 아니었다.
> 그 여자 역시 섹스에 대한 근원적인 경멸감 내지 죄의식을 가지고 있었고, 가정이란, 그리고 남편이란 섹스의 대상 이상의 존엄한 그 무엇이었던 것이다.
>
> — 204쪽

위의 진술은 상당히 아이러니하게 느껴진다. 왜냐하면 민희는 섹스에 대해 "근원적인 경멸감 내지 죄의식"을 갖고 있으면서도, 남편 아닌 다른 남자와의 섹스를 계속하고 있기 때문이다. 그녀는 "가정에서의 섹스란 엄하게 다스려 조그맣게 가둬두면 둘수록" 좋지만, "질펀하고 시뻘건 낯짝을 한 자극적인 섹스란 놈은 어디까지나 가정 밖"에 있어야 한다고 생각한다. 이 때 섹스란 "자신에게 속해 있는 죄스러운 욕망을 달래주는"(204) 행위인 것으로 진술되고 있다.

불륜에 대한 터무니없는 핑계인 것 같지만 민희의 심리는 좀더 복잡하다. 민희의 말을 빌리자면 가정은 생활의 공간, 육아, 문화, 친척들과의 왕래, 재산 증식을 위한 곳이다. 다시 말해 민희에게 가정은 하나의 사회이다. 그러므로 섹스가 "가정 밖"에 있어야 한다는 것은 자신의 욕망이 사회에 속해 있지 않다는 일종의 자의식을 보여주는 것이다.

민희는 "호텔에서 남편의 끔찍한 낯의 도락을 엿본 이후 자기는 더 이상 남편을 믿고 있지도, 존경하고 있지도, 의지하고 있지도 않다"(214)고 느끼지만 "이혼하고 싶은 생각은 없"(210)다. 사회생활은 실제로 믿는 주체가 아닌 믿는다고 가정된 주체를 요구하기 때문이다. 불륜에 대해서도 민희는 "부끄럽고 두려운 것은 부정 그 자체가 아니라 그 부정이 남의 눈에 들킨다는 것뿐"(219)이라고 생각한다. 이러한 진술은 조금도 모순된 것이 아니다. 섹스에 대한 욕망은 "자기의 십분의 일", 다시 말해 사회에 속해 있지 않은 영역의 것이다. 그러나 "익명의 남자와의 무책임해도 좋다고 생각했던 관계조차 운전자 김씨라는 인물을 통하여 사회의 감시 속에 있다는 것을 알고 났을 때, 불안에 떠는 영혼은 겨우 이런 호텔방에 혼자 와서 자위행위나 하"(241)게 된다.

주목을 요하는 것은 호텔방에서 옛날 애인에게 전화를 건 후 민희가 보이는 반응이다. 민희는 삼해식품에 전화를 걸어 이기일을 찾았다가 상대방이 "상무님 말씀이세요?"하고 되묻자 자신이 알고 있던 기일 역시 "순수한 남성의 덩어리가 아니라 하나의 사회"(243)임을 깨닫는다. 사회의 감시망을 피해 도망쳐온 내밀한 사적공간에서조차 치밀하고 빈틈없는 공적 영역의 네트워크를 체험하는 것이다. 그러나 기일의 "사무적이고 의젓한 음성"(243)에 "민희의 온몸을 잔물결 같은 경련이 스쳐"가는가 하면 "십 년 전의 감각이 되살아 온몸을 뿌듯하게 채우기 시작"(244)한다. 종국에 그녀는 "폭풍에 나부끼는 나뭇잎처럼 마구 날뛰는 감각들의 깊은 밑바닥으로 실제로 그치기 힘든 울음을 터"(246~247)뜨리는데 이는 강의원 댁에 부부동반으로 초대되어 갔다가 사모님의 내밀한 정사를 엿보게 된 대가로 처음 본 청년과 동침하게 되고 깊은 쾌락을 맛본 후에야 "사회적으로 성공한 사람들, 이른바 상류사회 사람들이 음침하게 숨기고 있는 그 용의주도한 비밀주의와 복수심의 희생물이 되었다는 깨우침"(263~264) 끝에 흘리게 되는 눈물과 그 심리적 역학을 같이 한다. 여기서 민희가 눈물을 흘리는 것은 죄책감 때문도, 수치심 때문도 아니라 자신의 욕망이 애초부터 상징계의 욕동에 의해 형성된 것임을 더 이상 은폐할 수 없게 되었기 때문인 것이다.

따라서, "그 여자 자신도 여태까지 모르고 있었던, 그 여자의 내부 깊이 숨겨져 누군가에 의해서 점화되기를 기다리고 있던 심지에 마침내 불이 붙기 시작"(182)했다는 수정의 진술은 거짓이다. 욕망은 내부에서 발생한 것도, 외부에서 침입한 것도 아니다. 사적인 욕망과 공적인 욕망은 원래부터 구분되지 않는다. 정확히 말하면 욕망은 사적인 영역에도 공적인 영역에도 존재하지 않는다. 자본주의의 욕망은 주체가 대타자의 믿음을 자기화할 때가 아니라 주체가 대타자와 자신이 결코 같지 않다고 주장할 때 작동한다. 다시 말해, 욕망은 주체와 상징계 사이의 벌어진 틈에 위치한다.

욕망은 금기에 의해 추동된다.[40] 금기의 공간은 곧 외상의 공간이며, 따라서 욕망의 자리는 곧 외상의 자리이다. 이는 서구로부터 유입된 이념대립에 의해 외상을 경험한 주체(「건」의 어린화자)가 왜 서구화를 자신의 욕망으로 갖게 되는지(김승옥 소설의 대학생 화자들)를 설명해준다. 또한 기독교라는 불가사의한 존재와 함께 <성>을 경험한 주체(「생명연습」의 어린화자)가 왜 성(性)과 성(聖)을 무의식적으로 병치할 수밖에 없는지를 짐작케 한다. 근대주체의 가장 큰 비극은 근대화에 의해 순수한 욕망을 훼손당했다는 점에 있는 것이 아니라, 서구적인 것과 전통적인 것 <사이>에서 자신의 욕망을 발견했다는 바로 그 사실에 있는 것이다.

김승옥 소설주체는 전통적인 상징계와 서구적인 상징계 사이에서 자신의 순수한 고향을 발견한다. 이 때 순수한 고향은 과거에도 현재에도 존재하지 않았던 불가능한 공간으로서의 <자기세계>를 형성한다. 위에서 분석했듯이 이러한 <자기세계>는 그 자체가 <사이의 공간>으로서 바로 그곳이야말로 근대의 욕망이 발생하는 지점이다. 그럼에도 불구하

---

40) 이를테면 민희의 욕망은 민희 자신이 가정 안에서의 섹스를 금기시함으로써 생겨난 것이다.

고 이러한 <자기세계>가 반근대적인 힘을 가질 수 있었던 것은 분열된 상태로 남아 있으려는 주체의 노력 때문이었다. 물론 자본주의 시스템은 주체의 분열을 전제로 하지만 교환은 주체가 근본적인 결핍을 대상(상품)에 대한 욕망으로 대체할 때에만 가능한 것이다. 그러나 김승옥 전기소설의 주체들은 불가능한 대상에 대한 욕망으로 남아 있기를 고집함으로써 자본주의 내부에서 자본주의를 교란하는 기제로 작용할 수 있었다.

성적인 욕망도 그것이 불가능한 대상에 대한 것인 한 자본의 교환을 차단하는 효과를 지니고 있었다. 일례로 「무진기행」에서 윤희중은 창녀의 시체에서 정욕을 느끼는데, 이미 분석했듯이 시체는 욕망할 수 없는, 불가능한 대상이다. 창녀의 시체는 금지된 욕망을 불러일으키면서 동시에 화자로 하여금 욕망을 실행할 수 없게끔 차단한다. 이 때 윤희중의 욕망은 상징계에 의해 배제되지 않으면서 동시에 상징계를 거부하는 심리적 장치로 기능하는 것이었다.

이렇듯 분열된 주체는 교환가치의 억압을 피하면서 상징계 외부의 대상을 안전하게 보존할 수 있게 해준다. 그러나 후기소설의 주체에서는 이러한 주체의 분열이 해제되면서 대상이 지닌 실재성이 보호막을 잃고 의식의 영역으로 떠오르게 된다. 이것이 바로 <억압된 실재의 귀환>이다. 이 때 상징계는 표면화되고 노골화된 실재들을 시스템 안으로 흡수하려는 계획을 수행하게 되는데 김승옥의 발화주체에게는 이것이 신성(Godness)이었던 셈이다. 이는 실재처럼 작용하는 상징적 기표로서 김승옥 전기소설의 주체에게 <텅빈 잉여>를 제공해주었던 4·19의 공간까지도 상징계의 내부로 포획한다. 모든 것은 설명가능한 것이 되며, 욕망은 자본의 교환과정에 실제로 참여한다. 신성에 통합되지 못한 모든 견고한 실재들은 잉여－배설물이 되어 완전히 억압된다. 실재계 자체의 폐제(Foreclosure)가 일어나는 것이다.

이상에서 보듯 65년 이후에 쓰여진 김승옥 텍스트에서 특징적으로 보여지는 현상은 그의 전작에서 가장 중요한 미학적 요소라고 할 수 있는 분열된 주체의 소멸이다. 이로써 실재의 저항성은 최종적으로 거세됨으로써 자본주의 상징계에 통합된다. 「야행」(1969) 「서울의 달빛 0장」(1977) 『60년대식』(1968) 『보통여자』(1969) 『강변부인』(1977) 등은 그것의 미학적인 성취도와 상관없이 외상에서 분열로, 분열에서 욕망으로, 욕망에서 다시 외상으로 돌아오는 김승옥 소설 주체의 순환을 함축적으로 보여주는 텍스트이다. 전체적으로 보았을 때 김승옥의 텍스트는 자본주의적인 욕망을 거부하고자 하는 특수한 주체의 반근대적 노력이 어떠한 방식으로 단일하고 보편적인 근대주체에 통합되는지를 잘 보여주고 있다고 할 수 있다. 그것은 1960년대 사회가 가진 근대성의 일면을 날카롭게 반영하는 것이기도 하다.

# VI. 결론

김승옥은 지금까지 감수성이 뛰어난 작가로, 이성보다는 감성, 사회보다는 개인, 주제의식보다는 문체의 미학에 초점을 맞추어 연구되어온 경향이 있다. 비교적 다양한 관점의 연구가 진행되었다고 할 수 있는 90년대 이후의 적지 않은 학술논문들 역시 김승옥 텍스트가 가진 이데올로기적인 측면에 주력한 경우는 흔치 않다.

그러나 아무리 개성적인 작품이라 하더라도 그 발화는 정치적 무의식을 포함하게 마련이며 발화의 위치는 이데올로기의 장 안에 있는 것이다. 문체라는 것 역시 그 구조는 개인적이지 않으며 지배적인 사회구조의 역학을 반영하는 것일 수밖에 없다. 김승옥의 작품세계는 중심부의 욕망과 그 욕망에서 벗어나고자 애쓰는 주체의 무의식을 지속적으로 추구하고 있다는 점에서 이데올로기적이다. 개인의 욕망은 그것이 권력과 연관되는 한 언제나 이미 사회적인 것이기 때문이다. 또한 김승옥의 문체는 당시 사회의 지배적인 문법이라 여겨지는 자본주의의 교환체계를 의식적이든 무의식적이든 패러디하고 있으며 그러한 독특한 방법을 통해 당대 사회의 구조를 반영하는 미학적 장치의 역할을 수행하고 있다. 김승옥이 보여주는 인물들은 근대적 욕망과 반근대적 욕망의 사이에서 분열되고 결핍됨으로써, 어느 한쪽에 치우치지 않고 1960년대 근대화 과정의 내적 논리를 형상화하는데 성공하고 있다.

김승옥의 발화주체가 반근대적인 욕망을 갖고 있다는 것은 김승옥 텍스트에 빈번하게 등장하는 실재성의 발견에서 찾아볼 수 있다. 실재(The Real)는 상징계에 포섭될 수 없는 내면공간과 외부세계의 잔여물이며, 따라서 탈언어성과 교란성을 갖는다. 실재는 당대 인식체계와 이분법적 이데올로기의 한계를 보여줄 뿐만 아니라, 때문에 의식적・무의식적 권력체계에 대해 교란하는 힘으로 작용하게 된다.

실재는 그 자체로는 발견되지 않으며, 환영이나 실재처럼 출현하는 대상을 통해 발견되는데 김승옥 소설에서 이는 "괴물" "유령" "귀신" 등으로 나타난다. 실재의 발견은 그 시기와 양상에 따라 몇 가지 정도로 구분해볼 수 있는데, 우선 시기적으로 보자면 1950년대 전쟁 유아체험 주체와 1960년대 근대화 체험 주체의 발견양상이 다르게 나타난다.

전자의 경우는 도시를 체험하지 못한 어린 화자가 서양에서 들어온 문화("선교사"로 상징되는)와 이데올로기 대립("빨치산"으로 대변되는)을 실재처럼 발견하게 되는 경우이다. 이는 외부에서 침입한 새로운 상징계가 근대화되지 않은 전통적인 인식체계에 가하는 충격을 잘 보여주는 것이다. 후자는 도시에 상경하여 적응하게 된 20대의 화자가 자본주의의 교환법칙에 포섭되지 않는 사물이나 인물을 실재처럼 발견하게 되는 경우이다. 이는 교환불가능한 대상이 이미 근대화된 인식체계를 교란하는 대목을 날카롭게 포착하고 있다.

다음으로 실재의 양상은 1) 원관념이 있는 경우, 2) 원관념이 없는 경우, 3) 원관념과 실재성이 하나의 사물에 포개져서 나타나는 경우의 세 가지로 분류 가능하다. 원관념이 있는 경우는 1950년대의 실재체험에, 원관념이 있는 경우는 1960년대 초반의 실재체험에 주로 나타나며, 원관념과 실재성이 특정한 대상에 구현되는 경우는 자본주의 시스템 자체를 거대한 "괴물"로 인식하는 화자에게서 특징적으로 나타난다.

1)에 해당하는 작품은 「건」과 「생명연습」이다. 「건」의 어린 화자는 어머니가 존재하는지의 여부를 작품 속에서 단 한 번도 밝히지 않는데, 이는 <어머니 은폐의 서사>라고 할 수 있다. <어머니 은폐>는 <어머니 부재>와 다른데, 부재가 단순히 결핍의 상황이라면 은폐는 결핍된 것이 없다는 사실을 숨기거나 타인과는 구별되는 자신만의 결핍을 스스로 생산하는 방식에 속하기 때문이다. 「건」의 어린화자는 창조된 결핍에 의해서 상상적인 내면공간이 상징계의 힘에 의해 재구성되는 과정과, 또한 주체가 이러한 상징화된 상상계를 이용하여 존재하지 않는 순수한 상상적 공간에 대한 욕망을 보유하는 주체의 투쟁을 잘 보여준다.

반면 「생명연습」은 <부성부재의 신화>를 보여주는데 이는 무능력한 <실재적 아버지>가 부재하는 상황에서 이른바 부권이라고 할 수 있는 <상징적 아버지>의 자리를 지키기 위한 한 가족의 심리적인 갈등을 내밀하게 포착하고 있다. 피난지의 핍박한 삶 속에서 무능력한 아버지는 존재하지 않는 편이 오히려 나은 것이지만, 가족의 구성원들은 <상징적 아버지>를 훼손시키지 않기 위해 있었다면 이 모든 불행을 타개해주었을 <상상적 아버지>를 재구성하는 드라마에서 참여하고 있다.

「건」과 「생명연습」을 제외하고 대략 1960년 중반 이전에 쓰여진 김승옥의 작품들을 거의 대부분 2)에 속한다고 할 수 있는데 시골에서 상경한 화자가 도시에서 겪는 다양한 심리적 갈등을 다룬 작품으로 「싸게 사들이기」「역사」「염소는 힘이 세다」「다산성」이 대표적이다. 이들 화자들은 모두 교환경제 속에 포섭되지 않는 대상이나 인물의 실재성을 인식하고 있으며 이를 통해 보편화하는 근대담론의 허점을 폭로하고 있다. 이러한 인식을 바탕으로 그들은 자본주의적인 욕망에서 자유로울 수 없는 도시적인 삶과 그러한 삶에서 벗어나고자 하는 욕망 사이에서 분열한다. 이들의 정치적 무의식은 문체의 구조에 함축되어 있는데, 환유의 법칙에 따라 의미의 고정점을 우회하고 미끄러지는 전략을 통해 상징계의 포섭장치를 교란하는 기표연쇄가 특징적이다. 이러한 기표연쇄는 주체와 주체 사이의 분열을 지속시키고 교환경제 속에서는 충족될 수 없는 교환 불가능한 대상에 대한 욕망을 상상적인 방식으로 작동시킴으로써 자본주의와 근대화에 저항하는 경향을 뚜렷이 보여준다.

이러한 반자본주의적인 욕망은 자본주의적인 물신주의뿐만 아니라 정치적이고 담론적인 물신주의 또한 거부하는 양상을 보인다. 일례로 1950년대의 몇몇 작품들은 고향과 도시의 대립을 첨예하게 반영하고, 고향을 순수한 내면공간으로, 도시를 폭압적인 거대억압으로 묘사하는 경우가 있다. 특히 이범선의 「학마을 사람들」에는 이러한 이분법적 인식을 토대로 <상상적 고향>을 재구성함으로써 서구화 이전에 존재했던 이념과 계급을 은폐하는 무의식이 읽히는데 이는 고향을 근본적인 상상계로, 도시를 폭압적인 상징계로 분석하는 도식에서도 마찬가지로 발견되는 정치적 페티시즘이라고 할 수 있다. 그러나 「무진기행」「누이를 이해하기 위하여」『환상수첩』 등은 이러한 이분법을 거부하고 있을뿐 아니라 자본의 물신주의가 욕망의 물신주의로, 더 나아가서는 인간의 내면 깊숙이 파고드는 과정을 추적하게 해준다. 「무진기행」은 <상징화된 상상적 고향>을 순수한 내면공간과 동일시함으로써 자신도 모르는 사이에 제국주의적인 논리를 답습하게 되는 근대주체의 허위성을, 「누이를 이해하기 위하여」는 <상징적 도시>에 선행하는 <상상적 도시>의 존재와 그러한 상상적인 상징계가 주체의 내면을 근대화하는 과정을, 『환상수첩』은 자신의 근대적 욕망을 은폐하기 위한 주체의 이중적인 환상의 구조와 그러한 노력이 어떠한 방식으로 좌절하는가를, 각각 보여주고 있다.

이들에게서 공통적으로 발견되는 심리기제는 완전한 상상적 공간, 즉

<자기세계>의 추구인데, 이는 실제로는 도저히 불가능한 것이므로 주체의 근본적인 결핍으로 자리 잡게 된다. 근본적인 결핍은 주체의 환상에 불과하고 허위의식에 기반하고 있는 것이지만 바로 이러한 이중적인 기만의 구조에서 자본주의 외부의 공간을 지향하는 욕망이 생산된다는 아이러니가 발생한다. 즉 자신이 만들어낸 허구에 대한 믿음이 주체로 하여금 자본주의에 대한 저항성을 잃지 않게 해주는 원동력으로 작용하게 되는데 이러한 <텅빈 공간>의 존재는 4·19와 상관있다. 4·19는 미완의 혁명이자 수십 년 동안 계속되어온 혁명으로서 김승옥 소설의 주체에게는 상징계로부터 배제된 것들을 안전하게 보호하는 저장고 역할을 하게 되는 것이다.

분열된 주체의 구조는 4·19라는 역사적 사건이 김승옥 주체의 외상을 구조와 상동성을 가진다. 「서울, 1964년 겨울」은 상상적 공동체로서의 4·19세대의 면모와 정치적인 무의식을 극명하게 드러내고 있는 작품이다. 이는 김승옥 텍스트에 지속적으로 분열된 주체가 4·19라는 역사적 사건의 외상과 어떠한 관련을 맺고 있는지를 잘 보여주는 작품이기도 하다. 특히 안은 이미 근대화되었고 근대화된 의식밖에 있는 것을 인식할 수 없지만 그럼에도 불구하고 "꿈틀거리는 것"을 추구할 수밖에 없는 분열된 주체의 욕동을 잘 보여주는 인물이다. 결국 분열된 주체의 반근대적인 힘은 가장 근대화된 세대의 혼란스러운 역사체험에서 비롯된 것인 셈이다.

그러나 이러한 분열된 주체의 저항성은 「서울, 1964년 겨울」을 극점으로 하여 서서히 소멸되는 양상을 보여준다. 분열된 주체의 소멸은 반자본주의적인 욕망을 소진시키며 김승옥 텍스트의 미학적 긴장을 점차 완화시키는 결과를 가져오는 것으로 보인다. 앞으로 연구가 더 진행되어야 하겠지만 이는 <신성>이라는 <상징화된 실재>가 주체의 근본적인 결핍을 포획한 결과로 생각되며, 이를 잘 보여주는 작품들이 「야행」「서울의 달빛 0장」 장편인 『60년대식』 『보통여자』 『강변부인』 등이며 이들은 하나같이 자본주의적인 욕망을 비판하는 자리에서 발화하는 주체가 스스로 물신화되는 역설을 보여주고 있으며, 이는 분열된 주체가 고백의 과정을 통해 근대적 주체로 이행한 결과로 해석할 수 있다.

이상에서 보듯 김승옥의 소설세계는 하나의 보편적인 근대가 다양한 특수한 근대들을 포획하고 통합하는 방식을 보여준다. 그것은 자본의 물신화가 이데올로기의 물신화로, 이데올로기의 물신화가 다시 내면세계의 물신화로 이어지는 과정을 포착한 것이기도 하다. 이러한 면모들은 모두 김승옥이 자본주의의 내적인 논리를 날카롭게 투시해온 작가임을 증명한다.

## ≪ 참고문헌 ≫

### ◎ 기본자료

김승옥, 『김승옥 소설전집』, 문학동네, 1995.

______, 『서울 1964년 겨울』, 창우사, 1966.

______, 『뜬 세상에 살기에』, 지식산업사, 1977.

______, 「먼지 하나의 기록」, 『젊은 작가의 일기』, 문학예술사, 1977.

______, 「나는 이제 허무주의자가 아니다」, 『싫을 때는 싫다고 하라』, 자유문학사, 1986.

______, 『산문시대』 1~5권.

______, 『서울 1964년 겨울』, 창우사, 1966.

______, 『내가 훔친 여름 · 육십년대식』, 삼성출판사, 1972.

______, 『김승옥 소설집』, 샘터사, 1975.

______, 『서울 1964년 겨울』, 서음출판사, 1976.

______, 『육십년대식』, 서음출판사, 1976.

______, 『주머니 속의 꽁트－김승옥 등 11인의 작가』, 열화당, 1976.

______, 『사랑의 우화집』, 세대문고사, 1977.

______, 『위험한 얼굴』, 지식산업사, 1977.

______, 『강변부인』, 한진출판사, 1977.

______, 『무진기행』, 범우사, 1977.

______, 『내가 훔친 여름』, 한진출판사, 1980.

______, 『염소는 힘이 세다』, 민음사, 1980.

______, 『서울 1965년 겨울』, 삼중당, 1982.

______, 『누이를 이해하기 위하여』, 청아 출판사, 1991.

______, 『뜬 세상에 살기에』, 지식산업사, 1977.

______, 『젊은 작가의 일기』, 문학예술사, 1977.
______, 『싫을 때는 싫다고 하라』, 자유문학사, 1986.
______, 「작가와 비평가의 현실적 원근론」, 『월간중앙』, 1970.6.

◎ 석 · 박사학위논문

김명석, 「김승옥소설연구」, 연세대 대학원 박사학위논문, 2000.
배성희, 「김승옥 소설의 문체론적 연구」, 경북대 석사학위논문, 1992.
송은영, 「김승옥 소설연구」, 연세대학교 대학원 석사학위 청구논문, 1998.
안혜련, 「김승옥 소설의 문화기호학적 연구」, 전남대 대학원 박사학위논문, 1999.
오은희, 「김승옥 소설연구」, 동아대학교 대학원 석사학위 청구논문, 1993.
이경림, 「한국 소설의 여행 구조에 관한 고찰」, 고려대학교 교육대학원, 1985.
이동재, 「김승옥 소설의 시간구조 연구」, 고려대학교 대학원 석사학위 청구논문, 1989.
______, 「김승옥 소설의 시간구조 연구」, 고려대학교 대학원 석사학위 논문, 1990.
이승준, 「김승옥론－1960년대적 의미에 대하여」, 고려대학교 대학원 석사학위 청구논문, 1996.
이정란, 「김승옥 소설의 서술구조 연구」, 이화여대 석사학위논문, 1996.
이정석, 「김승옥 소설의 욕망 구조 연구」, 숭실대 석사학위논문, 1996.
이호규, 「1960년대 소설의 주체 생산 연구－이호철, 최인훈, 김승옥을 중심으로」, 연세대 대학원 박사학위논문, 1999.
정영훈, 「김승옥 소설에 나타난 욕망의 발현 양상 연구」, 서울대 석사학위논문, 1999.

정학재, 「김승옥 소설 연구 ; 인물의 세계 인식과 대응 양상을 중심으로」, 한양대 석사학위논문.
천정환, 「한국근대소설독자와 소설수용양상에 대한 연구」, 서울대 박사학위논문, 2002.
한혜원, 「김승옥 소설연구」, 동국대학교 문화예술대학원 석사학위 청구논문, 1997.
현영종, 「이니시에이션 소설 연구」, 고려대학교 대학원 석사학위 청구논문, 1989.
황주환, 「김승옥 소설연구」, 계명대학교 교육대학원 석사학위 청구논문, 1994.
황을숙, 「김승옥 소설의 일상성 연구」, 부산외대 석사학위논문, 1998.

### ◎ 평론 및 논문

강운석, 「60년대 소설연구 (1)－김승옥론」, 『숭실어문』 제14집, 숭실어문학회, 1998.
고영복, 「중간계층의 사회적 배경」, 『정경연구』, 1966.4.
공종구, 「김승옥 소설의 근대성」, 『현대소설연구』 9호, 한국현대소설학회, 1998.12.
곽 근, 「작품의 심층적 의미－김승옥의 '건'을 중심으로」, 『始林』 5, 1985.
구인환, 「한국현대소설의 구성적 연구」, 『서울여대 논문집』, 1971.
권택영, 「역사의식을 응집하는 미학적 전략」, 『김승옥 문학상 수상 작품집』, 훈민정음, 1995.
김기현, 「김승옥론－60년대의 삶과 소외문제」, 『한국현대소설론』, 우리문학연구회, 1999.

김명석, 「김승옥의 「생명연습」의 심리비평적 연구」, 『개신어문연구』 15호, 1998.12.
______, 「유년체험과 이니시에이션」, 『현대문학의 연구』 12집, 한국문학연구회, 1999.2.
______, 「일상성의 경험과 탈출의 미학」, 『현대문학의 연구』 9집, 한국문학연구회, 1997.
김민수, 「주관적 심미주의의 변주－미적 근대성을 통해서 본 김승옥의 소설세계」, 『작가세계』, 2000 봄.
김민정, 「김승옥론」, 『외국문학』, 1996 가을.
김병익, 「60년대 문학의 가능성」, 『현대 한국 문학의 이론』, 민음사, 1978.
김병익, 「시대와 삶: 60년대식 풍속 변화」, 『상황과 상상력』, 문학과지성사, 1979.
김붕구, 「작가와 사회」, 『세대』, 1967.11.
김성기 외, 「세기말의 모더니티」, 『모더니티란 무엇인가』, 민음사, 1994.
김성식, 「한국지식인의 현재와 장래」, 『사상계』, 1960.9.
김수영, 「지식인의 사회참여－월간신문의 최근논설을 중심으로」, 『사상계』, 1968.1.
김영모, 「중산층의 지위와 기능」, 『정경연구』, 1966.4.
김우정, 「내면의 조명: 김승옥의 '내가 훔친 여름', '60년대식」, 『한국문학전집』 별권1, 삼성출판사, 1973.
김우창, 「시와 정치현실」, 『사상계』, 1968.5.
김유중, 「순수와 참여논쟁」, 『한국현대시사의 쟁점』, 시와 시학사, 1991.
김윤식, 「60년대 문학의 특질－김승옥론」, 『운명과 형식』, 솔, 1992.
______, 「속죄의식과 공동환상의 형식」, 『우리 소설과의 만남』, 민음사, 1986.
______, 「시인 · 좀비족 · 한글 제1세대」, 『현대 소설과의 대화』, 1992.

김은정, 한국소설학회 편, 「일인칭 제한시점의 의미」, 『현대소설 시점의 시학』, 새문사, 1996.
김정남, 「김승옥의 "확인해본 열다섯 개의 고정관념"의 텍스트성 연구－변증법적 문학연구를 위한 반성적 시론」, 『한양어문』 제16집, 한양어문학회, 1998.
김주연, 「개체화의 추구」, 『한국현대문학전집』, 삼성출판사, 1985.
______, 「윤리와 사회－김승옥의 작품세계」, 『소설문학』, 1981.12.
______, 김병익 외, 「60년대 소설가 발견」, 『한국문학의 이론』, 민음사, 1972.
______, 「계승의 문학적 인식:소시민 의식 파악이 갖는 방법론적 의미」, 『상황과 인간』, 박우사, 1969.
______, 「김승옥의 작품세계」, 『한국현대문학전집』 24, 삼성출판사, 1985.
______, 「취락주의로부터의 탈피」, 김승옥, 『김승옥 소설집』, 샘터사, 1975.5.
김진만, 「지식인의 사회의식」, 『사상계』, 1965.5.
김치수, 「60년대 작가에 대한 발견」, 『한국 소설의 공간』, 열화당, 1979.
______, 「김승옥의 소설」, 『다산성－자선대표작품선』, 한겨레, 1988.
______, 「반속주의 문학과 그 전통: 60년대 문학의 성격・역사적 위치 규명」, 『한국소설의 공간』, 열화당, 1976.
______, 「아웃사이더・독백의 미학」, 『한국현대소설론』, 형설출판사, 1983.
______, 「질서에서의 해방－ 김승옥론」, 『문학사회학을 위하여』, 문학과 지성사, 1979.
김팔봉, 「우리민족의 나아갈 길을 비판한다」, 『세대』, 1963.7.
김　현, 「60년대 문학의 배경과 성과」, 『분석과 해석/보이는 심연과 안 보이는 역사전망』, 문학과 지성사, 1992.

______, 「구원의 문학과 개인주의 — 자기 세계의 의미/ 존재와 소유」, 『현대 한국문학의 이론 / 사회와 윤리』, 문학과 지성사, 1991.

______, 「구원의 문학과 개인주의」, 『현대한국문학의 이론/사회와 윤리』(김현문학전집 2), 문학과지성사, 1991.

______, 「김승옥의 '서울 1964년 겨울'」, 『우리 시대의 문학 / 두꺼운 삶과 얇은 삶』, 문학과 지성사, 1993.

______, 「미지인의 초상1 — 김승옥과 홍성원의 경우」, 『우리 시대의 문학 / 두꺼운 삶과 얇은 삶』, 문학과 지성사, 1993.

______, 「허무주의와 그 극복」, 『사상계』, 1968.2.

김홍규, 김홍규편, 「한국 현대소설과 시대적 갈등」, 『변동사회와 한국의 갈등』, 문학예술사, 1985.

노영기, 「5 · 16군사쿠데타 주체세력 분석」, 『역사비평』, 2001년 겨울.

류보선, 「개인과 사회의 대립적 인식과 그 의미」, 『문학사상』, 1990.5.

______, 권영민 엮음, 「김승옥론 — 개인과 사회의 대립적 인식과 그 의미」, 『한국현대작가연구 — 황순원에서 임철우까지』, 문학사상사, 1991.

류승렬, 「김승옥과 황석영의 문체 연구」, 『용마』 제5집, 동명전문대학, 1984.

______, 「김승옥의 「무진기행」 연구 — 이미지 분석을 통한 공간 패턴」, 『국문학연구 — 송랑 구연식 박사 회갑 기념논총』, 1985.

명형대, 「무진기행의 환상적 공간구조」, 『한국문학논총』 3, 1980.

민석홍, 「중산계급의 확대와 안정」, 『정경연구』, 1966.4.

박상식, 「지식계급과 근대화 문제」, 『세대』, 1964.3.

박선부, 「모더니즘과 김승옥 문학의 위상 — 김승옥 작품으로 본 모더니즘의 형이상학, 공간성, 그리고 그 형상성」, 『비교문학』 제7집, 1982.

박희범, 「중산층 육성론에 관한 재론」, 『청맥』, 1966.6.

배성동, 「중산층의 정치적 의미」, 『청맥』, 1966.5.

백낙청, 「시민문학론」, 『창작과 비평』, 창작과 비평사, 1969 여름.
______, 「시민문학론」, 『창작과 비평』, 창작과 비평사, 1969 여름.
서정주, 「사회참여와 순수개념」, 『세대』, 1963.2.
서종택, 「해방 이후의 소설과 개인의 인식－서기원, 김승옥, 최인호를 중심으로」, 『한국학연구』 1호, 고려대 한국학 연구소, 1988.
서중석 「4월혁명운동기의 반미 통일운동과 민족해방론」, 『역사비평』, 제14호, 1991 가을.
손호철, 「5・16군사쿠데타를 어떻게 평가할 것인가」, 『역사비평』 제13호.
송건호, 「민족지성의 반성과 비판」, 『사상계』, 1963.11.
송태욱, 「고백과 은폐로서의 성」, 『현대문학의 연구』 12집, 한국문학연구회, 1999.
______, 「무진의 안개를 걷어내는 한 방법」, 『현역중진작가 연구2』, 국학자료원, 1998.
신용하, 「중산층 논쟁의 총결산」, 『청맥』, 1966.8.
신일철, 「주체성의 회복－사대주의 의미－」, 『사상계』, 1964.5.
안성수, 「귀향 모티프와 요나 콤플렉스의 변증법 －「무진기행」의 의미분석」, 『현산 김종훈 박사 회갑기념 논문집』, 집문당, 1991.
오생근, 「작가의식의 변천」, 『삶을 위한 비평』, 문학과지성사, 1978.
유양선, 「김승옥의 소설세계 또는 '서울, 1964년 겨울'에 유폐된 영혼」, 『작가연구』 제6호, 새미, 1998.
유종호, 「감수성의 혁명」, 『비순수의 선언』(유종호 전집1), 민음사, 1995.
______, 「김승옥론－무진기행을 중심으로」, 『신문학 60년 대표작전집』 5, 정음사, 1968.
______, 「사회, 역사, 현실:1964년의 소설」, 『사상계』, 1964.12.
______, 「슬픈 도회의 어법」, 『한국소설문학대계』 45, 동아출판사, 1995.

이　순, 「김승옥론」, 『연세어문학』 11집, 1978.
이건영, 「부정과 체념의 니힐리즘」, 『현대문학』, 1966.8.
이광풍, 「행동양식과 소설의 구조－회복형:봄의 미토스－김승옥 '무진기행'」, 『한국 현대 소설의 원형적 연구』, 집문당, 1985.
______, 「동일성의 상실과 회복」, 『난대 이응백 박사 회갑 기념 논문집』, 1983.
이광호, 「깊고 어두운 자기 세계」, 『김승옥 문학상 수상 작품집』, 훈민정음, 1995.
______, 「겉늙음의 사회학」, 『글터2』, 고려대학교 국어교육학과, 1989.
이규동, 「중산층 논쟁에 부친다」, 『정경연구』, 1966.7.
이남호, 「삶의 위기와 내면으로의 여행」, 『문학의 위족』, 민음사, 1990.
이대규, 「세속적 세계에의 환멸과 수용 － 김승옥 '무진기행'」, 『한국 근대 귀향 소설 연구』, 이회, 1995.
______, 「「무진기행」의 구조사회학적 연구」, 『현대문학이론연구』 4집, 1994.
이동하, 「'서울의 달빛 0장'－성인의 환멸」, 『김승옥 문학상 수상 작품집』, 훈민정음, 1995.
이미정, 「가족 내에서의 성차별적인 교육투자」, 한림대 사회조사연구소 콜로키움 발표논문, 1997.
이　순, 「김승옥론」, 『연세어문학 11』, 연세대학교 국어국문학과, 1978.
이어령, 「문학은 권력이나 정치이념의 시녀가 아니다－오늘의 한국문화를 위협하는 것의 해명」, 조선일보 1968.3.10.
______, 「죽은 욕망 일으켜세우는 역유토피아」, 『다산성－자선대표작품선』, 한겨레, 1988.
이열모, 「반성없는 세상－청구권 문제의 비판」, 『사상계』, 1965.6.
이정석, 「김승옥 소설의 욕망구조 연구」, 『숭실어문』 제13집, 숭실어문학회, 1997.

이정숙, 「다중적 욕망의 반수면적 공간」, 『선청어문』 제24집, 서울대학교 사범대학 국어교육과, 1996.
이태동, 「공허한 인간의 숲－문학 속의 도시/서울」, 『문학사상』, 1978.1.
이태동, 「자아의 시선의 미망의 여로」, 『부조리와 인간의식』, 문예출판사, 1981.
이혜원, 「경계인들의 초상」, 『작가연구』 6, 새미, 1998.
이호규, 「소통회복지향의 일상적 주체」, 『작가연구』 6, 새미, 1998.
임대식, 「1960년대 초반 지식인들의 현실인식」, 『역사비평』 제65호, 2003 겨울.
임종철, 「근대화와 중산층－경제학적 고찰」, 조선일보 1966.1.29.
______, 「중산층 몰락과 그 필연성」, 『정경연구』, 1966.4.
장세진, 「일상적 삶의 실존적 깨달음」, 『비평문학』 2, 1988.
장영우, 「4 · 19세대의 문체의식」, 『작가연구』 6, 새미, 1998.
전승주, 「1960년대 순수 · 참여논쟁의 전개과정과 그 문학사적 의미」, 『한국현대비평가연구』, 도서출판 강, 1996.
전혜자, 「'내재적 장르'로서의 무진기행」, 『인문논총』 창간호, 경원대학교 인문과학연구소, 1992.
______, 「현대소설의 도시성 분석－이효석과 김승옥」, 『경원대학 논문집』 3, 1985.
정과리, 「유혹, 그리고 공포」, 『문학, 존재의 변증법』, 문학과 지성사, 1985.
정상호, 「서평－화려한 왕국」, 『창작과 비평』, 1966 봄.
정장진, 「'무진기행'을 위하여 혹은 무의식의 여행을 위하여」, 『작가세계』, 1996 겨울.
정장진, 「창녀와 역사(力士), 김승옥론을 위하여－단편 '야행'을 중심으로」, 『문학동네』, 1997 가을.

정헌주, 「민주당 정부는 과연 무능했는가」, 『신동아』, 1985.4.
정현기, 「보여지는 삶과 살아가는 삶의 확인작업」－김승옥의 「무진기행」, 『문학사상』, 1984.8.
______, 「60년대적 삶」, 『다산성－자선대표작품선』, 한겨레, 1988.
______, 「안개의 수근거림과 애욕의 시대를 지켜본 작가」, 『이상문학상 수상작가 대표작품선』, 문학사상사, 1986.
조남현, 「미적 세계관에의 입사식－김승옥론」, 『문학과 정신사적 자취』, 이우출판사, 1984.
조원만, 「김승옥 소고 － 그 작품의 사상을 중심으로」, 『교양』 6호, 고려대, 1969.
조진기, 「불안한 감수성과 퇴폐적 일상」, 『작가연구』 6, 새미, 1998.
주인석, 「김승옥과의 만남－그를 만나게 되다니」, 『김승옥 소설전집』 4, 문학동네, 1995.
진정석, 「글쓰기의 영도 － 김승옥론」, 『문학동네』, 1996 여름.
채호석, 「무진기행과 소설적 가능성」, 『작가연구』6, 새미, 1998.
천이두, 「발랄한 호기심・김승옥」, 『종합에의 의지』, 일지가, 1974.
______, 「아웃사이더・독백의 미학－김승옥의 「력사」」, 『한국현대소설론』, 형설출판사, 1983.
______, 「존재로서의 고독」, 『문학과 시대』, 문학과지성사, 1982.
______, 「피해의식으로서의 불안」, 『한국현대소설론』, 형설출판사, 1974.
최광렬, 「투명한 자아의식과 남성순결성의 증언」, 『쟁이들의 환상과 세계』, 한겨레, 1978.
최봉대, 최장집편, 「'한국전쟁'의 기원과 그 성격을 둘러싼 몇가지 문제」, 『한국전쟁연구』, 태암, 1990.
최인자, 「김승옥 소설문체의 사회시학적 연구」, 『현대소설연구』 10, 한국현대소설학회, 1999.6.

최인훈 · 김승옥 대담, 「소설은 어디로 가는가?」, 『한국문학』, 1978.11.
최혜실, 「김승옥 소설에 나타난 여행과 산책의 테마」, 『한국문학』, 1978.11.
______, 「무진기행에 나타난 귀향과 귀경의 구조」, 『한국현대소설의이론』, 국학자료원, 1994.
하정일, 민족문학사연구소 엮음, 「주체성의 복원과 성찰의 서사」, 『1960년대 문학연구』, 깊은샘, 1998.
한상규, 「환멸의 낭만주의」, 『1960년대 문학 연구』, 예하, 1993.
한형구, 「김승옥론－김승옥 문학의 문학사적 성격」, 『한국현대작가연구』, 민음사, 1989.
함병춘, 「사라질 수 없는 평화선」, 『사상계』, 1965.6.
현길언, 「치열한 시대인식과 그 극복양식」, 『소설은 어떻게 읽을 것인가』, 나남출판, 1977.
홍정선, 김병익 외 편, 「작가와 언어의식:개방 후 소설을 중심으로」, 『해방40년:민족지성의 회고와 전망』, 문학과 지성사, 1985.
황성모, 「민족자본과 매판자본」, 『세대』, 1964.5.
______, 「한국의 지식인과 그 기능」, 『사상계』, 1961.9.
황호덕, 「60년대식 자기세계와 그 문체－김승옥의 「무진기행」에 대한 문체 비평적 해명」, 『문학사상』, 1999.7.

### ◎ 단행본

강명구, 『소비대중문화와 포스트모더니즘』, 민음사, 1993.
고성국 외, 『1950년대 한국사회와 4 · 19혁명』, 태암, 1991.
권영민, 『한국현대문학사』, 민음사, 1993.
김동춘, 『근대의 그늘』, 당대, 2000.
김동춘, 『근대의 그늘, 한국의 근대성과 민족주의』, 당대, 2000.

김명석, 『한국소설과 근대적 일상의 경험』, 새미, 2002.
김병국, 『분단과 혁명의 동학』, 문학과 지성사, 1994.
김병철, 『한국근대서양문학이입사연구』, 을유문화사, 1980.
______, 『한국현대번역문학사연구』 상하, 을유문화사, 1998.
김상태, 『문체의 이론과 해석』, 집문당, 1993.
김승옥, 『내가 만난 하나님:김승옥 산문집』, 작가, 2004.
김영명, 『한국현대정치사:정치변동의 역학』.
김윤식, 『한국현대문학사』, 서울대학교 출판부, 1992.
김윤식 · 정호웅 공저, 『한국소설사』, 예하, 1993.
김주연, 『상황과 인간』, 박우사, 1969.
나병철, 『근대성과 근대문학』, 문예출판사, 1995.
______, 『모더니즘과 포스트 모더니즘을 넘어서』, 소명출판, 1999.
______, 『근대 서사와 탈식민주의』, 문예출판사, 2001.
______, 『근대성과 근대문학』, 문예출판사, 1995.
______, 『한국문학의 근대성과 탈근대성』, 문예출판사, 1998.
리영희, 『역설의 변증: 통일과 전후세대와 나』.
문학사와 비평연구회 편, 『1960년대 문학연구』, 예하, 1993.
문흥술, 『작가와 탈근대성』, 깊은샘, 1997.
민족문화사연구소 현대문학 분과 편, 『1960년대 문학연구』, 깊은 샘, 1998.
박동철, 『한국에서 '국가주도적' 자본주의 발전방식의 형성과정』, 서울대 박사학위논문, 1993.
박원순, 『국가보안법연구2:국가보안법적용사』, 역사비평사, 1992.
박태순 · 김동춘, 『1960년대 사회운동』, 까치, 1991.
박현채 외, 『한국사회의 재인식 Ⅰ』, 한울, 1985.
손호철, 『현대 한국정치:이론과 역사』, 사회평론, 2003.

______, 『전환기의 한국정치』, 창작과비평사, 1993.
______, 『해방 50년의 한국정치』, 새길, 1995.
송두율, 『계몽과 해방(당대총서 4)』, 당대, 1996.
심재택・한완상・이우재 외, 『4・19혁명론 Ⅰ』.
우찬제, 『타자의 목소리』, 문학동네, 1996.
유종호, 『유종호 전집1－비순수의 선언』, 민음사, 1995.
이상우, 『현대소설론』, 양문각, 1993.
이승호, 『옛날신문을 읽었다 1950~2002』, 다우, 2002.
이재오, 『해방 후 한국학생운동사』, 형성사, 1984.
이진경, 『근대적 시.공간의 탄생(필로소피아 3)』, 푸른숲, 1997.
이진경, 『맑스주의와 근대성(이론신서 6)』, 문화과학사, 1997.
정문길, 『소외론연구』, 문학과지성사, 1989.
조갑제, 『내 무덤에 침을 뱉어라』, 조선일보사, 1998.
조영래, 『전태일평전』, 돌베개, 1983.
최상천, 『알몸 박정희』, 사람나라, 2001.
최원식・임규찬, 『4월혁명과 한국문학』, 창작과 비평, 2002.
최장집 외, 『한국사회와 민주주의』, 나남, 1997.
최장집, 『한국의 노동운동과 국가』, 열음사, 1988.
최혜실, 『신여성들은 무엇을 꿈꾸었는가』, 생각의 나무, 2000.
최혜실, 『한국모더니즘소설연구』, 민지사, 1992.
한배호 편, 『한국현대정치론Ⅱ』, 오름, 1996.
한홍구, 『대한민국사 02: 아리랑 김산에서 월남 김상사까지』, 한겨레 신문사.
홍승직, 『지식인과 근대화』, 고려대 사회조사연구소, 1967.

◎ 번역서


Adorno. Theodor W & Horkheimer. Max, 김유동 역, 『계몽의 변증법』, 문학과 지성사, 2001.

Anderson. Benedict, 윤형숙 역, 『상상의 공동체』, 나남출판, 2002.

Bakhtin. Mikhail M, 이득재 역, 『문예학의 형식적 방법』, 문예출판사, 1992.

______________, 전승희 · 서경희 · 박유미 역, 『장편소설과 민중언어』, 창작과 비평사, 1988.

Baudrillard, Jean, 이상률 역, 『소비의 사회』, 문예출판사, 1991.

Bhabha. Homi k, 나병철 역, 『문화의 위치』, 소명출판, 2002.

Bourdieu. Pierre, 정일준 역, 『상징폭력과 문화재생산』, 새물결, 1995.

Chatman, Seymour, 한용환 역, 『이야기와 담론』, 고려원, 1991.

Cumings. Bruce, 김동노 · 이교선 · 이진준 · 한기욱 역, 『한국현대사』, 창작과 비평사, 2001.

Decartes. Rene, 김형효 역, 「방법서설」, 『방법서설/성찰/정념론 외』, 삼성출판사, 1990.

Deleuze. Gilles & Guattari. Felix, 김재인 역, 『천개의 고원』, 새물결, 2001.

Deleuze. Gilles, 이정우 역, 『의미의 논리』, 한길사, 1999.

Evans. Dylan, 김종주 외 역, 『라깡 정신분석 사전』, 인간사랑, 1998.

Fanon. Frantz, 이석호 역, 『검은 피부, 하얀 가면』, 인간사랑, 1998.

Foucault, Michel, 오생근 역, 『감시와 처벌』, 나남출판, 2003.

Freud. Sigmund, 임인주 역, 『농담과 무의식의 관계』, 열린 책들, 1997.

______________, 김명희 역, 『늑대인간』, 책세상, 1996.

______________, 윤희기 역, 『무의식에 관하여』, 열린 책들, 1997.

G. spivak, 태혜숙 역, 『다른 세상에서』, 여이연, 2003.

Gilbert. Bart－Moore, 이경원 역, 『탈식민주의! 저항에서 유희로』, 한길사, 2001.

Greimas. Algeirdas Julien, 김성도 역편, 『의미에 관하여』, 인간사랑, 1997.

Hardt. Michael & Negri. Antonio, 윤수종 역, 『제국』, 이학사, 2001.

Harvey. David, 구동회 · 박영민 역, 『포스트 모더니티의 조건』, 한울, 1994.

Hegel. G W Friedrich, 임석진 역, 『정신현상학』, 지식산업사, 1988.

Kant. Immanuel, 전원배 역, 『순수이성비판』, 삼성출판사, 1990.

Kristeva. Julia, 유복렬 역, 『반항의 의미와 무의미』, 푸른숲, 1998.

__________, 김영 역, 『사랑의 역사』, 민음사, 1995.

Laccan. Jacques, 민승기 · 이미선 · 권택영 역, 『욕망이론』, 문예출판사, 1996.

Lemaire. Anika, 이미선 역, 『자크 라캉』, 문예출판사, 1994.

Lukács György, 반성완 역, 『소설의 이론』, 심설당, 1998.

Lyotard. Jean－François, 유정완 · 이삼출 · 민승기 역, 『포스트 모던의 조건』, 민음사, 1992.

Mies. Maria & Shiva. Vandana, 손덕수 · 이난아 역, 창작과비평사, 『에코 페미니즘』, 2000.

Said. Edward W, 박홍규 역, 『오리엔탈리즘』, 교보문고, 1991.

Sarup. Madan, 김해수 역, 『알기 쉬운 자끄 라캉』, 백의, 1994.

Spivak. Gayatri, 태혜숙 역, 『다른 세상에서』, 여이연, 2003.

Wallerstein. Immanuel, 유재건 외 역, 『근대세계체제 1~3』, 까치, 1999.

Xiamei Chen, 정진배 · 김정아 역, 『옥시덴탈리즘』, 강, 2001.

Zizek. Slavoj, 김재영 역, 『무너지기 쉬운 절대성』, 인간사랑, 2004.

__________, 이수련 역, 『이데올로기라는 숭고한 대상』, 인간사랑, 2002.

__________, 오영숙 외 역, 『진짜 눈물의 공포』, 울력, 2004.

________, 김소연 역, 『항상 라캉에 대해 알고 싶었지만 감히 히치콕에게 물어보지 못한 모든 것』, 새물결, 2001.

________, 이만우 역, 『향락의 전이』, 인간사랑, 2001.

________, 김종주 역, 『환상의 돌림병』, 인간사랑, 2002.

柄谷行人, 박유하 역, 『일본 근대문학의 기원』, 민음사, 1996.

小森陽一, 송태욱 역, 『포스트 콜로니얼』, 삼인, 2002.

# 김승옥 소설의 근대주체연구


초판 1쇄 인쇄일 | 2012년 4월 19일
초판 1쇄 발행일 | 2012년 4월 20일

엮은이 | 노희준
펴낸이 | 정구형
출판이사 | 김성달
편집이사 | 박지연
책임편집 | 정유진
본문편집 | 이하나 이원숙
디자인 | 김현경 장정옥 조수연
마케팅 | 정찬용
영업관리 | 김정훈 권준기 정용현 천수정
인쇄처 | 월드문화사
펴낸곳 | **국학자료원**
등록일 2006 11 02 제2007－12호
서울시 강동구 성내동 447－11 현영빌딩 2층
Tel 442－4623 Fax 442－4625
www.kookhak.co.kr
kookhak2001@hanmail.net

ISBN | 978－89－279－0176－1 *93800
가격 | 21,000원